La marca del Diablo

GLENN COOPER

La marca del Diablo

Traducción de
Mauricio Bach

Grijalbo

El papel utilizado para la impresión de este libro ha sido fabricado a partir de madera procedente de bosques y plantaciones gestionadas con los más altos estándares ambientales, garantizando una explotación de los recursos sostenible con el medio ambiente y beneficiosa para las personas. Por este motivo, Greenpeace acredita que este libro cumple los requisitos ambientales y sociales necesarios para ser considerado un libro «amigo de los bosques». El proyecto «Libros amigos de los bosques» promueve la conservación y el uso sostenible de los bosques, en especial de los Bosques Primarios, los últimos bosques vírgenes del planeta.

Papel certificado por el Forest Stewardship Council®

Título original: *The Devil Will Come*
Primera edición: mayo, 2015

Printed in Spain – Impreso en España

ISBN: 978-84-253-5153-2
Depósito legal: B-9.128-2015

Compuesto en Fotocomposición 2000
Impreso en Rodesa
Villatuerta (Navarra)

GR 5 1 5 3 2

Penguin
Random House
Grupo Editorial

Las estrellas se mueven, el tiempo corre,
sonará el reloj, vendrá el Diablo, y Fausto
será condenado.

CHRISTOPHER MARLOWE,
La trágica historia del doctor Fausto

Prólogo

Roma, 1139

Dejó las cortinas abiertas para contemplar el cielo nocturno, pero la ventana daba al oeste y él necesitaba mirar hacia el este.

El Palazzo Apostolico Lateranense, tal como lo llamaban los romanos, o Palacio de Letrán, era enorme; sin duda el edificio más grande y monumental que jamás hubiera visto. Era la residencia del Papa. Su lengua materna era el gaélico, que nadie conocía por esos lares. Conversar en latín le resultaba arduo, así que durante su visita se entendía con sus anfitriones en inglés.

Apartó la fina sábana y tanteó la oscuridad con los pies hasta dar con las sandalias. Se había acostado con el sencillo hábito de monje, pese a su derecho a utilizar un atavío de mayor rango. Era Máel Máedóc Ua Morgair, conocido como Malachy,* obispo de Down, y estaba allí como invitado del papa Inocencio II.

El viaje desde Irlanda había sido largo y no carente de dificultades, pues había tenido que atravesar las tierras indómitas de Escocia, Inglaterra y Francia. El recorrido le había llevado

* El obispo Malaquías, autor de las célebres profecías. *(N. del T.)*

todo el verano y ahora, a finales de septiembre, el aire ya empezaba a ser fresco. En Francia se había alojado durante algunos días en casa del admirado teólogo Bernard de Clairvaux, un hombre cuya inteligencia sin duda estaba a la altura de la suya. Pero había logrado engañar a Bernard con su falsa devoción y supuesta sinceridad. Los había engañado a todos.

La celda monacal de Malachy en el pabellón de huéspedes estaba muy alejada de las regias habitaciones papales de techos altos. Llevaba dos semanas en Roma y solo había visto al anciano en dos ocasiones: la primera durante una audiencia de trámite en sus habitaciones privadas; la segunda como miembro del séquito que acompañaba al pontífice a visitar su proyecto más querido, la reconstrucción de su iglesia preferida, la antigua Santa María en Trastevere. Quién sabía cuánto tardarían en convocarlo de nuevo para abordar lo que le había llevado hasta allí: pedirle a Inocencio que le concediese los *pallia* (los símbolos de autoridad eclesiástica) de obispo de Armagh y Cashel. Pero eso carecía de importancia. Lo que resultaba vital era que había conseguido estar en Roma el 24 de septiembre de 1139, y ya se acercaba la medianoche.

Malachy se deslizó sigilosamente por los pasillos desiertos, adaptando sus ojos a la oscuridad. Se imaginó como una escurridiza criatura nocturna que reptaba por el palacio dormido.

«No tienen ni idea de quién soy.

»No tienen ni idea de qué soy.

»¡Y pensar que me han digerido por completo y me han permitido residir en sus entrañas!»

Había una escalera que conducía hasta el tejado. Malachy ya la había visto antes, pero nunca había subido por ella. Solo podía cruzar los dedos con la esperanza de no toparse con ningún obstáculo que le impidiese llegar hasta el cielo nocturno.

Cuando ya no pudo subir más, corrió un cerrojo de hierro y empujó con el hombro la pesada trampilla hasta que esta cedió y se abrió. La pendiente del tejado era tan pronunciada que debía tener mucho cuidado para no perder el equilibrio. Para avanzar más seguro se quitó las sandalias. Sentía las tejas frías y lisas en las plantas de los pies. No osó echar un vistazo al cielo en dirección este hasta que apoyó la espalda contra la chimenea más cercana y clavó los talones en las tejas.

Solo entonces Malachy permitió que sus ojos se deleitasen con la visión de los cielos.

Sobre la enorme y dormida ciudad de Roma, el oscuro firmamento limpio de nubes era perfecto en todos los sentidos. Y, tal y como sabía que iba a suceder, ya se había iniciado el eclipse lunar.

Había pasado años estudiando los mapas astrales.

Igual que otros grandes astrólogos antes que él, como Balbilus de la antigua Roma, Malachy era un sabio que conocía los cielos, pero dudaba que ninguno de sus predecesores hubiera gozado de una oportunidad como esa. ¡Qué desastroso, qué catastrófico habría resultado si el cielo hubiera estado nublado!

¡Tenía que contemplar la luna con sus propios ojos!

¡En el momento preciso debía contar las estrellas!

Los eclipses lunares totales ya eran de por sí bastante inusuales, pero ¿se había producido alguna vez uno como el de aquella noche?

Esa noche la Luna estaba en Piscis, su constelación sagrada.

Y acababa de completar su ciclo de diecinueve años y se hundía de nuevo bajo el eclipse del sol hacia su Nodo Sur, el punto de máxima adversidad: «la Cola del Diablo», como lo denominaban los astrólogos.

¡Esta convergencia de acontecimientos celestes tal vez no se hubiese producido jamás y tal vez no volviese a darse nunca! Aquella era una noche llena de prodigios. Era una noche en la que un hombre como Malachy podía crear una poderosa profecía.

Ahora lo único que podía hacer era esperar.

La dorada luna tardaría casi una hora en deslizarse hacia la completa oscuridad, su órbita devorada por un gigante invisible.

Cuando llegase el momento, Malachy tenía que estar preparado, su mente debía estar libre de cualquier distracción. La vejiga le incordiaba, así que se levantó el hábito y dejó de contenerse, contemplando divertido cómo su orina saltaba desde el tejado hasta el jardín del Papa. Lástima que el viejo cabrón no estuviese allí, mirando hacia arriba con la boca abierta.

El eclipse tapó un cuarto, la mitad, tres cuartos de la luna. Malachy apenas sentía el frío nocturno. Cuando el último resplandor lunar desapareció, se formó de pronto una penumbra, un resplandor denso y ambarino. Y entonces vio lo que había estado esperando. A través de esa penumbra brillaban varias estrellas. Ni pocas, ni muchas.

Tuvo tiempo suficiente para contarlas y recontarlas una vez más para estar seguro antes de que la penumbra desapareciese.

Diez. Cincuenta. Ochenta. Cien. ¡Ciento veinte!

Memorizó las cifras y repitió la cuenta.

Sí, ciento veinte.

El eclipse empezó a desaparecer y la penumbra se disolvió.

Malachy se escabulló con cuidado de regreso hacia la trampilla, bajó por las escaleras y volvió a sus aposentos, ansioso de no perder ni un instante.

Una vez allí, encendió una gruesa vela y mojó la pluma en un tintero. Empezó a escribir lo más rápido que pudo. Se pasaría toda la noche escribiendo, hasta el amanecer. Lo veía con claridad, con la misma claridad con que las estrellas brillaban en el ojo de su mente.

Allí, en el Palacio de Letrán, en Roma, en el seno de la cristiandad, en el hogar de su gran enemigo y del enemigo de los suyos, Malachy tuvo una lúcida e infalible visión de lo que sucedería.

Habría ciento doce papas más: ciento doce papas antes del fin de la Iglesia. Y del fin del mundo tal como lo conocían.

1

Roma, 2000

Qué quiere K? —preguntó el tipo. Estaba sentado y tamborileaba nerviosamente con sus gruesos dedos en los brazos de madera de una silla.

Pese a que al otro lado de la línea ya habían colgado, el otro seguía con el teléfono en la mano. Después colgó y esperó a que el autobús pasase bajo la ventana abierta y el molesto ruido desapareciese.

—Quiere que la matemos.

—Pues la mataremos. Sabemos dónde vive. Sabemos dónde trabaja.

—Quiere que lo hagamos esta noche.

El tipo sentado encendió un cigarrillo con un mechero de oro. Llevaba la inscripción PARA ALDO, DE K.

—Me gusta planificar más estas cosas.

—Claro. A mí también.

—No he oído que te quejases.

—No era uno de sus hombres. Era el propio K.

El tipo sentado se inclinó hacia delante sorprendido y exhaló una bocanada de humo que permaneció flotando y se entremezcló con los vapores de diésel del autobús que habían subido hasta allí.

—¿Te ha llamado en persona?

—¿No lo has notado por cómo hablaba yo?

El tipo sentado dio una calada tan profunda al cigarrillo que el humo penetró hasta lo más recóndito de sus pulmones. Después de expulsarlo, dijo:

—Entonces ella morirá esta noche.

Elisabetta Celestino se quedó perpleja al comprobar que le estaban brotando lágrimas. ¿Cuándo había llorado por última vez?

La respuesta le llegó en un brusco golpe de memoria.

Cuando murió su madre. En el hospital, en el velatorio, en el funeral y durante los días posteriores, hasta que rezó para que las lágrimas cesasen y así sucedió. Pese a que entonces era muy joven, detestaba los ojos húmedos y las mejillas empapadas, el horrible jadeo del pecho, la falta de control sobre su cuerpo, y se juró cortar de raíz de ahí en adelante aquel tipo de estallidos.

Pero Elisabetta sintió la punzada de las saladas lágrimas en sus ojos. Estaba indignada consigo misma. No había relación alguna entre aquellos dos acontecimientos tan distanciados en el tiempo: el fallecimiento de su madre y aquel correo electrónico que había recibido del profesor De Stefano.

Sin embargo, estaba decidida a enfrentarse a él, a hacerle cambiar de opinión, a darle la vuelta a la situación. En el panteón de la Università degli Studi di Roma, De Stefano era un dios y ella, una modesta estudiante de posgrado, una suplicante. Pero desde niña estaba dotada de una resuelta determinación y a menudo lograba sus objetivos sometiendo a su contrincante a una ráfaga de razonamientos para lanzar a continuación varios lacerantes misiles de inteligencia y asegurarse la victoria. A lo largo de los años eran muchos los que habían acabado sucumbiendo: amigos, profesores…, incluso su genial padre en un par de ocasiones.

Mientras esperaba ante el despacho de De Stefano en el departamento de Arqueología y Antigüedad en el frío edificio de estilo fascista de la facultad de Humanidades, Elisabetta se recompuso. Ya había anochecido y hacía mucho frío. Las calefacciones no desprendían ningún calor perceptible y ella tenía el abrigo sobre el regazo, extendido sobre las piernas desnudas. El pasillo repleto de libros del departamento estaba desierto y los volúmenes se hallaban a resguardo en estanterías acristaladas cerradas con llave. Los fluorescentes del techo proyectaban una larga franja blanca en el suelo de baldosas grises. Solo había una puerta abierta. Daba al estrecho despacho que compartía con otros tres estudiantes de posgrado, pero no quería esperar allí. Quería que De Stefano la viese en cuanto doblase la esquina, así que siguió sentada en uno de los incómodos bancos donde los estudiantes esperaban a sus profesores.

De Stefano la hizo esperar. Casi nunca era puntual. Elisabetta no tenía claro si se trataba de un modo de dejar clara su elevada posición en el tótem académico o de una mera ineptitud para gestionar el tiempo. Él, sin embargo, siempre mostraba las debidas disculpas y, cuando finalmente apareció caminando a toda prisa, balbució un «*mea culpa*» y abrió rápidamente la puerta de su despacho.

—Siéntese, siéntese —le dijo—. Me he retrasado. Mi reunión se ha alargado más de la cuenta y el tráfico estaba fatal.

—No se preocupe —comentó Elisabetta sin mostrar enojo—. Ha sido un detalle por su parte volver aquí esta noche para verme.

—Sí, por supuesto. Sé que está enfadada. Es difícil aceptarlo, pero creo que hay lecciones importantes que a la larga le resultarán beneficiosas para su carrera.

De Stefano colgó el abrigo y se hundió en su silla.

Elisabetta había estado ensayando mentalmente su discurso, y había llegado el momento de soltarlo:

—Pero, profesor, esto es lo que me desconcierta sobremanera. Usted apoyó mi trabajo desde el mismo momento en que le mostré las primeras fotografías de las catacumbas San Calixto. Vino conmigo para comprobar los daños causados por los desprendimientos y ver los muros hundidos, el enladrillado del siglo I, los símbolos en el enlucido. Se mostró de acuerdo conmigo en que eran algo único, en que no existían precedentes de esa simbología astrológica. Apoyó mis investigaciones. Apoyó su publicación. Apoyó que siguiéramos excavando. ¿Qué ha pasado ahora?

De Stefano se pasó la mano por su cortísimo cabello erizado.

—Escuche, Elisabetta, ya conoce usted el protocolo. Las catacumbas están bajo el control de la Comisión Pontificia de Arqueología Sacra. Usted sabe que yo soy miembro de esa comisión y que todas las investigaciones que se publican tienen que ser supervisadas por esa comisión. Por desgracia, su artículo fue rechazado y su petición de fondos para organizar una excavación también. Pero no todo son malas noticias. Ahora se ha hecho usted un nombre. Nadie ha criticado su erudición. Esto solo puede redundar en su propio beneficio. Lo único que le hace falta es tener paciencia.

Elisabetta se apoyó en el respaldo de la silla y notó que la rabia le enrojecía las mejillas.

—¿Por qué fue rechazado? No me ha explicado el motivo.

—He hablado con el arzobispo Luongo esta misma tarde y le he hecho la misma pregunta. Me ha dicho que el motivo fue que el artículo era demasiado especulativo y preliminar, que cualquier divulgación pública de los hallazgos debe esperar a que haya más estudios y análisis contextuales.

—¿Y no es ese un buen argumento para seguir ampliando la galería más hacia el oeste? Estoy tan convencida como usted de que el derrumbe ha dejado a la vista un *columbarium* del primer período imperial. La simbología es singular e indica la presencia de una secta hasta ahora desconocida. Puedo hacer enormes progresos con una contribución económica modesta.

—La comisión lo rechaza de plano. No van a financiar la construcción de una zanja más allá de los límites de la catacumba. Están preocupados por problemas de mayor envergadura relacionados con la estabilidad arquitectónica. Una excavación podría desencadenar más desprendimientos y generar un efecto dominó que podría llegar hasta el corazón de San Calixto. La decisión la ha tomado el mismísimo cardenal Giacomo.

—¡Puedo hacerlo de forma segura! Me he asesorado con ingenieros. Y además, ¡es precristiano! Ni siquiera debería ser asunto del Vaticano.

—Usted es la persona menos indicada para hacerse la ingenua respecto a esto —le recriminó De Stefano—. Sabe perfectamente que todo el complejo está bajo la jurisdicción de la comisión.

—Pero, profesor, usted forma parte de la comisión. ¿No ha hecho oír su voz?

—Oh, tuve que mantenerme al margen porque había participado en la elaboración del artículo. En este caso no tenía ni voz ni voto.

Elisabetta negó amargamente con la cabeza.

—Entonces ¿eso es todo? ¿No hay ninguna posibilidad de recurrir la decisión?

La respuesta de De Stefano consistió en mostrar las palmas de las manos con un gesto de impotencia.

—Eso iba a ser mi tesis. ¿Y ahora qué? He dejado de lado el resto de mi trabajo y he concentrado todos mis esfuerzos en la astrología romana. He dedicado a esto más de un año. Las respuestas a mis preguntas están al otro lado de ese muro cubierto de yeso.

De Stefano aspiró profundamente y pareció reunir fuerzas para decir algo más. Cuando se lo soltó, Elisabetta se quedó perpleja.

—Tengo que comentarle otra cosa, Elisabetta. Sé que le parecerá un golpe bajo y le pido disculpas por ello, pero voy a dejar La Sapienza de manera inmediata. Me han ofrecido un cargo excepcional en la comisión, seré el primer vicepresidente de la historia que no pertenece al clero. Para mí es un puesto de ensueño y, francamente, estoy hasta las narices de todo el trabajo rutinario a que me obliga la universidad. Hablaré con el profesor Rinaldi. Creo que será un buen tutor. Sé que tiene muchísimo trabajo, pero le convenceré para que se haga cargo de usted. Estará en buenas manos.

Elisabetta contempló el sentimiento de culpa que se dibujaba en el rostro de De Stefano y supo que no había nada más que decir. Solo susurró para sus adentros: «Dios mío».

Una hora después seguía sentada ante la mesa de su despacho, con las manos sobre el regazo. Contemplaba la negra ventana que daba al aparcamiento vacío detrás de la facultad de Filosofía y Letras, de espaldas a la puerta.

Se deslizaron sigilosamente sin hacer ningún ruido con sus zapatos de suela de crepé y entraron en el despacho sin ser vistos.

Contuvieron el aliento por miedo a que ella les oyese respirar.

Uno de ellos estiró el brazo.

De pronto una mano se posó sobre el hombro de Elisabetta.

Ella lanzó un fugaz grito.

—¡Eh, guapa! ¿Te hemos asustado?

Elisabetta giró la silla y no supo si sentirse aliviada o enojada ante los dos policías uniformados.

—¡Marco! ¡Cerdo!

No era un cerdo, claro; era un tío alto y guapo, su Marco.

—No te enfades conmigo. Ha sido idea de Zazo.

Zazo se puso a dar saltitos como un niño pequeño, encantado con su éxito; la funda de cuero de la pistola le golpeaba contra el muslo. Como era un niño grande, le encantaba asustar a su hermana y hacerla gritar de miedo. Siempre maquinando, siempre bromista, siempre parlanchín, su mote infantil, Zazo —«Cállate, cierra el pico»—, le había quedado para siempre.

—Gracias, Zazo —dijo ella con sarcasmo—. Es justo lo que necesitaba esta noche.

—¿No ha ido bien? —preguntó Marco.

—Un desastre —murmuró Elisabetta—. Un completo desastre.

—Puedes contármelo durante la cena —dijo Marco.

—¿Estás libre?

—Lo está —intervino Zazo—. Yo hago horas extra. No tengo una novia que me dé de comer.

—Sentiría lástima por ella si la tuvieras —dijo Elisabetta.

Ya en el exterior, caminaron con los brazos cruzados para protegerse del cortante viento. Marco se abotonó el gabán de civil, ocultando la almidonada camisa azul y el cinturón blanco del que colgaba la pistolera. Cuando estaba fuera de servicio no le gustaba que se viese que era policía, y menos en un campus universitario. A Zazo le daba igual. A su hermana Micaela le gustaba decir que adoraba hasta tal punto estar en la *polizia* que probablemente dormía con el uniforme.

Fuera, el viento lo movía y agitaba todo, excepto la inmensa estatua de bronce de Minerva, la virginal diosa de la sabiduría, que se alzaba en el centro de un estanque en el que se reflejaba la luz de la luna.

El coche patrulla de Zazo estaba aparcado sobre la acera.

—Puedo llevaros —dijo mientras se ponía al volante.

—Iremos caminando —repuso Elisabetta—. Quiero que me dé un poco el aire.

—Como prefieras —le dijo su hermano—. ¿Te veré en casa de papá el domingo?

—Después de misa —respondió ella.

—Saluda a Dios de mi parte —dijo Zazo jovial—. Yo estaré en la cama. *Ciao*.

Elisabetta se anudó la bufanda al cuello con una doble vuelta, tomó a Marco del brazo y se encaminaron hacia el apartamento de ella en via Lucca. Habitualmente a las nueve la zona universitaria estaba muy concurrida, pero la súbita bajada del termómetro parecía haber pillado a la gente desprevenida y apenas se veían peatones.

El apartamento de Elisabetta estaba a solo diez minutos de allí, un modesto piso sin ascensor que compartía con una residente de traumatología que se pasaba la mayor parte del tiempo en el trabajo. Marco vivía con sus padres. Igual que Zazo, que seguía ocupando la habitación de su infancia como un niño gigantesco. Ninguno de los dos ganaba lo suficiente como para pagar el alquiler de un piso, aunque siempre hablaban de compartir uno en cuanto les ascendieran en la siguiente tanda de promociones. Desde que Elisabetta y Marco empezaron a salir, si querían un poco de intimidad tenían que ir a casa de ella.

—Siento que hayas tenido un mal día —le dijo él.

—No te imaginas hasta qué punto.

—Pase lo que pase, te irá bien.

Al oír este comentario, ella resopló.

—¿No has logrado hacerle cambiar de parecer?

—No —respondió ella.

—¿Quieres que le pegue un tiro a ese viejo cabrón?

Elisabetta se rió.

—Quizá si le pudieses herir solo un poquito…

El semáforo estaba en rojo, pero aun así cruzaron corriendo el ancho viale Regina Elena.

—¿Dónde está Cristina esta noche? —preguntó Marco cuando llegaron a la otra acera.

—En el hospital. Tiene guardia de veinticuatro horas.

—Bien. ¿Quieres que me quede?

Ella le apretó la mano.

—Claro que quiero.

—¿Necesitamos comprar algo?

—Creo que nos apañaremos con lo que tengo —dijo ella—. Vamos directos a casa.

Tenían ante ellos el barrio estudiantil junto a la via Ippocrate. De haber sido una noche cálida, habría estado repleto de jóvenes fumando en las terrazas de los cafés y gente echando un vistazo en las pequeñas tiendas, pero estaba prácticamente desierto.

Había un pequeño tramo de calle que a veces a Elisabetta le daba cierta aprensión cuando pasaba por allí ya muy entrada la noche, una zona mal iluminada flanqueada por un muro de cemento lleno de grafitis a un lado y un sombrío aparcamiento al otro. Pero yendo con Marco no tenía miedo. No le podía suceder nada malo mientras estuviese a su lado.

Delante de ellos había una cabina telefónica. Dentro había un hombre de pie. La punta de su cigarrillo resplandecía con cada calada que daba.

Elisabetta oyó unos pasos que se acercaban rápidamente a su espalda y de pronto un extraño y profundo gemido de Marco. Notó que le soltaba la mano.

El hombre de la cabina telefónica se acercaba con pasos rápidos.

De repente un fornido brazo rodeó a Elisabetta a la altura del pecho por detrás y, cuando ella intentó volverse, se deslizó hasta su cuello y la inmovilizó. El hombre de la cabina telefónica ya casi había llegado junto a ella. Llevaba un cuchillo en la mano.

Se oyó un disparo, fue tal el estruendo que quebró la sensación de irrealidad del ataque hasta ese momento.

El brazo dejó de ejercer presión y Elisabetta se volvió y vio a Marco caído en la acera tratando de levantar su pistola reglamentaria para disparar otra vez. El hombre que la había estado agarrando se giró hacia Marco. Elisabetta vio sangre rezumando de su hombro, derramándose por la espalda, deslizándose sobre el abrigo de piel de camello.

Sin decir palabra, el hombre de la cabina telefónica pasó rápidamente junto a ella, sin prestarle atención, dirigiéndose hacia la amenaza que había que eliminar. Él y el hombre herido se abalanzaron sobre Marco, con los puños golpeando como pistones.

—¡No! —gritó Elisabetta, y agarró uno de los brazos que golpeaban a Marco, intentando detener la carnicería, pero el hombre de la cabina telefónica la apartó con la mano en la que sostenía el cuchillo. Ella notó que la hoja le hacía un corte en la palma.

Los dos tipos volvieron a arremeter contra Marco y esta vez Elisabetta agarró a ciegas al más alto por las piernas, tratando de apartarlo del cuerpo de su novio. Algo cedió, pero no fue él, sino sus pantalones, que empezaron a deslizársele por debajo de la cintura.

Él se incorporó y golpeó violentamente a Elisabetta en la cara con el antebrazo.

Ella cayó en la acera y vio sangre —la sangre de Marco— que se extendía hacia ella. Vio al hombre al que Marco había disparado, acuclillado y respirando con fuerza bajo su abrigo manchado de sangre.

Se oyeron voces a lo lejos. Alguien gritó desde el balcón de un piso alto a media manzana de allí.

El hombre de la cabina telefónica se acercó y se arrodilló con aviesas intenciones junto a Elisabetta. Su pétreo rostro carecía de expresión. Alzó el cuchillo por encima de su cabeza.

Se oyó otro grito, esta vez más cerca:

—¡Eh!

El tipo se volvió hacia donde procedía la voz.

Justo un instante antes de que se volviese de nuevo hacia

Elisabetta y aplastase el puño contra su pecho, justo antes de perder la conciencia, ella se percató de un detalle extraño e inquietante.

No estaba segura —nunca llegaría a estarlo—, pero creyó ver algo que sobresalía de la espalda de su agresor justo por encima de los pantalones aflojados.

Era algo que no debía estar allí, algo grueso, carnoso y repulsivo, que emergía de un enjambre de pequeños tatuajes negros.

2

El Vaticano, en la actualidad

El dolor era su compañero permanente, su torturador personal, y se había entretejido ya de tal modo en su cuerpo y su mente que, de un modo perverso, se había convertido también en su amigo.

Ahora el dolor lo había agarrado con fuerza haciendo que la columna vertebral se le tensase agónicamente, y tenía que contenerse para no soltar las blasfemias de su juventud, para no hacer uso del lenguaje callejero de Nápoles. Tenía a su disposición un botón que, al pulsarlo, introducía una dosis de morfina en sus venas, pero más allá de ocasionales momentos de debilidad, casi siempre en plena noche, cuando necesitaba imperiosamente dormir, evitaba usarlo. ¿Habría echado mano Jesucristo de la morfina para aliviar su sufrimiento en la cruz?

Pero cuando el punto álgido del espasmo amainó, dejó un placentero vacío. Se sintió agradecido por la lección que le daba el dolor: la normalidad era maravillosa y emanaba de ella una sencillez que había que celebrar. Deseó haber sido más consciente de esto durante su larga vida.

Se oyó un ligero golpeteo en la puerta y él respondió con el tono de voz más fuerte que fue capaz de emitir.

Una monja salesiana entró arrastrando los pies en la habitación de techo alto, su hábito gris casi rozaba el suelo.

—¿Cómo se encuentra vuestra santidad? —dijo.

—Prácticamente igual que hace una hora —respondió el Papa, intentando sonreír.

La hermana Emilia, una monja no mucho más joven que el anciano pontífice, se acercó y se puso a toquetear las cosas que había encima de la mesilla de noche.

—No se ha bebido el zumo de naranja —le reprendió—. ¿Lo prefiere de manzana?

—Preferiría ser joven y estar rebosante de salud.

Ella negó con la cabeza y continuó con sus tareas.

—Déjeme que le incorpore un poco.

Su lecho había sido reemplazado por una cama eléctrica de hospital. La hermana Emilia utilizó los mandos para levantarle la cabeza. Cuando estuvo suficientemente incorporado, le acercó la pajita a los labios resecos y lo miró severamente hasta que él cedió y bebió un par de sorbos.

—Muy bien —dijo ella—. Zarilli está fuera esperando para verle.

—¿Y si yo no quiero verlo? —El Papa sabía que la vieja monja carecía del más rudimentario sentido del humor, así que dejó que siguiera callada solo durante unos instantes y le dijo que podía hacer pasar a su visita.

El doctor Zarilli, el médico privado del pontífice, esperaba en la antesala del apartamento papal de la tercera planta junto con otro médico del hospital Gamelli. La hermana Emilia los acompañó hasta la habitación y descorrió las cortinas color crema de la ventana que daba a la plaza de San Pedro para dejar que entrara la tenue luz del sol de aquel agradable día primaveral.

El Papa levantó lánguidamente el brazo y saludó a los dos recién llegados. Vestía un sencillo pijama blanco. El último tratamiento le había dejado calvo, así que para mantenerse caliente llevaba un gorro de lana que le había tejido la tía de uno de sus secretarios privados.

—Supongo que vuestra santidad recuerda al doctor Paciolla —dijo Zarilli.

—¿Cómo iba a olvidarlo? —respondió el Papa irónicamente—. Su examen de mi persona fue muy a conciencia. Acérquense, señores. ¿Quieren que la hermana Emilia les traiga un poco de café?

—No, no, gracias —dijo Zarilli—. El doctor Paciolla tiene el resultado de los últimos escáneres realizados en la clínica.

Con sus abrigos negros y sus rostros adustos, ambos hombres parecían más enterradores que médicos y el Papa ironizó con su aspecto.

—¿Han venido para aconsejarme o para enterrarme?

Paciolla, un romano alto y culto, acostumbrado a atender a hombres ricos y poderosos, no pareció inmutarse por esa visita domiciliaria ni por ese paciente en particular.

—Tan solo para informarle, santidad; desde luego no para enterrarlo.

—Bueno, estupendo —dijo el Papa—. La Santa Sede tiene cosas más importantes que hacer que convocar un cónclave. Denme entonces los resultados, ¿hay fumata blanca o negra?

Paciolla clavó los ojos en el suelo durante unos momentos y al alzar la vista se topó con la mirada firme del Papa.

—El cáncer no ha respondido a la quimioterapia. Me temo que se está extendiendo.

El cardenal Aspromonte asomó su enorme cabeza calva en el comedor para comprobar si el vino espumoso favorito del cardenal Díaz estaba en la mesa. Era un pequeño detalle para el secretario de Estado y camarlengo de la Santa Iglesia Romana, colocado allí con toda la intención. Su secretario privado, monseñor Achille, un hombre enjuto que hacía mucho tiempo había seguido a Aspromonte desde Génova hasta el Vaticano, le mostró la botella verde ya preparada en el aparador.

Aspromonte murmuró algo a modo de aprobación y desapareció un momento, aunque volvió a entrar en cuanto oyó sonar el teléfono.

—Probablemente sean Díaz y Giaccone.

Achille descolgó el aparato del comedor, asintió y ordenó en un tono muy formal:

—Hágales subir.

—Con cinco minutos de antelación —dijo Aspromonte—. Hemos adoctrinado bien a nuestros huéspedes a lo largo de los años, ¿verdad?

—Sí, eminencia, creo que lo hemos conseguido.

Monseñor Achille escoltó a los cardenales Díaz y Giaccone a un estudio con las paredes repletas de libros, donde Aspromonte les esperaba con sus manos repletas de venas azuladas cruzadas sobre el prominente estómago. Sus habitaciones privadas eran fastuosas, gracias a la reciente remodelación cortesía de una pudiente familia española. Saludó efusivamente a sus dos invitados y sus carrillos se bambolearon cuando les estrechó la mano; después ordenó a Achille que se apresurase con los aperitivos.

Los tres viejos amigos llevaban sotanas negras ribeteadas de rojo y fajas rojas, pero ahí se acababan sus puntos en común. El cardenal Díaz, el venerable decano del Colegio Cardenalicio que antes había ejercido el trabajo de Aspromonte como secretario de Estado, era a sus setenta y cinco años el más anciano pero también el más imponente, y les sacaba varios palmos a sus colegas. En su juventud en Málaga, antes de hacerse sacerdote, había sido boxeador, peso pesado, y ese aire atlético lo había acompañado hasta su vejez. Tenía unas manos enormes, un rostro cuadrado y abundante cabello gris, pero su rasgo más destacable era el porte, que hacía que pareciese que estaba erguido incluso cuando estaba sentado.

El cardenal Giaccone era el más bajo, tenía un rostro de facciones muy marcadas, papada de dogo y podía cambiar misteriosamente del ceño fruncido a la sonrisa con un leve movimiento de la musculatura. El poco cabello que le quedaba estaba confinado en un fleco por encima del grueso cogote. Aunque por lo demás resultaba anodino, si todos los cardenales se reuniesen un día soleado Giaccone siempre se distinguiría de la multitud por las características y enormes gafas de Prada que le daban un aire de director de cine. Ahora ya estaba relajado, la preocupación por llegar tarde se había disipado. Habían pillado un atasco de regreso de via Napoleone, donde, como presidente, había mantenido su reunión mensual con los miembros de la Comisión Pontificia de Arqueología Sacra.

—He visto que arriba las luces están encendidas —comentó Díaz, señalando hacia el techo.

El apartamento papal estaba dos pisos por encima de sus cabezas en el Palacio del Vaticano.

—Supongo que eso es buena señal —dijo Aspromonte—. Quizá hoy haya mejorado un poco.

—¿Cuándo lo has visto por última vez? —preguntó Giaccone.

—Hace dos días. Mañana lo visitaré de nuevo.

—¿Qué aspecto tenía? —preguntó Díaz.

—Débil. Pálido. Ves el dolor en su rostro, pero nunca se queja. —Aspromonte miró a Díaz—. Mañana ven conmigo. No tengo ningún asunto oficial que tratar con él. Estoy seguro de que querrá verte.

Díaz asintió secamente, cogió la copa de prosecco que Achille había dejado frente a su silla y contempló las diminutas burbujas que iban ascendiendo.

El dolor había remitido un poco durante una hora o más y el Papa pudo ingerir un cuenco de caldo. Sintió la necesidad de levantarse y aprovechar esa poco habitual oleada de energía. Pulsó el timbre y la hermana Emilia apareció tan rápidamente que él le preguntó bromeando si tenía la oreja pegada a la puerta.

—Vaya a buscar a los padres Diep y Bustamante. Dígales que quiero bajar a mi despacho y a mi capilla. Y dígale a Giacomo que venga para ayudarme a vestirme.

—Pero, santidad —objetó la monja—, ¿no deberíamos preguntarle al doctor Zarilli si es buena idea?

—Deje en paz a Zarilli —gruñó el Papa—. Deje que ese hombre cene tranquilamente con su familia.

Giacomo Marone era el seglar que llevaba veinte años al servicio del Papa. Era soltero, vivía en una pequeña habitación del palacio y parecía no tener otros intereses que no fueran el fútbol y el pontífice. Solo hablaba cuando se dirigían a él; si el Papa estaba sumido en sus pensamientos y no tenía ganas de charlar de banalidades, podían pasarse media hora en completo silencio mientras llevaban a cabo las abluciones y le ayudaba a ponerse el hábito.

Giacomo apareció con una barba de varios días. Olía a las cebollas que había estado cocinando.

—Quiero lavarme y vestirme —le dijo el Papa.

Giacomo inclinó la cabeza obedientemente y le preguntó:

—¿Qué quiere ponerse vuestra santidad?

—La ropa de estar por casa. Y después me acompañas abajo.

Giacomo tenía brazos fuertes y movió al Papa por la habitación como si fuese un maniquí; le lavó con una esponja y lo acicaló, lo vistió con las sucesivas capas de ropa y finalmente le puso una sotana blanca con bordados en blanco, una cruz en el pecho, unas zapatillas flexibles y un *zucchetto* blanco en lugar del gorro de lana. El acto de vestirse pareció agotar al pontífice, pero insistió en llevar a cabo sus planes. Giacomo lo sentó en una silla de ruedas.

Tomaron un ascensor hasta la segunda planta, donde dos miembros de la Guardia Suiza vestidos con el uniforme a listas azules, naranjas y rojas hacían guardia en sus puestos habituales ante la sala de los Gendarmes. Parecieron desconcertados al ver al Papa. Mientras Giacomo empujaba la silla ante ellos, el pontífice los saludó con la mano y les dio la bendición. Siguieron avanzando por las salas vacías de la zona administrativa hasta el despacho privado del Papa, con su enorme escritorio; su lugar preferido para trabajar y revisar documentos.

El escritorio era una mesa de caoba muy grande, de varios metros de largo, situada delante de una estantería que contenía una ecléctica mezcla de documentos oficiales, textos sagrados, biografías e incluso alguna que otra novela de detectives.

Sus dos secretarios particulares, uno de ellos un sacerdote vietnamita y el otro sardo, esperaban callados y expectantes, con una sonrisa en sus jóvenes rostros.

—Nunca os había visto tan felices de que os convoquen para trabajar por la noche —comentó el Papa con voz queda.

—Hacía mucho que no podíamos servir a vuestra santidad —dijo el padre Diep en su italiano cantarín.

—Nuestros corazones rebosan de alegría —añadió el padre Bustamante con conmovedora sinceridad.

El Papa, sentado en su silla de ruedas, revisó las pilas de papeles que se acumulaban en su antes pulcro despacho. Negó con la cabeza.

—Mirad esto —dijo—. Parece un jardín descuidado. Las malas hierbas han invadido los lechos de las flores.

—Las cosas esenciales siguen su curso —le aseguró Diep—. Los cardenales Aspromonte y Díaz firman conjuntamente los documentos del día a día. La mayor parte de lo que hay aquí son copias para que vuestra santidad las pueda revisar.

—Hagamos uso de las pocas fuerzas que tengo esta noche para solucionar un par de asuntos eclesiásticos vitales. Decidme vosotros qué es más urgente. Después quiero ir a rezar a mi capilla antes de que la hermana Emilia y el doctor Zarilli vuelvan a confinarme en la cama.

El vino era del hermano de Aspromonte, que tenía un viñedo y enviaba regularmente cajas al Vaticano. Aspromonte era conocido por sus costumbres liberales con la bebida y por obsequiar botellas.

—El sangiovanese es excelente —dijo Díaz alzando la copa hacia la luz de la lámpara de araña—. Mis felicitaciones a tu hermano.

—Bueno, 2006 fue un año espléndido para él, en realidad para cualquiera de los viticultores de la Toscana. Si quieres, te mandaré una caja.

—Eso sería todo un detalle. Gracias —dijo Díaz—. Roguemos por que las condiciones le sean óptimas este año.

—Lo primero es que deje de llover —refunfuñó Giaccone—. Hoy ha estado casi todo el día despejado pero, Dios bendito, las últimas tres semanas han sido bíblicas. Deberíamos estar construyendo un arca.

—¿Han afectado las lluvias a vuestro trabajo? —preguntó Aspromonte.

—Acabo de estar en la reunión de la Comisión Pontificia y os puedo asegurar que los arqueólogos e ingenieros están preocupados por la integridad de las catacumbas de la via Antica Appia, sobre todo por San Sebastiano y San Calixto. Los campos que hay encima están tan saturados de agua que las rachas de viento han arrancado y tumbado algunos árboles. Hay el temor de que se produzcan socavones o derrumbes.

Díaz meneó la cabeza y dejó el tenedor.

—Si eso fuese lo único por lo que tuviésemos que preocuparnos...

—El Santo Padre —dijo Aspromonte en voz baja.

—Son muchos los que esperan de nosotros que tomemos las decisiones adecuadas —comentó con sobriedad Díaz—, que hagamos los preparativos necesarios.

—Te refieres a la planificación del cónclave —dijo Giaccone sin andarse con rodeos.

Díaz asintió y reflexionó en voz alta:

—Organizarlo no es tan fácil. No basta con chasquear los dedos para reunir a todos los cardenales electores.

—¿No os parece que tenemos que andarnos con tiento en este asunto? —preguntó Aspromonte mientras daba cuenta del último trozo de filete—. El Papa todavía está vivo y, Dios mediante, seguirá estándolo. Y debemos tener cuidado de no dar a entender que tenemos algún tipo de aspiración personal.

Díaz se acabó la copa y dejó que Aspromonte se la volviese a llenar. Echó un vistazo por encima del hombro para asegurarse de que estaban solos.

—Somos amigos. Hemos trabajado codo con codo durante la mayor parte de las últimas tres décadas. Hemos escuchado las confesiones unos de otros. Si nosotros no podemos hablar con franqueza, ¿quién podría? Los tres sabemos que hay muchas posibilidades de que el próximo papa esté sentado a esta mesa. Y, en mi opinión, yo soy demasiado viejo. ¡Y no lo suficientemente italiano!

Aspromonte y Giaccone centraron la mirada en sus respectivos platos.

—Alguien tenía que decirlo —insistió Díaz.

—Algunos sostienen que es el momento de un africano o un sudamericano. Hay algunos buenos candidatos a los que tomar en consideración —dijo Giaccone.

Aspromonte se encogió de hombros y comentó:

—Me han dicho que de postre tenemos un excelente *gelato* de melocotón.

El Papa estaba solo en su capilla privada. El padre Diep lo había llevado hasta allí en la silla de ruedas y lo había dejado frente a su habitual silla de meditación revestida de bronce. El techo resplandecía con sus paneles de vitrales iluminados por detrás, de estilo contemporáneo y cargados de colores primarios. El suelo era de mármol italiano blanco con vetas negras, también de estilo moderno, pero suavizado por una bonita y vieja alfombra marrón colocada en el centro. El altar era sencillo y elegante, una mesa cubierta de una tela de encaje blanco con velas y una Biblia. Detrás del altar, un Cristo crucificado dorado flotaba en una concavidad de mármol rojo que iba del suelo al techo.

Al pontífice empezó a dolerle la cadera y el dolor se fue intensificando. Había empezado a rezar y no quería regresar justo entonces a su lecho de enfermo. El gota a gota de morfina colgaba de una barra ajustada a la silla de ruedas, pero era especialmente reticente a administrarse una dosis en presencia de esa hermosa representación de un Cristo sufriente.

Combatió el dolor y dejó que sus plegarias siguieran fluyendo sin palabras, para que solo Dios las oyese.

De pronto, sintió un dolor diferente.

Le agarró la garganta y la parte superior del pecho.

El Papa miró hacia abajo, movido por la irracional idea de que alguien había reptado por su cuerpo y estaba aplastándole el pecho con todas sus fuerzas.

La presión le hizo contraer el rostro y cerrar los ojos.

Pero quería mantenerlos abiertos y luchó por conseguirlo.

Era como si una flecha en llamas le hubiese perforado el pecho, quemándole sucesivas capas de carne. No podía pedir auxilio, no podía respirar bien.

Se esforzó por mantener la mirada clavada en el rostro del Cristo dorado.

«Dios mío. Ayúdame ahora que te necesito.»

Monseñor Albano entró en el comedor del cardenal Aspromonte sin llamar.

Aspromonte supo por su expresión desencajada que algo iba mal.

—¡El Papa! ¡Ha sufrido un ataque en su capilla!

Los tres cardenales se precipitaron escaleras arriba y atravesaron corriendo las salas de recepciones oficiales hasta llegar a la capilla. Los padres Diep y Bustamante habían trasladado el cuerpo desde la silla de ruedas a la alfombra y Zarilli estaba arrodillado ante su único paciente.

—Es su corazón —murmuró Zarilli—. No tiene pulso. Me temo...

El cardenal Díaz le interrumpió:

—No. ¡No está muerto! ¡Queda tiempo para administrarle la extremaunción!

Zarilli empezó a protestar, pero Giaccone le hizo callar y dio instrucciones a los padres Bustamante y Diep, que abandonaron al instante la capilla.

—Dadas las circunstancias —le susurró Aspromonte a Díaz—, puedes omitir las plegarias, incluso el *Misereatur*, y administrarle la comunión.

—Sí —dijo Díaz—. Sí.

Giaccone y Aspromonte ayudaron al cardenal Díaz a arrodillarse junto al cuerpo del Papa y se puso a rezar ante él en silencio.

Los secretarios del pontífice regresaron con una bandeja de ostias y un maletín de cuero rojo. Díaz tomó una de las ostias y dijo con voz nítida:

—Este es el Cordero de Dios que quita los pecados del mundo. Felices aquellos que son llamados a Su cena.

El Papa era incapaz de responder, pero Aspromonte susurró lo que hubiera dicho:

—Señor, no soy digno de que entres en mi casa, pero una palabra tuya bastará para sanarme.

—El cuerpo de Cristo —entonó Díaz.

—Amén —susurró Aspromonte.

Díaz partió una pequeña porción de ostia y la introdujo en la boca del Papa.

—Que Dios nuestro Señor te proteja y te conduzca a la vida eterna.

Zarilli estaba ahora de pie, con aire apesadumbrado.

—¿Ha terminado? —le preguntó al viejo cardenal—. Se acabó. El Papa ha muerto.

—Está usted equivocado, doctor —respondió Díaz con frialdad—. No habrá muerto hasta que el cardenal camarlengo diga que ha muerto. Cardenal Aspromonte, proceda, por favor.

Todos se apartaron mientras Aspromonte cogía el maletín rojo de manos del padre Diep y sacaba un pequeño mazo con el blasón del Papa grabado.

Se arrodilló y golpeó suavemente con él la frente del Papa.

—Levántate, Domenico Savarino —dijo utilizando el nombre que la madre del pontífice le había susurrado cuando era niño; se decía que ningún hombre seguía dormido al escuchar el nombre con el que había sido bautizado.

El Papa siguió inmóvil.

Otro golpecito.

—Levántate, Domenico Savarino —repitió Aspromonte.

La habitación estaba en completo silencio.

Golpeó la frente del Papa por tercera y última vez.

—Levántate, Domenico Savarino.

Aspromonte se puso en pie, se santiguó y proclamó en voz alta las terribles palabras:

—El Papa ha muerto.

—El Papa ha muerto.

Esta vez las palabras las pronunció un hombre que hablaba por un teléfono móvil.

Se produjo un silencio y se oyó una respiración profunda. Casi podía escuchar el alivio que llegaba desde el pecho del otro. Damjan Krek replicó:

—Durante el ciclo de Piscis. Como se predijo.

—¿Quieres que actúe ya?

—Por supuesto —respondió Krek bruscamente—. Hazlo esta noche. Es el momento perfecto.

Mientras el hombre caminaba por la plaza de San Pedro sabía que K estaba en lo cierto. Esa noche era el momento perfecto. Mientras la noticia del fallecimiento del Papa se extendía por el Vaticano, tanto los seglares como los clérigos se apresuraban para rezar en la basílica y después corrían hacia sus despachos para afrontar la avalancha de trabajo que se les venía encima.

Acarreaba una mochila negra de nailon, de las que se usan para llevar el equipo de comando. Nadie hubiera podido dilucidar si era pesada. Sus fornidos hombros, como los de un moderno Atlas, parecían capaces de levantar cualquier peso. Vestía un traje azul oscuro con un pequeño broche esmaltado en la solapa, su atuendo habitual la mayoría de los días. No era guapo, pero su rostro delgado y anguloso y su cabello negro azabache atraían las miradas de la gente; siempre había tenido éxito con las mujeres.

En lugar de enfilar las escaleras de la basílica, giró hacia una puerta de acceso vetado a los visitantes que llevaba a la capilla Sixtina. Aceleró el paso y oyó el aire nocturno silbando entre sus dientes apretados. Llevaba la pistola SIG pegada al corazón y el cuchillo plegable Boker en el muslo. En la puerta, un guardia suizo con el uniforme de gala permanecía rígidamente en posición de firmes, bañado por la luz de un foco. El guardia lo miró a los ojos y después echó un vistazo a la mochila que llevaba al hombro.

—Cabo —dijo rápidamente el hombre.

El guardia hizo un escueto saludo militar, se apartó y dijo:

—Señor. Un día triste.

—Desde luego que sí.

El *Oberstleutnant* Matthias Hackel avanzó por el sombrío y desierto pasillo; sus zapatos de suela de cuero repiqueteaban en las baldosas. Ante él había una puerta cerrada que llevaba a la capilla Sixtina. Él obviamente tenía las llaves, pero toda esa zona estaba vigilada por cámaras de seguridad. Aunque el segundo en la cadena de mando de la Guardia Suiza podía acceder prácticamente a todos los rincones de la Ciudad del Vaticano con total libertad, era mejor hacerlo a través de los pasillos del sótano, donde había muchas menos cámaras de seguridad.

Bajó por una escalera de piedra hasta el primer sótano y avanzó por un pasillo hasta llegar justo debajo de la capilla Sixtina, entre un laberinto de salas pequeñas y de tamaño medio repletas de objetos de nulo o escaso valor. El Vaticano disponía de cámaras de vigilancia para documentos, libros y tesoros artísticos, pero el contenido de esas salas era bastante más prosaico: muebles, útiles de limpieza, barreras de seguridad.

En la sala en la que ahora estaba no había cámaras y apenas entraba nadie, de modo que estaba seguro de que podría proceder sin ninguna interrupción sorpresa. Encendió las luces y la habitación se iluminó con un pálido fluorescente de un amarillo verdoso. Había montones de anodinas mesas de madera, todas de metro y medio de largo y menos de un metro de ancho, lo suficientemente altas como para ser utilizadas por un hombre sentado. Las habían comprado al por mayor en la década de 1950 a una fábrica milanesa, pero todavía parecían nuevas debido a su escaso uso. Solo se habían sacado de allí para colocarlas en la capilla Sixtina en cinco ocasiones en las últimas seis décadas, con motivo de cada elección de un nuevo Papa.

No eran gran cosa. Pero cubiertas hasta el suelo de terciopelo rojo, sobre el que se ponía un tapete de terciopelo marrón con brocado dorado en la parte superior, adquirían cierto esplendor, sobre todo cuando se colocaban en milimetradas hileras bajo la bóveda pintada por Miguel Ángel.

La mesa que tenía más cerca iba a servir ahora para otra finalidad. Depositó sobre ella la mochila y sonrió.

3

Tommaso De Stefano jugueteó con el cigarrillo. Parecía inquieto por la cita. A su lado, el agua caía en cascada de la fuente con esculturas de delfines entrelazados que adornaba el centro de la piazza Mastai desde 1863. Su mujer llevaba tiempo intentando que dejase de fumar, e incluso él admitía con su respiración jadeante que debía hacerlo. Pero toda esa plaza romana era un monumento al tabaco y tal vez fuese históricamente apropiado homenajearla fumándose un cigarrillo.

Además, estaba nervioso e incluso sentía cierta timidez. Su turbación guardaba cierta similitud con la de unos años atrás, cuando un primo salió de la cárcel después de cumplir una condena de seis años por robo. Entonces le dijo a su esposa con impotencia: «¿Qué le dices a alguien cuya vida ha sido interrumpida de este modo? ¿Cómo te va? ¿Hacía tiempo que no te veía? ¿Tienes buen aspecto?».

Detrás de él estaba la monumental Fábrica de Tabaco Pontificia del siglo XIX, levantada por la emprendedora familia del papa Pío IX y que ahora alojaba a un organismo estatal que controlaba los monopolios. Frente a él tenía un edificio más anodino de cuatro plantas, construido con piedra arenisca rojiza también por Pío IX en 1877 para alojar y educar a las chicas que trabajaban en la fábrica de tabaco. Probablemente no había sido un gesto de mera bondad papal, sino más bien una calculada maniobra para mantener a la barata mano de obra alejada de las calles y libre de enfermedades venéreas.

De Stefano aplastó el cigarrillo y cruzó la plaza.

Aunque la fábrica de tabaco hacía mucho que ya no funcionaba, el edificio rojo había seguido siendo un colegio. Un grupo de disciplinadas adolescentes con chándal azul y blanco deambulaban bajo un cartel en el que se leía: SCUOLA TERESA SPINELLI, MATERNA-ELEMENTARE-MEDIA.

De Stefano respiró hondo y abrió la verja de hierro. En el patio delantero con suelo de mármol una monja joven conversaba con la agobiada madre de una niña que correteaba en círculos, desfogándose de toda la energía reprimida. La monja era negra —africana, a juzgar por el acento— y vestía un hábito azul claro de novicia. Decidió no interrumpirla, así que atravesó el patio hasta el frío y oscuro vestíbulo. Una diminuta monja con gafas, de más edad y con hábito negro, lo vio y se le acercó.

—Buenos días —saludó él—. Soy el profesor De Stefano.

—Sí, le está esperando —respondió ella en un tono formal que contrastaba con su entrañable mirada—. Soy la hermana Marilena, la superiora. Creo que ha terminado su clase. La avisaré de que está usted aquí.

De Stefano aguardó ajustándose la corbata y observando a las chicas que pasaban apresuradamente junto a él de camino a la salida.

Cuando apareció ella, en el rostro del profesor se dibujó una fugaz expresión de perplejidad. ¿Cuánto tiempo hacía? ¿Once años? ¿Doce?

Seguía siendo escultural y enigmáticamente hermosa, pero verla con un escapulario y con el cabello oculto bajo una toca de monja pareció descolocarlo.

Su piel era lechosa, solo un poco más oscura que la camiseta blanca de cuello alto que llevaba bajo el hábito de corte recto tradicional de su orden, las Hermanas Agustinianas, Siervas de Jesús y María. Aunque no llevaba maquillaje, su belleza seguía intacta, con esos labios húmedos y rosados. En sus años universitarios vestía mejor que las otras estudiantes y se ponía fragantes perfumes. Pero incluso con el austero hábito de monja no podía evitar tener un aire estiloso. Llevaba las cejas cuidadosamente depiladas, los dientes resplandecientes y las uñas sin pintar pero con manicura. Y pese a su voluminoso hábito estaba claro que seguía siendo delgada.

—Elisabetta —saludó él.

Ella sonrió y respondió:

—Profesor.

—Encantado de verla.

—Lo mismo digo. Tiene usted buen aspecto. —Extendió las dos manos y De Stefano se las cogió y rápidamente las soltó.

—Le agradezco el comentario. Pero creo que me he hecho viejo.

Al oírlo, Elisabetta negó vigorosamente con la cabeza.

—¿Vamos a un sitio donde nos dé un poco el sol? —le propuso.

El patio estaba repleto de juegos para los niños más pequeños. Entre dos árboles plantados en grandes tiestos había dos bancos de piedra encarados. Elisabetta se sentó en uno y De Stefano se acomodó en el otro e inmediatamente se puso a rebuscar en su bolsillo.

—Lo siento —le dijo ella—. No está permitido fumar..., por los niños.

—Claro —asintió De Stefano avergonzado, y sacó la mano vacía—. Tengo que dejarlo.

Se produjo un largo silencio, que se rompió cuando Elisabetta dijo:

—¿Sabe? Anoche apenas dormí. Estaba nerviosa por este encuentro.

—Yo también —admitió él, sin mostrar apenas lo tenso que todavía estaba.

—La mayoría de mis amigos se distanciaron de mí hace mucho tiempo. Algunos se sentían incómodos. Y creo que otros pensaban que llevaba una vida de clausura —le explicó ella.

—Pero ¿puede usted ver a su familia?

—¡Oh, sí! Al menos una vez por semana. Mi padre vive cerca.

—Bueno, parece usted feliz.

—Soy feliz.

—Entonces es que le gusta esta vida.

—No me imagino haciendo otra cosa.

—Me alegro por usted.

Elisabetta escrutó el rostro del profesor.

—Diría que le gustaría preguntarme por qué.

De Stefano sonrió de oreja a oreja.

—Es usted muy perspicaz. De acuerdo, ¿por qué? ¿Por qué se ha hecho usted monja?

—Ya sabe que estuve a punto de morir. El cuchillo no me atravesó el corazón por un centímetro. Me contaron que alguien asustó a los atacantes antes de que pudiesen rematarme. Me pasé dos meses en el hospital. Allí tuve mucho tiempo para pensar. No fue una epifanía. La idea se fue apoderando de mí lentamente, pero me atrapó y fue ganando fuerza; lo cierto es que siempre había sido una persona religiosa, es algo que me viene de mi madre, siempre he sido creyente. Y lo que vi en el hospital también me causó un profundo impacto. Toda esa gente infeliz y frustrada: los médicos, las enfermeras, los pacientes con los que coincidí, sus familias. Las monjas que trabajaban en el hospital eran las únicas que parecían en paz consigo mismas. No quería retomar la vida universitaria. Me di cuenta de lo tremendamente infeliz que era, de lo vacía que me sentía, sobre todo sin Marco. Y en cuanto sentí la llamada, todo se hizo diáfano.

—Obviamente, muchos de mis colegas en la Comisión Pontificia son sacerdotes. He oído a algunos de ellos comentar su decisión de tomar los hábitos. Pero hasta ahora no había conocido a nadie antes y después de hacerlo.

—Soy la misma persona.

—La misma, seguro que sí. —De Stefano se encogió de hombros—. Pero para mí un poco diferente. ¿Por qué eligió esta orden en particular?

—Tenía que ser una comunidad activa —respondió Elisabetta—. No tengo el talante necesario para entrar en una orden contemplativa. Adoro a los niños. Me encanta la enseñanza. Esta orden se dedica a la educación. Y la conocía. Este fue mi colegio, ¿sabe?

—¿En serio?

—Durante ocho años. Hice la primaria y la secundaria. ¡La hermana Marilena era una de mis profesoras! Yo solo tenía diez años cuando murió mi madre. Cuando eso sucedió, la hermana Marilena se portó maravillosamente y ahora sigue siendo muy generosa conmigo.

—Me alegra que se haya encontrado a sí misma.

Elisabetta asintió y miró a los ojos a De Stefano.

—Por favor, dígame por qué quería verme.

De Stefano hizo crujir los nudillos como un hombre que se dispone a tocar el piano.

—Hace tres días, el martes, hubo un pequeño terremoto con el epicentro a unos cincuenta kilómetros al sur de Roma.

—No lo sabía —dijo ella.

De Stefano guardó silencio varios segundos antes de proseguir. Cuando volvió a hablar había en su voz una ligera pero perceptible vacilación.

—Aquí apenas se notó, pero llegó la suficiente energía subterránea hasta la ciudad como para causar pequeños derrumbes en las catacumbas de San Calixto, en una zona que ya estaba debilitada por hundimientos previos y por las recientes lluvias torrenciales.

Elisabetta arqueó las cejas.

—Afectó al área justo al oeste del muro que usted estudió cuando estaba en la universidad —comentó De Stefano.

—¿Nadie obtuvo permiso para excavar allí? —preguntó ella.

—No, se había tomado una decisión en firme, y cuando usted se marchó, bueno, no quedó nadie que presionara para que se reconsiderase. Yo desde luego no lo hice. El arzobispo Luongo se mostró muy intransigente entonces y se convirtió en mi jefe cuando pasé a trabajar en la comisión, así que no removí el tema.

—Pero ahora se ha producido una excavación natural —dijo Elisabetta.

—Caótica... pero natural; sí, está usted en lo cierto.

—¿Y?

—Por eso he venido a verla —le explicó De Stefano, nervioso—. Nosotros..., yo... necesito su ayuda.

—¿Mi ayuda? —preguntó ella, incrédula—. ¡Profesor, como puede usted ver, ya no soy arqueóloga!

—Sí, sí, Elisabetta, pero esta es la situación: hemos encontrado algo extraordinario... y delicado. Por el momento muy poca gente sabe de su existencia, pero nos preocupa que pueda filtrarse y generar una perturbación indeseada.

—Disculpe, pero no le sigo.

—La coincidencia con el fallecimiento del Papa es desafortunada. Está previsto que el cónclave dé comienzo dentro de siete días; todos los cardenales electores están llegando al Vaticano y las miradas del mundo están clavadas en nosotros. En caso de que hubiese una filtración sobre San Calixto, bueno, necesitaríamos tener a punto una explicación. Deberíamos ser capaces de dar una respuesta creíble para minimizar la alarma que sin duda se generaría.

—¿Qué es lo que han encontrado?

—Prefiero no decírselo, Elisabetta, sino mostrárselo. Quiero que me acompañe allí el domingo por la tarde. Para entonces ya habrá suficientes pilares de madera colocados para que el lugar resulte del todo seguro. Después quiero que trabaje conmigo durante algún tiempo en la comisión. Ya tengo un despacho preparado para usted.

—¿Por qué yo? Cuenta usted con un departamento al completo a su entera disposición. Podría conseguir que viniera aquí cualquier experto mundial con solo chasquear los dedos.

—Vamos contra reloj. Hoy hemos llevado más obreros al yacimiento para realizar el trabajo más duro. Contamos con ingenieros, más gente bajo mi responsabilidad. Tenemos varias zonas tapadas con lonas para minimizar el riesgo de miradas indiscretas, pero, pese a todos nuestros esfuerzos, alguien acabará yéndose de la lengua. Y no podemos permitírnoslo, créame, por favor. Ojalá pudiese contarle más detalles, pero... La información podría llegar a la prensa en cualquier momento. La cúpula del Vaticano está muy preocupada. Me piden que redacte una declaración para salir del paso por si se produce una filtración, pero no sé qué escribir. Si esto sale a la luz, una nube de infortunio se cernirá sobre el nuevo Papa, sobre todo si nos pilla titubeando con la explicación. Sé que usted dedicó un año entero a la investigación de la simbología del muro exterior del habitáculo que descubrió en el lugar del derrumbe. Ha estudiado exhaustivamente la astrología romana del siglo I. Era una de mis estudiantes más brillantes. Tengo la certeza de que es capaz de afrontar el reto. No hay nadie mejor preparado que usted para formular rápidamente una hipótesis.

Elisabetta se puso en pie, enojada, con el rostro enrojecido.

—¡Eso fue hace doce años, profesor! Ahora llevo una vida diferente. Ni hablar.

De Stefano se levantó para ponerse a la altura de Elisabetta, pero ella le sacaba una cabeza.

—El arzobispo Luongo está encantado de que ahora sea usted monja. Cree que tendrá la sensibilidad que se necesita para afrontar este asunto y no va a poner ningún problema a la investigación. ¿Todavía guarda sus notas y escritos de entonces?

—Están en algún lugar en el piso de mi padre —respondió ella distraídamente—. Pero no puedo dejar el colegio así sin más. No puedo abandonar a mis alumnas.

—Ya está todo arreglado —afirmó De Stefano, ahora en un tono más firme e insistente—. Esta tarde monseñor Mattera, el hombre al frente de todas las órdenes religiosas, telefoneará desde el Vaticano a la madre superiora de su orden en Malta. Su superiora, la hermana Marilena, será debidamente informada esta noche. Todo está previsto, Elisabetta. Tiene que ayudarnos. Me temo que no le queda elección.

4

Plegaria matutina en la capilla. Repaso de la lección. Clase. Corrección de los deberes. Plegaria de la tarde. Cena comunitaria. Lectura y meditación. Plegaria nocturna. Retiro para dormir.

Este era el ritmo, el plácido día a día de Elisabetta durante las jornadas laborables.

Los sábados los dedicaba a la capilla y a la plegaria a solas, a ir de compras, a conversar con las hermanas y las novicias, a veces a ver un partido de fútbol o una película en la televisión.

Pero el domingo era su día favorito. Iba a escuchar misa en Santa María en Trastevere. Fue allí donde, de niña, hizo la primera comunión, donde rezó por su madre enferma, donde la despidió durante una misa funeral dolorosamente triste, donde iba a confesarse, a buscar consuelo, a sentir dicha.

Resultaba curioso, reflexionó Elisabetta, el modo como se había desarrollado su vida. De adolescente soñaba con aventuras y viajes, y la arqueología parecía un billete hacia mundos exóticos. Pero la fuerza gravitatoria de la vieja basílica de Santa María resultó ser más fuerte que la de Luxor o Teotihuacán. Consideró que su padre, el desamparado viudo, la necesitaba.

Estaba claro que ni Zazo ni Micaela, cada uno con su respectivo egoísmo camuflado con encanto, iban a cuidar de él adecuadamente, sobre todo cuando envejeciera. Así que en la universidad buscó yacimientos cerca de casa y eligió arqueología clásica.

Después Zazo le presentó a Marco, su compañero en la academia. El bueno y dulce Marco, que a lo único a lo que aspiraba en la vida era a ser policía, casarse con la mujer de sus sueños y ser un forofo de la AS Roma. Él nunca dejaría la capital, eso estaba clarísimo, de modo que Elisabetta concentró todavía más sus aspiraciones en la arqueología romana y en los albores de la era cristiana, cuando las catacumbas empezaron a perforar el blando subsuelo de toba volcánica de la ciudad. Elisabetta estaba destinada a quedarse para siempre en Roma. Con Marco, con su familia.

Y entonces llegó la terrible noche en que le arrebataron a Marco. Esa noche había sido el punto de partida de un largo proceso de recuperación física y de un intenso período de reflexión tras el cual ella desmontó la persona que era y se reinventó como la persona que quería ser.

Ahora todo el universo de Elisabetta giraba alrededor de un kilómetro en la orilla oeste del Tíber. Su colegio estaba allí, igual que su iglesia y la casa de su padre, en la via Luigi Masi. Eran las mismas pocas manzanas en las que había transcurrido su infancia. La insularidad resultaba reconfortante, como un útero.

La misa había terminado. Elisabetta había tomado la comunión del viejo padre Santoro, el sacerdote que atendía las necesidades de su orden y cuya voz de anciano conservaba el timbre de una campana perfectamente afinada. Después de que la mayoría de los parroquianos se hubieran marchado, ella permaneció bajo la bóveda del ábside, empapándose de la quietud. Sobre su cabeza había escenas bíblicas recortadas sobre un mar de mosaicos dorados. La cúpula la había decorado Cavallini en el siglo XII; las historias representadas en mosaico eran tan intrincadas que, después de tantos años, Elisabetta todavía seguía descubriendo imágenes en las que nunca antes había reparado. Desde que localizó el mosaico del esbelto ruiseñor, endiabladamente difícil de encontrar, nunca olvidaba estirar el cuello y saludarlo con un silencioso guiño.

Bajo la tenue luz de la mañana primaveral, Elisabetta se encaminó resueltamente hacia el piso de su padre. La gente con la que se cruzaba podía dividirse en dos tipos. Un grupo, compuesto en su mayoría por personas mayores, buscaba su mirada al cruzársela y esperaba de ella una sonrisa y un gesto de bendición. El otro grupo parecía fingir que ella no existía, como si sus ropas le proporcionasen un manto de invisibilidad. Elisabetta prefería a estos últimos. Esos paseos eran importantes para ella, el recordatorio íntimo de la vida de seglar que había dejado atrás. Le gustaba contemplar los escaparates, ojear los carteles que anunciaban películas, observar la desinhibida intimidad callejera de las parejas jóvenes, recordar cómo era pasear por esas mismas calles como «civil». Pero nada de lo que veía le hacía cambiar de parecer ni socavaba sus sólidas certezas, sino más bien todo lo contrario. Cada regreso a su antiguo barrio era una confirmación de lo acertado de su decisión. Se sentía orgullosa de mostrar su fe con su hábito, de celebrar abiertamente el intenso amor por Jesucristo que atesoraba en su corazón.

Cuando llegó ante la puerta del piso de su padre, se dio ánimos. Nunca fallaba: él siempre abría con brusquedad, ya no por amargura sino, sin duda, por costumbre.

Se dieron un beso. Él lo hizo con tal rapidez que no acertó en la mejilla de Elisabetta y posó sus labios en el borde de la toca.

—¿Qué tal la misa? —le preguntó.

—Ha sido estupenda.

—¿Has quedado cegada por la luz celestial?

Elisabetta suspiró.

—Sí, exacto, papá.

Como de costumbre, percibió el fuerte olor a tabaco de pipa Cavendish, cuyo humo invadía la casa. Cuando era niña apenas lo notaba, excepto cuando alguien en el colegio le olía el jersey y se burlaba del olor. Simplemente era el olor de su mundo. Ahora que era una mujer adulta se encogía de hombros al pensar cómo debían de estar los pulmones de su padre después de todas estas décadas.

Como correspondía a un catedrático, el piso de Carlo Celestino era un apartamento espacioso en la última planta de un edificio de fachada blanca en una estrecha calle en pendiente. Tenía tres dormitorios. Elisabetta había compartido uno con Micaela desde la temprana infancia hasta que se fue a la universidad. Zazo, el hijo varón, siempre había tenido su propia habitación. Ahora esos dormitorios acumulaban polvo, anclados en el pasado. La puerta de la alcoba de su padre estaba cerrada. Siempre lo estaba, y ella no tenía ni idea de en qué estado se encontraba, aunque el resto del piso estaba simplemente desordenado. Del polvo y la suciedad se encargaba la mujer de la limpieza, pero le daba auténtico pánico tocar las tambaleantes pilas de papeles y libros que cubrían la mayoría de las estanterías de madera de las habitaciones comunes.

Carlo Celestino a duras penas cuadraba con la imagen arquetípica de un matemático. Tenía hombros fornidos, piernas cortas y un aire rubicundo más propio de un granjero, lo que lo convertía en un bicho raro entre el claustro de profesores larguiruchos y pálidos que formaban el departamento de Matemática Teórica de La Sapienza. Pero él siempre había sido diferente, una rareza genética que había emergido inesperadamente de un linaje de modestos ganaderos, un tipo cuyos primeros recuerdos de la infancia no eran de vacas y pastos, sino de números zumbando por su cabeza y ordenándose.

Todavía conservaba la vieja granja de sus padres en Abruzzo, y pasaba fines de semana y vacaciones en aquellas colinas ondulantes que miraban al Adriático; en aquel terreno montañoso hacía todo el ejercicio físico que sus sesenta y ocho años le permitían, mientras dejaba que su mente le diese vueltas al teorema con el que llevaba toda su vida peleándose: la conjetura de Goldbach, una creación matemática a la que, según su mujer, amaba más que a ella. «¡Imagínate —le decía, con esa mirada exasperada que Elisabetta y Micaela habían heredado—, pasarte toda la vida intentando demostrar la aseveración de que cada número entero mayor de 2 puede descomponerse en la suma de dos números primos!» Si entonces no lo entendía, ¿qué hubiera pensado de haber vivido otros veinticinco años? Porque allí seguía él, todavía empeñado en probar el maldito teorema para poder jactarse de haber resuelto un problema que llevaba de cabeza a todos los matemáticos del mundo desde hacía doscientos cincuenta años.

Elisabetta pensó que su padre parecía cansado; su espeso cabello blanco se veía más desaliñado que de costumbre.

—¿Qué tal te encuentras últimamente, papá?

—¿Yo? Bien. ¿Por qué?

—Por nada. Solo preguntaba. ¿Cuándo llegan Micaela y Zazo?

—No aparecerán hasta que hayas terminado de cocinar, ya lo sabes.

Elisabetta se rió y se puso un delantal.

—Vamos a echar un vistazo a la pieza.

Su padre sacó el cordero de la nevera y mientras le quitaba el papel marrón en el que iba envuelto soltó de repente:

—No quieren darme más estudiantes de posgrado.

—Ya sabía yo que algo pasaba —dijo Elisabetta con la mirada clavada en la carne rosada.

—Hacen eso cuando consideran que alguien es demasiado viejo o ya le falta energía.

—Estoy segura de que no es por nada de eso —dijo ella—. Pero tal vez deberías estar contento de no tener que responsabilizarte de nuevos estudiantes. Tardan cuatro o cinco años en conseguir su título, a veces incluso más.

—El siguiente paso será ofrecerme un cargo de emérito y trasladar mi despacho al sótano. Sé cómo funcionan estas cosas, créeme. —Carlo frunció el ceño con rabia y sus pobladas cejas casi se tocaron en el puente de la nariz. Sus enormes puños se tensaron.

Elisabetta se lavó las manos y empezó a sazonar la carne con sal marina.

—¿Qué dirán esos burros cuando resuelva la conjetura de Goldbach? —dijo él, desdeñoso.

—Tú y el trabajo, papá. Voy a empezar a cocinar esto.

Cuando llegaron Zazo y Micaela, la ventana de la cocina estaba cubierta de vaho. Zazo olisqueó como un sabueso y le dio una palmada en la espalda a Elisabetta.

—Adelante, estás haciendo un buen trabajo —le dijo, y echó una ojeada a la burbujeante cazuela—. Ya casi has llegado a la meta.

Tanto Zazo como Elisabetta habían heredado la elegante complexión de su madre, que había sido una mujer con la desenvoltura y el porte de una modelo de pasarela. Zazo cuidaba de su físico jugando al fútbol después del trabajo y haciendo pesas en el gimnasio de la comisaría, y con su firme mandíbula y su sensible mirada seguía siendo un perpetuo soltero de buen ver siempre a punto de comprometerse.

—Me alegro de verte —le dijo sonriente Elisabetta—. ¿Ha venido Arturo?

—A menos que se haya escondido, creo que no. —Zazo probó la salsa rojiza con el cucharón.

Ella lo echó de la cocina y llamó a Micaela.

Elisabetta la oyó antes de verla. La voz de Micaela llamaba la atención de cualquiera como el persistente ladrido de un perrito atado. Estaba despotricando sobre Arturo ante su padre.

—¡No tenía que haber cambiado el turno! ¡Sabía que estaba invitado! ¡Vaya capullo!

Micaela entró en tromba en la cocina. Ella era más parecida a su padre, más baja que sus hermanos, fornida, con los marcados rasgos faciales de la familia paterna. Cuando eran pequeños, la gente comentaba lo guapos que eran Elisabetta y Zazo y lo impetuosa que era Micaela. Nada había cambiado.

—Arturo no va a venir —le comentó a su hermana.

—Ya lo he oído. Qué lástima.

—Un mamón de la sala de urgencias quería tomarse el día libre y, sin pensarlo, Arturo aceptó hacerse cargo de su turno. Tiene los sesos reblandecidos.

Elisabetta sonrió. En esa etapa de su vida prácticamente la única persona a la que oía decir palabrotas era a su hermana.

—Quizá lo que tiene reblandecido es el corazón.

—Lo odio.

—No, no es cierto. —Las dos hermanas finalmente se dieron un beso—. Me gusta tu peinado —le dijo Elisabetta. Era más ondulado de lo habitual, parecido al suyo antes de que se lo cortase.

—Gracias. Aquí hace calor. Debes de estar derritiéndote. —Comparada con Elisabetta, que iba vestida de negro y cubierta de pies a cabeza, Micaela parecía casi desnuda con su vestido corto.

—Estoy bien. Ven a echarme una mano.

La mesa del comedor era para seis comensales, y cuando eran menos la silla de Flavia Celestino permanecía vacía como si invitasen a su espíritu a sumarse al banquete.

—¿Qué tal te ha ido la semana? —preguntó Elisabetta a su hermano mientras le pasaba la fuente.

—Ya te lo puedes imaginar —respondió Zazo—. Están a punto de llegar docenas de cardenales con sus séquitos. El jefe de mi jefe está inquieto, mi jefe está inquieto y, por el bien de mis hombres, se supone que yo debo estar inquieto.

—¿Y no lo estás? —le preguntó su padre.

—¿Cuándo ha sido la última vez que me has visto nervioso?

Todos sabían la respuesta, pero nadie la dijo. Fue doce años atrás. Todos recordaban perfectamente el estado de agitación en el que estaba cuando entró a toda velocidad en el hospital para toparse con Elisabetta medio muerta en un box de urgencias y con el cadáver de Marco enfriándose en otro. Todos recordaban cómo ardía de rabia en los días posteriores cuando al principio no le permitieron participar en la investigación y luego le negaron el acceso a los archivos del caso después de que se diese carpetazo a la investigación oficial. Le dijeron que estaba demasiado implicado en el asunto, que tenía una conexión personal, y que su falta de imparcialidad pondría en peligro el proceso judicial.

«¿Qué proceso judicial?», preguntó él. No se había detenido a nadie. No había ni una sola pista. Toda la investigación era un chiste.

Tras un año de creciente frustración, Zazo y sus superiores llegaron al punto de ebullición al mismo tiempo. Él quería largarse, ellos querían que se largase. Su natural jovialidad había sido eclipsada por el sarcasmo y por arrebatos de hostilidad hacia los mandos que ocupaban los puestos más altos en el escalafón, e incluso había sido amonestado por algún episodio puntual de excesiva violencia durante un arresto. Le obligaron a visitar a un psicólogo, que lo encontró básicamente equilibrado pero necesitado de un cambio de aires en una comisaría que no le recordase a diario la brutal agresión que habían sufrido su mejor amigo y su hermana.

El jefe de Zazo le sugirió el Cuerpo de Gendarmes de la Ciudad del Vaticano, la fuerza policial que patrullaba por el Vaticano, un trabajo poco exigente en el que los delincuentes más peligrosos a los que había que enfrentarse eran carteristas e infractores de las normas de tráfico. Se movieron los hilos necesarios y se efectuó el traslado. Cambió de uniforme.

Le había ido bien en el Vaticano. Reencontró el equilibrio y ascendió hasta el rango de comandante. Ahora podía pagarse su propio piso. Tenía un coche y una moto. Siempre llevaba a una chica guapa del brazo. No podía quejarse de no ser feliz, excepto cuando el fantasmal cadáver desangrado de Marco afloraba en su memoria.

Carlo alabó lo tierno que estaba el cordero y murmuró:

—Tal vez cuando haya un nuevo Papa puedas conseguir que te promocionen a su cuerpo de seguridad. Cuando llega alguien nuevo, siempre le gusta introducir algunos cambios.

La mitad de los guardaespaldas no uniformados del Papa provenían de la Gendarmería y la otra mitad de la Guardia Suiza.

—Soy incapaz de trabajar con la Guardia Suiza. La mayoría de ellos son unos gilipollas.

—Son suizos —gruñó despectivamente Carlo—. Lo más probable es que tengas razón.

Después de que Elisabetta retirase los platos de la comida, Micaela sacó el tiramisú que había comprado en la pastelería. Había estado malhumorada y extrañamente callada durante toda la comida y bastó un amable empujoncito de Elisabetta para que se desfogase.

Micaela estaba en el último curso de sus estudios de gastroenterología en el hospital San Andrea. Quería quedarse allí; Arturo formaba parte del equipo médico del centro y a ella le gustaba el departamento en el que estaba estudiando. Tenía la intención de conseguir el puesto de adjunto que había quedado vacante en la facultad.

—Se lo han dado a Fanchetti —se lamentó.

—¿Por qué? —intervino de pronto su padre—. Tú eres mejor que él. Yo no permitiría que ese gamberro me metiese un endoscopio por el trasero.

—Él es hombre, yo soy mujer; fin de la historia —sentenció Micaela.

—No pueden ser tan sexistas —dijo Elisabetta—. ¿A estas alturas de la historia?

—¡Vamos! ¡Tú trabajas para la organización más sexista del mundo! —exclamó Micaela.

Elisabetta sonrió.

—El hospital es una institución seglar. La Iglesia no lo es.

Sonó el timbre de la puerta.

—¿Quién demonios será? —gruñó Carlo—. ¿En domingo? —Se encaminó pesadamente hacia el vestíbulo.

—Tal vez sea Arturo —dijo Zazo, provocando un inmediato resoplido de Micaela.

Elisabetta dejó el tenedor en la mesa discretamente y se puso en pie.

Oyeron a Carlo gritando por el crepitante interfono y luego regresó al comedor con una expresión de perplejidad en la cara.

—Abajo hay un tipo que dice que es el chófer del arzobispo Luongo. Dice que ha venido para recoger a Elisabetta.

—Ha llegado antes de hora —dijo Elisabetta, abrochándose el cinturón de cuero—. Iba a comentároslo.

—¿Comentarnos qué?

—Mi antiguo profesor Tommaso De Stefano vino a verme. Sigue en la Comisión Pontificia de Arqueología Sacra. Quiere que le ayude en un proyecto. Le dije que no, pero insistió. Tengo que irme. Siento dejar los platos sin lavar.

—¿Adónde vas? —le preguntó Micaela, pasmada.

De hecho, todos la miraban. La vida de Elisabetta era tan predecible que esta desviación de la rutina parecía haberlos pillado a todos por sorpresa.

—A las catacumbas —explicó—. A San Calixto. Pero, por favor, no lo comentéis con nadie.

Parecía que hubiese pasado toda una vida desde que Elisabetta había entrado en esos subterráneos. La entrada para llegar a San Calixto estaba junto a la via Apia, la cual, en plena tarde de domingo, estaba desierta. Había olvidado lo rápido que el paisaje se tornaba rural cuando se cruzaban las viejas murallas del sur de la ciudad.

Apartada de la carretera principal, la avenida que conducía a las catacumbas estaba rodeada de hileras de altos cipreses cuyas copas resplandecían con un tono anaranjado bajo el menguante sol. Más allá había una amplia extensión de tierras arboladas y cultivadas que pertenecían a la Iglesia y en las que se levantaba un viejo monasterio trapense, una residencia para los guías de las catacumbas y la iglesia de *Quo Vadis?* Hacia el oeste se extendían las catacumbas de Domitila. Hacia el este, las catacumbas de San Sebastiano. Toda la zona era sagrada.

El chófer, que había permanecido mudo durante todo el trayecto, se apeó y le abrió la puerta antes de que a Elisabetta le diera tiempo de hacerlo por sí misma. El profesor De Stefano la esperaba en la entrada para los visitantes, una construcción baja que parecía una sencilla villa mediterránea.

Una vez dentro, De Stefano la guió y pasaron junto al policía que montaba guardia en la verja metálica de la zona de visitantes. Desde allí descendieron por una escalera de piedra hacia las entrañas de la tierra.

—Nos espera una buena caminata —le dijo—. Está a mitad de camino de las catacumbas de Domitila. No hay atajo posible.

Elisabetta se levantó un poco el hábito para no tropezar. El estancado aire subterráneo le resultó familiar.

—Recuerdo el camino —replicó.

Sentía que la invadía una perturbadora mezcla de aprensión y excitación mientras recordaba las anteriores ocasiones en que había estado allí y se dirigía hacia las nuevas revelaciones que la esperaban.

Avanzaron rápidamente por las zonas habilitadas para los turistas. Las galerías, abiertas con pico y pala en la blanda roca volcánica desde el siglo II hasta el siglo V, eran sombríos vestigios del devenir de la historia. Los romanos siempre habían enterrado o incinerado a sus muertos en necrópolis fuera de las murallas de la ciudad, pues estaba absolutamente prohibido hacerlo dentro de sus límites. Los ricos construían panteones familiares. Los pobres se amontonaban en fosas comunes.

Los primeros cristianos se negaron obstinadamente a mezclar a sus muertos con los huesos paganos, pero la mayoría de ellos eran demasiado pobres para poder permitirse tumbas propias. Se encontró una solución utilizando los terrenos rurales de simpatizantes de la fe. Cavad vuestras propias necrópolis, les dijeron. Cavad cuanto deseéis, venid a visitar a vuestros muertos siempre que queráis, pero dejad nuestros campos intactos. Y de este modo las catacumbas se extendieron hacia los cuatro puntos cardinales fuera de las murallas de la ciudad, pero sobre todo hacia el sur, junto a la via Apia.

A lo largo de los siglos se perforó una vasta red de galerías subterráneas para preservar los restos mortales de papas y mártires, plebeyos y nobles. A los papas se los enterraba en criptas con elaborados frescos, adonde los peregrinos acudían a venerarlos. Los pobres disponían de pequeños *loculi*, poco más que unos estantes de piedra excavados en la roca para contener sus cadáveres amortajados. Tal vez sus nombres estuviesen inscritos en la piedra, tal vez no. A los seres queridos se los dejaba con los símbolos de su nueva religión: el pez, el ancla, la paloma y la cruz con el crismón. A medida que pasaban los años, las galerías se ampliaron en un laberinto de varios niveles y kilómetros de túneles para albergar a los cientos de miles de creyentes fallecidos.

Aunque la primera época del cristianismo estuvo repleta de problemas, finalmente la fortuna sonrió a la nueva religión cuando, en el siglo IV, el propio emperador Constantino se convirtió a ella, prohibió la persecución de los cristianos y devolvió las propiedades confiscadas a la Iglesia. Poco a poco, los restos de los papas y de los mártires importantes se sacaron de las catacumbas y se enterraron en tierra consagrada en los terrenos que rodeaban las iglesias. El saqueo de Roma por los godos en el año 410 puso fin a la utilización de las catacumbas para nuevos entierros, aunque durante siglos los peregrinos continuaron visitándolas y los papas hicieron todo lo posible para conservarlas en buen estado, e incluso engalanaron las criptas importantes.

Pero su conservación se fue descuidando y en el siglo IX las reliquias empezaron a trasladarse, cada vez con mayor frecuencia, a iglesias situadas en el interior de las murallas de la ciudad. Las catacumbas se vieron condenadas a la extinción. Las entradas se llenaron de vegetación y quedaron como un vestigio de otro tiempo, completamente olvidadas, hasta que en el siglo XVI Antonio Bosio, el Cristóbal Colón de la Roma subterránea, redescubrió una, después otra y así hasta treinta, y empezó a estudiarlas sistemáticamente.

Pero no tardaron en aparecer los ladrones de tumbas y a lo largo de los dos siglos siguientes la mayoría de los fragmentos de mármol y artefactos valiosos fueron desapareciendo, hasta que en 1852 la Iglesia puso las catacumbas bajo la protección de la recién creada Comisión Pontificia de Arqueología Sacra.

Elisabetta siempre había experimentado una sensación de paz en el interior de esos pasadizos estrechos y toscamente horadados del color del ocaso. ¡Las paredes y los techos debían de cobrar vida cuando los peregrinos los atravesaban con titilantes lámparas de aceite! ¡Qué emocionados debían de sentirse al sumergirse en la oscuridad, vislumbrar los cadáveres en sus *loculi*, las vistosas inscripciones y pinturas en los *cubicula* —los cubículos reservados a las familias—, hasta que, sin apenas poder contener la expectación, llegaban a su destino: las criptas de los papas y los grandes mártires, como San Calixto!

Ahora los *loculi* estaban vacíos. Ya no había allí ni huesos, ni lámparas, ni ofrendas, tan solo una cavidad rectangular en la roca. Elisabetta palpó con delicadeza un fragmento de revoque en uno de los muros que todavía recordaba. En él se vislumbraba la tenue silueta de una paloma con una ramita de olivo. Suspiró.

De Stefano caminaba con paso rápido y firme para un hombre de su edad. De vez en cuando se volvía para asegurarse de que Elisabetta le seguía. Durante los diez primeros minutos de trayecto los túneles que recorrieron eran los abiertos al público. Atravesaron las criptas de Cecilia y los papas, y rodearon las tumbas de los santos Gaius y Eusebius hasta que llegaron a una verja de hierro abierta que tenía la llave en la cerradura. La Zona Liberiana quedaba fuera de los recorridos turísticos. Completada en el siglo IV, era el último sector al que se había accedido, una serpenteante red de pasajes con tres niveles diferentes.

El derrumbe se había producido en la zona más alejada de la Zona Liberiana. Cuando De Stefano se detuvo en la mal iluminada intersección entre dos galerías y por un momento pareció que se había desorientado, Elisabetta le sugirió amablemente que girase hacia la izquierda.

—Tiene una memoria excelente —le dijo él, agradecido.

El apagado sonido de metal entrechocando con escombros fue aumentando de volumen a medida que se acercaban a su destino. El muro enlucido que había despertado el interés de Elisabetta años atrás había desaparecido, reducido a polvo tras el hundimiento. Ahora se abría un boquete, irregular como la boca de una gruta.

—Ya hemos llegado —anunció De Stefano—. El trabajo duro ya se ha hecho. Hemos apuntalado la zona con maderos. Si no creyera que es seguro, no la habría traído.

—Dios nos protegerá —dijo Elisabetta a la vez que echaba un vistazo al lugar, intensamente iluminado.

Dentro del habitáculo había tres hombres sacando paletadas de una mezcla de rocas, polvo y ladrillos. Habían instalado una especie de grúa manual para sacar los cubos del lugar del derrumbe. Los hombres dejaron de trabajar y se quedaron mirando a Elisabetta a través de la entrada.

—Son mis ayudantes de más confianza —le explicó De Stefano—. Caballeros, ella es la hermana Elisabetta. —Los trabajadores eran jóvenes. Pese a la fresca temperatura del subterráneo estaban empapados en sudor—. Gian Paolo Trapani es el máximo responsable de todas las catacumbas de la via Antica y ejerce de capataz en esta operación.

El joven de aspecto agradable que se le acercó lucía una larga melena que había adquirido un tono rojizo por el polvo terroso. Parecía no tener claro si debía tenderle la mugrienta mano, así que optó por decir:

—Hola, hermana. Me han dicho que hace años estudió usted este yacimiento. Es una pena que haya hecho falta un terremoto para poner en marcha una excavación. Ahora todo está hecho un desastre.

Elisabetta siguió a De Stefano por la abertura. El habitáculo tenía una estructura irregular, más o menos rectangular. Pero los bordes eran difusos por la acumulación de escombros. Se habían colocado maderos del grueso de traviesas de ferrocarril para sostener los laterales y el techo. El espacio medía como mínimo unos quince por diez metros, pensó Elisabetta, pero el derrumbe hacía difícil afirmarlo con precisión. Había un haz de luz proveniente de unos diez metros por encima de ellos. Asomó una cabeza y un hombre gritó:

—¿Por qué paráis? —Era el que manejaba las poleas del cubo para retirar los escombros.

—¡Vamos a tomarnos un descanso! —vociferó Trapani, y la cabeza desapareció.

La primera impresión de Elisabetta fue que afrontaban el trabajo más preocupados por la rapidez que por el rigor científico. No había cuadrículas de excavación, ni rastro de medidas y documentación, ni trípodes con cámaras, ni mesas de dibujo. El suelo parecía haber sido despejado con frenética premura más que con meticulosidad, metro a metro. Unas lonas azules cubrían la mayor parte del suelo. Solo uno de los muros se mantenía razonablemente vertical. Estaba cubierto por una lona colgada de él.

—Disculpe que esté tan sucio —le dijo Trapani mirándole los zapatos y los bajos del hábito, que estaban ya cubiertos de polvo—. Hemos estado trabajando más rápido de lo que nos hubiera gustado.

—Ya lo veo —dijo Elisabetta.

Le sorprendió la facilidad con la que cambió el chip y se puso a observarlo todo con ojos de arqueóloga. Durante doce años había dedicado toda su atención al mundo interior, al ámbito de la emoción y la creencia, la fe y la plegaria. Pero en ese momento su mente se impuso a su corazón. Entró con cuidado en el habitáculo, evitando las omnipresentes lonas, fijándose en los detalles y ordenándolos en su cabeza.

—Los ladrillos —dijo Elisabetta, y se detuvo para recoger uno—. Típicos del siglo I romano, largos y estrechos. Y esto. —Dejó en el suelo el ladrillo y cogió un pedazo de material gris desmenuzable del tamaño de un gatito—. *Opus caementicium*, el hormigón romano. —Después recogió uno de los muchos pedazos de madera ennegrecida y carbonizada. «Aquí hubo un incendio», pensó—. Este habitáculo es de un período anterior al menos en un siglo a las catacumbas más antiguas. Exactamente como yo había supuesto. La ampliación de las catacumbas del siglo IV se detuvo justo antes de topar con esto.

—Sí, estoy de acuerdo —dijo De Stefano—. Quienes cavaban las catacumbas de la Zona Liberiana se quedaron a unos pocos golpes de pico de toparse con la sorpresa de su vida.

—Es un *columbarium*, ¿verdad? —dijo Elisabetta.

—Tal como sugirió usted en su época de estudiante —admitió De Stefano—. Parece una cámara funeraria subterránea precristiana. El monumento que se alzaba en la superficie probablemente fue destruido y lo más seguro es que hubiese desaparecido antes de que se cavasen las catacumbas. —Sacó una bolsita de plástico transparente del bolsillo—. Por si había dudas sobre la datación en el siglo I, esto es una prueba irrefutable. En lo que llevamos excavado, hemos encontrado varias de estas.

Elisabetta cogió la bolsita. Contenía una moneda de plata de gran tamaño. El busto del anverso mostraba a un hombre de nariz chata y cabello rizado con una corona de laurel. En la inscripción se leía: NERO CLAUDIUS CAESAR. Dio la vuelta a la bolsa. En el reverso había un elaborado arco flanqueado por las letras S y C: *Senatus Consulto*, la marca de la ceca senatorial.

—El arco perdido de Nerón —dijo Elisabetta—. Año 54.

—Exacto —aseveró Trapani, visiblemente impresionado por la perspicacia de la monja.

—Pero esto no es un típico *columbarium*, ¿verdad? —inquirió ella, mirando las lonas.

—En absoluto. —De Stefano señaló con la mano la lona que colgaba del muro y dijo—: Por favor, Gian Paolo, retírala.

Los hombres sacaron los clavitos que la sostenían y retiraron la lona. Debajo aparecieron varias hileras de pequeños nichos abovedados tallados en el cemento, muchos de los cuales contenían urnas funerarias de piedra. La sucesión de nichos quedaba solo interrumpida por un liso panel de espeso revoque. Gian Paolo lo enfocó con un reflector.

El revoque estaba cubierto por un círculo de símbolos pintados.

Elisabetta se acercó y sonrió.

—Los mismos que había en mi muro.

Los cuernos de Aries, el Carnero.

Las columnas gemelas de Géminis, los Gemelos.

La lacerante flecha de Sagitario.

Las dos pinzas de Cáncer, el Cangrejo.

La Luna en cuarto creciente.

El símbolo masculino, Marte. El símbolo femenino, Venus.

El zodíaco completo. Los planetas. Un círculo de imágenes.

De Stefano se acercó hasta casi rozar los hombros de Elisabetta.

—Las inscripciones que estudió usted debían de ser de la pared interior de un habitáculo más pequeño. Ha habido que esperar a este derrumbe para que apareciese el principal.

Un símbolo en particular llamó la atención de Elisabetta. Se situó frente a él y se puso de puntillas para poder observarlo mejor.

Parecía una figura esquemática: el tronco formado por una línea vertical, los brazos con una C boca arriba como si estuviesen alzados, las piernas con una C boca abajo. La línea vertical se extendía por encima de los brazos para crear una cabeza o un cuello, pero también se extendía por debajo de las piernas.

—Sin duda es el símbolo de Piscis, pero tradicionalmente se dibuja recostado. Así en vertical parece más un hombre, ¿verdad? Mi antiguo muro incluía la misma variante. Y si pretende representar a un hombre, ¿qué cree que es esto? —preguntó Elisabetta señalando el segmento entre las piernas—. ¿Un falo?

Los arqueólogos parecieron incómodos al escuchar a una monja pronunciar esa palabra y De Stefano le respondió rápidamente:

—No, creo que no.

—Entonces ¿qué es? —insistió Elisabetta.

El viejo profesor guardó silencio unos instantes y le dijo a Trapani:

—Bueno, quitad las lonas del suelo.

Sus ayudantes trabajaron con rapidez, con una gestualidad casi teatral, para llevar a cabo su versión de una dramática revelación, dejando al descubierto en toda su extensión el suelo cubierto de cascotes.

Elisabetta se llevó la mano a la boca para reprimir una blasfemia.

—¡Dios mío! —susurró—. ¿Cuántos hay?

De Stefano suspiró y respondió:

—Como puede ver, nuestra excavación ha sido muy apresurada y sin duda hay un batiburrillo de restos del derrumbe, pero hay aproximadamente unos ochenta y cinco adultos y doce niños.

La mayoría de los cadáveres eran meros esqueletos, pero, debido a la atmósfera sellada, algunos estaban parcialmente momificados y conservaban fragmentos de piel de color marrón, restos de cabellos y pedazos de ropa. Elisabetta se fijó en algunos rostros que mantenían las bocas abiertas, paralizadas en lo que casi parecía un grito.

Los restos solo estaban al descubierto en parte; se necesitarían cientos de horas de trabajo para extraerlos meticulosa y cuidadosamente de los escombros. Había tantos, que le resultó difícil concentrarse en alguno en concreto.

Y entonces, entre la maraña de brazos, piernas, costillas, cráneos y columnas vertebrales emergió un detalle singular que impactó contra la mente de Elisabetta como una enorme ola golpeando contra una roca. Sus ojos saltaban de un esqueleto a otro hasta que sintió que se le nublaba la vista y que sus rodillas adquirían una consistencia líquida.

«Santo Padre, dame fuerzas.»

No había duda.

De todos los esqueletos, de cada hombre, mujer y niño, emergía el resto óseo de una cola.

5

Janko Mulej solía chasquear los nudillos cuando se impacientaba. Krek se percató del gesto.

—¿Qué sucede? —le preguntó.

Mulej rondaba los cuarenta, era unos diez años más joven que su anfitrión, y feo como la parte trasera de un autobús, tal como le gustaba decir a Krek, incluso a la cara de Mulej. Prácticamente doblaba en tamaño a su compañero; era un gigante que se vería obligado a vestir con chándal de no ser por su excelente sastre en Liubliana.

—Quizá deberíamos dejarlo por esta noche.

La gran sala del castillo Krek nunca se caldeaba del todo, ni siquiera en pleno verano, y esa noche de primavera Krek había decidido encender el fuego para estar confortable. Le gustaba que las llamas fueran altas y durante la tarde había ido echando nuevos troncos para mantener la chimenea crepitando a pleno rendimiento.

La construcción medieval pertenecía a su familia desde hacía cuatrocientos años, aunque Krek la perdió nominalmente durante las desagradables décadas de gobierno comunista. Asentado en medio de varios centenares de hectáreas de bosques eslovenos, a algunos kilómetros del lago Bled, la cuadrangular fortaleza original databa del siglo XIII. El profundo foso estaba lleno de carpas y desde fuera la apariencia de las envejecidas piedras del castillo le daban cierto aspecto de decrepitud y abandono.

Esta impresión quedaba completamente anulada al entrar. El padre de Krek había sido un hombre huraño que casi nunca salía de sus dominios. A lo largo de su vida dedicó mucha más atención a la restauración del castillo, desde el sótano hasta el tejado, que a su hijo. Ivo Krek se había concentrado en las entrañas del edificio: la mampostería, la fontanería, las calderas, el cableado. El hijo compartía con el padre la devoción por el castillo, pero aplicó su entusiasmo a la elección de un mobiliario y una decoración modernos. Las salas de visitas con sus arcos románicos estaban espléndidamente amuebladas con antigüedades de la época, pero Krek había incorporado un montón de muebles contemporáneos para hacerlas más confortables. Televisores de pantalla plana coexistían con tallas medievales en madera de nogal. Un armario del siglo XVI decorado con escenas de caza pintadas contenía un sistema de audio danés de cuatrocientos mil euros. La cocina profesional de última generación parecía salida de las páginas de una revista de decoración.

Para recibir a Mulej y a los demás, optaba por la gran sala. Su dimensión monumental empequeñecía a los hombres, incluso a uno del tamaño de Mulej, y a Krek le gustaba que su gente se sintiese diminuta en su presencia.

Krek echó un vistazo al reloj del abuelo. Eran las diez en punto.

—Llevo levantado desde las cuatro, ¿y eres tú el que está cansado? —le preguntó a Mulej, y su tono de voz se fue elevando—: ¿No sabes lo que está en juego? ¿No te das cuenta del poco tiempo del que disponemos?

Mulej desplazó su considerable peso en el sofá de cuero sin brazos. Estaba incómodo sentado tan cerca del fuego y sudaba profusamente, pero ni se le pasaba por la cabeza cambiarse de sitio: Krek le había indicado que se sentase allí. Sobre la mesa que los separaba se amontonaban altas pilas de libros de empresa de gran tamaño, informes financieros y una selección de periódicos.

—Por supuesto que sí, K —dijo secándose la frente empapada con su ya húmedo pañuelo—. Lo siento. Podemos continuar todo el tiempo que quieras.

Krek echó otro tronco a la chimenea y el fuego chisporroteó violentamente. Le cayó un ascua en los pantalones. Maldijo y cuando se la sacudió de un manotazo siguió lanzando improperios, ahora dirigidos a Mulej. Las disculpas de este habían surtido poco efecto.

—¡El cónclave se va a reunir en menos de una semana, habrá un nuevo Papa y ahora, encima, tenemos el problema de San Calixto! ¡Tenemos un montón de trabajo! ¡Dormirás cuando yo te diga que duermas, comerás cuando yo te diga que comas! ¿Te queda claro?

Para el mundo exterior Mulej era el cancerbero de Krek, la amenazadora bestia que protegía las puertas del infierno, el director de su corporación. Pero cuando su jefe descargaba su ira sobre él, la bestia infernal se transformaba en un pequeño y asustado chucho.

Krek alzó la mirada, como si pudiese ver a través del techo las constelaciones en el cielo nocturno.

—¿Por qué demonios tuvo que morirse Bruno Ottinger? Echo de menos a ese viejo crápula. Confiaba en él.

—También puedes confiar en mí —dijo Mulej, sumiso.

—Sí, supongo que puedo confiar en ti —aceptó Krek, calmándose—. Pero eres bastante idiota. Ottinger era un genio, casi mi igual.

Mulej cogió rápidamente el ejemplar del periódico *Delo* y lo depositó sobre el montón, como ansioso por cambiar de tema.

—Y entonces ¿qué quieres que haga respecto a esto?

En la página del editorial y de opinión aparecía una foto de considerable tamaño de Krek, un retrato halagador aunque de algún modo inquietante, que emergía dramáticamente entre las sombras con el titular: DAMJAN KREK. ¿POR QUÉ NO SE POSTULA A LA PRESIDENCIA? Un comentarista político al que conocían bien, un tocapelotas de derechas, estaba armando bulla otra vez.

—Deberíamos hacer caso omiso —suspiró Krek—. ¿Por qué no me deja tranquilo este tipo?

Mulej respondió a su pregunta con otra:

—¿Cuántos multimillonarios hay en Eslovenia?

—Es el inconveniente de ser un pez grande en un estanque pequeño —sentenció Krek—. Nos va mejor cuando trabajamos en la sombra. ¡Políticos! —Pronunció la palabra como si escupiera.

—Ya hemos tenido bastante —dijo Mulej.

—Polillas que se abalanzan sobre la luz. —El tono de Krek rebosaba desdén.

Sonó la línea interna que comunicaba con la casa del guarda. Krek descolgó.

—Lo había olvidado —dijo—. Hágala pasar.

—¿Quieres que me quede? —preguntó Mulej.

—No tardaré más de una hora —dijo Krek—. ¡Sí, quédate! Ni se te ocurra marcharte. Cuando vuelva, quiero ver una propuesta de los pasos que vamos a dar entre hoy y la semana próxima.

—Sé cómo proceder, K —afirmó Mulej con voz cansada.

—Y quiero que te asegures de que uno de nuestros empleados árabes revisa la declaración. Tiene que parecer auténtica.

—Ya lo he hecho.

—Y redacta una nota de prensa expresando la indignación de la compañía en mi nombre y, por supuesto, en el de sus empleados católicos. ¿Entendido?

—Entendido.

—Y, lo más importante, quiero un plan para afrontar el

tema de las catacumbas. No me puedo creer que esto haya sucedido en el peor momento posible. Quiero que nuestra gente en Italia tenga claro que esta es nuestra principal prioridad. Quiero la mejor información, el mejor plan y la mejor ejecución. —Se había ido acercando a Mulej y en ese momento estaba pegado a él. Le golpeó el hombro con un dedo—. ¿Entendido?

El grandullón asintió, obediente.

—Sí, señor.

Sonó el timbre de la entrada y abrió el propio Krek.

Uno de los hombres de seguridad escoltaba a una joven. Krek la invitó a pasar con una sonrisa.

—¿Cómo te llamas?

—Me llamo Aleida, señor Krek. —Tenía acento holandés.

—Mis amigos me llaman K —dijo él—. Me habían dicho que eras preciosa. Y desde luego no estoy decepcionado.

—Es un honor conocerlo. Sin duda uno de los grandes acontecimientos de mi vida. —Aleida era una chica morena con rostro de estrella de cine. Se ruborizó por la emoción del momento.

—Ven conmigo —le dijo Krek—. Dispongo de poco tiempo.

—Por supuesto, señor Krek..., K..., un hombre como usted tiene muchas responsabilidades. Estoy segura.

La condujo a la planta superior por una escalera con una barandilla ornamentada junto a la que colgaban retratos de antepasados de Krek.

—Ni te lo imaginas.

A ambos lados del pasillo había astas de ciervo, una peligrosa decoración si alguien pasaba por allí bebido y tropezaba con una de ellas. En las zonas residenciales del castillo tampoco había ni rastro de un toque femenino. La esposa de Krek había fallecido de una fulminante y desgarradora enfermedad neurológica hacía años y todas las florituras ornamentales que él le había tolerado fueron eliminadas en cuanto ella murió. Su propiedad era agreste, poblada por jabalíes y corzos. Era un castillo para cacerías. El hogar de un hombre.

El dormitorio de Krek era amplio y austero. Suelo de listones de madera con alguna pequeña alfombra. En el centro de la habitación, una enorme columna de roble labrada en espiral sostenía grandes vigas. Una cómoda medieval apoyada contra la pared. Un tapiz. Una inmensa cama con dosel de damasco a rayas.

Krek se sentó a los pies de la cama y se quitó la corbata.

—Me han dicho que has sido modificada —dijo.

Aleida bajó la mirada y susurró algo a modo de disculpa.

—Normalmente no acepto mujeres modificadas, pero me aconsejaron que hiciese una excepción.

—Mis padres me mandaron a un colegio en el que las chicas se duchaban juntas —explicó ella en voz baja—. Yo no quería que me la amputasen, pero ellos decidieron que debía operarme.

—Es algo habitual. Ojalá estas cosas no ocurrieran, pero soy consciente de que suceden. Deja que te vea.

Obediente, Aleida empezó a quitarse la ropa. Primero la chaqueta, después los zapatos de tacón alto, la blusa, la ceñida falda. No había ningún mueble a su alrededor, así que simplemente fue dejando caer cada prenda al suelo.

Krek le ordenó que se detuviese para poder recrearse en su cuerpo cubierto solo por la lencería. No quería que se diese la vuelta, todavía no.

—Sigue —le dijo finalmente.

Aleida se desabrochó las medias del liguero y se las quitó deslizándolas por las piernas, después se quitó con destreza el sujetador y se bajó muy despacio el tanga negro. Iba completamente rasurada.

—Precioso —dijo Krek apoyándose en un brazo—. Ahora date la vuelta.

Ella obedeció. Ahí estaba: una pálida y estrecha cicatriz de unos seis centímetros sobre el hueso sacro.

—Acércate.

Inspeccionó la cicatriz y la repasó con el dedo.

—¿Quién te lo hizo?

—El doctor Zweens —dijo ella—. En Utrecht.

—Lo conozco. Trabaja bien. Bueno, Aleida, eres muy guapa. No veo ningún problema.

La hizo volverse agarrándola por las caderas para verla de cara. Ella lo miró agradecida.

Krek se puso en pie, se desabrochó el cinturón y dejó caer al suelo los pantalones. Se los quitó y se bajó los calzoncillos.

Le tomó las manos e hizo que le rodease la cintura. Ella hizo el resto, moviéndolas lenta y sensualmente hacia la base de la espalda de Krek, donde le agarró la gruesa protuberancia que surgía del nacimiento de su espina dorsal. La acarició en toda su extensión deslizando los dedos. Era tan carnosa como su polla y estaba igualmente erecta.

—Estira —gimió Krek—. Estira fuerte.

6

El pequeño despacho de Elisabetta estaba en la tercera planta del Instituto Pontificio de Arqueología Sacra, en la via Napoleone, una animada calle romana que se extendía sobre una suave colina. Fuera, todo se movía a gran velocidad —coches, motos y peatones—, y la algarabía de los motores y los transeúntes hacía que la ciudad resultase vibrante. Dentro, el ritmo era lánguido. El personal arrastraba los pies por los pasillos a paso de tortuga. Las catacumbas y los monumentos llevaban allí siglos, pensaban, así que ¿por qué ir con prisas?

Elisabetta no compartía esa manera parsimoniosa de funcionar. ¡Y encima en la piazza Mastai sus clases se seguían impartiendo sin ella! La hermana Marilena se había hecho cargo, de modo que al menos las niñas estaban en buenas manos; ese no era el mayor de sus problemas. El encargo que se le había hecho le suponía un cisma, un desgarro en el tejido de su alma, por toda la funesta atracción que le hacía sentir. Sus días estaban consagrados a servir a Dios. Ahora, por primera vez en doce años, la habían obligado a abandonar el suave balanceo de su bote salvavidas y la habían arrojado a un mar que no le resultaba familiar.

Los libros y papeles que había en su despacho eran de otra época, de otra Elisabetta. Reconocía su letra y recordaba las anotaciones que había hecho, pero le parecían totalmente ajenas a ella. Estaba resentida con ellos, resentida con el profesor De Stefano y resentida con el personal del instituto. En su cabeza los veía como piezas de una conspiración para apartarla de todo lo que amaba. Incluso los religiosos del instituto parecían habitantes de un universo paralelo con misiones diferentes a la suya. Las monjas eran algo parecido a secretarias pendientes del reloj, los sacerdotes olían a tabaco y hablaban de series de televisión en el comedor. Ella solo deseaba acabar su trabajo, fuera el que fuese, y regresar a su preciada rutina.

Estaba hojeando su viejo ejemplar de la *Astronomica* de Manilius cuando sintió una repentina necesidad de dejar lo que estaba haciendo y orar en silencio.

Cerró los ojos y agarró la cruz que llevaba colgada al cuello con la fuerza suficiente como para hacerse daño en la mano, la cual ya le dolía de por sí debido a la vieja herida en la palma.

—Señor, dejé a un lado todos los pensamientos sobre mí misma y sobre mi vida pasada cuando entregué mi alma a tu divino espíritu. Cedí mi corazón al poder de tu amor. Ese corazón que casi fue atravesado por el cuchillo de un asesino, ese corazón ahora te pertenece. Todas mis acciones, decisiones y sufrimientos, mi ser entero, están dedicados a amarte, loarte y glorificarte. Mi deseo irrevocable es entregarme a ti por entero, vivir y morir como una de tus devotas siervas. Por favor, no permitas que nada altere mi profunda paz. Aparta de mi corazón toda la impureza. Amén.

Antes de que Elisabetta abriese de nuevo los ojos, una sucesión de perturbadoras imágenes empezaron a invadir sus pensamientos como inoportunos visitantes. Imágenes de cadáveres parcialmente momificados con restos óseos de colas planearon sobre su mente.

Y entonces la atrapó un destello, un recuerdo doloroso que ella había logrado mantener apartado de su conciencia casi por completo: la espalda semidesnuda del hombre que la había apuñalado y esa protuberancia que emergía de su columna vertebral, rodeada de pequeños tatuajes negros que parecían un enjambre de insectos furiosos.

Esa cosa. Era una cola, ¿verdad?

De pronto, mareada, soltó aire; no se había dado cuenta de que llevaba un rato conteniendo la respiración.

Era como si siempre lo hubiese sabido.

Elisabetta se sintió diminuta y vulnerable, un gorrión en medio de un huracán. Dios moraba en su interior, la arropaba. Pero por primera vez en mucho tiempo tuvo ganas de sentir la acogedora calidez de un abrazo tangible.

—¿Sales ya?

Elisabetta oyó la impaciente voz de barítono de Marco a través de la puerta del lavabo.

—¡Sí! —gritó ella.

—Llevas diez minutos diciendo que sí. Llegaremos tarde.

—Esta vez lo digo en serio.

Se dio los últimos toques de rímel y se distanció todo lo que pudo para intentar convertir su reflejo en el espejo encima del lavabo en lo más parecido al reflejo en un espejo de cuerpo entero. Le gustaba el vestido nuevo. Era rojo y veraniego y hacía que su cuerpo luciese especialmente bien torneado. Solo le faltaba elegir un collar, alguno bonito y largo, para resaltar el escote.

Abrió la puerta y vio que la mueca de impaciencia en el rostro de Marco se difuminaba.

—La espera ha merecido la pena —le dijo—. ¡Mírate!

Ella le preguntó si le gustaba el vestido y la respuesta de él consistió en deslizar sus grandes manos sobre la sedosa tela hasta llegar a las medias.

Elisabetta se rió y se apartó.

—Creía que habías dicho que íbamos a llegar tarde.

—No es más que la boda de mi primo. Ni siquiera me cae bien.

—Bueno, no voy a permitir que me estropees el vestido y el maquillaje. Por no mencionar tu traje nuevo, que es precioso, por cierto.

Marco se miró en el espejo del pasillo.

—¿Lo dices en serio?

—Sí, lo digo en serio. Vas a causar sensación entre las chicas.

—No van a poder seducirme —dijo él en voz baja—. Ya estoy comprometido.

—Con este comentario te has ganado un beso, pero te lo daré después. Ahora mismo vuelvo. Tengo que elegir un collar.

En ese momento él dejó de parecer un hombretón y tomó la actitud de un chaval nervioso. Metió la mano en el bolsillo interior de la americana y sacó una cajita de terciopelo.

—Tal vez esto te sirva.

—Marco, ¿qué has hecho?

Elisabetta la abrió y de inmediato le encantó. Era un colgante en forma de corazón con una cadena de oro, la mitad del corazón estaba montado con diamantes engarzados y la otra mitad era de rubíes.

—¿Te gusta?

—Oh, Dios mío, me encanta.

Elisabetta se metió otra vez en el lavabo para ponérselo y salió resplandeciente.

—Es muy bonito —dijo él—. Como tú.

—Tú eres una mitad y yo la otra —comentó Elisabetta—. ¿Cuál soy yo, la de diamantes o la de rubíes?

—La que prefieras.

Ella dio un par de pasos hacia Marco y alzó la cabeza para mirarlo. Él la envolvió con sus fuertes brazos y le aplastó tiernamente las costillas. Elisabetta cerró los ojos, rodeó con las manos la cintura de él y aplastó la oreja contra su corazón, sintiéndose más segura y feliz que nunca.

—¿La molesto?

Sobresaltada, Elisabetta abrió los ojos. El profesor De Stefano estaba en la puerta.

—No. Por favor, pase.

El profesor se disculpó por la interrupción:

—Solo quería asegurarme de que disponía de todo lo que necesita

—Sí, está todo aquí —dijo ella, recomponiéndose—. La caja con mis papeles ha llegado esta mañana desde casa de mi padre. El ordenador parece que funciona.

—¿Necesita que alguien le eche una mano con él?

—En el colegio tenemos ordenadores, profesor, sé manejarlos perfectamente.

—Bien, bien. Le diré a mi secretaria que le dé acceso a mis archivos de fotografías del yacimiento.

—Eso me será muy útil —dijo Elisabetta.

De Stefano se quedó allí clavado.

—¿Tiene algún plan? —preguntó entonces abruptamente—. Ya sé que este es su primer día de trabajo y no quiero presionarla, pero esta mañana ya he recibido llamadas del Vaticano. Están ansiosos por recibir un informe.

Elisabetta dio una palmada a su ejemplar de la *Astronomica*.

—Estoy pensando en los símbolos. Quiero averiguar qué significan, el sentido que podían haber tenido para esos... seres. Y necesito entender mejor esa anomalía: las colas.

De Stefano asintió vigorosamente.

—Sí, eso es clave. Necesitamos resolver este misterio cuanto antes. ¿Quiénes eran esa gente? ¿Cómo llegaron aquí? ¿Cómo murieron? ¿Quemados? ¿Los asesinaron? De ser así, ¿quién lo hizo? ¿O fue un suicidio masivo? En ese caso, ¿por qué lo hicieron? ¿Qué pistas nos dan sus colas y su simbología sobre quiénes eran? ¿Eran romanos? ¿Eran paganos? ¿Existe una remota posibilidad de que fuesen cristianos? Va a ser imposible lograr que este hallazgo no se acabe filtrando en algún momento. Al final siempre sucede. Lo único que espero es que si pasa antes de que empiece el cónclave o durante su celebración, tengamos alguna explicación creíble que ofrecer. Lo dejo en sus manos. Pero en cuanto haga algún progreso, comuníquemelo. —Había en su voz un tono de súplica.

Elisabetta abrió el pequeño tomo por una página marcada con un punto de libro. Marcus Manilius fue un astrólogo romano cuya vida transcurrió durante la época de Augusto y Tiberio, una figura que habría sido barrida por el tiempo de no ser por su poema épico *Astronomica*, con el que pretendía enseñar el zodíaco a sus conciudadanos.

> Ni la razón del hombre se amarró o puso límite a sus actividades hasta que calibró los más recónditos secretos de los cielos, atrapó los más recónditos secretos del mundo al entender las causas y observar todo lo que existe en cualquier lugar. Entonces comprendió por qué las nubes eran sacudidas y rotas por estallidos tan estruendosos; por qué los copos de nieve del invierno eran más suaves que el granizo del verano; por qué los volcanes escupían fuego y la sólida tierra temblaba; por qué caía la lluvia y qué provocaba los vientos. Después de que la razón hubiese conectado esos múltiples fenómenos con sus verdaderas causas, se aventuró más allá de la atmósfera para buscar el conocimiento de la vecina inmensidad celestial y entender el cielo como un todo; determinaba las formas y los nombres de los signos, y se descubrió qué ciclos cumplían estos según una ley establecida, y que todas las cosas se movían según las disposiciones celestiales, del mismo modo que las constelaciones con sus diversos movimientos asignan diferentes destinos.

Al leerlo, Elisabetta recordó que los antiguos romanos eran unos apasionados de la astrología, estaban absolutamente convencidos de que los cielos regían sus destinos. Algunos emperadores, los que eran arrogantes como Tiberio, alentaban esta práctica. Otros, como Augusto, convencido de que el populacho intentaba predecir su fallecimiento, prohibieron las consultas astrológicas.

Pero pese al uso generalizado del zodíaco en la vida cotidiana de los romanos, Elisabetta sabía que los signos astrológicos raramente se encontraban en los frescos de las casas y las tumbas. La simbología desplegada en ese *columbarium* era algo único y, dado el contexto, perturbador.

Elisabetta comparó sus notas sobre el muro original, ahora desintegrado, con sus apuntes recientes. El patrón de símbolos era idéntico, los doce signos zodiacales colocados de una forma simple pero hermosa en un gran círculo en su orden longitudinal tradicional desde Aries hasta Piscis, seguidos por siete símbolos planetarios en un orden peculiar: la Luna, Mercurio, Venus, el Sol, Marte, Júpiter y Saturno. Y en ambos círculos Piscis estaba siempre en vertical, como un hombre de pie.

¿Y qué decir de los restos óseos y momificados? Tendría que estudiar las fotos de De Stefano cuidadosamente pero, todavía más importante, necesitaba volver a las catacumbas con paleta y cepillo y dedicar unas cuantas horas a estudiar esos restos. Empezó a anotar un recordatorio para pedirle al profesor que le organizase otra visita, pero la distrajo un posit con un signo de exclamación que hacía años ella misma había colocado sobresaliendo de una página de la *Astronomica*. Abrió el libro por la página marcada.

> Un poder superior a menudo entremezcla los cuerpos de bestias salvajes con las extremidades de los seres humanos: no se trata de un nacimiento natural…, las estrellas son las que crean estas formas sin precedentes, los cielos conforman sus rasgos.

Nacimientos monstruosos.

Elisabetta se encogió de hombros e intentó recordar por qué había marcado ese pasaje.

En su ordenador sonó la campanita que anunciaba la llegada del primer correo electrónico. Se deslizó con la silla con ruedas hasta colocarse delante de él y clicó para acceder a la bandeja de entrada; esperaba haber recibido las fotos de De Stefano. Pero era un mensaje de Micaela, y el asunto constaba de una sola palabra: CIAO.

> Aquí te mando un montón de artículos. Espero que sea lo que necesitabas. Me pone de los nervios que no me expliques de qué va todo esto. Mic.

Elisabetta envió los documentos a la impresora compartida situada en la sala de fotocopias y archivos y corrió a recogerlos antes de que nadie pudiese verlos.

Sintió alivio al comprobar que estaba sola, a salvo de miradas indiscretas, mientras los artículos se iban depositando en la bandeja de la impresora. Los iba grapando según iban saliendo. De pronto se percató de que sí había alguien más. Detrás de los archivadores había aparecido un joven sacerdote que la observaba.

Ella se volvió y se quedó mirándolo demasiado rato.

Era muy alto, sin duda medía dos metros, tenía una cara oblonga y fino cabello rubio que le daban un aire al hombre que grita del cuadro de Munch. Llevaba gafas de montura negra de pasta con unos cristales tan gruesos que magnificaban y distorsionaban sus ojos. Pero fueron su torso y sus brazos absurdamente largos lo que más llamó la atención de Elisabetta. Los brazos eran demasiado largos incluso para un cuerpo tan estirado como el suyo, y sus delgadas y huesudas muñecas emergían de las mangas de la camisa negra de clérigo.

Avergonzada por mirarlo boquiabierta, estaba a punto de

decir algo cuando él se escurrió rápidamente por la puerta y desapareció sin decir palabra.

Ya en el despacho, Elisabetta guardó los artículos de prensa en el bolso. Lectura para la noche. Se pasaría el resto de la tarde analizando meticulosamente el archivo de fotos de la excavación de De Stefano en la pantalla del ordenador.

Gian Paolo Trapani había tomado cientos de fotos. Los trabajos de excavación eran rudimentarios y los esqueletos estaban solo parcialmente separados unos de otros y de la base de escombros que los rodeaba. Estudió cada una de las fotos de manera meticulosa. Su primera impresión fue que esa gente era adinerada. Llevaban brazaletes de oro y plata y collares con piedras preciosas. Aquí y allá, montoncitos de monedas de plata sugerían la existencia de monederos que se habían descompuesto hacía mucho tiempo. Los cadáveres estaban muy juntos, colocados de un modo uniforme, lo cual indicaba, aventuró Elisabetta, que habían estado agolpados en un pequeño espacio. Pero un detalle le llamó la atención después de haber analizado un número suficiente de fotografías. Los esqueletos de los niños, e incluso de los bebés, parecían estar dispersos al azar entre los de los adultos. No pudo dar con ninguna foto en la que se viese a un bebé entre los brazos de un adulto. ¿No había evidencia alguna de instinto maternal?

Entonces la fotografía de uno de los esqueletos la dejó estupefacta.

Era una figura masculina, pensó, a juzgar por la altura y el volumen del cráneo. En cuanto a la momificación, era uno de los cadáveres mejor preservados, con una buena proporción de reseca piel marrón pegada a los huesos faciales. Elisabetta sabía que los cambios post mórtem hacían que este tipo de valoraciones resultasen difíciles, si no directamente absurdas, pero había en ese tosco rostro un gesto congelado de atormentada furia.

El esqueleto estaba envuelto en oro. Lucía pesados brazaletes de oro en los huesos de las muñecas. Un colgante de oro repujado reposaba entre sus costillas. Elisabetta buscó una foto de detalle del colgante, pero no había ninguna. Amplió el área con la herramienta correspondiente del ordenador, pero no sirvió de nada. Si había alguna inscripción, no fue capaz de vislumbrarla. Se anotó mentalmente examinarlo la próxima vez que bajase a San Calixto.

Pero fue la última fotografía de este esqueleto lo que realmente captó su atención. Tenía algo entre los huesos de una de las manos: una cadena rota de plata con un medallón de plata. Elisabetta notó que un escalofrío de emoción le recorría el cuerpo. Amplió la imagen. El resultado era borroso, pero estaba casi segura de saber lo que tenía ante sus ojos: un crismón, uno de los símbolos cristianos más primitivos, que consistía en la combinación de las dos primeras letras de la palabra griega para Cristo.

¿Qué hacía un símbolo del cristianismo primitivo en ese contexto claramente no cristiano de un *columbarium* romano decorado con símbolos astrológicos paganos? Elisabetta cerró la carpeta de las fotos y se frotó los ojos, fatigados por tanta concentración.

Un misterio más.

Elisabetta llegó a la piazza Mastai demasiado tarde para la oración vespertina en la capilla y no tuvo más remedio que rezar sola mientras las otras hermanas cenaban juntas. Como la capilla se hallaba en la otra punta del pasillo con respecto a la cocina, estaba tranquila y en silencio. Cuando acabó sus plegarias, se santiguó y se puso en pie. La hermana Marilena estaba sentada en la última bancada.

—No la he oído entrar —le dijo Elisabetta.

—Bien —dijo la anciana monja—. Mamá te ha guardado un plato. No le gusta que nadie se salte las comidas.

Mamá era la madre de la hermana Marilena y tenía noventa y dos años. Hacía tiempo, Marilena había pedido y obtenido el permiso de la madre superiora de su orden para que su madre viviera con ellas en lugar de meterla en un asilo. Disponían de espacio de sobra. El tercer y el cuarto piso del convento alojaban solo a ocho hermanas —cuatro italianas y cuatro maltesas— y a diez novicias, todas africanas. En esos tiempos resultaba difícil reclutar novicias para la orden, sobre todo en Italia y el resto de Europa, de modo que las pocas que se incorporaban contaban con el lujo de tener sus propias habitaciones.

—¿Está haciendo una plegaria extra? —le preguntó Elisabetta.

Era un chiste privado entre ellas. Marilena siempre se metía en la capilla para hacer alguna plegaria extra. La financiación de la orden era paupérrima. Necesitaban más libros y ordenadores. Con la escasez de nuevas novicias, se veían obligadas a contratar profesores que les resultaban muy caros. La mayoría de los padres no podían asumir una subida de las cuotas. De modo que Marilena estaba siempre rezando para obtener más recursos.

—Creo que esta vez Dios me ha oído —dijo Marilena, dando su respuesta habitual.

Elisabetta sonrió y le preguntó:

—¿Qué tal le ha ido a Michele en el examen de geometría?

—No muy bien. ¿Te sorprende?

—No. Va a necesitar ayuda extra.

—No te preocupes —dijo Marilena—. Tengo muy frescos a Pitágoras y Euclides. Y a ti ¿cómo te va?

—No me gusta este encargo. Apenas dispongo de tiempo para rezar.

—Tampoco lo tenías cuando dabas clases aquí.

—Es distinto. Aquí estoy con usted. Esa oficina es algo ajeno a mí y también lo son las personas que hay allí.

—Ya te acostumbrarás.

—Espero que no —dijo Elisabetta—. Solo pienso en terminar el encargo y volver aquí.

Marilena asintió.

—Harás el servicio que la Iglesia te pida y estoy segura de que Dios te bendecirá por ello. Y ahora ven a comer antes de que las dos tengamos un problema con mamá.

Después, en su habitación, Elisabetta se sentó ante el escritorio en camisón y zapatillas e intentó leer todos los artículos que Micaela le había enviado. Era una tarea ardua. El asunto era muy técnico y francamente repugnante: un compendio de literatura médica sobre colas humanas. La mayoría de los informes estaban en inglés y esos fueron los primeros que leyó. Había también unos pocos en francés, alemán, ruso y japonés, que dejó para más tarde.

Acabó el decimocuarto artículo del día sobre colas humanas atávicas, un término que hasta ese momento desconocía por completo. Atavismo: reaparición de una característica perdida específica de un ancestro remoto en el proceso evolutivo. Como otros atavismos, la literatura científica consideraba que las colas humanas eran un ejemplo de nuestra herencia genética compartida con mamíferos no humanos.

Elisabetta no estaba dispuesta a meterse en un debate sobre biología evolutiva. Su formación era científica y prefería dejar que la doctrina de la Iglesia coexistiese pacíficamente con los axiomas sobre la evolución, al menos en su cabeza. Ningún miembro de la Iglesia había tenido ocasión de preguntarle sobre sus creencias acerca de este asunto y ella intentaría que las cosas siguiesen así.

Las colas en humanos, según descubrió, eran algo raro, muy raro, un fenómeno del que en todo el siglo pasado solo existían un centenar de casos bien documentados. Elisabetta se obligó a estudiar las fotografías, sobre todo las de niños. Le provocaron una intensa agitación interior, una sensación perturbadora y primaria que le revolvió las tripas. Y había algo más: cierto grado de temor. Un ancestral miedo darwiniano de la presa ante el depredador. Respiró profundamente y siguió adelante.

Las colas en humanos iban desde pequeños nódulos a serpenteantes apéndices más largos. Tenían la estructura propia de las colas de los mamíferos, con huesos —hasta media docena de vértebras emergiendo del coxis— cubiertos por tendones, músculos y piel rosácea. Se podían mover por el total control voluntario del músculo estriado.

La mayoría de los padres optaban por la eliminación quirúrgica para que el niño no creciera estigmatizado, motivo por el que las colas en adultos eran algo mucho más inusual.

A Elisabetta empezaron a pesarle los párpados. Se había leído todos los artículos en inglés y empezaba a encontrarlos repetitivos. Ahora tenía un artículo en alemán encima de la pila. Era de la *Deutsche Medizinishe Wochenschrift*, un texto breve de 2007. No dominaba el alemán, pero creyó entender por el título que versaba sobre un caso de cola en un adulto humano. El texto era denso e impenetrable.

Decidió que lo intentaría por la mañana. Ya era hora de despejarse la cabeza y recuperar el equilibrio dedicando un rato a las plegarias antes de que el sueño la venciese.

Mientras se levantaba de la silla, Elisabetta sintió el súbito impulso de pasar una página más. Trató de combatirlo, pero su mano fue más rápida.

Al ver la foto, perdió el control de sus piernas y cayó en la silla con tal fuerza que lanzó un grito ahogado de dolor.

—¡Dios mío!

El cadáver desnudo de un anciano yacía boca abajo sobre una mesa de autopsias, fotografiado desde la cintura hasta las rodillas.

Por encima de unas arrugadas nalgas masculinas emergía una cola de veinte centímetros de largo desde el nacimiento hasta la punta, según testimoniaba el metro colocado junto a ella. Era gruesa en su nacimiento, toda ella cilíndrica, y acababa abruptamente en una punta corta y gruesa como el extremo de una salchicha.

Pero había más.

Elisabetta intentó tragar, pero tenía la boca demasiado seca. Miró la fotografía con detenimiento y ajustó la lámpara de lectura para ver mejor, pero no fue suficiente.

Respirando entrecortadamente, cogió la bata, salió de la habitación y se la puso mientras recorría a toda velocidad el pasillo. La hermana Silvia, una mujer encantadora con problemas de vejiga que iba camino del lavabo, se quedó boquiabierta cuando vio a Elisabetta pasar corriendo y bajar por las escaleras hacia las aulas.

Encendió las luces y encontró lo que necesitaba en el aula de ciencias. Regresó escaleras arriba con una lupa.

Volvió a sentarse ante la mesa. El nacimiento de la columna vertebral del muerto era lo que le había llamado la atención.

Allí estaban, visibles bajo la lupa, rodeando la cola en semicírculos concéntricos: una multitud de pequeños tatuajes negros. Elisabetta se quedó paralizada de miedo, como si ese viejo cadáver pudiese emerger de la página y atacarla con un cuchillo dirigido a su corazón.

7

El Instituto de Patología del Hospital Universitario de Ulm, en el sur de Alemania, se alzaba entre bosques en la periferia de un enorme campus. Por insistencia del profesor De Stefano, se les había organizado un viaje en avión, y un coche con conductor estaba esperándolas en el aeropuerto de Munich pese a las protestas de Elisabetta, que consideraba que podían ir perfectamente en tren.

—Escuche —le había dicho él—. Me estoy jugando el cuello por permitir que meta a su hermana en esto, así que yo decido. Quiero asegurarme de que van y vuelven en el mismo día. La rapidez...

Para incordiarlo, Elisabetta completó la frase:

—... es esencial.

Ella y Micaela se sentaron juntas en el vuelo desde Roma y hablaron en voz baja de colas y tatuajes, signos astrales y ritos fúnebres de la antigua Roma.

Micaela devoró su bolsa de frutos secos variados, y también la de Elisabetta, de la que se había apropiado cuando se las ofrecieron, y disfrutaba a conciencia de su papel de infiltrada. Pero Elisabetta, ya nerviosa por haber metido a alguien de su familia en ese asunto, empezó a dudar de que su hermana cumpliera con la promesa de absoluta discreción cuando esta dijo:

—Deberíamos contárselo a papá. Es un genio.

—Sí, ya sé que es muy listo y supongo que su capacidad analítica nos sería muy útil —respondió Elisabetta—, pero sencillamente no se lo podemos contar. ¡No podemos hablar sobre esto con nadie más! No te imaginas lo complicado que ha sido conseguir que me dejasen meterte a ti. Les he asegurado que necesitaba la ayuda de alguien con conocimientos médicos y De Stefano ha aceptado solo porque eres mi hermana.

Las dos mujeres que se apearon del Mercedes ante la entrada del instituto no podían resultar más diferentes: Micaela con su ceñido vestido estampado, elegante chaqueta de cuero y zapatos de tacón alto, y Elisabetta con su hábito negro y sus sencillos y cómodos zapatos.

Mientras que Elisabetta no se decidía a entrar, Micaela le dijo al recepcionista que tenía una cita. Después de telefonear arriba, el recepcionista volvió a alzar la vista y le preguntó a la monja si podía ayudarla en algo.

—Vamos juntas —dijo Elisabetta.

Él las miró a ambas y meneó la cabeza, desconcertado por el evidente choque entre dos mundos.

Previamente, Micaela le había calentado la cabeza a Elisabetta sobre la pomposidad de los títulos académicos alemanes. Así que cuando el Señor Profesor Doctor en Medicina Peter-Michael Gunther salió del ascensor, Micaela le guiñó un ojo a su hermana. Desde luego ese hombre tenía todo el aspecto de un Señor Profesor. Alto, arrogante y con una petulante perilla, llevaba el título al completo bordado sobre el bolsillo de la pechera de su bata de laboratorio; un considerable gasto de hilo rojo.

—Señoras —las saludó Gunther con un acento inglés impecable, esforzándose visiblemente por encontrar el modo más adecuado de dirigirse a ellas—. Un placer conocerlas. Por favor, síganme.

Micaela no paró de hablar con él mientras subían. Ella había sido quien lo había contactado y en cualquier caso él parecía sentirse mucho más cómodo con ella.

—Me sorprende su interés por mi breve artículo —comentó Gunther mientras las hacía pasar a un moderno despacho que daba al estanque ornamental del instituto.

—¿Nadie más se había interesado nunca por él? —preguntó Elisabetta, que abrió la boca por primera vez.

Él les sirvió café de una cafetera de émbolo.

—¿Saben?, pensé que generaría más interés y comentarios, pero no sucedió así. Tan solo recibí algunas observaciones de colegas y un par de bromas. De hecho, quien más interés mostró fue la policía.

Elisabetta dejó la taza en la mesa.

—¿Por qué la policía? ¿Acaso había algo sospechoso en su muerte?

—En absoluto. La causa de la defunción era claramente una trombosis coronaria. Ese hombre tenía ochenta y tantos años, lo encontraron inconsciente en la calle y lo llevaron a urgencias, donde se dictaminó que estaba muerto. Todo muy rutinario hasta que le quitaron los pantalones. El caso dio otro giro inusual dos días después de la autopsia, cuando alguien entró a hurtadillas en la morgue del hospital y se llevó el cadáver. Esa misma noche, de mi despacho del hospital desaparecieron varios de mis archivos, incluidas las notas y las fotografías de nuestro hombre. Incluso se llevaron mi cámara digital con la tarjeta de memoria. La policía resultó más bien inútil, en mi opinión. No descubrieron ninguna pista para solucionar el caso.

Elisabetta se desmoronó al escuchar estas informaciones. ¿Su viaje iba a ser una pérdida de tiempo? Lo único que se le ocurrió preguntar fue:

—¿Y qué hicieron los allegados del muerto?

—No había ninguno. Ese hombre no tenía ningún pariente vivo al que pudiésemos localizar. Era un profesor universitario jubilado que vivía en un apartamento de alquiler cerca del centro de la ciudad. Parece que estaba muy solo. La policía concluyó que alguien en el hospital se fue de la lengua sobre su peculiaridad anatómica y algún grupo de chiflados robó sus restos para algún tipo de ritual o como una mera broma macabra. ¿Quién sabe?

—¿Cómo pudo escribir usted su artículo si todo lo relacionado con el cadáver había sido robado? —preguntó Micaela.

—¡Oh, bueno! —dijo Gunther con aire astuto—. Como se trataba de un caso excepcional, hice un duplicado de las fotos y una copia del informe de la autopsia que me traje a este despacho la misma noche en que se la practicaron. Quería estudiar ese material en mi tiempo libre. Fue una suerte que tuviese dos despachos.

—Entonces ¿dispone usted de fotos? —le preguntó Micaela.

—Sí, tengo un montón.

—¿Aparte de las que aparecieron publicadas con el artículo? —preguntó Elisabetta.

—Sí, por supuesto. Y ahora quizá ha llegado el momento de que me expliquen ustedes por qué una monja y una gastroenteróloga están tan interesadas en este caso.

Las dos hermanas se miraron. Habían ensayado la respuesta.

—Es por los tatuajes —dijo Elisabetta—. Estoy haciendo investigaciones para un proyecto sobre la simbología de la antigua Roma. Tengo motivos para pensar que los tatuajes de este hombre guardan algún tipo de relación con eso, pero las fotografías publicadas son demasiado borrosas para poder distinguirlos.

—¿Qué tipo de símbolos? —preguntó Gunther visiblemente fascinado.

—Astrológicos —respondió Elisabetta.

—Entonces se va a llevar una decepción —dijo él, y cogió una carpeta de su ordenado escritorio.

Fue sacando, una tras otra, una serie de fotografías en color, como si fuese el crupier de un casino, haciendo chasquear los bordes. Todas eran de la marchita espalda del anciano. Las primeras eran planos generales, entre ellas las dos que habían aparecido publicadas en el artículo. La cola era larga y llegaba por debajo de las nalgas del cadáver. A través de la piel reseca se podían ver las vértebras.

En otras fotos el plano se acercaba y el detalle aumentaba a medida que el fotógrafo captaba la punta cónica que se extendía sobre un delgado hueso. El diámetro de la cola se agrandaba hacia la mitad; unos finos pelos blancos cubrían la piel. ¿Habrían sido negros en los años de juventud de ese hombre?, se preguntó Elisabetta.

Después Gunther sacó las fotografías clave, las del nacimiento de la columna vertebral.

No era muy educado arrebatárselas, pero Elisabetta no se pudo contener. Cogió uno de los primeros planos y lo escrutó ansiosamente.

«Los tatuajes eran números.»

Tres semicírculos concéntricos con números rodeaban la base de la cola.

63 | 128 | 99 | 128 | 51 | 132 | 162 | 56 | 70
162 | 103 | 39 | 103 | 128 | 99 | 56 | 120
99 | 70 | 63 | 52 | 56 | 70 | 120

Micaela, para no quedarse atrás, había cogido una foto similar.

—¿Qué significa esto? —preguntó.

—No entendimos absolutamente nada —dijo Gunther—. Y seguimos sin entenderlo.

Ambos miraron a Elisabetta.

Ella negó con la cabeza, desconcertada.

—Yo tampoco tengo ni idea. —Dejó la foto sobre la mesa—. ¿Puede hacernos una copia?

—Sí, por supuesto.

—¿Dispone de algún otro dato sobre este hombre?

—Sabemos su nombre y su última dirección, eso es todo.

—¿Puede dárnoslos? —preguntó Elisabetta con delicadeza.

Gunther se encogió de hombros.

—En principio la confidencialidad con el paciente lo prohibiría, pero cuando el asunto llegó a manos de la policía se convirtió en público. —Sacó una hoja con datos de la carpeta—. Algún día, señoras, tendrán ustedes que compensarme contándome los resultados de sus indagaciones. Me huelo que tienen algún as guardado en la manga.

Micaela sonrió y dijo:

—Las mangas de mi hermana son más anchas que las mías.

La dirección en Fischergasse estaba a poca distancia de la catedral de Ulm, y si las dos mujeres no hubiesen ido con prisas para tomar su vuelo de regreso, Elisabetta habría intentado hacer una visita relámpago al templo. La catedral había iniciado su existencia como una edificación católica relativamente modesta pero, gracias a la conversión de la región al protestantismo y a la incorporación de una monumental aguja en el siglo XIX añadida por los presbíteros, se había convertido en la catedral más alta del mundo.

Su chófer aparcó junto a una hilera de bonitas casas con entramado de madera en el casco antiguo de la ciudad, lo suficientemente cerca del Danubio para que el viento llevase hasta allí un ligero aroma fluvial. El número 29 era una casa de cuatro pisos con una panadería en la planta que daba a la calle.

Cuando llegaron, Micaela estaba manteniendo por el móvil

una acalorada discusión con su novio, Arturo; así que Elisabetta se apeó sola.

—Si no logras averiguar nada, al menos tráeme un pastelito —le pidió Micaela.

La agradable calle fascinó a Elisabetta. Le habría parecido maravilloso encontrar un banco y quedarse allí sentada un rato a solas. Excepto por unos breves momentos que había podido dedicar en la capilla del convento al alba, se había pasado el día entero sin rezar. Se sentía agobiada y vacía, y se preguntaba angustiada si su fe estaba siendo puesta a prueba. Y, de ser así, ¿superaría la prueba y emergería triunfante?

Una campanilla con resorte anunció su entrada en la panadería. La corpulenta mujer plantada detrás de la caja registradora pareció sorprendida de ver a una monja en su negocio y dejó de lado a otra clienta para atender a Elisabetta.

—¿Qué desea, hermana? —le preguntó en alemán.

—Oh, ¿habla usted italiano o inglés? —inquirió Elisabetta en esta última lengua.

—Un poco de inglés. ¿Quiere pan? ¿Algo de bollería, hermana?

—Solo un poco de ayuda. En esta dirección vivía un hombre. Me pregunto si usted lo conocía.

—¿Quién?

—Bruno Ottinger.

Fue como si Elisabetta hubiera invocado a un fantasma. La tendera se agarró al mostrador y casi aplasta una tarta con la mano.

—¡El profesor! ¡Dios mío! Por raro que parezca, Hans y yo estuvimos hablando de él anoche. Éramos sus caseros.

—Veo que está usted ocupada. Tan solo me he detenido un momento de camino al aeropuerto para poder hablar con alguien que lo hubiese conocido.

—Deje que me saque de encima a esa señora —dijo la tendera señalando con la barbilla a la anciana clienta; Elisabetta esperó que no entendiese el inglés—. Siempre compra lo mismo, así que no me llevará ni un minuto despacharla.

Cuando la clienta se hubo marchado, la esposa del panadero, que se presentó como frau Lang, colgó en el escaparate un cartel que indicaba que volvía en diez minutos y cerró la puerta. Le dio un golpecito en la muñeca a Elisabetta y, con tono culpable, dijo:

—Hans es protestante, pero yo soy católica. Debería practicar más mi religión, pero una pierde el hábito, y más con los horarios que tenemos en la panadería y con los compromisos familiares.

—Hay muchas maneras de llevar una vida pía —dijo Elisabetta tratando de mostrarse comprensiva—. No sé si debería decirle a mi hermana, que espera en el coche, que entre.

—¿Ella también es monja? —preguntó frau Lang, perpleja.

—No, es médico.

—Bueno, dígale que entre. ¿A ella le gustan los pasteles?

—¡De hecho, le vuelven loca!

Krek se sentó ante el amplio escritorio con el móvil pegado a la oreja. Las ventanas de doble cristal reducían el ruido callejero de la plaza Prešeren de Liubliana al mínimo, pero desde el despacho veía que el trasiego en la calle Čop era denso a la hora de comer.

—Sí, ya sé que la comunicación es un tema recurrente.

Escuchó la respuesta y dijo:

—No me fío de internet. Usaremos los medios de toda la vida. El día antes del cónclave los nuestros lo verán y sabrán que hemos sido nosotros.

Colgó bruscamente y alzó la mirada. Mulej estaba allí, llenando el marco de la puerta con su corpulencia y con cara de estreñido.

—¿Qué ha pasado? —preguntó Krek.

—Acabo de recibir una llamada. Tenemos un nuevo problema; puede que no sea importante, pero creo que deberíamos vigilarlo de cerca.

—¡Suéltalo ya, joder!

—¿Recuerdas aquella chica que hace años estaba fisgoneando en San Calixto?

Krek frunció más el ceño y su mirada se volvió turbia.

—Elisabetta Celestino. Aldo Vani la cagó. Ella sobrevivió. Después se hizo nada menos que monja. Dejó de ser un peligro. La dejamos en paz. Sí, Mulej, parece que la recuerdo.

—Alguien del Vaticano la ha empujado a aceptar una misión. Ha salido del convento y ha empezado a trabajar en el desmoronamiento de San Calixto. No lo puedo asegurar todavía, pero es posible que hoy haya ido a Ulm.

—¿A Ulm? —rugió Krek—. ¿Y qué demonios está haciendo en Ulm?

Mulej clavó los ojos en los cristales tintados de las ventanas para evitar la aterradora mirada de su jefe.

—No lo sé, pero lo averiguaré.

—Telefonea a Aldo ahora mismo. —La voz de Krek era tensa, su garganta obturada por la bilis—. Esta vez hará el trabajo correctamente. Mulej, quiero que a esa mujer, la monja, se le paren los pies de inmediato. Dile a Aldo que me la traiga aquí para que yo pueda lidiar con ella. Si eso resulta demasiado complicado, que la liquide. ¿Queda claro?

El Palacio del Tribunal estaba a unos pasos de la basílica, aunque era uno de los edificios anónimos que salpicaban el complejo del Vaticano en el que los turistas apenas reparaban. Era un anodino edificio administrativo que alojaba, entre otros departamentos, la oficina de la Gendarmería.

El inspector general del Cuerpo de Gendarmes, Luca Loreti, era un jefe competente, ampliamente apreciado y respetado por los hombres bajo su mando, aunque los reclutas más jóvenes a veces ponían los ojos en blanco ante sus intrincados discursos. Los oficiales que llevaban ya algún tiempo allí, como Zazo, insistían en que siempre hacía frente con firmeza a su homólogo en la Guardia Suiza, el *Oberst* Hans Sonnenberg, y defendía hasta el final a sus subordinados frente a ese mamón. Pero los oficiales, todo hay que decirlo, no es que fuesen absolutamente respetuosos. Loreti, una persona con buen apetito, expandía sin pausa su cintura y cada año se organizaban apuestas sobre la fecha del siguiente retoque anual de su uniforme.

La mayor parte de los ciento treinta gendarmes del cuerpo estaban ahora reunidos en el auditorio para escuchar las instrucciones de Loreti. Los oficiales se sentaban en la primera fila y los rangos inferiores detrás, todo muy ordenado y jerárquico. Loreti poseía una energía cinética tremenda para un hombre de sus dimensiones y se movía de un lado a otro por el estrado haciendo que su audiencia moviera la cabeza como si estuviese viendo un partido de tenis.

—En primer lugar, permitidme que os felicite por el trabajo que habéis realizado en el funeral del Papa. Nuestros cardenales, nuestros obispos, nuestros oficiales vaticanos, más de doscientos líderes mundiales y sus séquitos de seguridad..., todos ellos han llegado a la Ciudad del Vaticano, han presentado sus condolencias y se han marchado sanos y salvos —tronó Loreti a través del micrófono que sostenía con una mano—. Pero no podemos dormirnos en los laureles, ¿verdad que no? Disponemos de cinco días antes de que comience el cónclave. Muchos de los cardenales electores ya se han instalado en la Domus Sanctae Marthae. A partir de hoy la residencia de invitados será un área sellada. A partir de hoy la capilla Sixtina será un área sellada. A partir de hoy la basílica y los museos se cierran al público. Nuestras tareas estarán minuciosamente definidas por el protocolo. He estado trabajando con el *Oberst* Sonnenberg para asegurarnos de que ni nosotros entorpezcamos las funciones de la Guardia Suiza, ni ellos entorpezcan las nuestras, ni quede ningún flanco sin cubrir en el plan de seguridad. Nosotros controlaremos la residencia de invitados, ellos se harán cargo de la capilla Sixtina. Nosotros utilizaremos a nuestros perros y expertos para peinar la residencia de invitados en busca de explosivos y de dispositivos de escucha. La Guardia Suiza hará lo mismo con sus expertos en el interior de la capilla Sixtina. Quiero que juguéis limpio con ellos, pero si surge algún problema, informad de inmediato a vuestros superiores y ellos me informarán a mí. Todas las disputas deben serme comunicadas y yo me encargaré de resolverlas.

Zazo conocía la mecánica. Este iba a ser su segundo cónclave. En el primero era un cabo con los ojos como platos, deslumbrado por la pompa, el boato y la magnitud del acontecimiento. Ahora ya era inmune a todo eso. Tenía una brigada bajo su mando y su responsabilidad iba mucho más allá de vigilar una puerta.

Le dio un codazo en las costillas a Lorenzo Rosa. Lorenzo, que también tenía el rango de comandante, había entrado en el cuerpo el mismo año que Zazo y los dos eran ahora buenos amigos. Al principio se había resistido a hacerse amigo de Lorenzo porque guardaba cierto parecido físico con Marco —alto y atlético, rasgos faciales vigorosos, cabello negro—, y en cierto modo creía que esa amistad sería una traición. Pero Zazo era tan sociable y entusiasta de la camaradería que rompió el bloqueo emocional el día que los dos participaron en un simulacro de envenenamiento por gas y acabaron vomitando juntos en una cuneta.

—No va a ser tan fácil como dice —susurró Zazo—. El viernes ya estaremos en guerra con la Guardia Suiza.

Lorenzo se inclinó para musitarle al oído:

—Esos suizos pueden besarme mi culo italiano.

Era por ese tipo de comentarios que a Zazo le caía tan bien ese tío.

La mujer de Hans Lang, el panadero de Ulm, tiró de él con fuerza para obligarlo a levantarse del sofá y lo mandó al dormitorio a cambiarse de camisa. Aunque Elisabetta protestaba por considerarlo innecesario, frau Lang recogió rápidamente lo que había sobre la mesa y dejó a las dos hermanas en la sala de estar mientras ponía un hervidor al fuego y sacaba las tintineantes tazas de porcelana y la cubertería de plata.

Hans Lang reapareció metiéndose los faldones de la camisa limpia por debajo del pantalón e intentando inútilmente disimular su calva repeinándose con la mano los escasos mechones de pelo. Tenía toda la pinta de llevar levantado y trabajando en el horno desde la madrugada.

—Lo siento —se disculpó en un inglés titubeante—. No esperaba a nadie. Siempre soy el último en enterarme de todo.

Elisabetta y Micaela se disculparon por la intrusión y siguieron sentadas muy rígidas, esperando la reaparición de frau Lang. Elisabetta intentó mantener una conversación de cosas sin importancia con el panadero, comentándole lo bonita que era su tienda, pero el precario inglés de su interlocutor lo hizo imposible.

Cuando frau Lang entró con una bandeja con té y pasteles, Micaela se abalanzó sobre los dulces mientras Elisabetta mordisqueaba su pedazo de tarta recatadamente.

—¿Qué pueden contarnos ustedes sobre herr Ottinger? —preguntó.

Fue frau Lang quien tomó la palabra. Su marido permaneció sentado en el sofá con aire adormilado, como ansioso por recuperar su intimidad.

—Era un anciano muy correcto —explicó ella—. Vivió en la tercera planta durante quince años. Era muy reservado. No puedo decir que lo conociésemos bien. A menudo compraba un pastel de carne para cenar y algunos sábados algún dulce.

Siempre pagaba el alquiler puntualmente. No recibía muchas visitas. No sé qué más puedo contarles.

—Ha dicho usted que era profesor. ¿Sabe algo sobre su trabajo? —preguntó Elisabetta.

—Estaba jubilado de la universidad. No tengo ni idea de qué enseñaba, pero había un montón de libros en su piso cuando falleció. —Frau Lang comentó algo a su marido en alemán—. Hans dice que la mayoría eran tratados científicos y de ingeniería, así que tal vez ese era su campo.

—¿Y no tenía ningún pariente?

—Ninguno. Las autoridades lo comprobaron, evidentemente. Tuvimos que hacer todo el papeleo antes de que nos permitiesen vender sus pertenencias para recuperar la parte del alquiler que había quedado por pagar. Pero apenas sacamos nada. Ese hombre no poseía nada de valor. ¿Quieren más pastel?

Micaela asintió feliz y aceptó otra porción antes de preguntar:

—¿Alguna vez notaron algo extraño en él? Físicamente.

Frau Lang negó con la cabeza.

—No. ¿A qué se refiere? Era un anciano la mar de normal.

—¿Y ya no queda nada en su piso? —preguntó Elisabetta cambiando de tema.

—No. Ahora tenemos otros inquilinos, una pareja encantadora que se instaló en 2008.

Elisabetta negó ligeramente con la cabeza. Telefonearía a la universidad para intentar contactar con alguno de sus antiguos colegas. Allí ya no tenían nada más que hacer.

De pronto, el panadero dijo algo en alemán.

—Hans me acaba de recordar —comentó la esposa— que guardamos una pequeña caja con objetos personales del profesor, cosas como su pasaporte y lo que tenía en la mesilla de noche, por si alguna vez aparecía un pariente.

Las dos hermanas se miraron esperanzadas.

—¿Podemos verla? —preguntó rápidamente Elisabetta.

Frau Lang volvió a hablar en alemán con su marido y Elisabetta entendió algunas palabrotas de este mientras se levantaba del sofá y se dirigía a la puerta.

—Él la traerá. Está en el sótano —dijo frau Lang frunciendo el ceño al mirarlo salir, y sirvió más té.

A los cinco minutos el panadero regresó con una caja de cartón del tamaño de un maletín. Estaba limpia y seca, y era evidente que se había guardado con cierto cuidado. Se la ofreció a Elisabetta, murmuró algo a su esposa y pareció excusarse con una leve reverencia.

A frau Lang se la veía como avergonzada.

—Hans va a dormir la siesta. Les desea un buen viaje de regreso a casa.

Elisabetta y Micaela hicieron el amago de levantarse, pero el panadero les indicó con un gesto que no era necesario y desapareció en otra habitación.

La caja era ligera; su contenido osciló en el interior mientras Elisabetta se la colocaba en el regazo. Abrió las solapas y echó un vistazo al interior. Emergió un tufillo rancio, olor a anciano.

Gafas de leer. Plumas. Un pasaporte. Una medalla de bronce colgada de una cinta de, por lo que pudo deducir, una sociedad de ingenieros alemana. Talonarios de cheques y extractos bancarios de 2006 a 2007. Frascos con pastillas que Micaela inspeccionó y dictaminó que eran para la tensión alta. Un estuche con una dentadura postiza. Una diapositiva de un joven, quizá el propio Ottinger, vestido de excursionista en una pronunciada cuesta cubierta de hierba. En el fondo de la caja había un sobre marrón abierto con algo escrito con trazo delicado y tinta negra en la parte exterior.

Elisabetta sacó el sobre y, al verlo, frau Lang le dijo rápidamente que dentro había un libro, el único que no habían vendido, porque llevaba una dedicatoria. Elisabetta, que se defendía pasablemente con el alemán escrito, la leyó despacio para sí misma, traduciéndola lo mejor que pudo.

> A mi profesor, mentor y amigo. Encontré este libro en un anticuario y le persuadí de que se separase de él. Tú, más que nadie, sabrás apreciarlo. Me refiero al texto B, por supuesto. Como tú siempre nos enseñaste, el B da la clave. El 11 de septiembre es sin duda una señal, ¿no crees? Espero que estés con nosotros cuando el día de M llegue finalmente.
>
> K.
>
> *Octubre de 2001*

Debajo de la fecha había un pequeño símbolo trazado a mano.

Al verlo, Elisabetta se quedó desconcertada un instante.

Había algo extrañamente familiar en él, real e irreal al mismo tiempo, como si lo hubiese visto antes en un sueño hace mucho ya olvidado.

Trató de apartar de su mente esa sensación mientras abría el sobre. Dentro había un delgado libro de tapa dura. La cubierta, sin estampado alguno, era de cuero gastado y estaba un poco combada. En las páginas se apreciaban manchas. Era un libro antiguo bastante bien conservado.

Cuando abrió la tapa, se le despejó la cabeza con la misma rapidez que si hubiese aspirado con fuerza unas potentes sales aromáticas.

Elisabetta no creía haber visto nunca antes ese grabado, pero una parte de él resultaba tan reconocible como su propio reflejo en el espejo.

The Tragicall Hiſtoy of the Life and Death of Doctor Fauſtus.

With new Additions.

Written by *Ch. Mar.*

LONDON,
Printed for *Iohn Wright*, and are to be ſold at his ſhop without Newgate, at the ſigne of the Bible. 1620.

Era una edición de 1620 de *La trágica historia del doctor Fausto* de Marlowe, y en el frontispicio se veía al viejo mago con sus ropajes académicos, de pie dentro de su círculo mágico, con su bastón y su libro, invocando al diablo a través del suelo. El diablo era una criatura alada con cuernos, barba puntiaguda y una larga cola enroscada.

Nada de todo eso provocó que el corazón de Elisabetta se acelerase y su piel se erizase. Nada de todo eso le hizo sentir que se estaba sofocando bajo la ajustada toca y el hábito.

La fuente de su alarma estaba alrededor y en el borde del círculo mágico.

«Símbolos de constelaciones.»

Aries, Tauro, Géminis, Cáncer.

«Signos celestes.»

La Luna, Mercurio, Venus, el Sol, Marte, Júpiter y Saturno, presentados en el mismo orden peculiar que en el fresco de San Calixto.

Y asomando por los ropajes de Fausto estaba Piscis, colocado en vertical, con el aspecto de un hombre con cola.

8

Roma, 37

El crepúsculo se estaba convirtiendo en noche mientras dos muchachos agotados caminaban fatigosamente hacia el centro de la ciudad. Una insulsa luna en cuarto menguante colgaba lánguida del oscuro cielo iluminando apenas la calzada. Avanzaban en silencio, manteniéndose cerca de la hedionda alcantarilla central para evitar peores montones de desechos que se acumulaban a lo largo de su recorrido.

—¿Dónde vamos a dormir? —preguntó temeroso el más pequeño cuando pasaron junto a un sombrío callejón.

—No tengo ni idea —respondió sin pensárselo el mayor. Al notar la angustia de su hermano de siete años, se ablandó—: El padre de mi amigo, Lucius, dice que siempre que viene a Roma duerme en el mercado de ganado. Encontraremos algún sitio allí.

Agarrado a la mano de su hermano, el más pequeño tiritaba. Su ligera túnica apenas le protegía del frío de la noche.

—¿Estamos ya cerca? ¿Estamos cerca del mercado de ganado? —preguntó esperanzado.

Quintus gruñó; había oído una variante de esa pregunta al menos un centenar de veces a lo largo del día.

—Sí, Sextus, pronto llegaremos a algún sitio caliente donde podremos dormir después de comer algo.

Se dirigían a la fábrica de ladrillos de su tío, al norte de Roma, en la colina Pisciana, y estaban hambrientos y agotados después de haber salido al alba de su pueblo. Al menos ya habían cruzado las murallas y estaban dentro de la ciudad. Los dos fornidos pretorianos con emblemas de escorpiones adheridos a sus corazas que hacían guardia en la Porta Capena les habían obligado a detenerse para intentar sacarles algo. Pero ellos no llevaban ninguna moneda, nada de nada, y tuvieron que demostrárselo desnudándose completamente, aguantando las mofas de los imponentes soldados.

Quintus, tres años mayor que su hermano, se preguntó si su padre tenía el aspecto de esos hombres. Apenas conservaba recuerdos de él. Era muy pequeño cuando el centurión partió en misión hacia Germania. Su madre tuvo que arreglárselas sola, con la única ayuda de las dos hijas mayores, para hacerse cargo de la pequeña parcela que poseían y cuidar de Quintus y su hermano menor, entonces un bebé.

Hacía quince días, a la madre le había llegado la noticia de la muerte de su marido en una batalla contra los queruscos. Cuando luego se enteró de que había dilapidado todas sus pagas acumuladas en vino y putas, lo único que pudo hacer fue derramar inútiles lágrimas.

Obligada a asumir unas deudas abrumadoras, se vio obligada a vender las tierras por una miseria a un rico patricio. Ella y sus hijas no tuvieron otro remedio que sobrevivir ofreciendo sus servicios como jornaleras y tejedoras, pero a duras penas le llegaba para alimentar dos bocas improductivas. En lugar de venderlos como esclavos, tomó la más compasiva decisión de enviar a los niños con su tío para que allí se ganaran su manutención.

A juzgar por los olores, se estaban acercando al mercado de ganado. Iban por una zona de artesanos donde las casas de varios pisos estaban pegadas a islotes de tierra baldía en un mar de serpenteantes y claustrofóbicos callejones.

Al nivel de la calle, los muros de las casas eran de piedra y razonablemente robustos. Los pisos superiores se inclinaban en ángulos precarios y sus paredes parecían bastante más delgadas, y de hecho pasaron junto a un edificio que se había derrumbado. Las propias viviendas se reconvertían durante el día en tiendas, en las que se vendían productos básicos y vino barato. Los muchachos arrastraron los pies por la fétida calle hacia el fantasmal resplandor blanco de las baldosas del mercado, manteniéndose siempre en el centro y evitando las amenazadoras sombras.

Las ventanas abiertas al nivel de la calle los contemplaban maliciosamente, como las cuencas vacías y negras del cráneo de un cadáver. Sextus empezó a temblar de miedo cuando tropezó con una pila de vísceras que supuraban frente a la carnicería y atraían a una repugnante alfombra de ratas en movimiento. Con las pocas fuerzas que le quedaban, Quintus se las arregló para tirar de su hermano antes de que cayese sobre aquella masa pútrida.

Un establo vacío atrajo su atención. De él emergió un perro raquítico, empeñado en hacerse con algún pedazo de carne putrefacta antes de que las ratas reclamasen su parte. El chucho logró su objetivo y se escabulló por un callejón arrastrando una ristra de intestinos.

Una vez dentro del cercado para los animales, Quintus echó un vistazo a su alrededor y dijo:

—Dormiremos aquí.

Se pusieron a amontonar paja y hierba seca limpias para hacerse algo parecido a un lecho junto a una de las paredes de tablones, en la esquina más resguardada del establo sin techo.

—Mañana no tendremos que seguir viajando, ¿verdad, Quintus? —preguntó esperanzado el más pequeño de los hermanos.

Aunque Quintus no lo tenía nada claro, dijo con fingida seguridad:

—Si emprendemos camino temprano, llegaremos a casa del tío antes del mediodía.

Desató las puntas anudadas del hatillo que había cargado sobre su hombro y sacó lo poco que les quedaba de sus magras provisiones. Le ofreció a Sextus la mitad del pan y una manzana, y los dos muchachos cayeron rendidos sobre el lecho de paja y cenaron.

Balbilus oyó un monótono repiqueteo sobre su cabeza, una vara de hierro que golpeaba contra la piedra. Era la señal de que se requería su presencia.

El habitáculo subterráneo estaba bien iluminado por ennegrecidas lámparas. Era un espacio amplio, podían caber confortablemente una cincuentena de hombres, un centenar apretados. Hombres vivos. Porque había espacio para miles de muertos si la mayor parte de ellos eran incinerados y sus restos se colocaban en urnas en las paredes de toba volcánica. Hacía poco que se había terminado. El *columbarium* esperaba a su primer morador.

Tiberius Claudius Balbilus dejó el pincel. No le gustaban las interrupciones, pero estaba habituado a ellas. Eran muchos los que lo requerían.

Estaba en la treintena, era un hombre de aspecto fornido con la piel olivácea de su linaje familiar, medio egipcio y medio griego, una nariz enorme y una barba bien cuidada y recortada en punta que daba a su rostro cierto aire de arma cortante o cincel. Se había soltado la túnica para estar más cómodo, pero antes de subir por la escalera se abrochó el cinturón y se puso una capa.

Balbilus entró en el mausoleo levantando una trampilla secreta. Las paredes estaban repletas de las tumbas y los sepulcros de los ricos. Un cadáver reciente, de tan solo unas semanas, envuelto en lino y metido en el *loculum*, era el motivo de que el lugar hediese a muerte. El mausoleo pertenecía a su familia desde hacía varias generaciones. Era una fuente de ingresos estable, pero debido a las excavaciones que él había llevado a cabo recientemente ahora tenía otra finalidad.

Cuando le llegase el turno, reposaría allí eternamente, no en la planta superior, con los llamados ciudadanos, sino en el sótano, entre los suyos. Y sus seguidores también descansarían allí. Debido al límite de espacio, la mayoría serían incinerados. Pero él y sus hijos y los hijos de sus hijos podrían yacer allí —su carne y sus huesos— en todo su esplendor.

Había una figura solitaria esperándole, con el rostro oculto por la capucha de la capa. Hizo una leve reverencia a Balbilus y dijo:

—Los demás están fuera.

Balbilus, acompañado por ese hombre, Vibius, salió por la puerta trasera a la fría noche de diciembre. Estaban en medio de una arboleda a pocos pasos de la via Apia. El mausoleo era un edificio rectangular de techo abovedado construido con los mejores ladrillos. La espléndida villa de Balbilus se alzaba al otro lado de la arboleda.

La luna en cuarto menguante reapareció detrás del velo de nubes purpúreas. Cinco figuras con capa surgieron de entre las sombras de los frutales. Balbilus les hizo alinearse, como si fuesen una unidad militar, ante el muro del mausoleo.

—He estudiado las cartas astrales y las estrellas favorecen que actuemos —dijo Balbilus dirigiéndose a sus hombres—. Esta noche vamos a prender un fuego. Aunque al principio será pequeño, encenderá otro y otro y otro, hasta que un día habrá un gran incendio que devastará la ciudad. Y cuando eso suceda, acapararemos unas riquezas y un poder más grandes de lo que podríamos soñar. Está escrito en las estrellas y sé que es la verdad. Esta noche pondremos a los romanos en contra del nuevo culto cristiano. Puedo ver escrito en las estrellas que algún día serán poderosos. Su mensaje es seductor, como pan y circo para el alma. Las masas, me temo, lo seguirán como corderos. Si permitimos que lleguen a ser demasiado poderosos, se convertirán en un enemigo formidable. Vibius ha recibido mis instrucciones. Esta noche derramaréis sangre porque… —Tomó aire para crear expectación y entonces soltó el resto—: Así es como actuamos.

Y sus hombres respondieron al unísono:

—Y esto es lo que somos.

Balbilus los dejó y regresó bajo tierra, donde le esperaban los pinceles.

Los seis hombres se alejaron en silencio. Sirviéndose del amparo que les proporcionaban las tumbas y el follaje que rodeaba la via Apia, se dirigieron hacia el norte, en dirección a Roma.

Al cabo de un rato vislumbraron un débil círculo de luz parpadeante proyectada por antorchas de alquitrán situadas a ambos lados de una ancha verja. Fueron saltando de una zona en sombra a otra para acercarse sin ser detectados.

Los dos pretorianos paseaban la mirada con desgana por el débil círculo de luz y golpeaban con los pies en el suelo para entrar en calor.

Vibius inició su representación. Se situó zigzagueando en medio de la calzada y empezó a cantar embrolladamente una canción de juerguistas. Los centinelas se pusieron en alerta y lo observaron mientras emergía de entre las sombras haciendo eses. Él se detuvo un momento para echar un trago de una bota de vino repleta.

Prosiguió su tambaleante avance y se detuvo dando un traspié a muy poca distancia del más bajo y fornido de los dos centinelas.

—Eh, muchachos, dejadme pasar, ¿vale? —farfulló.

El soldado pareció relajarse, pero mantuvo la mano cerrada sobre la empuñadura de su espada corta.

—Hay toque de queda, estúpido borracho; está prohibido pasar.

Vibius se acercó un poco más tambaleándose y les ofreció la bota.

—Bebed, señores míos, todo lo que deseéis. Os pagaré para que me dejéis entrar. Lo único que quiero es volver a casa.

Con la mano izquierda agitó la bota ante la cara del guardia y, cuando el soldado alzó el brazo para apartarlo de un manotazo, Vibius propulsó hacia arriba su mano derecha, en la que empuñaba la larga daga que había ocultado entre sus ropas. La hoja se hundió por debajo de la barbilla del guardia con un espeluznante crujido y la punta asomó por la parte superior del cráneo.

El segundo pretoriano no tuvo tiempo de sacar su arma. Otro de los hombres cubiertos con una capa, que se había deslizado entre las sombras, inmovilizó al guardia con un brazo y con la mano libre le agarró la mandíbula. Con un movimiento brusco, el agresor le torció el cuello y se oyó un fuerte crujido al romperse las vértebras del pretoriano.

Ambos cadáveres quedaron retorcidos en el frío suelo, completamente flácidos. El resto de los hombres cubiertos por capas se reunieron a su alrededor e iniciaron una salvaje coreografía.

Cuando acabaron de acuchillar los cadáveres, fragmentos de los cuerpos flotaban en un charco de sangre como trozos de carne en un estofado. Vibius rebuscó bajo su capa y sacó un medallón de plata con la cadena rota. Llevaba grabado el crismón, el símbolo de Cristo. Lo dejó caer sobre la sangre y con un gesto indicó a sus hombres que lo siguieran a través de la Porta Capena hacia el interior de la ciudad de Roma.

Los barrios pobres en la falda de la colina del Esquilino nunca estaban en silencio. Incluso ya bien entrada la noche siempre había suficientes gritos, peleas de borrachos y llantos de bebés como para romper la tranquilidad. Con todo ese jaleo, el golpeteo de los cascos de los burros y el estrépito de las ruedas de los carros sobre el adoquinado pasaban inadvertidos.

El conductor del carro tiró de las riendas ante una sórdida casa de vecinos, en un estrecho callejón, en la que la mayor parte del revoque de la fachada se había desprendido. Si no los hubieran sobornado para que hicieran la vista gorda, los ingenieros de la ciudad hacía tiempo que hubieran obligado a derribar ese edificio.

El conductor bajó de un salto en el estrecho espacio que quedaba entre el carro y el edificio, y susurró:

—Ya hemos llegado.

La paja amontonada en el carro se movió y apareció un brazo y después una cabeza barbada. Un hombre alto saltó y luego se sacudió la paja de la capa. Tenía un aspecto demacrado, parecía tener muchos más años que los treinta y ocho que en realidad había cumplido, y su larga melena estaba salpicada de canas.

—Sube por esta escalera. Y llama dos veces a la puerta —le dijo el conductor, y acto seguido desapareció.

La escalera estaba completamente a oscuras y el hombre tuvo que ascender tanteando el suelo con las sandalias. Al llegar arriba extendió el brazo hasta que tocó la madera de la puerta. Golpeó suavemente con el puño.

Oyó voces procedentes del interior y el sonido de un pestillo que se descorría. Cuando se abrió la puerta le sorprendió la cantidad de gente que se amontonaba en la pequeña habitación iluminada con velas.

El hombre que abrió la puerta le miró fijamente y dijo por encima del hombro:

—Todo en orden. Es él. —Entonces tomó la fría mano del visitante y la besó—. Pedro. Nos llena de alegría que hayas podido venir.

Una vez dentro, el apóstol Pedro repartió sus bendiciones mientras hombres y mujeres se le acercaban para besarle, le ofrecían agua y le ayudaban a ponerse cómodo sobre un cojín.

Sus visitas a Roma eran infrecuentes. Era la patria del enemigo, demasiado peligroso ir allí sin preparar minuciosamente el viaje. Nunca sabía de qué humor iban a estar los romanos, ni si habrían puesto precio a su cabeza. Solo habían pasado cuatro años desde el asesinato de Jesús, pero el número de cristianos, tal como empezaban a llamarlos —un nombre que Pedro prefería con mucho al de «seguidores del culto judío»—, estaba creciendo y empezaban a convertirse en un incordio para Roma.

Pedro cogió un cuenco de sopa de manos de su anfitrión, un curtidor llamado Cornelius, y le dio las gracias.

—¿Qué tal ha ido el viaje desde Antioquia? —le preguntó el curtidor.

—Ha sido largo, pero he disfrutado de muchas atenciones durante el camino.

Se acercó un chico de no más de doce años.

—Debes de echar de menos a tu familia —le comentó a Pedro el curtidor, contemplando a su hijo.

—Así es.

—¿Es cierto que estabas presente cuando Jesús resucitó de entre los muertos? —le preguntó el chico.

Pedro asintió y relató:

—Fueron las mujeres las que encontraron su tumba vacía. Me llamaron y, muchacho, fui testigo de que así era. Realmente se puso en pie. Murió por nosotros y después Dios lo llamó junto a Él.

—¿Cuánto tiempo te quedarás con nosotros? —le preguntó Cornelius mientras apartaba de allí al chico.

—Un par de semanas. Tal vez menos. Tan solo el tiempo suficiente para reunirme con los presbíteros y poder valorar al nuevo emperador, ese Calígula.

Cornelius frunció los labios. Si hubiese estado en la calle, sin duda hubiera escupido.

—Necesariamente será mejor que Tiberio.

—Espero que estés en lo cierto. Pero en Antioquia algunos viajeros me contaron que las persecuciones persisten, que nuestros hermanos y hermanas siguen siendo torturados y asesinados.

Cornelius sonrió con fatalismo.

—Hace años nos acosaban por ser judíos. Ahora nos acosan por ser cristianos. A menos que besemos el culo del emperador y oremos a Júpiter, nos seguirán acosando.

—¿Qué pretexto emplean las autoridades? —preguntó Pedro mientras masticaba ruidosamente un pedazo de pan.

—Ha habido algunos asesinatos. Se ha encontrado a ciudadanos cortados en pedazos y se han descubierto nuestros símbolos y monogramas cerca de los cadáveres.

Pedro suspiró y dejó su cuenco. Todos los ojos de la habitación le miraban.

—Todos sabemos que esas atrocidades no pueden estar de ningún modo relacionadas con los seguidores de nuestro Señor. La nuestra es una religión de amor y paz; solo se ha hecho un sacrifico en su nombre, el del propio Jesucristo, y su cruel muerte ha expiado todos nuestros pecados para la eternidad. No, esta carnicería tiene que ser obra de alguna fuerza maligna que anda suelta por este mundo de conflicto y tormento. Ahora oremos. Mañana podremos empezar a discutir qué hacer.

En el establo los dos hermanos estaban echados muy pegados el uno al otro bajo su manta de paja.

El más pequeño empezó a llorar, al principio en voz baja y después más alto.

Quintus abrió los ojos.

—¡Cállate! ¿Qué te pasa? ¡Estaba dormido!

—Tengo miedo —gimoteó Sextus.

—¡Silencio! Alguien podría oírte. —Los gimoteos del chico continuaron sin cesar y Quintus lo intentó de otro modo—: ¿De qué?

—Tengo miedo de que las brujas se nos lleven.

—No seas tonto. Todo el mundo sabe que las brujas solo viven en el campo. No se meten en la ciudad. Los soldados las perseguirían y las matarían.

—¿Y qué me dices de los lémures?

Quintus se puso a la defensiva, como si hubiese deseado que su hermano no le hubiese recordado su existencia.

Los lémures, con sus colas, los extraños y hambrientos fantasmas que rondaban alrededor de las casas y devoraban seres humanos.

—Eres bobo —dijo Quintus—. Los lémures no merodean alrededor de los establos. Tranquilízate y duerme. Mañana nos espera un largo viaje.

—Me prometiste que nos quedaba poco camino —se quejó el chaval.

—¡Poco o mucho, no pienses en ello y duérmete!

Sextus estaba en medio de una pesadilla. Corría por una ciénaga para huir de un demonio. Trataba desesperadamente de librarse de las garras del espectro y tropezaba y caía en el fango. Un fango pegajoso y caliente que se le quedó adherido por toda la cara, y notó que el demonio le agarraba por las piernas y tiraba de él hacia abajo. El agua de la ciénaga le cubría el rostro. Boqueó en busca de aire, pero un líquido cobrizo se deslizó por su garganta.

Por suerte se despertó.

Pero entonces empezó la verdadera pesadilla.

Volvió la cabeza. Un hombre estaba sentado a horcajadas sobre el pecho de su hermano y le estaba clavando una daga.

De un gran tajo en su garganta brotó un chorro carmesí. La sangre salpicaba la cara de Quintus y se la estaba tragando.

—¡Quintus!

Había suficiente luz de luna para ver la capa y la túnica del atacante arrugadas y subidas por encima de su cintura. De su espalda brotaba algo que danzaba y daba latigazos en el aire.

Un enorme peso lo aplastaba y ahogaba sus gritos. También él tenía a un hombre montado sobre su pecho. Un hombre con ojos muertos. Cuando vio el cuchillo deslizándose sobre su garganta, cerró los ojos con fuerza, rogando estar todavía dormido.

El desmembramiento y la carnicería se realizaron con rapidez.

—Meted las cabezas debajo de la paja, pero no las escondáis demasiado —ordenó Vibius—. Envolved todo lo demás en arpillera. Haced ocho paquetes y aseguraos de que cada uno contiene una mano o un pie.

Los asesinos se deslizaron por el callejón hacia una de las tiendas que había alrededor del mercado de ganado cargando con los horripilantes resultados de su trabajo. Se detuvieron junto al alféizar de una ventana abierta que durante el día se convertía en un mostrador que llegaba a la cintura. Era una carnicería, la única del callejón marcada con la paloma cristiana.

Vibius apoyó un pie en las manos entrelazadas de uno de sus hombres, que lo levantó hasta que pudo saltar por encima del mostrador. Cayó sin hacer ruido en el suelo toscamente tallado, se deslizó hasta el fondo de la habitación y se detuvo cuando oyó unos ruidos estridentes y guturales.

Siguió avanzando lentamente hasta que pudo echar una ojeada detrás de una cortina al fondo de la tienda. El carnicero roncaba estruendosamente. Una bota de vino vacía yacía volcada junto al lecho. Vibius relajó la mano sobre la empuñadura de su espada.

Una vez comprobado que aquel hombre empapado en vino estaba profundamente dormido, volvió sobre sus pasos hasta la ventana.

Abrió el pestillo de la puerta de la cámara de la carne, horadada en la pared de piedra bajo el mostrador, metió las manos y empezó a pasar por la ventana los pedazos de carne envueltos y guardados al fresco a las manos que los esperaban para sacarlos de allí.

Los sustituyó por los paquetes de carne todavía caliente y más fresca. Cuando acabó, saltó por la ventana y se fundió con las sombras.

Ya amanecía cuando Balbilus terminó sus frescos, pero bajo tierra no llegaba el sol invernal. Los vapores grasientos de las lámparas le quemaban los pulmones, pero era un precio que merecía la pena pagar por la satisfactoria noche de trabajo. Vibius ya le había informado de que la sangre había sido derramada. Los cristianos serían acusados de la matanza de dos miembros destacados de la sociedad romana, una pareja de pretorianos. Y de algo todavía más atroz: se les acusaría también de matar niños romanos y vender su carne. Y además el fresco que estaba pintando le había quedado perfecto.

¿Podía ese día ser más propicio?

De nuevo el golpeteo de hierro sobre la piedra.

En la parte superior de la escalera Vibius abrió la trampilla y le susurró algo.

—¿Agripina? ¿Aquí? —preguntó Balbilus, incrédulo—. ¿Cómo es posible?

Vibius se encogió de hombros.

—Ha venido en un carro. Quiere que la acompañen a la tumba.

—Es increíble. ¡Qué mujer! Asegúrate de que su carro queda oculto de miradas indiscretas.

Julia Agripina, biznieta de Augusto. Hermana incestuosa de Calígula. Esposa del emperador Claudio. La mujer más poderosa de Roma.

«Y una de los nuestros.»

Agripina apareció cargada por sus criados en una litera que bajaron cuidadosamente por la escalera y depositaron en el suelo. Balbilus conocía a su séquito. Eran de confianza.

Agripina estaba envuelta en mantas y su cabeza reposaba sobre una almohada. Estaba pálida, demacrada y con una mueca de dolor en el rostro, pero, aun en su delicado estado, se vislumbraba su belleza.

—Balbilus —dijo—. He tenido que venir.

—*Domina* —respondió él, arrodillándose para tomarle la mano—. Deberías haberme avisado. Habría ido yo a verte.

—No, quería que esta reunión se desarrollase aquí. —Volvió la cabeza hacia la pared—. Tu fresco... ¡está terminado!

—Espero que sea de tu agrado.

—Todos los signos del zodíaco. Bellamente dibujados y además, por lo que veo, trazados con tu propia mano —dijo, mirándole los dedos manchados de pintura—. Pero dime: esta sucesión de planetas, ¿qué significa?

—Es un pequeño homenaje personal, *Domina*. La Luna, Mercurio, Venus, el Sol, Marte, Júpiter, Saturno. Este era el alineamiento de los planetas el día en que nací hace treinta y tres años. Ahora me cuestiono mi decisión. Debería haber pintado tu alineamiento planetario. Puedo hacer que revoquen de nuevo la pared.

—Tonterías, mi buen adivino. Esta es tu tumba.

—Nuestra tumba, *Domina*.

—Insisto en que dejes el fresco tal como está.

Se oyó un apagado lloro procedente de debajo de la manta.

—*Domina!* —exclamó Balbilus—. ¡Ha sucedido!

—Sí. Hace tan solo dos horas —dijo Agripina con voz débil—. Después de todos estos años y de fornicar con tantos hombres, por fin, mi primogénito.

Una de las criadas de Agripina levantó la manta y descubrió a un diminuto y sonrosado bebé. Agripina apartó la manta del bebé y dijo orgullosa:

—Mira. Es un niño. Se llama Lucius Dominus Ahenobarbus.

—Es maravilloso —se jactó Balbilus—. Realmente maravilloso. ¿Puedo verlo?

Ella dio la vuelta al bebé. Tenía una perfecta cola rosácea que meneaba enérgicamente.

—Tu linaje es potente —dijo Balbilus con admiración—. Supongo que el emperador no sabe nada de esto...

—¡Ese patético viejo que no se aguanta de pie ni siquiera sabe que tengo un hijo! Nuestras relaciones son absurdas —dijo Agripina—. Esto quedará entre tú y yo. Tú me honras con el título de *Domina*, pero tú, Balbilus, mi gran astrólogo, tú eres mi *Dominus*.

Balbilus hizo una reverencia con la cabeza.

—Quiero saber cosas sobre mi hijo —le pidió ella—. Dime qué futuro le espera.

Balbilus había estado estudiando las cartas astrales meticulosamente. Se sabía de memoria lo correspondiente a cada día de la semana, casi a cada hora. Se puso en pie y lanzó su profecía con gran solemnidad.

—El signo ascendente del niño, Sagitario, está en sintonía con Leo, donde está ahora situada su Luna. Como la Luna te representa a ti, *Domina*, tú y el niño disfrutaréis de unas relaciones armoniosas.

—Oh, qué bien —susurró Agripina.

—El planeta que rige el destino de este niño y que es su ascendente, es muy propicio. Es Saturno, el demoníaco.

Ella sonrió.

—Y su Luna está situada en la casa octava, la Casa de la Muerte. Eso es señal de una elevada posición, riqueza y honores. Júpiter está en la casa undécima, la Casa de los Amigos. De aquí vendrá la mejor de las fortunas, una gran fama y un enorme poder. —Bajó la voz—: Tan solo hay una advertencia.

—Dímela —pidió Agripina.

—Está armonizado con Marte. Eso disminuirá su buena suerte. Cómo, no lo sé.

Ella suspiró y dijo:

—Su carta astral es buena. Decir otra cosa sería falso. Nada es perfecto en nuestro mundo. Pero dime, Balbilus, ¿mi hijo será emperador?

Balbilus cerró los ojos. Notó un hormigueo en su cola.

—Será emperador —dijo—. Tomará el nombre de Nerón y será absolutamente demoníaco. Pero debes saber esto: su propia madre puede que esté entre los muchos a los que asesinará.

Agripina apenas se estremeció cuando dijo:

—Que así sea.

9

Elisabetta sostuvo en las manos el delgado libro, palpó la delicada encuadernación, percibió el olor a humedad de sus páginas de papel vitela, amarillentas y arrugadas. Solo tenía sesenta y dos páginas, pero tuvo la sensación de que ese librito poseía algún valor más que el de mera pieza de anticuario.

Tan solo había pedido que se lo prestaran, pero frau Lang había insistido en que se lo quedase.

—¿Y si resulta que tiene algún valor? —le había preguntado Elisabetta.

Frau Lang había acercado el oído a la pared tras la que estaba su marido para comprobar que dormía. Después, en voz baja, le había dicho:

—Dudo que pueda usted comprar una hogaza de pan con lo que le den, pero si saca dinero, que sea para la Iglesia. Mi alma se beneficiará de esa donación.

El sobre, con su enigmático mensaje pulcramente escrito, estaba sobre el escritorio de Elisabetta en su despacho de la Comisión Pontificia de Arqueología Sacra.

«Como tú siempre nos enseñaste, el B da la clave.»

¿Qué era el B? ¿La clave de qué?

«El 11 de septiembre es sin duda una señal.»

¿Una señal? ¿En qué estaba metido Ottinger y quién era K, el autor de la nota?

Y ese curioso símbolo, vagamente astrológico, vagamente antropomórfico. ¿Qué representaba? ¿Y por qué le resultaba tan familiar?

Elisabetta lo dibujó en su pizarra blanca con un rotulador negro y no dejaba de mirarlo una y otra vez.

Oyó voces femeninas que se acercaban por el pasillo y esperó que no fuesen algunas monjas del instituto que venían a decirle si quería ir con ellas a tomar un café. Pensó en cerrar la puerta, pero luego se dijo que eso sería grosero. De modo que mantuvo su silla de espaldas a la puerta para evitar el contacto visual. Las voces se fueron alejando. Abrió el navegador de su ordenador y buscó: «Marlowe Fausto B».

Un montón de resultados llenaron la pantalla. Se puso a recorrer los abundantes artículos y no se dio cuenta de que había pasado una hora ni de que el profesor De Stefano intentaba llamar su atención golpeando en su puerta con un impetuoso *stacatto*.

El día anterior le había pedido prestado el móvil a Micaela para informarle desde el aeropuerto, pero esa mañana el profesor estaba ansioso por conocer más detalles.

—¿Y bien? —preguntó con cierta impaciencia—. ¿Qué significa todo eso?

—Creo que ya sé qué es el B —dijo ella.

De Stefano cerró la puerta del despacho y se sentó en la silla libre.

Elisabetta ya había llenado varias hojas con anotaciones.

—Existen dos versiones del *Doctor Fausto*, un texto A y un texto B. La obra se representó en Londres en la década de 1590, pero la primera versión publicada, el llamado texto A, no apareció hasta 1604, once años después del fallecimiento de Marlowe. En 1616 se publicó una segunda versión de la obra, el texto B. —Repasó sus notas—. Omitía 36 versos del texto A, pero añadía 676 nuevos versos.

—¿Por qué dos versiones? —preguntó De Stefano.

—Nadie parece saberlo. Algunos estudiosos dicen que Marlowe escribió el texto A y otros lo retocaron tras su muerte y lo convirtieron en el texto B. Hay quien sostiene que ambos son versiones diferentes transcritas de memoria por actores que habían interpretado la obra años atrás.

—¿Y qué nos aporta todo esto a nosotros? ¿A nuestra investigación?

Elisabetta alzó las manos en un gesto de frustración.

—No lo sé. Tenemos una serie de hechos que pueden estar interconectados, aunque cómo es lo que no tengo claro. Tenemos un *columbarium* del siglo I que contiene casi un centenar de esqueletos, de hombres, mujeres y niños, todos con cola. Hay evidencias de un incendio, tal vez conectado con la muerte de esa gente. Las paredes están decoradas con un motivo circular de símbolos astrológicos pintados en un orden determinado. El símbolo de Piscis colocado en vertical sin duda se puede interpretar con un doble significado. Tenemos las fotografías post mórtem de un anciano, Bruno Ottinger, con cola y una serie de números tatuados en la espalda. Lo que significan estos números tampoco lo sabemos. Tenemos una obra teatral de Christopher Marlowe de la que ese hombre poseía un ejemplar. Se la obsequió otra persona, K. En la nota que le escribió se dice que «el B da la clave» y que el 11 de septiembre fue una señal. El libro de 1620 es el llamado texto B. El frontispicio del libro muestra a Fausto invocando al demonio desde el interior de un círculo de símbolos astrológicos que están desplegados en el mismo orden exactamente que en el círculo del *columbarium*. Estos son los hechos.

Excepto, pensó Elisabetta, que había uno más que se había guardado para sí misma: la fugaz imagen de la horrible columna vertebral de su agresor la terrible noche en que Marco fue asesinado.

De Stefano se frotó las manos nervioso, como si se las estuviese lavando.

—¿De modo que no estamos en situación de entretejerlos en una hipótesis cohesiva?

Elisabetta se encogió de hombros y respondió:

—Por mis conocimientos sobre el período, la astrología tenía gran relevancia para los romanos. Tanto la aristocracia como los ciudadanos de a pie daban mucho crédito al valor predictivo de las cartas astrales. Tal vez para este culto o secta en particular las estrellas y los planetas tenían una importancia crucial. Las anomalías físicas de sus miembros claramente los hacían diferentes de la mayoría de sus coetáneos. Sabemos que estaban juntos en el momento de su muerte. No es muy aventurado imaginar que en vida estaban conectados por algún vínculo cultural o ritual. Tal vez se guiaban por las interpretaciones astrológicas. O tal vez fuesen una secta de astrólogos. Todo esto son puras conjeturas.

—¿Y cree usted que este culto o secta podría seguir existiendo actualmente? —preguntó De Stefano con incredulidad—. ¿Es eso lo que nos dice ese Ottinger?

—Yo en principio no iría tan lejos —dijo Elisabetta—. Eso nos llevaría más allá de los límites de las especulaciones razonables. Para empezar, debemos desentrañar el sentido del mensaje del sobre y descifrar el significado de los tatuajes de Bruno Ottinger.

De Stefano estaba cada día más demacrado y macilento, y Elisabetta empezaba a preocuparse por su salud. Parecía costarle un gran esfuerzo el simple hecho de levantarse de la silla apoyando las manos en los reposabrazos.

—En fin, la buena noticia es que de momento a la prensa todavía no le han llegado rumores sobre el *columbarium*. La mala noticia es que el cónclave empieza dentro de cuatro días y, conforme se acerca ese momento, mis superiores están cada vez más y más nerviosos por el riesgo de una filtración. De modo que, por favor, siga trabajando y, por favor, manténgame informado.

Elisabetta se volvió hacia el ordenador, pero luego se contuvo. Decidió que debía dedicar unos minutos a sus plegarias. Cuando estaba a punto de cerrar los ojos, se fijó en el título de uno de los resultados de su búsqueda en la parte superior de la segunda página de webs seleccionadas y, para su vergüenza, no pudo evitar clicar en el link y posponer sus oraciones.

El título decía: «La Sociedad Marlowe solicita artículos para conmemorar el 450 aniversario del nacimiento de Christopher Marlowe».

Había una foto minúscula de un hombre de aspecto apacible y cabello rubio, el presidente de la Sociedad Marlowe. Se llamaba Evan Harris y era profesor de literatura en la Universidad de Cambridge, en Inglaterra. El mensaje en la web de la sociedad era una petición internacional de artículos académicos que se publicarían recopilados en un libro en 2014 para celebrar el aniversario del nacimiento de Marlowe.

Clicando en la biografía de Harris, Elisabetta descubrió que era un estudioso de Marlowe que, entre otros temas, había escrito sobre las diferencias entre los textos A y B del *Fausto*.

Elisabetta no tardó en clicar en el correo electrónico de contacto de la web y escribirle.

> Profesor Harris:
>
> En mi trabajo como investigadora en Roma, hace poco recibí como obsequio un ejemplar de la edición de 1620 del *Doctor Fausto*. Adjunto escaneada la página del título para que pueda verla. Tengo varias preguntas sobre el tema de las diferencias entre los textos A y B y me preguntaba si podría usted ayudarme. Como el asunto es de cierta urgencia, le incluyo mi número de teléfono en Roma.

Dudó antes de firmar como Elisabetta Celestino. No era capaz de recordar la última vez que había utilizado su apellido en algo que no fuese un formulario estatal. Hermana Elisabetta parecía, en general, suficiente, pero tal vez no lo fuese, pensó, para un catedrático de Cambridge.

Elisabetta se llevó el libro de Marlowe a la sala de las fotocopias, lo aplastó suavemente contra el cristal del escáner y escaneó la página del título para incorporarla a su e-mail.

De regreso a su despacho se volvió a topar con el joven sacerdote alto. Se había detenido ante su puerta y, por la posición de su cabeza, Elisabetta tuvo clarísimo que estaba mirando directamente el símbolo que había dibujado en la pizarra blanca.

Cuando ella estaba ya en mitad del pasillo, él la miró de reojo y se escabulló como un ciervo asustado.

Inquieta, Elisabetta regresó a su escritorio, adjuntó el archivo de la página de Marlowe al e-mail que iba a mandar a Harris y lo envió. Pensó que necesitaba una buena taza de café.

Había dos monjas en la cafetería tomando café. Las conocía por el nombre, pero no había intimado mucho más. Se aclaró la garganta.

—Discúlpenme, hermanas. Me preguntaba si podrían decirme el nombre de ese sacerdote joven y muy alto que hay en el departamento.

—Es el padre Pascal —respondió una de las monjas—. Pascal Tremblay. No lo conocemos. Se incorporó el mismo día que usted. No sabemos qué está haciendo aquí.

—Pero la verdad es que tampoco sabemos qué está haciendo usted aquí —añadió la otra monja.

—Estoy aquí por un proyecto especial —respondió Elisabetta siguiendo las instrucciones del profesor De Stefano sobre la necesidad de mantenerlo todo en secreto.

—Eso es justo lo mismo que dijo él —resopló la primera monja.

Al llegar a a su despacho, estaba sonando el teléfono.

Cuando descolgó, le respondió una voz que hablaba en inglés:

—Hola, quisiera hablar con Elisabetta Celestino.

—Yo soy Elisabetta —dijo ella con suspicacia. Era la primera vez que sonaba el teléfono de su despacho.

—Ah, hola, soy Evan Harris, le llamo por el e-mail que me acaba de mandar.

Elisabetta llevaba mucho tiempo alejada del mundo académico, pero no daba crédito a que entretanto la gente hubiera cambiado tan radicalmente y estuviese dispuesta a responder con tal prontitud a las solicitudes de ayuda.

—¡Profesor Harris! ¡Estoy pasmada por lo rápido que se ha puesto en contacto conmigo!

—Bueno, normalmente tardo un poco más en contestar a mis e-mails, pero ese ejemplar del *Fausto* que le han regalado, ¿es usted consciente de lo que tiene en sus manos?

—Creo que sí, más o menos. Pero confío en que usted pueda darme más información.

—Realmente espero que tenga usted a buen recaudo ese libro, porque existen tan solo tres ejemplares conocidos de la edición de 1620, todos los cuales están en bibliotecas de primera línea. ¿Puedo preguntarle dónde lo consiguió?

—En Ulm —respondió Elisabetta.

—¡En Ulm, dice! Un sitio curioso para que aterrice allí un libro como este, pero tal vez podamos indagar sobre su procedencia más adelante. ¿Me decía usted que tenía algunas preguntas sobre los textos A y B?

—Así es.

—Y, si se lo puedo preguntar, ¿a qué universidad pertenece usted?

Elisabetta dudó, porque inevitablemente la respuesta derivaría en más preguntas. Pero su moral le inducía a ser todo lo honesta que podía permitirse ser.

—De hecho, trabajo para el Vaticano.

—¿En serio? ¿Y por qué está el Vaticano interesado en Christopher Marlowe?

—Bueno, digamos que la historia de Fausto está relacionada con cierto trabajo que estoy realizando sobre las actitudes de la Iglesia del siglo XVI.

—Ya veo —dijo Harris, estirando sus palabras—. Bueno, como puede usted calibrar por mi rápida respuesta, ese texto B que usted posee me interesa mucho. Tal vez podría ir a Roma, digamos pasado mañana, para verlo en persona, y mientras me tiene usted allí como espectador cautivo podría contarle mucho más de lo que probablemente desea usted saber sobre las diferencias entre el *Fausto* A y el B.

Elisabetta pensó que eso sería de gran ayuda y le dio la dirección del instituto en via Napoleone. Pero cuando colgó se preguntó si tendría que haber añadido: «Por cierto, profesor, quizá debería comentarle que soy monja».

La piazza Mastai estaba desierta y el convento, en silencio. Elisabetta se sentía feliz de poder estar en su silenciosa y espartana habitación. Hacía una hora había corrido las cortinas y se había quitado las sucesivas capas de atuendos clericales antes de, gustosamente, ponerse el camisón, que en comparación era mucho más liviano.

Esa sensación se había apoderado de ella, la percepción de que sus prendas le resultaban cada vez más pesadas y agobiantes. Cuando se había vestido por primera vez con el hábito después de hacer los votos, había tenido la sensación de que había algo mágicamente ligero en esas ropas, como si los metros y metros de algodón negro no fuesen sino vaporosa gasa. Pero durante esos últimos días en el mundo seglar de autobuses, aeropuertos, calles urbanas y mujeres jóvenes ataviadas con sus ligeros vestidos primaverales habían supuesto un sutil peaje.

Consciente de todo ello, Elisabetta se sumió en una ferviente plegaria pidiendo misericordia.

Después ya estaba lista para acostarse. Pese a que sus plegarias le habían ayudado a calmar el espíritu, no se sentía más cerca de encontrar una explicación a los esqueletos de San Calixto. Al día siguiente se sumergiría en el *Fausto* y el texto B y se familiarizaría con ello antes de que llegase el profesor Harris. Pero antes tendría que superar una noche turbulenta. Las viejas pesadillas relacionadas con la agresión que sufrió habían vuelto a emerger y se habían entremezclado con nuevos terrores. Ahora temía el confuso mundo nocturno de laberintos llenos de macabros restos humanos y nauseabundos demonios con monstruosas colas al descubierto.

Después de un último rezo para pedir una noche tranquila, Elisabetta se deslizó entre las frías sábanas y apagó la luz.

Cuando la luz de la habitación de Elisabetta se apagó, Aldo Vani lanzó una colilla a la fuente y encendió otro cigarrillo. Llevaba una hora o más merodeando discretamente por la piazza Mastai, vigilando las ventanas del piso donde estaban los dormitorios. Llevaba un telémetro monocular de bolsillo escondido en la palma de la mano y, cuando estaba seguro de que no había ningún transeúnte, espiaba una y otra vez las ventanas iluminadas. En los dos segundos que le había llevado a Elisabetta correr las cortinas, la había divisado. Tercera planta, cuarta ventana desde el lado oeste del edificio. Debía esperar a que su ventana y las demás de las plantas superiores quedaran a oscuras antes de ponerse en marcha.

No le hizo falta nada más que un cortador de cristal con punta de diamante y una ventosa para extraer con total sigilo un bloque de cristal de una ventana de la planta baja en la parte trasera del colegio. Vani se hubiera apostado la vida a que el colegio no tenía ninguna alarma instalada y dejó escapar un gruñido de satisfacción cuando abrió la ventana y se coló por ella en absoluto silencio. Iluminándose con una pequeña linterna, fue sorteando las hileras de pequeños pupitres. El pasillo estaba a oscuras, excepto por el resplandor rojizo de las señales de salida en la otra punta. Sus suelas de goma no hicieron ningún ruido al subir por la escalera del lado oeste del convento.

La hermana Silvia se despertó con la familiar sensación de que la vejiga le estaba dando la lata. Su ya larga experiencia le decía que disponía de menos de dos minutos antes de que la cosa acabase en accidente. De modo que se dispuso a hacer la primera de sus muchas visitas nocturnas al lavabo comunitario.

Era un periplo que se iniciaba aguantando con las artríticas rodillas el peso de sus pesadas caderas. Después tenía que embutir sus hinchados pies en las zapatillas y coger el albornoz del colgador. Con menos de un minuto para llegar a tiempo, giró el pomo de la puerta de su habitación.

Las resecas bisagras de la puerta de la escalera que llevaba a la tercera planta chirriaron, de modo que Vani tuvo que abrirla muy lentamente. El pasillo estaba demasiado iluminado para su gusto. Había luces nocturnas a ambos lados y una tercera en el centro. Desenroscó la bombilla de la que tenía más cerca y se detuvo para contar las puertas. La cuarta contando desde el lado de la plaza correspondía, estaba seguro, a la cuarta ventana. Sería mejor si no estaba cerrada con llave, pero apenas importaba. Había pocas cerraduras capaces de detenerlo más de unos segundos, sobre todo en un edificio ya viejo. Y, en el peor de los casos, la derribaría con el hombro, pese al ruido; le clavaría el cuchillo en la carótida en un abrir y cerrar de ojos y habría bajado las escaleras antes de que nadie hubiera podido dar la voz de alarma.

Esta vez no iba a fallar. Se lo había prometido a K. Se quedaría tan solo el tiempo suficiente para ver cómo la sangre dejaba de brotarle a chorro del cuello cuando la presión arterial bajase a cero.

La hermana Silvia se lavó las manos y lentamente, arrastrando los pies, inició el camino de regreso hacia el pasillo. Su habitación estaba dos puertas más allá de la de Elisabetta. Parpadeó. El pasillo parecía más oscuro que antes.

Dejó de parpadear.

Había un hombre junto a la puerta de Elisabetta.

Para ser una mujer frágil, que cantaba los cánticos con un hilillo de voz, pegó un grito atronador.

Vani apartó la mano del pomo y con frialdad valoró sus opciones. Le llevaría diez segundos abalanzarse sobre la monja que gritaba y acallarla. Le llevaría diez segundos abrir la puerta y acabar el trabajo que había venido a realizar. Le llevaría tres segundos abortar la misión y desaparecer escaleras abajo.

Tomó su decisión y giró el pomo de la puerta de Elisabetta. Estaba cerrada.

Se empezaron a abrir otras puertas.

Varias monjas y novicias se asomaron al pasillo, llamándose unas a otras mientras la hermana Silvia seguía aumentando los decibelios.

Elisabetta se despertó sobresaltada y buscó a tientas el interruptor para encender la luz.

Se abrieron más puertas. Las opciones de Vani se redujeron. Sabía que solo había una cosa peor que fracasar, y era ser detenido.

Cuando Elisabetta descorrió el pestillo y abrió la puerta de la habitación, vio a un hombre vestido de negro que desaparecía escaleras abajo.

10

Cambridge, 1584

Era Domingo de Ramos.

Habían pasado cuatro largos años.

Cada minuto de cada hora de cada día habían conducido hasta este momento. Su último debate público.

En muchos aspectos, la vida como estudiante había sido tan dura como la de un jornalero o un comerciante. Seis días a la semana se despertaba a las cinco de la mañana para ir a la capilla. Después desayunaba y asistía a lecciones de lógica y filosofía. A las once de la mañana, la pausa de la comida, apenas un poco de carne, pan y caldo, y a continuación clases de griego y retórica. Y durante toda la agónica tarde, el estudio del debate y la discusión dialéctica, un partido de tenis intelectual para entrenar las mentes jóvenes. La cena no era mucho mejor que la comida, y después estudiaba hasta las nueve de la noche, cuando el día ya concluía para todo el mundo excepto para él. Mientras sus compañeros de habitación dormían, él se sentaba en una esquina de la habitación y durante una o dos horas más se dedicaba a escribir sus preciados versos. Los domingos eran apenas un poco más livianos.

A solas, caminaba de un lado a otro sobre los polvorientos tablones del suelo ante el auditorio, ataviado con su toga negra. A través de las puertas cerradas oía al público que arrastraba los pies mientras tomaba asiento en la galería. Habría algunos partidarios, pero la mayoría sería un montón de gente despectiva que disfrutaría viéndolo fracasar.

Triunfar significaría la consecución de su licenciatura y la automática admisión en el programa de doctorado. A partir de ahí, conquistaría Londres. El fracaso significaría un ignominioso regreso a Canterbury y una vida gris.

Cerró los puños, insuflándose moral.

«Estoy destinado a lograr algo grande. Estoy destinado a aplastar sus pequeñas mentes con mis botas y a pisotearles el cráneo como si fuera cáscara de huevo.»

Norgate, el decano del Benet College, alto y flaco, abrió las puertas y anunció:

—Christopher Marlowe, estamos preparados para escucharos.

Cuatro años atrás Marlowe había viajado de Canterbury a Cambridge, un periplo de más de cien kilómetros y tres días pidiendo que lo llevasen en carros de nabos y escuchando la cháchara de los campesinos. Después de que un comerciante lo dejase a las afueras de la ciudad, recorrió a pie el último kilómetro cargando con su morral. Los transeúntes apenas se fijaron en él cuando entró en la ciudad por la Puerta de Trumpington, no era más que otro chico que se dirigía a la universidad para el nuevo trimestre de diciembre.

El chaval de dieciséis años tuvo que preguntar el camino. En un callejón, junto a una taberna, vio a un hombre orinando.

—¿Por dónde se va al Benet College? —le preguntó Marlowe alzando la voz. No dijo «Por favor, señor» ni «¿Podríais decirme?». Él no era así.

El interpelado volvió la cabeza frunciendo el ceño con un gesto que sugería la pretensión de lanzar al jovenzuelo al barro como recompensa por su grosería en cuanto se metiese de nuevo el miembro bajo los pantalones. Pero cambió de opinión después de repasar de arriba abajo al estudiante. Tal vez fuesen los ojos oscuros de mirada dura de Marlowe o sus labios apretados sin atisbo de sonrisa, la curiosa seriedad de su barba juvenil o el arrogante modo en que movía su delgado cuerpo, pero lo cierto es que el tipo se mostró sumiso y le dio la información que el muchacho le había pedido.

—Cruza la Penny-farthing Lane, sigue hasta pasar la iglesia de San Botolph, gira a la derecha en Benet Street y métete en el patio que verás.

Marlowe asintió y no tardó en llegar al lugar que sería su casa durante los próximos seis años y medio.

Había conseguido una beca Parker gracias a una elogiada exposición en la King's School de Canterbury. Ese primer día en Cambridge había sido el último de los compañeros de dormitorio en llegar a la habitación que se les había asignado en la esquina noroeste del patio. Sus compañeros de beca Parker, Robert Thexton, Thomas Lewgar y Christopher Pashley, todos pobres como ratas igual que él, estaban ordenando sus escasas pertenencias y repartiéndose los pocos muebles de que disponían: dos camas, dos sillas, una mesa y tres banquetas, además de varios orinales y jofainas. Cuando entró él, dejaron de discutir y observaron al delgado e inquietante rezagado.

Marlowe no se molestó en ser amable. Recorrió la habitación con una mirada digna de una fiera salvaje husmeando el terreno.

—Soy Marlowe. ¿Cuál es mi cama?

Lewgar, un chaval regordete y de cara pecosa, señaló un colchón y dijo:

—Dormirás conmigo. Confío en que te dejarás los calzones puestos, señor Marlowe.

Marlowe lanzó el morral sobre el colchón y esbozó la primera sonrisa en varios días, una sonrisa fugaz y sardónica.

—Oh, amigo, eso puedes darlo por seguro.

Marlowe permaneció en pie, ante sus examinadores, con la barbilla alzada y los brazos relajados a ambos lados del cuerpo. En cuatro años había crecido más de treinta centímetros y todos los rasgos adolescentes habían desaparecido. Su barba y su bigote se habían hecho más espesos y enmarcaban su rostro, alargado y triangular, del que emanaba un aire libertino. Su sedoso cabello castaño le llegaba casi hasta la almidonada gorguera. Mientras que la mayoría de sus coetáneos empezaban a desarrollar narices bulbosas y prominentes mandíbulas que los definirían en su vejez, las facciones de Marlowe habían mantenido su delicadeza, incluso un aire adolescente, y él respondía a las miradas aprobadoras con altivez.

El decano estaba flanqueado por tres estudiantes mayores a punto de doctorarse, todos ellos con expresión de sádicos deseosos de ensartar a su presa. Una vez expuesta la tesis, Marlowe se enfrentaría con ellos en un torneo verbal durante cuatro extenuantes horas y antes de la cena conocería la sentencia sobre su destino.

Alguien entre el público no paraba de aclararse la garganta. Marlowe se volvió. Era su amigo Thomas Lewgar, que iba a someterse al mismo suplicio al día siguiente. Lewgar le guiñó un ojo para darle ánimos. Marlowe sonrió y miró a la cara a sus examinadores.

—Bueno, señor Marlowe —empezó el decano—. Este es el tema de la tesis final para concederos la licenciatura. Queremos que reflexionéis sobre lo siguiente y comencéis la exposición sin más dilación: De acuerdo con la ley de Dios, el bien y el mal son opuestos. Podéis empezar.

Marlowe apenas pudo disimular su dicha. Las comisuras de

sus labios se curvaron hacia arriba ligeramente, pero lo suficiente como para desconcertar a sus examinadores.

«Lo tengo. El título es mío.»

En el comedor, los ciento veinte alumnos del Benet College normalmente se sentaban en el orden que querían. Las sucias ventanas emplomadas retenían una parte de la luz del atardecer, pero, como estaban en primavera, los estudiantes sirvientes no tenían que encender aún las velas.

En un extremo del comedor, el decano y los miembros de la junta de gobierno del college se sentaban a la mesa presidencial, situada sobre una tarima. Los cuatro Maestros de la Biblia, los que disponían de las becas más prestigiosas y mejor dotadas, se sentaban junto al decano. Los seis receptores de las becas Nicholas Bacon se sentaban a continuación. Marlowe ocupaba una mesa adyacente con el resto de los becados, incluido su grupo de receptores de la beca Parker. Los pensionistas, todos chicos ricos, llenaban las restantes mesas del comedor. A diferencia de los becados, pagaban sus comidas y otros gastos. Su interés por la vida académica solía ser marginal, su objetivo vital era beber, jugar al tenis y simplemente hacer acopio de la educación necesaria para regresar a sus haciendas con el título de Juez de Paz. Y completando al grupo estudiantil estaban los estudiantes sirvientes, chicos pobres lo bastante listos como para asistir a la universidad pero sin los méritos suficientes para recibir becas. Tenían que atender a sus compañeros ricos para poder costearse los estudios y la manutención.

Marlowe estaba eufórico y pidió más botellas de vino para su mesa. En realidad no se las podía permitir, pero su sirviente, un estudiante de primer año, anotó obedientemente el gasto en la cuenta de Marlowe para que la pagase más adelante.

—Supongo que todos vosotros podéis echar unos cuantos

tragos más, pero la parte del león es para el licenciado Marlowe —advirtió Marlowe a los que estaban sentados a su mesa.

—Suena estupendo, ¿verdad? ¡Licenciado Marlowe! —exclamó su amigo Lewgar—. Mañana a estas horas espero haber superado mi prueba y tener mi título. Me estremezco solo de pensar qué sucedería si el bueno de Tom volviese a Norfolk sin un título universitario.

Lewgar todavía tenía granos en su cara lampiña y seguía siendo un chaval corpulento, mientras que el resto de sus compañeros eran delgados como fideos. Aunque Marlowe era notoriamente desmedido y propenso a vapulear a sus colegas con su taimado y avasallador sarcasmo, Lewgar seguía siendo su amigo a costa de menospreciarse de manera sistemática.

Al otro lado de la mesa, un estudiante dos años mayor que Marlowe, un tipo serio que se estaba doctorando, le soltó:

—Un discurso francamente bueno el tuyo hoy, Marlowe. Casi tan bueno como el de mi debate final.

Marlowe alzó su copa mirando al joven. Aunque durante esos cuatro años lo había visto casi cada día, podía decir que apenas conocía a Robert Cecil y que, de hecho, Cecil era una de las pocas personas en Cambridge que lo intimidaban. Sí, claro, su padre era el barón de Burghley, el secretario de Exteriores de la reina, y sin duda el hombre más poderoso en una tierra en la que no había un rey, pero había algo más que eso. Cecil era fornido como un labrador, listo como cualquiera de los receptores de la beca Bacon y tan seguro de sí mismo como el propio Marlowe.

Pero Marlowe era superior a Cecil en una cosa y se sintió embriagado de agradecimiento cuando este le pidió que hiciese una demostración.

—Vamos, licenciado Marlowe, haznos el honor de recitarnos uno de tus poemas para celebrar tu titulación.

Marlowe se puso en pie y sostuvo el equilibrio apoyando una mano en la mesa.

—Licenciado Cecil, puedo recitar un fragmento de un texto en el que estoy trabajando, mi primera obra teatral.

—Así pues ¿has estado haciendo tus pinitos? —preguntó Cecil.

—Como su compañero de cama, ¡puedo atestiguar que se pasa la noche entera haciendo pinitos! —gritó Lewgar, provocando estruendosas carcajadas.

—Entonces silencio —pidió Cecil a los comensales—. Dejadnos escuchar qué ha escrito nuestro hombre, y si no es de nuestro gusto enviaré una paloma mensajera a la corte para que nuestra querida reina sepa que sus universidades no funcionan como debieran.

Marlowe alzó las manos melodramáticamente, esperó unos instantes y, cuando ya todas las miradas se dirigían a él, arrancó:

Por qué iba, dulce encanto, a negar tu juventud,
cuyo rostro refleja en mis ojos tal placer,
mientras yo, exhalando el fuego de tus veloces rayos,
he cabalgado de regreso con los caballos de la noche,
que te saludarán al verte.
Siéntate sobre mi rodilla y haz que me sienta feliz;
controla al orgulloso Destino y elimina la amenaza del Tiempo.
¿No están todos los dioses bajo tu mando
y el cielo y la tierra son el escenario de tu deleite?

Sonrió, apuró el vino de su copa y se volvió a sentar mientras llamaba con un gesto a su sirviente.

Los comensales esperaron a que Cecil diese su opinión.

—Correcto, licenciado Marlowe —dijo—. Bastante correcto. Mi paloma tendrá que quedarse en su jaula y renunciar a su vuelo hasta Londres. ¿Quién es el personaje que declama estos versos y cómo se va a titular la obra?

—¡Es el mismísimo Júpiter el que habla! —aclaró Marlowe—. Y voy a titular la obra *Dido, reina de Cartago*.

—Bueno, Marlowe, si dentro de tres años tomas las sagradas órdenes, el mundo sin duda perderá a un eminente dramaturgo.

Los últimos que se quedaron en la mesa fueron Marlowe, Cecil y Lewgar. Estaba oscureciendo y Lewgar se lamentó de que tenía que acostarse temprano.

—Lewgar, he oído que nuestros compañeros no confían mucho en tus posibilidades —dijo Cecil con aspereza.

—¿Eso has oído? —le preguntó Lewgar, asustado.

—En efecto.

—No puedo fallar. Estaría acabado.

—Thomas, si te lanzas al río Cam, escribiré un poema sobre ti —ironizó Marlowe.

—Me irá bien mientras no me propongan sostener una tesis relacionada con las matemáticas. Ya sabes lo malo que soy en matemáticas, ¿verdad que sí, Christopher?

—Yo no me preocuparía, Thomas. Mañana estarás tan borracho como yo. Celebrándolo.

Cuando Lewgar se marchó, pesaroso, Cecil se puso en pie y le dio una palmada en la espalda a Marlowe.

—El viejo Norgate te lo comunicará mañana durante el desayuno, pero tú vas a ser uno de los examinadores de Lewgar. Y yo también formaré parte del comité.

Marlowe lo miró con socarronería.

—¿En serio? Qué interesante.

Su sirviente se acercó para recoger la mesa, pero Marlowe lo envió a por más vino y le ordenó que encendiera las velas. El muchacho obedeció. Marlowe clavó la mirada en la oscilante llama de la vela y dejó que el vino se deslizase lentamente por su garganta hasta el pecho. El candelero, un tubo liso de peltre, le llamó la atención. Lo había visto cada día durante los últimos cuatro años, pero esa noche le evocó ciertos recuerdos. Era muy parecido a otro candelero que había visto unos trece años atrás.

Su padre estaba siempre enfadado, siempre murmuraba invectivas mientras trabajaba. A sus siete años, Christopher estaba sentado junto al fuego, garabateando entusiasmado en una página tachada y chamuscada del libro de contabilidad de su padre, que su madre había rescatado del fuego.

> El sol brilla.
> Los pájaros cantan.
> Y mirad cómo el azulejo
> emprende el vuelo.

Orgulloso de sí mismo, alzó la mirada y vio a una mujer plantada en la puerta que se quejaba del trabajo que había realizado John Marlowe. Era la esposa del panadero, Mary Plessington. El recosido de los zapatos recién reparados ya se había soltado.

Su padre cogió los zapatos sin decir palabra y, cuando la mujer se marchó, la maldijo sin contemplaciones.

—Saco de mierda. Lo más probable es que se le hayan descosido por patearle con ellos el culo a su marido. En cualquier caso, es una maldita quejica. No debería haber aceptado su encargo.

Su madre, Katherine, que estaba cosiendo, alzó la mirada.

—Escoria papista. Hace que me vengan ganas de escupir en mi propio suelo.

La zapatería y el salón de la casa eran la misma habitación. Su padre se pasaba el día en la mesa de trabajo, desollando y cortando pieles de vacuno y quejándose de todo. Los Marlowe estaban destinados a algo mejor que eso, se lamentaba. Aunque ya era mucho que hubiera logrado convertirse en un hombre libre de vasallaje y hubiese podido unirse al gremio de zapateros con todos los privilegios que eso comportaba. Pero seguía estando en el peldaño más bajo de la clase media y no se podía callar su desprecio por la aristocracia y por cualquiera al que le fuese mejor que a él.

—Katherine —llamó—. Mira cómo el joven Christopher continúa su aprendizaje. Es el único modo de vencer a esos bastardos. Con una buena educación se convertirá en uno de ellos, o eso les parecerá. Y entonces destacará por encima de todos y llevará el apellido Marlowe a lo más alto, al lugar que le corresponde.

Christopher era el único hijo varón y ahora también el primogénito, después de que su hermana mayor muriese de unas fiebres. Iba a la escuela primaria de San Jorge Mártir, que llevaba el párroco local, el padre Sweeting. Enseguida aprendió a leer con el *ABC y Catecismo*, y desde los primeros días en que entendía lo que leía, los versos y las rimas empezaron a rondarle por la cabeza reclamando que los pusiera por escrito. Eran un alegre contrapunto a los otros pensamientos que bullían en su cerebro, pensamientos oscuros que cuando era más pequeño le asustaban.

—¿Nosotros somos diferentes? —recordaba haberle preguntado a su madre cuando tenía cinco años.

—Lo somos.

—¿Dios nos hizo así?

—No tiene nada que ver con Dios.

—A veces tengo miedo.

—Tus miedos desaparecerán —le había asegurado su madre—. Cuando seas un poco más mayor, te alegrará ser diferente, créeme.

Y estaba en lo cierto. El miedo no tardó en disiparse y fue reemplazado por algo completamente maravilloso, una sensación de superioridad y fuerza. Con siete años estaba encantado de ser quien era y de ver en qué se iba a convertir.

El hijo del panadero, Martin Plessington, iba a su clase en la escuela. Thomas Plessington era uno de los comerciantes más prósperos de Canterbury, un protestante con cinco aprendices y dos hornos. Martin era un chico fornido que iba camino de convertirse en un gigante como su padre. En el aula era poco brillante, pero en la calle era un abusón, que se servía de sus músculos para imponerse.

Un día, Christopher se quedó entre los últimos en salir de la escuela, reacio, como siempre, a separarse de uno de los libros del padre Sweeting. De regreso a casa tomó su atajo habitual por detrás de la taberna Queen's Head y los establos para el ganado.

Para su sorpresa, descubrió las gruesas piernas de Martin Plessington colgando de la ventana de la casa del dueño del establo. Martin saltó al suelo con algo en la mano. Sus ojos se toparon con los de Christopher.

—Lárgate —susurró Martin.

—¿Qué has cogido? —le preguntó Christopher con osadía.

—Nada que te importe.

Christopher se acercó y lo vio. Era un candelero de peltre adornado con una cruz católica.

—¿Lo has robado?

—¿Quieres que te dé una paliza? —respondió, muy agresivo.

Christopher no se amilanó.

—Supongo que pretendes venderlo. A menos que en tu familia sean papistas clandestinos y pretendan utilizarlo en una misa ilegal.

—¡Cómo te atreves a llamarme papista! —gritó Martin, enrojeciendo de ira—. Los Marlowe no valen ni para limpiarles el culo a los Plessington.

—Te propongo una cosa —dijo Christopher tratando de poner calma—. Si me lo dejas ver, te juro que no le diré a nadie lo que has hecho.

—¿Por qué quieres verlo? —le preguntó el chico con suspicacia.

—Porque es bonito, por eso.

Martin reflexionó unos instantes y le tendió el candelero.

Tenía la base redonda y pesaba como uno o dos ladrillos. Christopher lo inspeccionó detenidamente y después miró a uno y otro lado del callejón.

—¿Te has fijado en esto? —preguntó.

—¿En qué? —dijo Martin acercándose.

—En esto.

Christopher balanceó el candelero con toda la fuerza que su modesta complexión le permitía y golpeó a Martin en la sien con la base. Se oyó un leve crujido, como el sonido de una bota partiendo el hielo del suelo, y el chaval cayó de rodillas y después se desplomó de bruces contra el suelo mientras la sangre manaba a borbotones de la herida. Durante unos instantes siguió moviéndose hasta que de pronto el cuerpo quedó completamente flácido.

Christopher se guardó el ensangrentado candelero bajo la camisa y empezó a arrastrar el cuerpo sin vida hacia el establo. Le costó más de lo que había imaginado, pero no cejó hasta que logró meter allí a Martin. Los caballos que había atados se movieron nerviosos, relincharon y tiraron de las bridas.

Dejó a Martin entre un montón de heno y se detuvo unos instantes para recuperar el aliento. Después metió la mano bajo la camisa para coger el candelero. Lo agarró por la base, manchándose los dedos de sangre.

Con la mano libre le abrió la boca a Martin, con la otra le hundió el cilindro del candelero hasta la garganta, y contempló cómo brotaba la sangre y le llenaba la boca abierta.

Al día siguiente, la silla de Martin en el colegio estaba vacía y el padre Sweeting comentó proféticamente que si el chico se saltaba otro día de clase más le valía estar muerto.

Christopher regresó corriendo a casa y volvió a pasar junto a los establos. Las puertas estaban cerradas y no parecía que hubiera nadie por allí. Cuando llegó a casa, su padre y su madre estaban sentados a la mesa hablando en voz baja y sus hermanas caminaban descalzas sin hacer ruido.

—¿Lo has oído? —le preguntó su padre—. ¿Has oído lo que le ha pasado a Martin Plessington?

Christopher negó con la cabeza.

—Está muerto —dijo su padre sin rodeos—. Le han aplastado la cabeza y le han metido un candelero católico por la garganta. La gente dice que han sido los papistas, que han matado a un chico protestante. Dicen que sin duda habrá problemas en Canterbury. Una guerra civil en toda regla. Se rumorea que grupos de protestantes ya se han cargado a un par de chavales católicos. ¿Qué tienes que decir al respecto?

Christopher no tenía nada que decir.

Intervino su madre:

—Hoy te has puesto tu camisa buena. He encontrado la otra hecha un ovillo entre tu colchón y la pared. —Metió la mano entre sus piernas y la sacó—. Está manchada de sangre.

—¿Has tenido algo que ver en esto? —le preguntó su padre—. Dime la verdad.

Christopher sonrió, mostrando el hueco del diente de leche que se le había caído. Sacó pecho y respondió:

—Yo lo hice. Yo lo maté. Espero que estalle una guerra.

Su padre se puso en pie, se irguió cuan largo era y se acercó a su hijo de siete años. Los labios le temblaron.

—Buen chico —dijo por fin—. Estoy orgulloso de ti. Hoy, gracias a ti, han muerto varios católicos y estoy seguro de que morirán más. Eres un orgullo. Un orgullo para el linaje de los Marlowe.

11

El primer impulso de Elisabetta fue telefonear a su padre, pero ¿qué hubiera conseguido con eso aparte de sacarlo de la cama y darle un susto de muerte? Sabía que a esas horas Micaela estaba trabajando en el hospital. Así que llamó a Zazo. Llegó media hora después que la *polizia* y se sentó con Elisabetta en la cocina mientras ella esperaba a que un oficial la interrogase.

Elisabetta se cerró la bata sobre el pecho.

—Siento haberte molestado. Ya sé que estás muy ocupado.

—No seas boba —le respondió Zazo. Iba vestido de civil, con tejanos y un suéter—. ¿Has telefoneado a papá?

—No.

—Bien hecho. Entonces ¿el tipo se encontraba delante de tu puerta?

—Eso es lo que ha dicho la hermana Silvia.

—¿Le has visto la cara?

—Solo lo he visto de espaldas.

—Lo más probable es que fuese un drogadicto que buscaba dinero —dijo Zazo—. Y tan desesperado por el mono que ni se ha dado cuenta de que se había metido en un convento. Nunca me ha gustado que no tengáis una alarma.

—Nunca tenemos dinero suficiente para esas cosas, y de todos modos...

—Sí, ya lo sé, Dios os protege. —Zazo acabó la frase con tono irónico—. Conozco al hombre que está al mando de la investigación, el inspector Leone. Deja que hable con él.

Elisabetta notó un temblor en el labio superior.

—Zazo, tengo un mal presentimiento con esto.

—Ya sé que estás asustada. Ahora mismo vuelvo.

Leone era un tipo hosco e impopular a punto de jubilarse. En la época en que Zazo estaba en la *polizia* no se podían ver ni en pintura, y Zazo podía decir con total certeza que no había pensado en ese hombre ni una sola vez desde que dejó el cuerpo.

—Me acuerdo de ti —le dijo Leone cuando Zazo se le acercó en el pasillo de la residencia—. ¿Qué estás haciendo aquí?

—Una de las monjas es mi hermana.

—Ahora estás en el Vaticano, ¿verdad? —Leone lo dijo con un provocador tono burlón.

—Así es.

—Es un buen puesto para ti.

Durante los años que llevaba trabajando codo con codo con la Guardia Suiza, Zazo había aprendido el arte de la contención. Hizo uso de él y dejó pasar el comentario.

—Bueno, ¿y qué tenéis?

—El tipo cortó el cristal de una ventana de la parte trasera de la planta baja y entró por allí. La madre superiora está revisando las aulas y los despachos de los dos primeros pisos para comprobar si falta algo. El tío estaba ante la puerta de uno de los dormitorios de la residencia cuando una de las monjas, que volvía del lavabo, lo vio y se puso a chillar como una posesa. Él salió corriendo y probablemente huyó por la puerta trasera.

—El dormitorio era el de mi hermana.

Leone se encogió de hombros.

—Tenía que ser el de alguien. Quién sabe qué buscaba ese tío. Quizá fuese un ladrón, quizá un violador, quizá un yonqui. Fuera lo que fuese, lo importante es que no llegó a acceder a ella. Interrogaremos a los testigos, buscaremos huellas y comprobaremos las cámaras de seguridad de los edificios de los alrededores. Recuerdas la rutina, ¿verdad, Celestino?

—Sigo siendo un oficial de policía —le soltó Zazo.

—Claro que sí.

Elisabetta estaba tomándose un café cuando Zazo volvió con ella. Las monjas iban de un lado a otro ofreciendo bebidas calientes a los oficiales de policía. Con tantos hombres pululando por allí, algunas de las religiosas, por pudor, habían regresado a sus habitaciones y se habían puesto el hábito.

—No tienes muy buen aspecto —le comentó Zazo con la franqueza propia de un hermano.

—Gracias.

—¿A qué te referías al decirme que tienes un mal presentimiento?

—Había algo en ese hombre...

—Pensaba que solo lo habías visto de espaldas.

—Sí, así es. Por eso no es más que un presentimiento. —Y pasó a hablar en susurros—: Ya sé que parece una locura, pero creo que era el mismo hombre que me atacó aquella noche.

Zazo aceptó una taza de café de una de las monjas.

—Tienes razón —le dijo a Elisabetta—. Parece una locura. Supongo que es algún tipo de reacción psicológica postraumática. Eso es todo.

—Hay más cosas, Zazo. Más cosas que no te he contado.

—Explícamelo cuando quieras —le dijo Zazo.

Elisabetta parecía asustada.

—Ahora.

Se lo llevó a su habitación. Zazo se sentó en la cama sin hacer y ella en su silla de lectura. Empezó con un preámbulo. Era consciente de que no estaba autorizada para contarle esas cosas, pero sentía la necesidad de hacerlo. Le pidió que le jurase, como hermano, policía y empleado del Vaticano, que guardaría el secreto.

Zazo aceptó y escuchó con mucha atención a su hermana mientras ella le contaba todo sobre sus trabajos de estudiante, sus fugaces recuerdos sobre la espina dorsal de su atacante, los esqueletos de San Calixto, el anciano de Ulm, sus tatuajes y la obra teatral de Marlowe.

Alguien llamó a la puerta entreabierta. Una de las monjas le dijo a Elisabetta que la *polizia* estaba lista para hablar con ella.

—No vas a contarles nada de todo esto, ¿verdad? —le preguntó Zazo.

—Por supuesto que no.

Zazo se levantó de la cama y dijo en tono serio:

—Creo que no es seguro para ti continuar aquí.

Al despertarse, Krek notó la cabeza todavía espesa por la cantidad de brandy que había bebido. Solo en su cama, respondió al teléfono con tono irritado.

—¿Sí?

Era Mulej.

—Siento despertarte. Tengo noticias de Italia.

—Espero que sean buenas.

—No lo son. Vani tuvo que abortar la operación.

Krek no pudo contener su ira.

—Estoy harto de él. No puedo tolerar tanta incompetencia. ¿Al menos se largó sin dejar rastro?

—Por suerte sí.

—Dile esto, Mulej. Dile que dispone de una sola oportunidad más. Que si no lo logra, lo liquidaremos. Dile que me encargaré yo personalmente.

Lloviznaba. Desde el asiento de Elisabetta en el autobús, Roma parecía haber perdido el color y la alegría. Los otros pasajeros estaban demasiado concentrados en sus periódicos o sus auriculares para percatarse del aspecto demacrado de la monja.

Después de apearse en su parada, abrió el paraguas y recorrió el corto tramo que la separaba del instituto. El ayudante del profesor De Stefano la esperaba en el recibidor.

—El profesor quiere que vaya a San Calixto de inmediato —le anunció—. Hay un coche esperándola.

Las catacumbas de San Calixto se habían cerrado al público desde el derrumbamiento y el edificio que recibía a los visitantes parecía desierto y desolado bajo la lluvia.

Gian Paolo Trapani se paseaba de un lado a otro frente a la entrada y le goteaba agua de la larga melena. Le abrió la puerta del coche a Elisabetta.

—El profesor De Stefano está abajo, en el yacimiento. Por favor, bajemos rápido.

—¿Qué sucede? —preguntó ella.

—Eso ya se lo contará él.

Elisabetta casi tuvo que correr para mantenerse cerca del joven de largas piernas. Las catacumbas parecían particularmente sombrías esa mañana. Pese al frío que hacía allí, Elisabetta sudaba y estaba sin aliento cuando llegó al límite de la Zona Liberiana y al lugar del derrumbamiento.

De Stefano la esperaba en el umbral, completamente inmóvil, excepto por esas manos que no dejaba de frotarse. A Elisabetta le inquietó su desdichada mirada de angustia.

—Es usted la única persona que conozco que no tiene móvil —dijo De Stefano, enojado.

—Lo siento, profesor —se disculpó ella—. ¿Qué ha pasado?

—¡Mire! ¡Vea usted misma lo que ha pasado!

Se hizo a un lado y la dejó pasar.

Lo que vio resultó casi tan impactante como lo que había descubierto la primera vez, pero su reacción emocional fue más visceral en esta ocasión. Le invadieron sensaciones de desolación y agresión.

Habían vaciado el habitáculo.

Donde antes había esqueletos amontonados unos sobre otros, ahora no quedaban más que unos pocos huesos dispersos entre el polvo: una costilla aquí, un húmero allá, huesecillos de los dedos de los pies y de las manos desparramados como palomitas en el suelo de una sala de cine.

También el fresco había desaparecido, pero no lo habían arrancado. Lo habían pulverizado, sin duda a martillazos, porque el revoque yacía en el suelo en pedazos y montoncitos, hecho añicos.

De Stefano había enmudecido de ira, así que Elisabetta miró a Trapani en busca de ayuda.

—Quienquiera que lo haya hecho, ha utilizado nuestro pozo de acceso —dijo él, señalando hacia arriba—. No hay nada que indique que hayan entrado o salido por las catacumbas. Los guardas nocturnos del centro de visitantes no vieron ni oyeron nada. Nosotros ayer nos marchamos de aquí a las cinco en punto. Debieron de entrar cuando anocheció y se pasaron toda la noche trabajando. No sé con qué método lo hicieron, pero diría que debieron de sacar uno o dos esqueletos cada vez y los metieron en contenedores o cajas en un camión. Hay marcas recientes de neumáticos en el prado. Y, para terminar, destruyeron el fresco. Es horrible.

Por fin De Stefano encontró su voz:

—Es más que horrible. Es un desastre de proporciones monstruosas.

—¿Quién puede haber hecho una cosa así? —inquirió Elisabetta.

—Eso es lo que quiero preguntarle a usted —le dijo De Stefano mirándola fijamente.

Ella no estaba segura de haberlo entendido bien.

—¿A mí? ¿Qué puedo saber yo sobre esto?

—Cuando Gian Paolo me llamó esta mañana temprano para informarme de lo que se había encontrado aquí, comprobé los registros de llamadas de la poca gente del instituto que tiene conocimiento de los trabajos que estamos realizando aquí. Hace dos días se realizó una llamada desde su línea de la oficina.

Elisabetta rebuscó en su memoria rápidamente, antes incluso de que el profesor hubiese acabado la frase. ¿Había utilizado ella su teléfono para hacer una llamada al exterior? Creía que no.

—La llamada era a *La Repubblica*. ¿Por qué llamó usted a un periódico, Elisabetta?

—Yo no hice esa llamada, profesor. Usted sabe que yo no haría una cosa así.

—Alguien telefonea a un periódico y dos días después nos lo roban todo. ¡Estos son los hechos!

—Si esa llamada se hizo, juro por Dios que yo no fui. Por favor, créame.

De Stefano hizo caso omiso de su súplica.

—Tengo que acudir a una reunión de urgencia en el Vaticano. Debo decirle, Elisabetta, que fue un error meterla en esto. Queda usted destituida. Vuelva a su colegio y a su convento. He hablado con el arzobispo Luongo. No puede seguir trabajando para mí.

12

Elisabetta se sentía como si fuese en un barco que hubiese perdido el ancla y, a la deriva, hubiera salido de las aguas protegidas del puerto y estuviese en medio del vasto océano sin ninguna carta de navegación. Era media tarde y, aunque físicamente se hallaba en un lugar que conocía bien, descubrió que se encontraba en un estado mental y espiritual muy extraño.

El dormitorio permanecía intacto desde el día en que Micaela lo había dejado para irse a la universidad. La propia cama de Elisabetta todavía conservaba la misma colcha rosa con volantes y las fundas de almohada de satén, todo descolorido después de años dándole la luz del sol. Sus libros del colegio seguían allí, una maravillosa mezcla de filósofos franceses, teólogos y novelas serias. La estantería de Micaela, en contraste, estaba llena de un material tan ligero —novelas rosas, revistas de música pop, libros de autoayuda para adolescentes— que parecía que podía salir flotando. Encima de la cama de Micaela había un póster de Bon Jovi. Sobre la de Elisabetta, uno de un hermoso ciervo con una gigantesca cornamenta, arte rupestre de Lascaux.

Elisabetta estaba estirada en su cama, vestida con el hábito pero sin zapatos. No podía volver al colegio o al convento porque Zazo se lo había prohibido, y había alistado en su cruzada al padre de Elisabetta, a Micaela e incluso a la hermana Marilena. Elisabetta finalmente se dejó convencer con el argumento de que si seguía allí podía poner en peligro a las alumnas y a las otras monjas.

No podía volver a la Comisión Pontificia de Arqueología Sacra porque por primera vez en su vida la habían despedido de un trabajo. Le hervía la sangre con solo pensar que De Stefano creía que ella podía tener alguna responsabilidad en el saqueo.

Y ni siquiera podía rezar en paz sin distraerse y darle vueltas a todo lo sucedido.

Hastiada, Elisabetta se levantó de la cama y se puso los zapatos. Decidió que, si no le era posible retomar las clases, continuaría con su trabajo, pudiese o no seguir formando parte del equipo de De Stefano. Alzó la barbilla desafiante. Continuaría investigando por curiosidad intelectual. Pero había algo más urgente, ¿no era así? Cada vez tenía más claro que debía entender qué había sucedido en el pasado en el *columbarium* de San Calixto.

Por su propia supervivencia.

—Que Dios me proteja —dijo en voz alta, y se dirigió a la cocina para prepararse un café antes de sentarse en el comedor y seguir recopilando información.

Oyó el ruido de una llave en la puerta.

Levantó la vista de los libros y oyó que su padre la llamaba.

—Estoy aquí, papá. En el comedor.

Sus libros y papeles estaban desparramados por la mesa. Había utilizado el ordenador de su padre en la sala de estar para enviar un e-mail desde su correo particular al profesor Harris de Cambridge, no para cancelar su cita sino para cambiar el lugar del encuentro.

«El B da la clave.»

Iba por la mitad en su lectura de un ejemplar moderno de

los dos textos del *Fausto* que había comprado en una librería cerca del instituto y tomaba notas en un cuaderno sobre el texto A. Después se enfrentaría al texto B utilizando la edición de bolsillo y el original de Ottinger, buscando no solo diferencias textuales sino cualquier nota al margen que se le hubiera podido pasar por alto.

Su padre ya había terminado de trabajar por ese día. Ninguno de los dos estaba habituado a la presencia del otro fuera de la comida de los domingos.

—¿Cómo estás? —le preguntó su padre mientras encendía la pipa.

—Enfadada.

—Bien, me gusta más el enfado que el perdón.

—No son excluyentes entre sí —dijo Elisabetta.

Él gruñó. La pipa se le apagó. Sacó el utensilio para desatascarla, abrió la larga púa y se aplicó metódicamente a airear la cazoleta.

—Tengo sopa en lata. ¿Quieres un poco?

—Quizá más tarde. Esta noche prepararé una cena como Dios manda. ¿Qué te apetece?

Carlo no respondió porque tenía la vista fija en lo que más amaba en el mundo: los números.

Elisabetta había copiado los números del tatuaje de Ulm en un tarjetón.

63 | 128 | 99 | 128 | 51 | 132 | 162 | 56 | 70
162 | 103 | 39 | 103 | 128 | 99 | 56 | 120
99 | 70 | 63 | 52 | 56 | 70 | 120

—¿Qué es esto? —le preguntó su padre cogiendo el tarjetón.

—Está relacionado con el proyecto en el que estaba trabajando. Es como un rompecabezas.

—Pensaba que te habían dicho que lo dejases.

—Y lo han hecho.

—Pero tú no te has dado por aludida.

—No.

—¡Buena chica! —dijo Carlo dando su aprobación—. Una cuadrícula de veinticuatro números, nueve por ocho por siete —continuó—. El patrón numérico no resulta evidente. ¿Puedes darme algunos datos del contexto?

—No estoy autorizada a hacerlo, papá.

—A Micaela le has contado algunas cosas. Me dijo que lo habías hecho.

—No tendría que haberte dicho nada —aseguró Elisabetta.

—Solo me contó que le habías facilitado alguna información. Cuál, no lo sé.

—Bien. Porque, igual que yo, firmó un documento de confidencialidad con el Vaticano.

—Y anoche le contaste alguna cosa a Zazo. ¿Él también ha firmado un documento?

Elisabetta alzó la mirada con gesto culpable.

—No debería haberle contado nada, pero estaba asustada. Supongo que hice lo que me han acusado de hacer. He divulgado secretos del Vaticano.

—Vaya tontería. Zazo es tu hermano y además es policía del Vaticano. Es casi como hablar con un médico, un abogado o incluso un cura. No te preocupes por eso.

—Zazo no es precisamente un cura.

—Bueno, hablar con tu padre se acerca más a eso. Hay un vínculo sagrado entre un padre y una hija, ¿no crees?

—En cierto sentido, sí —aceptó ella.

—Ya sé que no logré ser un buen sustituto de tu madre, pero hice lo que pude. No era fácil compaginar el trabajo universitario con la educación de vosotros tres.

—Ya lo sé, papá. Todos lo sabemos.

—Dime una cosa. Cuando eras más joven, ¿había cosas que a mí no me contabas y en cambio sí le hubieras contado a tu madre?

—Seguro que sí.

—¿Como qué?

—Cosas de chicas, cosas de mujeres, pero nunca nada muy importante. Tú siempre estabas a mi disposición y siempre fuiste fuerte. Los tres percibíamos tu fortaleza.

—Bueno, después del vapuleo que me han dado en la universidad ya no me siento tan fuerte, pero te agradezco lo que me has dicho. —Carlo frunció el ceño—. Ya sabes que yo no quería que te hicieses monja, ¿verdad?

—Claro. No te cortaste a la hora de hacérmelo saber.

—Me parecía que te retirabas. Que te retirabas de tu vida. Sufriste un trauma enorme, y yo quería que fueses como esos cowboys americanos que vuelven a montarse en su caballo y afrontan un nuevo día. Pero, en lugar de eso, corriste a la Iglesia para esconderte. ¿Te duele que te lo diga?

—No me duele, papá, pero te equivocas. Para mí no fue una retirada. Fue un paso valiente hacia una vida mejor.

—Mira cómo te tratan.

—Me tratan bien. Me tratan como a las demás religiosas.

—¿Y qué me dices de lo que ha sucedido hoy?

—¿No crees que este tipo de cosas también suceden en el mundo académico? Mira cómo te están obligando a retirarte a ti, como si fueras un par de zapatos gastados.

Carlo pareció sentirse herido y Elisabetta lamentó haber hecho el comentario en cuanto salió de sus labios.

—Lo siento, papá. No debería haber dicho eso.

—No, tienes razón. Las injusticias se dan en todas partes. Pero si quieres que te diga la verdad, lo que más lamento es no verte con hijos. Habrías sido una madre estupenda.

Elisabetta suspiró y dijo:

—Si te cuento lo de estos números, si te lo cuento todo, ¿me prometes que no hablarás con nadie de esto?

—¿Ni con Micaela y Zazo?

Elisabetta se rió.

—Estás negociando conmigo. Vale, con Micaela y Zazo sí, pero solo si yo estoy presente.

—De acuerdo —aceptó Carlo—. Intentemos resolver el rompecabezas.

Elisabetta tuvo que admitir que disfrutó mucho del placer de la intimidad de esa tarde: un padre y una hija a solas por primera vez en muchos años. Le preparó su plato favorito, raviolis rellenos de queso de cabra, y mientras ella cocinaba, él fumaba, leía a Marlowe y llenaba varias hojas pautadas de notas e ideas matemáticas. En la cena discutieron alegremente sobre el pacto de Fausto con el diablo. Y bebieron vino: Elisabetta medio vaso, Carlo el resto de la botella.

Elisabetta pensó que su padre había bebido más de la cuenta, pero él insistió en sacar una botella de grappa y tomarse un par de vasitos mientras ella retiraba los platos. Durante años, solo lo había visto en las comidas dominicales y no sabía si se había convertido en un alcohólico. Cuando Carlo empezó a arrastrar las palabras, Elisabetta lo acompañó a la sala de estar. Allí se adormiló en su silla y ella lo despertó cariñosamente, vio cómo se metía en su dormitorio y se puso a lavar los platos con nuevas preocupaciones rondándole la cabeza.

El centro de operaciones de la Gendarmería era una sala moderna y bien amueblada, con monitores de vídeo que proporcionaban imágenes en tiempo real de puntos estratégicos del Vaticano. Zazo estaba en un rincón con los otros dos hombres de su rango, Lorenzo y un tipo un poco mayor que ellos llamado Capozzoli.

Zazo señaló el monitor que mostraba la entrada de la Domus Sanctae Marthae.

—¿Cuál es el censo actual? ¿Tú lo sabes, Cappy?

Capozzoli consultó su pequeño bloc de notas.
—A las seis de esta tarde había veintiséis cardenales registrados.
Los hombres de Lorenzo eran los encargados de recogerlos en el aeropuerto y trasladarlos al Vaticano.
—Tengo siete más que está previsto que lleguen esta noche.
Zazo asintió.
—Mañana faltarán dos días para el inicio del cónclave. Va a ser un desmadre.
—Para mañana tengo anotada la llegada de cincuenta y cinco bonetes rojos —dijo Lorenzo.
—Se va a armar un cristo… —dijo Capozzoli.
—Sí, de los buenos —asintió Zazo—. He tenido un par de roces menores con los de la Guardia Suiza. ¿Alguno de vosotros ha tenido algún problema?
—Los he tenido pegados al culo todo el día —dijo Lorenzo—, pero no ha sucedido nada que no pudiese manejar.
—Esta tarde hemos peinado la Domus Sanctae Marthae en busca de posibles bombas y lo seguiremos haciendo diariamente hasta el rastreo final la noche antes del cónclave —dijo Zazo—. Cappy, ¿los de la Guardia Suiza mantienen la misma rutina de guardias en la capilla Sixtina?
—Eso es lo que tengo entendido —respondió—. Pero se han mostrado muy reservados al respecto.
Zazo dio un puñetazo en el aire, indignado.
—Nosotros ya los hemos invitado a observar nuestro último peinado de la residencia. Me parece inaceptable que no nos inviten a participar en su peinado de la capilla.
—Pues ya puedes esperar sentado —le dijo Lorenzo.

Micaela picoteó de su bandeja. La cafetería no estaba mal para un hospital, pero su novio estaba quitándole su habitualmente voraz apetito.

—¿Por qué no vas a venir conmigo? —le preguntó a Arturo.

Todo en Arturo era descomunal: las manos, la nariz, la cintura e incluso, tal como a Micela le gustaba decirle con coquetería, su «máquina de hacer niños». Había un montón de cosas que le gustaban de él, incluida la facilidad con la que podía levantarla como si fuese una muñeca, pero también había unas cuantas que hubiera cambiado si hubiese tenido la más mínima posibilidad.

—He tenido un día muy duro. Tres emergencias, muchas horas de consulta. Estoy para el arrastre.

—Lo único que te pido es que me acompañes a ver a Elisabetta a casa de mi padre. Estoy preocupada por ella. Solo nos quedaremos unos minutos.

—Ya sé cómo van estas cosas —se quejó él—. Unos minutos se convierten en una hora.

Micaela apretó los labios en un gesto de rabia y la ferocidad de su mirada hizo que Arturo se estremeciese.

—Mi hermana no te cae bien, ¿verdad?

—Sí que me cae bien.

—No, no es así. ¿Por qué? ¿Qué te ha hecho?

Arturo toqueteó con el tenedor los guisantes de su plato.

—Cuando iba al colegio, las monjas me zurraron de lo lindo. Supongo que es una transferencia.

—¡Oh, vamos! —protestó Micaela—. ¡Un grandullón como tú atemorizado por lo que mi hermanita representa para tu frágil psique!

—No eres muy comprensiva —se encaró él—. ¿Dónde has aparcado tu exquisito trato a los pacientes?

Micaela se levantó y cogió su bolso.

—O me acompañas o ya te puedes preparar para dormir solo durante los próximos treinta años. ¡Aquí tienes mi trato exquisito!

Elisabetta estaba sumergida en el *Fausto* cuando sonó el teléfono de su padre. Lo hubiera dejado sonar, pero no quería que lo despertase. Para su sorpresa, era para ella.

—Elisabetta, soy el profesor De Stefano. —Su voz sonaba apagada y agobiada.

—¡Profesor!

—La he llamado al convento. Se han mostrado reticentes a darme su teléfono particular, pero le he explicado a la hermana Marilena que era un asunto urgente.

—¿Qué sucede? No parece usted —dijo Elisabetta.

Se produjo un silencio.

—El estrés del día. Por no mencionar lo mal que me siento por haberla despedido.

—Ha sido duro ser el blanco de las iras.

—¿Me podrá perdonar?

A Elisabetta le sorprendió su extraño tono de súplica.

—Claro que sí —dijo—. Soy especialista en eso.

—Necesito que venga ahora mismo a mi casa —le pidió él de pronto—. Está usted readmitida. Tengo información nueva muy importante que comentarle. Creo que sé lo que significa el mensaje: «El B da la clave».

—¿Esta noche? —preguntó ella, mirando la oscuridad detrás de la ventana.

—Sí, esta noche —dijo De Stefano de manera apresurada. Hubo otro silencio—. Y traiga su ejemplar del *Fausto*. —Le dio su dirección y colgó bruscamente.

Micaela llamó al timbre varias veces y como no obtuvo respuesta utilizó su llave para entrar. En el piso las luces estaban encendidas, pero nadie le había abierto la puerta. La habitación de Elisabetta estaba vacía y la puerta de la de su padre, cerrada.

Asomó la cabeza al dormitorio de su padre y escuchó unos ronquidos procedentes de la oscuridad.

Arturo le dio unos golpecitos en el hombro y ella cerró la puerta sin hacer ruido.

—Hay una nota en la mesa del comedor —dijo.

Era una hoja de libreta con la pulcra letra de Elisabetta:

> *Ya sé que Zazo me dijo que no saliese de casa, pero he recibido una llamada urgente del prof. De Stefano, que me ha pedido que vaya a verlo a su casa en el número 14 de la vía Premuda. No te preocupes. Volveré antes de las 11. Elisabetta.*

—Voy a llamar a Zazo —dijo Micaela a la vez que rebuscaba el móvil en su bolso.

Zazo cerró el móvil y consultó su reloj.

—Increíble —murmuró.

—¿Qué sucede? —le preguntó Lorenzo.

Caminaban juntos por uno de los aparcamientos para el personal del Vaticano.

—Sin contar a mi padre, Elisabetta es la más lista de los Celestino, pero a veces parece boba. Tengo que ir pitando a la via Premuda. Me llevará cinco minutos llegar allí. Vuelvo en un cuarto de hora y acabamos lo que nos queda por hacer esta noche.

El taxista se metió en una retención de tráfico por obras en la vía pública que provocó que el trayecto durase el doble de lo previsto. Pese a que llevaba a una monja como pasajera, no paró de decir palabrotas y hacer gestos obscenos por la ventanilla durante la mayor parte del recorrido.

Dejó a Elisabetta frente a un elegante bloque de pisos de piedra caliza rosa con las persianas recién pintadas de verde. De

Stefano vivía en el primer piso. Le abrió la puerta del portal en cuanto pulsó el interfono y Elisabetta subió deprisa. Llamó con un pequeño pomo metálico y esperó.

La puerta se abrió con inusitada rapidez.

Apareció un hombre que no era De Stefano.

Elisabetta reconoció el inexpresivo rostro. Era el hombre de la cabina telefónica, el tipo que la había agredido años atrás y, se dio cuenta de inmediato, el intruso que se había colado en el convento. Empuñaba una pistola.

Antes de que a Elisabetta le diese tiempo a hacer nada más que soltar un horrorizado grito ahogado, la agarró por el hábito y la arrastró hacia el interior.

Zazo pulsó el interfono del piso de De Stefano. Como no obtuvo respuesta, empezó a pulsar el de los otros pisos simultáneamente hasta que alguien le abrió.

Al llegar al rellano de la primera planta vio a alguien vestido con ropa oscura que desaparecía del pasillo y se metía en un piso, y a continuación la puerta se cerró con un portazo.

Zazo sacó su pistola SIG de la pistolera, soltó el seguro e intentó mantener firmes sus temblorosas manos.

Elisabetta cayó al suelo de rodillas, obligada por el violento tirón del brazo de su agresor. El ejemplar del *Fausto* cayó de su bolso sobre las baldosas.

Echó un vistazo rápido a la habitación. De Stefano estaba en el suelo y de uno de sus ojos rezumaba sangre.

Elisabetta alzó la mirada. El hombre tenía el brazo extendido. La apuntaba con una pistola a la cabeza.

Todo ocurría demasiado rápido, sin tiempo siquiera para pensar en Dios.

Se oyó un estruendo.

La bota de Zazo reventó la cerradura de una patada, haciendo saltar en pedazos la madera y abriendo la puerta violentamente.

Los estallidos fueron tan atronadores que Elisabetta tardaría una semana en volver a oír bien. Zazo disparó ocho balas en cinco segundos. Los años de entrenamiento en el simulador le hicieron actuar de manera automática: seleccionar el blanco; no dejar de disparar hasta vaciar el cargador; extraer el cargador vacío y meter uno nuevo.

El hábito blanco perla de Elisabetta estaba manchado del rojo de la sangre de su agresor. Los oídos le zumbaban de tal modo que sus propios gritos le parecieron muy lejanos.

Toda su atención se focalizó en un minúsculo detalle.

Sobre la cubierta del ejemplar del *Fausto* cayó una gota de sangre que el poroso cuero absorbió lentamente.

13

Surrey, 1584

Ahora era Thomas Lewgar quien se paseaba de un lado a otro e intentaba calmar los nervios frente a la sala donde iban a examinarlo. En el interior, Christopher Marlowe charlaba en una esquina con el decano Norgate y los otros dos examinadores de Lewgar, Robert Cecil y un estudiante de doctorado de otro college.

Norgate tenía un pergamino que blandió ante las narices del resto de los examinadores.

—Si he de seros completamente franco, el estudiante Lewgar es un candidato en cierto modo particular. Necesita obtener un resultado excelente en esta exposición para conseguir su licenciatura. Conozco bien a su padre. Es un hombre prominente de Norwich. No me importaría ver que Lewgar lo hiciese bien hoy, motivo por el cual me alegra tener en este comité al licenciado Marlowe. Como amigo, espero que haréis lo posible por serle de ayuda en el planteamiento de las preguntas.

—Sí, señor —dijo Marlowe.

—Bueno —comentó Norgate mostrando su pergamino—. Tengo tres preguntas que podríamos plantearle. La primera:

A ojos de Dios los pecados son en realidad veniales mientras que los hombres temen que sean mortales.

Los miembros del comité asintieron.

—La segunda: El amor de Dios no encuentra sino que crea aquello que le es grato.

De nuevo gestos de asentimiento.

—Y la tercera es de naturaleza menos teológica y más filosófica. Es esta: El orden matemático de las cosas materiales es una idea agudamente sostenida por Pitágoras, pero más aguda es la interacción de las ideas que sostiene Platón. ¿Qué opináis?

Algo se disparó en su interior. Marlowe era consciente de la sangre que circulaba por su cuerpo; casi podía notar su sabor metálico en la boca.

—Debería comentar, señor, que Thomas siempre me ha insistido en lo mucho que disfruta de las artes matemáticas y de la contribución de los griegos a nuestros conocimientos actuales.

Cecil alzó la mirada sorprendido, pero no dijo nada.

—Muy bien —dijo Norgate—. Pues le preguntaremos sobre Pitágoras.

A las tres de la tarde el espectáculo había terminado. Pocos eran capaces de recordar un examen final más desastroso. Norgate clausuró la sesión cuando se hizo evidente que Lewgar no era capaz de hacer otra cosa que no fuera repetir una y otra vez los mismos argumentos ilógicos e insustanciales. El joven se desmoronó con los ojos húmedos y jadeando, y al final solo los hombres más curtidos entre la audiencia eran capaces de disfrutar del espectáculo.

Cuando Norgate sentenció desde su silla que el candidato no había obtenido su título de licenciado, Lewgar salió casi corriendo de la sala.

—Una lástima —comentó Norgate a los miembros del comité, y también él se marchó.

Cecil se llevó a Marlowe a un rincón y, tan divertido como perplejo, le dijo:

—Pensaba que Legwar era tu amigo.

—Lo es —aseguró Marlowe—. Tal vez mi mejor amigo en el college.

—Y sin embargo has facilitado que tuviese que exponer un tema que no estaba en absoluto preparado para defender.

—Supongo que sí.

Cecil se inclinó hacia delante y comentó:

—Estoy impresionado por tu modo de actuar, licenciado Marlowe. ¿Sabes?, los Marlowe no son unos desconocidos para nosotros.

«¿Nosotros?», pensó Christopher.

—¿En serio? —dijo.

—Me pregunto si me querrías acompañar a Londres mañana. ¡Hay alguien a quien me gustaría mucho que conocieses! —Y entonces acercó sus labios a unos centímetros de la oreja de Marlowe y le susurró—: Sé lo que eres.

Era el hombre más imponente que Marlowe había visto en su vida. Ojos hundidos y despiadados que parecían capaces de atravesar la mente de cualquiera y leerle el alma. Tenía el rostro finamente cincelado y aguileño. Su capacidad para no mover los músculos de la cara lo más mínimo hacía que pareciese esculpida en un bloque de frío mármol. Su jubón y su capa eran de los mejores paños, como correspondía a un ministro de la reina.

Marlowe estaba en la propiedad de ese hombre, en el gran salón de la mansión de Barn Elms en Surrey, adonde había llegado en barca por el río desde Londres, acompañado por Robert Cecil. La mansión, construida con piedra caliza procedente de iglesias católicas demolidas por el padre de Isabel, el rey Enrique VIII, era la casa más espléndida que Marlowe había visto jamás. Desde el río, al anochecer, parecía no acabarse nunca. En el interior, los revestimientos de madera, tapices y escudos heráldicos colgados de las paredes le dejaron sin aliento y con el deseo de disfrutar de ese tipo de vida.

—Sir Francis —dijo Cecil—, os presento al licenciado Christopher Marlowe.

Francis Walsingham. Secretario principal de la reina. Su jefe de espionaje y con fama de torturador. El hombre al que ella llamaba su Páramo, por su porte hosco y su lúgubre semblante. El hombre más peligroso de Inglaterra.

—Bienvenidos a mi casa, caballeros. Es estupendo poder escaparse de vez en cuando de Whitehall y venirse a la rejuvenecedora campiña. ¿Has visto al barón Burghley, Robert?

—No lo he visto. Iré a visitar a mi padre cuando regrese a Londres.

—Excelente. Asegúrate de que te consigue una audiencia con la reina. Tienes que pensar en tu carrera. Y ahora puedo ofreceros un buen vino español, de Alicante. Está hecho por papistas que desprecian a nuestra reina Isabel, pero no se puede negar que es magnífico.

Marlowe dio un sorbo al fresco vino, paladeando su buqué y preguntándose qué hacía él sentado en esa elegante y mullida silla con la rosa Tudor blanca y roja bordada en ella. Pero después de un rato de parloteo sobre el Benet College, el decano Norgate y los exámenes finales, Walsingham abordó el asunto que los había reunido allí.

—El joven Robert trabaja para mí, licenciado Marlowe. Me ayuda a extirpar elementos papistas entre los estamentos del Benet College y otros colleges. También busca a hombres de demostrado talento que puedan ser de utilidad a la Corona, y durante estos últimos años os ha mencionado a vos en numerosas ocasiones en sus informes.

Marlowe estaba sorprendido. Apenas había reparado en que Cecil se hubiera fijado en él.

—Es para mí un honor, señor.

—Vivimos tiempos turbulentos, licenciado Marlowe. Desde 1547 la religión oficial del país ha cambiado tres veces, del catolicismo inglés de Enrique al protestantismo radical de Eduardo, después al catolicismo radical de María y ahora al protestantismo de Isabel. Las semillas de la confusión entre la población han germinado en extraños árboles. ¿Cuál es vuestro árbol?

—Nuestra familia siempre ha seguido el ejemplo de la reina.

—¿Lo ha hecho? ¿Realmente lo ha hecho?

El entusiasmo de Marlowe se transformó en recelo. ¿Había caído en una trampa?

—Hemos sido súbditos fieles.

Walsingham dejó su copa sobre la mesa con brusquedad. Su aparatosa gorguera le obligaba a sentarse muy rígido.

—Según mis informaciones no sois verdaderos protestantes, aunque os resulte conveniente aliaros con ellos de vez en cuando. Tengo absolutamente claro que no sois papistas, a los que despreciáis con toda el alma. Me parece que sois otra cosa.

Marlowe se quedó mirándolo, sin atreverse a abrir la boca.

—Me han dicho que destacáis en el estudio de la astronomía. Comprendéis bien las estrellas, ¿verdad?

—He adquirido unos conocimientos razonables sobre ellas.

—También Cecil es un astrónomo con cierta reputación. Como yo mismo. Aunque ninguno de nosotros llega, evidentemente, al nivel del astrólogo de la reina, John Dee, sí sabemos algunas cosas. No se puede ignorar a las estrellas.

—Desde luego que no —se mostró de acuerdo Cecil.

—Así que, Marlowe, doy por hecho que sois más fiel a las enseñanzas celestiales que a las enseñanzas de las Escrituras.

Marlowe sintió el impulso de huir.

—Escuchadme, Marlowe —continuó Walsingham—. Tal vez haya hombres que prosperan con el conflicto religioso. Tal vez haya hombres que instigan ese conflicto. Tal vez haya hombres que muestran bastante indiferencia cuando los protestantes son asesinados en París pero ronronean como gatos ante una caricia cuando los católicos son masacrados en York o en Londres. Tal vez haya hombres que son antiguos y acérrimos enemigos de la Iglesia de Roma y viven con la permanente esperanza de su destrucción. Tal vez vos seáis uno de esos hombres. —Walsingham se puso en pie, lo que provocó que Cecil se levantase de inmediato y Marlowe lo hiciese más lentamente. El joven invitado estaba empapado en sudor. Entonces Walsingham lo sorprendió al ponerle la mano en el hombro con un gesto tranquilizador—. Tal vez también Cecil y yo seamos de la misma cuerda.

—Me he quedado sin palabras, señor —balbució Marlowe.

—Quiero que trabajéis para mí, Marlowe, incluso mientras continuéis en Cambridge para doctoraros. Quiero que todo lo que hagáis sea en apoyo de la causa y de nuestro progreso. La reina no es uno de los nuestros, pero considera sin género de dudas que Cecil y yo somos sus fieles servidores. Y dado que su odio hacia los papistas es tan feroz como el nuestro, lo cierto es que estamos perfectamente compenetrados. Quiero que os convirtáis en uno de mis espías, para actuar en el extranjero al servicio de la reina, pero sobre todo al servicio de nuestra causa. Esperamos grandes cosas de vos.

Marlowe se sintió aliviado.

—No sé qué decir.

—No digáis nada —le soltó Walsingham con cierta brusquedad—. Seguidme. Los actos valen más que las palabras.

Marlowe siguió a Cecil y al secretario de la reina por un largo corredor hasta una pesada puerta. Walsingham la empujó para abrirla. Tras ella había una escalera de piedra que conducía a un sótano.

Las antorchas iluminaban las húmedas paredes. Caminaron en silencio y llegaron a otra puerta que Walsingham empujó con el hombro derecho. Los goznes chirriaron y se abrió lentamente para mostrar una enorme habitación más o menos del mismo tamaño que el gran salón de arriba. Una docena de personas, siete hombres y cinco mujeres de entre veinte y cuarenta años, bebían vino y holgazaneaban entre un mobiliario lujoso a la difusa luz de las velas. Todos dejaron lo que estaban haciendo y se pusieron en pie.

—Damas y caballeros —anunció Walsingham—. Os presento al licenciado Christopher Marlowe, el joven del que os había hablado. Quiero que le hagáis sentirse cómodo y le ofrezcáis toda nuestra hospitalidad.

Como movidos por un resorte, todos obedecieron dejando pasmado a Marlowe de un modo que no hubiera creído posible.

Mujeres y hombres empezaron a despojarse de sus sucesivas capas de ropa. Sobre las alfombras se amontonaron jubones, almillas, calzones, corpiños, faldas y enaguas. Todo se llenó de carne rosácea expuesta y Marlowe se estremeció y se sintió turbado cuando vio la completa desnudez de doce hermosos cuerpos frente a él, los hombres con el miembro completamente erecto.

Cuando se volvió hacia su anfitrión para dejarle clara su incredulidad, se sintió todavía más perplejo al descubrir que Walsingham y Cecil también se habían desnudado.

—Mostrádselas —ordenó Walsingham—. Adelante, mostrádselas.

Al unísono, todos se volvieron y le mostraron la espalda a Marlowe.

—¡Cielo santo! —exclamó Marlowe con un grito ahogado.

Walsingham lo miró lascivamente.

—No seáis mojigato, Marlowe. Os insto a que os mostréis en vuestro estado natural.

Marlowe dudó unos instantes y después hizo lo que se le pedía, quitándose primero los zapatos y a continuación la ropa, hasta que lo único que le quedó puesto fueron los calzones. Y los dejó caer al suelo.

Los demás rompieron a aplaudir. Mostraban su admiración por la que probablemente fuese la cola más larga de la habitación: la de Marlowe.

—Elige a la persona que quieras —le dijo Walsingham—. Ahora estás entre los tuyos. Puedes hacer lo que te plazca. Eres un lémur.

«Soy un lémur.»

Marlowe se acercó lentamente a un hermoso joven de cabello rubio que lo invitó con una radiante sonrisa.

«Ahora mi vida puede dar comienzo.»

14

Las baldosas del sótano del hospital San Andrea eran amarillo pálido, lo cual hacía difícil distinguir si estaban limpias o sucias. Para el observador ajeno a los sucesos, la presencia de una monja esperando ante la morgue acompañada por varios policías podría haber sugerido una situación de dolor familiar y atención pastoral.

Pero Elisabetta estaba atendiendo sus propios asuntos, reuniendo el coraje para enfrentarse al rostro de la muerte.

Micaela salió de la morgue con su larga bata blanca de médico. Se llevó a Elisabetta a un rincón.

—¿Estás segura de que quieres hacer esto? —preguntó.

—Sí, absolutamente —respondió Elisabetta con fingida confianza. Y añadió—: Debo hacerlo.

Micaela la abrazó.

El inspector Leone estaba allí, con su habitual actitud irascible y pinta de haber dormido con el uniforme puesto.

—Nosotros también vamos a entrar.

Micaela se puso el disfraz de gallo de pelea a punto de atacar con los espolones.

—El jefe de patología ha dicho que solo ella. Hable con él…, yo no lo puedo autorizar.

A Elisabetta le pareció extraño el hecho de que la muerte «antigua» no la incomodase y en cambio la muerte «reciente» la hiciese temblar, que los esqueletos y restos momificados estuviesen perfectamente almacenados en la fría parte académica de su cerebro pero que los cadáveres recientes se ubicasen en un espacio más tenebroso.

Tal vez se tratase de un instinto primario que se nutría del miedo a la degradación del cuerpo. O tal vez, pensó, estaba relacionado con algo tan simple como un recuerdo de infancia: intentar reconciliar la imagen del cuerpo sin vida de su madre en el ataúd con la vibrante vitalidad que siempre había mostrado.

El hombre yacía boca arriba en la mesa de autopsias, con una pequeña toalla cubriendo sus partes íntimas; sin duda, pensó Elisabetta, por respeto al pudor de una monja. Su torso estaba acribillado por inflamados agujeros negros, los orificios de entrada de las balas de 9 milímetros. Tenía los ojos abiertos, pero curiosamente su aspecto no difería del que tenían cuando estaba vivo. Su rostro, petrificado por el rígor mortis, era idéntico al que había visto la noche anterior y años atrás.

—Es él —le susurró a su hermana—. Estoy segura de que es el hombre que me apuñaló.

El doctor Fiore, el jefe de patología, preguntó si Elisabetta estaba preparada. Ella asintió y dos forenses de gruesos brazos colocaron el cadáver boca abajo. Los orificios de salida en la parte superior de la espalda eran horribles.

Retiraron la toalla para mostrar las musculosas nalgas.

—¿Ves? —susurró Micaela—. Exactamente igual.

El doctor Fiore, aunque alterado por la visión, oyó el comentario.

—¿Igual que… qué?

—Igual a como le dije que sería —respondió evasivamente Micaela.

Era como si la foto del anciano de Ulm se hubiese materializado reencarnada en ese cadáver.

La corta y gruesa cola colgando entre el pliegue de las nalgas como una serpiente muerta.

Los números tatuados en tres círculos en la base de la columna vertebral.

Elisabetta se sintió aturdida.

—Ya he visto suficiente —dijo pasado un rato.

Le hubiera gustado estar unos minutos a solas —tal vez un pequeño respiro en la capilla del hospital—, pero no iba a ser posible. Había más gente esperando en el pasillo del sótano y se estaba produciendo una acalorada disputa. Zazo había llegado con Lorenzo y al momento se enzarzó en una discusión con el inspector Leone. Zazo insistía en que el intruso del convento y el hombre que estaba sobre la mesa de autopsias parecían ser la misma persona. Leone respondió sarcásticamente que sus investigaciones requerían reunir pruebas mucho más serias que aquellas con las que la Gendarmería del Vaticano podía darse por satisfecha.

Ambos seguían enzarzados en su discusión y Micaela se ausentó para atender una llamada urgente del hospital. Elisabetta se quedó a solas con sus pensamientos hasta que sintió una presencia a sus espaldas.

—¿Estás bien?

Era Lorenzo; tenía los brazos cruzados sobre el pecho y sostenía con dos dedos la gorra de comandante.

—Sí, estoy bien.

—Estoy seguro de que para ti ha sido una noche horrorosa —dijo él, clavando, tímido, la mirada en sus propios pies.

Había algo familiar en su comportamiento. Elisabetta veía a Lorenzo pero tenía la sensación de estar con Marco. Físicamente tampoco es que fuesen tan parecidos: Marco era más alto, de tez más morena, más guapo, al menos a ojos de ella. Pero ahí estaba otro amigo de Zazo, vestido de uniforme, haciendo que se sintiese segura con su mera presencia. Y se dio cuenta de que había otra semejanza. La mirada. Ambos tenían una mirada comprensiva.

Lorenzo miró a Zazo y meneó la cabeza.

—Está harto de la *polizia*. Anoche lo trataron como si fuese el criminal. Seis horas de interrogatorio, y al parecer esto es solo el principio. Todo se complica mucho cuando le disparas a alguien.

—¿Alguna vez has...?

—Nunca —respondió Lorenzo rápidamente—. Nunca he disparado mi pistola en plena refriega. Zazo tampoco..., hasta ahora..., pero eso ya lo sabes.

—Es horrible —dijo apesadumbrada Elisabetta—. Ojalá no hubiera sido necesario. Ojalá no hubieran asesinado al profesor De Stefano. Ojalá el mal no existiese.

—La iglesia a la que acude tu familia es Santa María en Trastevere, ¿verdad?

—¿La conoces?

—He pasado por delante. Zazo la ha mencionado en alguna ocasión. Cuando el cónclave haya concluido y todo se haya calmado, tal vez podría acompañarte y rezar allí contigo.

—Me encantaría. —Elisabetta se contuvo—. Todos debemos rezar para obtener el perdón de Jesucristo.

Cuando le llegó el turno de entrar en la morgue a la *polizia*, Zazo se acercó a Elisabetta y Lorenzo.

—Estos idiotas no tienen ni una pista. Tienen un nombre, Aldo Vani, eso es todo. No hay ningún documento que acredite en qué ha trabajado, ningún documento en el que figure que ha pagado sus impuestos. Han registrado su apartamento y dicen que han salido con las manos vacías. Su móvil no tiene agenda y el registro de llamadas recientes está vacío. Según ellos, es un fantasma.

—Cuando era joven trabajé en la policía de Nápoles —explicó Lorenzo—. Este tipo es como un sicario de la Camorra con una vida completamente intrazable. Pero ¿qué me decís de la cola? ¿Alguien ha oído hablar alguna vez de algo así?

Zazo lanzó a Elisabetta una mirada cómplice.

—No sabemos si eso es relevante. Tal vez sí, tal vez no.

Sonó el teléfono de Lorenzo. Cuando se apartó para responder, Zazo le preguntó a su hermana:

—¿Cómo lo llevas?

—Estoy cansada, pero contenta de seguir con vida.

—Te dije que no salieras de casa de papá.

—Me telefoneó el profesor. El pobre hombre fue tan insistente… Ese monstruo debió de amenazarlo. Al menos dejé una nota, gracias a Dios.

Zazo señaló las puertas de la morgue y dijo:

—Dios mío, Elisabetta, si no lo hubieras hecho, serías tú la que estaría ahí dentro. Quiero que vuelvas a casa de papá y te quedes allí. No salgas por nada del mundo. Voy a intentar que Leone te ponga vigilancia policial, pero no creo que consiga convencerlo. Está centrando su investigación en De Stefano y cree que tú simplemente apareciste allí en el peor momento. No tiene ni idea de qué va esto.

—No he sido muy cooperativa con él —dijo Elisabetta.

—No le cuentes nada. No te conviene explicárselo todo. De todas formas, explicárselo todo solo serviría para fundirle la única neurona que todavía le funciona. Ni siquiera ha querido tomar en consideración que ese cabrón de ahí podía ser la misma persona que intentó matarte años atrás. Dios mío, si el cónclave no fuese pasado mañana pediría un permiso y yo mismo te protegería las veinticuatro horas.

Elisabetta le acarició la mejilla.

—Eres un hermano maravilloso.

Zazo se rió.

—Sí, lo soy. Escucha, quizá sería recomendable que te instalases en la granja de papá.

Elisabetta negó con la cabeza.

—Me siento más segura aquí. Y puedo acudir a mi iglesia. Pero Zazo…

—¿Qué?

—Estoy descuidando mis obligaciones y mi devoción. Lo único que quiero es volver a dar clases y recuperar mi vida tal como era antes.

—Pronto. Estoy seguro de que pronto podrás recuperarla. Llegaremos al fondo de esto.

Lorenzo y Micaela acabaron de atender sus llamadas prácticamente al mismo tiempo y se unieron a ellos.

—Al inspector Loreti está a punto de darle un ataque —informó Lorenzo—. Quiere que volvamos inmediatamente al Vaticano. El lugar se está llenando de bonetes rojos y periodistas.

—¿La acompañas tú a casa? —le preguntó Zazo a Micaela.

—El inspector Leone ha dicho que quería hablar conmigo otra vez —dijo Elisabetta.

—Bueno, entonces en cuanto acabe, ¿de acuerdo?

—Yo la acompañaré —aseguró Micaela.

Desde la zona en que estaban los ascensores llegó ruido de pasos. Tres monseñores avanzaban con ritmo decidido hacia ellos, seguidos por un arzobispo.

—Es el arzobispo Luongo —les explicó Elisabetta cuando lo vio llegar—. El jefe de la Comisión Pontificia de Arqueología Sacra.

—Bueno, nosotros nos vamos —dijo Zazo plantándole la mano en el hombro a Lorenzo. Se dirigió a Elisabetta y añadió—: Te llamaré a casa de papá.

Elisabetta tuvo la intuición de que Lorenzo hubiera querido darle un abrazo de despedida o al menos estrecharle la mano, pero se limitó a sonreírle antes de marcharse.

—Aquí está usted —la llamó el arzobispo—. ¿Cómo se encuentra, querida?

—He salido indemne, excelencia.

Luongo era alto, superaba con mucho el metro ochenta. Elisabetta lo había visto en una ocasión en el instituto con la cabeza descubierta: tenía el cráneo liso y sin un solo pelo, tampoco tenía cejas ni atisbo de barba. *Alopecia totalis*, había sentenciado Micaela cuando Elisabetta le preguntó al respecto. Un cuerpo completamente lampiño.

Era un hombre ambicioso —todos lo comentaban en el instituto— y los retazos de chismes que ella recogía en el comedor daban vueltas sobre si su dolencia interferiría en su evidente deseo de ascender a cardenal.

Se plantó ante Elisabetta con su imponente altura.

—Qué tragedia lo del profesor De Stefano. Era un hombre maravilloso. Lo había reclutado personalmente para ese trabajo, ¿sabe?

Ella asintió.

—¿Quién ha podido hacer una cosa así? ¿Qué dice la *polizia*?

—Todavía están investigando.

El arzobispo miró a Micaela por encima de sus gafas.

—Ella es la doctora Celestino, mi hermana —explicó Elisabetta.

—Oh, qué admirable trabajar para sanar a los demás.

Micaela se esforzó por mostrar una media sonrisa y, para alivio de Elisabetta, contuvo cualquier tentación de réplica sarcástica.

—Me preguntaba si podría hablar con usted en privado un momento —le dijo Luongo a Elisabetta.

—Si se trata de las catacumbas y del hombre que hizo esto anoche, puede hablar delante de mi hermana. Ha firmado un acuerdo de confidencialidad con la comisión. Lo sabe todo acerca de San Calixto, Ulm y ahora esto.

—Sí, sí, ahora lo recuerdo, le pedimos que se incorporase como consultora, ¿verdad, doctora? Gracias por ayudar a la comisión y a la Iglesia. En ese caso hablaré con franqueza, Elisabetta, mi mensaje es conciso y espero que claro. Tenemos que encontrar un equilibrio entre nuestras responsabilidades con el mundo seglar y con la Iglesia. Estoy seguro de que cumplirá con su deber de ayudar a la *polizia* a descubrir por qué ese hombre... —Luongo susurró las palabras que dijo a continuación—, que tengo entendido que tiene una cola..., por qué ese hombre cometió estos actos terribles. Pero al mismo tiempo estoy seguro de que será usted sensible a la situación en la que nos encontramos. Tenemos el cónclave encima. El mundo entero concentra su atención en la solemne majestuosidad con la que nosotros, como Iglesia, acometeremos la elección de nuestro próximo Papa. No podemos contaminar el proceso permitiendo que se filtre cualquier tipo de chismorreo sensacionalista sobre San Calixto y hombres con cola. Para ello contamos con la total colaboración de las autoridades seglares para imponer un bloqueo de las noticias sobre los desafortunados hechos acontecidos anoche. Y debo recalcar que pese a la extraña coincidencia de la anormalidad anatómica del hombre que les atacó a usted y al profesor De Stefano, no hay ningún vínculo claro entre ambos hechos.

A Micaela se le estaba enrojeciendo la cara y a Elisabetta empezó a preocuparle que le fuese a cantar las cuarenta al arzobispo. Intentó evitarlo diciendo:

—Lo comprendo, excelencia.

No fue suficiente. Micaela pareció hacer grandes esfuerzos por mantener su tono de voz a un nivel apropiado para un hospital:

—¿Coincidencia? ¿Ningún vínculo claro? ¡Debe de estar usted bromeando! Encuentran esos esqueletos en las catacumbas, de repente desaparecen todos, después alguien se cuela en el convento de mi hermana, a continuación asesinan al profesor, y Elisabetta, gracias a Dios y a la intervención de mi hermano, se salva por los pelos. ¿Y usted le pide que no abra la boca?

Elisabetta no conocía bien a Luongo. Había coincidido con él pocas veces. Pero en ese momento su rostro se transformó de un modo terrible con una mueca de ira que incluso hizo enmudecer a Micaela.

—Vamos a ver si me explico. —A continuación soltó un chorreo de palabras furibundas y susurradas que parecían el vapor que escapa de un hervidor en ebullición—. Ustedes dos están sometidas al más estricto secreto. Nuestro acuerdo de confidencialidad fue redactado por el mejor despacho de abogados de Roma y, señoras mías, les aseguro que, si ese acuerdo se rompe, los abogados les parecerán más terroríficos que cualquier hombre con cola.

Pasado un rato, el pasillo que conducía a la morgue se fue vaciando a medida que los policías y los eclesiásticos se iban marchando. También el jefe de patología se fue y solo quedó un asistente de forense rellenando el papeleo junto al cadáver cubierto de Aldo Vani.

Alguien llamó a la puerta de la morgue y el asistente fue a abrir de mala gana.

Se encontró con un cura larguirucho que le sacaba varios palmos.

—Sí, ¿qué desea? —le preguntó el asistente con brusquedad.

—Soy el padre Tremblay. He venido para inspeccionar el cadáver. —Le plantó una carta ante las narices—. Tengo permiso de las más altas instancias.

La Domus Sanctae Marthae se alzaba junto a una suave cuesta de la Ciudad del Vaticano adyacente a la basílica. Era un sencillo edificio de cinco plantas, de apariencia modesta, un símbolo de contención y austeridad. No era más que una residencia que proporcionaba alojamiento básico a los miembros del clero que estaban de visita. Su media de ocupación era baja, pero era completamente diferente de cualquier otro hotel del mundo: se había construido pensando en los cónclaves, y las raras ocasiones en que se llenaba eran indicativas de que se había producido una triste vacante en la cúspide de la Iglesia.

El primer piso de la residencia tenía una capilla privada con un techo de celosía acabado en punta y un pequeño órgano de tubos donado por los Caballeros de Colón. Aproximadamente dos tercios de los cardenales ya habían llegado a Roma y estaban reunidos en la capilla para asistir a una misa privada oficiada por el cardenal Díaz, uno de los innumerables quehaceres que debía asumir durante el período de duelo el decano del Colegio Cardenalicio.

El antiguo boxeador se acercó al atril y su corpulencia hizo que pareciese pensado para un niño. La acústica era perfecta y su voz llegaba hasta el fondo sin necesidad de micrófono.

—Queridos hermanos, la basílica de San Pedro, testigo de muchos momentos significativos e importantes durante el ministerio de nuestro amado y recién fallecido Padre, contempla hoy a los aquí reunidos en la oración que de un modo especial han tenido la responsabilidad y el privilegio de estar cerca de él como sus colaboradores más próximos, compartiendo la misión pastoral de la Iglesia Universal.

»En estos días de luto y tristeza, la Palabra de Dios ilumina nuestra fe y fortalece nuestra esperanza, garantizándonos que nuestro Padre ha entrado en la Jerusalén celestial, donde, como se dice en el libro de las Revelaciones, «Dios secará todas las lágrimas, ya no existirá la muerte y tampoco el luto ni el llanto ni el dolor».

Cuando finalizó la misa, Díaz abandonó a toda prisa la Domus Sanctae Marthae en compañía de los cardenales Aspromonte y Giaccone.

—Volvamos a mi despacho —propuso Díaz a los otros dos—. He mantenido conversaciones privadas con algunos de nuestros colegas más influyentes. Y me gustaría comentarlas con vosotros.

—¿Estás en campaña electoral? —preguntó Aspromonte, provocando que Giaccone dejase escapar una risita.

—No te rías, Luigi —dijo Díaz—. Todo el mundo habla de ti.

Aspromonte pareció deshincharse. Su enorme cabeza calva se inclinó hacia delante como si de pronto pesase demasiado para que el cuello pudiera sostenerla. Giaccone, por su parte, cerró los ojos y negó con la cabeza, provocando la oscilación de sus carrillos.

—Debemos parar todo esto. Yo no quiero este trabajo.

Los tres cardenales cruzaron varios puestos de guardia de la Gendarmería vaticana encargada de sellar la residencia de invitados. Zazo y Lorenzo, que estaban a la entrada junto a sus hombres, hicieron una reverencia al triunvirato y continuaron su conversación con un par de cabos.

—¿Cuándo van a volver a pasar los perros rastreadores? —preguntó Zazo a sus hombres.

—A las seis —respondió uno de ellos.

—Informadme al respecto cuando se haya hecho.

Los cabos parecían tener ganas de preguntarle sobre el tiroteo de la noche anterior. Todo el mundo sentía mucha curiosidad y corrían todo tipo de rumores entre los agentes. Pero que ellos le preguntasen directamente sobre el asunto hubiera sido el equivalente a una insubordinación, y Zazo no estaba dispuesto a sacar él mismo el tema.

Cuando Zazo y Lorenzo se dieron la vuelta para marcharse, se encontraron cara a cara con uno de sus homólogos en rango en la Guardia Suiza, el comandante Gerhardt Glauser, un canijo con un insoportable aire de superioridad. Siempre que hablaban de él, Zazo se ponía de puntillas para señalar su convencimiento de que Glauser debía de haber hecho algún tipo de trampa para dar la talla mínima requerida para entrar en la guardia.

—¿Qué es todo eso que he oído sobre un incidente anoche? —preguntó Glauser con su voz nasal.

—Hubo un problemilla y Zazo se ocupó de él —respondió Lorenzo.

—He oído que fue algo más que un problemilla. Dicen que mataste a un hombre.

Zazo dejó claro con un gesto que sus labios estaban sellados.

—La investigación está en marcha —le dijo a Glauser—. Ya sabes.

—Si hubiera un guardia suizo involucrado, mis superiores sin duda hubieran apartado temporalmente del servicio al implicado mientras se aclaraba todo.

—Bueno, pero no hay ningún guardia suizo implicado, ¿verdad? —dijo Zazo, y se alejó sorteándolo.

Él y Lorenzo se dirigieron rápidamente al centro de operaciones en el Palacio del Tribunal y se acomodaron en el despacho que compartían para revisar el programa antes de su reunión vespertina con el inspector jefe Loreti. Al cabo de un rato, Lorenzo se acercó a la mesa de Zazo.

—Voy a buscar un café. ¿Quieres uno?

Zazo asintió y Lorenzo echó un rápido vistazo a la pantalla de su ordenador.

—¿Qué haces consultando la web de la Interpol? —le preguntó.

—No seas entrometido.

—Vamos... —insistió Lorenzo.

—Conseguí la ficha con las huellas dactilares de ese cabrón en la morgue. Leone es tal lumbrera que me apuesto lo que sea a que no ha chequeado las huellas con la Interpol. Y, además, ¿sabes lo de las extrañas marcas alrededor de la cola? Te diré confidencialmente que Elisabetta vio un tatuaje idéntico en un hombre que falleció hace unos años en Alemania. Quiero que la Interpol haga un rastreo de antiguas llamadas telefónicas para comprobar si ese tipo de Alemania y nuestro hombre, Vani, contactaron en alguna ocasión.

—Dios mío —dijo Lorenzo—. Si el inspector Loreti descubre que, en pleno cónclave, estás haciendo tus propias pesquisas en un caso que lleva la *polizia*..., bueno, ya sabes lo que sucederá.

—Pues no se lo digas —replicó Zazo—. Tres terrones.

Krek corrió las cortinas de su despacho para evitar que la luz del atardecer le diera en la cara. Volvió a sentarse y repasó el calendario. Tenía tres citas más programadas. Y después una cena en un hotel del centro de la ciudad con un sueco ansioso por desembarazarse de su constructora. Krek deseaba aflojarse la corbata. Deseaba tomarse una copa. Deseaba una mujer. Las tres cosas deberían esperar. Llamó a su secretaria.

—Haz pasar a Mulej.

El hombretón entró moviéndose pesadamente mientras se pasaba el dedo por el cuello de la camisa.

—¿Has decidido qué quieres hacer? —preguntó.

—Aldo nos ha fallado de manera estrepitosa. La monja sigue viva y la policía tiene el cadáver de Aldo. Peor imposible.

—Podemos utilizar a Hackel. Ya ha llegado a Roma.

—Hackel tiene encomendado un trabajo más importante. No quiero que se disperse. No, manda a unos cuantos hombres desde aquí. Inmediatamente. Acabemos de una vez por todas con este asunto.

15

Roma, 64

Era mayo, el mes más delicioso, cuando la hierba de los campos era aún tierna y las flores primaverales lucían sus colores en todo su esplendor. Mientras la luz del sol declinaba y se levantaba la brisa, la multitud de invitados iba creciendo y se amontonaban al borde del lago. Sería una noche larga y exótica, una noche de la que se hablaría durante generaciones, una noche de espectáculo y peligros.

La fiesta la había organizado Tigellinus. Gaius Ofonius Tigellinus era inconmensurablemente rico, extravagante y poderoso. Oficialmente era prefecto de la guardia personal del emperador, pero en la práctica era el arreglador de problemas y suministrador principal del emperador, y esa noche había organizado la fiesta del siglo. Estaban rodeados por un bosque en el Campus Martius, la espléndida villa construida hacía algunas décadas por Agripa, el yerno de Augusto. El centro de la propiedad lo ocupaba un enorme lago artificial, el Stagnum Agripae, que se llenaba con el agua procedente de un complejo acueducto, el Aqua Virgo, y el agua sobrante desembocaba por un largo canal en el Tíber.

A lo largo de toda la orilla del lago de doscientos metros los invitados se divertían de manera desenfrenada. Había tabernas, burdeles y comedores que se habían construido exclusivamente para la ocasión. Había por todas partes aves exóticas y animales salvajes traídos de los rincones más lejanos del imperio, algunos deambulaban por allí en libertad, mientras que otros, como los tigres y guepardos, estaban atados con cadenas suficientemente largas como para permitirles atrapar a algún borracho con sus dientes y zarpas. Cada vez que esto sucedía, las crecientes carcajadas que la diversión provocaba atraían a un centenar más de espectadores que contemplaban cómo el desafortunado o desafortunada era despedazado por la fiera.

La progresiva oscuridad y la cantidad de vino escanciado desencadenaron el más desenfrenado libertinaje. Uno de los burdeles contaba solo con mujeres de la nobleza. En otro, prostitutas profesionales jugaban y retozaban desnudas sobre la hierba. Había disponibilidad de todo tipo de mujeres promiscuas —nobles y esclavas, matronas y vírgenes— y todas estaban obligadas a satisfacer cualquier petición. Los esclavos fornicaban con sus amas en presencia de los maridos, los gladiadores poseían a las hijas delante de sus padres. Todo estaba permitido, nada estaba prohibido. A medida que caía la noche, los bosquecillos y los edificios de los alrededores resplandecían con sus luces y rebotaban el eco de los gritos y gemidos. Hubo empujones y empellones, trifulcas y apuñalamientos. Y todavía quedaba mucha noche por delante.

En el pabellón principal, unas docenas de los huéspedes más importantes permanecían reclinados en bancos y divanes. Había senadores, cortesanos, diplomáticos y los mercaderes más ricos. Tigellinus estaba sentado en la parte delantera, con el agua del lago a tan solo un metro de sus sandalias. Para esa noche había cambiado el pesado uniforme de comandante de la Guardia Imperial por una toga, pero se había sentido tentado de ir incluso más allá, como habían hecho algunos de sus invitados de más alcurnia, y llevar solo una túnica con un cinturón. Tigellinus era alto y adusto, con cejas espesas que le daban un aire de camorrista. A su izquierda, taciturno como siempre, se sentaba el astrólogo de tez oscura Balbilus. Estaba en su séptima década de vida, pero todavía parecía poderoso y fuerte, arrogante e intratable. A su izquierda se sentaba otro de los aduladores de cabellos canos del emperador, el liberto Acinetus. Había sido seleccionado por la madre del emperador, Agripina, para ser uno de los tutores de su hijo Nerón durante su minoría de edad y posteriormente llevó a cabo el fracasado plan del emperador de ahogarla hundiendo el barco real. Al final Nerón tuvo que enviar a asesinos profesionales para acabar el trabajo. Cuando se vio ante hombres blandiendo espadas en sus aposentos, Agripina les gritó: «Destrozad mi útero», por haber traído al mundo a un hijo que resultaba ruin incluso para sus propios despreciables estándares.

Detrás de Nerón, aburrida y borracha, Popea, la enjoyada esposa del emperador, se inclinaba sosteniendo en alto su cáliz para que una de sus sirvientas se lo rellenase. Pese a los ojos inyectados en sangre y de mirada cansada, y a un sarpullido que su médico griego había sido incapaz de curar, mantenía el atractivo con el que se había ganado el favor del hombre más poderoso de Roma.

Tigellinus se inclinó hacia delante y le preguntó a Balbilus:

—¿Por qué estás tan taciturno?

—Ya sabes por qué. Por segunda vez hemos logrado lo que siempre hemos deseado: que uno de los nuestros sea emperador. Y esto es lo que nos proporciona. ¡Escucha las quejas de los senadores! Temo una revuelta, tal vez un acto violento contra él. Y contra nosotros. Mataron a Calígula. Puede volver a suceder. Y es posible que no dispongamos de una tercera oportunidad.

Tigellinus resopló y dijo:

—Pasó un cometa hace dos semanas, cuando Nerón estaba en Beneventum, ¿no es así?

—Sí, una clara señal de peligro.

—Y tú le aconsejaste neutralizar la amenaza purgando a ciertos elementos de la aristocracia.

—Y tú, sabio prefecto, llevaste a cabo una buena carnicería.

—Y precisamente por eso no deberías preocuparte. —Tigellinus susurró lo que dijo a continuación—: Él colmará todos nuestros deseos. Sabe cuál es su destino. Sí, tal vez se ha desquiciado un poco; tanto poder tiene sus efectos, pero no está tan loco como para haber perdido el norte. Dejémosle disfrutar y satisfacer sus deseos a su manera. —Guiñó un ojo—. Así es como actúa. Así es como es.

El apóstol Pedro renqueaba por sus debilitadas rodillas y por un dolor permanente que lanzaba latigazos en la parte posterior de una de sus piernas. El viaje que tenía por delante iba a resultar duro, lo habría sido incluso para un hombre más joven, pero se había levantado temprano, se había lavado en un abrevadero detrás de la pequeña casa de piedra en el Gólgota y ahora contemplaba el sol naciente que empezaba a brillar entre las colinas.

La casa había pertenecido a un hermano de Felipe, uno de los doce de Jesús, y tras su fallecimiento había pasado a su esposa Raquel. Ella había sido la segunda en despertarse esa mañana, y cuando vio que Pedro ya no estaba en su lecho salió a buscarlo.

—¿Tienes que ir a Roma? —le preguntó.

Él estaba sentado en el pedregoso suelo de color anaranjado.

—Debo hacerlo.

—Aquí eres imprescindible —dijo ella—. No queremos perderte. Mateo ya no está entre nosotros. Y Esteban, Santiago, Matías, Andrés y Marcos, todos se han convertido en mártires como él.

El sol fue subiendo y alcanzó los ojos de Pedro, obligándole a apartar la mirada.

—Cuando yo era joven, Jesús dijo algo que ha permanecido conmigo durante mi larga vida. Dijo: «Cuando seas viejo, estirarás las manos y otro te vestirá y te llevará a donde tú no quieres ir». Raquel, yo no quiero abandonaros, ni a ti ni a mis queridos hermanos y hermanas, pero me temo que es mi destino.

Ella no intentó discutírselo.

—Bueno, ve entonces. Pero deja al menos que te ofrezca un poco de comida caliente antes de que te subas a esa mula.

Una fresca brisa atravesaba el patio central y los jardines de la villa de Nerón en el Campus Martius. Fuera del alcance de la vista, la descomunal fiesta seguía su curso entre vómitos y gemidos rumbo al amanecer. Nerón estaba sentado en un banco de mármol con almohadones, lanzando distraídamente pedacitos de comida de su cuenco de vidrio a las lampreas del estanque, mientras Balbilus y Tigellinus paseaban de un lado a otro discutiendo.

—¿Puedo pasar? —preguntó Acinetus entre un par de columnas del peristilo.

—Pero sé rápido —le exigió Nerón.

Acinetus tiró de dos pedazos de tela, las tiras del hombro de las togas de dos jovencitas.

—¿Te placen, excelencia?

Nerón contempló de arriba abajo a las sonrojadas y llorosas chicas.

—¿Quiénes son?

—Las hijas gemelas del senador Vellus.

Nerón sonrió.

—Bien. Odio a ese bastardo.

—Sabía que te satisfarían —dijo Acinetus.

—¿Qué edad tienen?

—Creo que doce o trece.

—Llévalas a mis aposentos y espera allí. —Pidió a Acinetus que se acercara y le susurró—: Cuando haya acabado con ellas, asegúrate de dar un buen uso a su tierna carne. Mis peces, querido Acinetus, están hambrientos. —Se volvió hacia los otros presentes y dijo—: ¿Qué decíais?

—Le explicaba a Balbilus lo que ya sabe, que el ambiente en la ciudad es gratamente tenso —dijo Tegillinus—. La muchedumbre romana ya odia a los cristianos incluso más que a los judíos.

—Por supuesto que sí —se mostró de acuerdo Balbilus—. Los cristianos son un colectivo arrogante e inmundo que ni siquiera simula rendiros pleitesía. Al menos los judíos representan la pantomima.

—Y los cristianos aumentan su número mes a mes —añadió Tigellinus—. Se reproducen como ratones.

—Desde luego que son despreciables —dijo Nerón bostezando—. Su beatitud es nauseabunda. El modo en que pretenden que su debilidad es una fortaleza. «Pon la otra mejilla, para que puedan volver a golpearte», dicen. Ante lo cual, yo digo que cuando pongan la otra mejilla no perdamos el tiempo abofeteándolos de nuevo, atravesémoslos con la espada y acabemos de una vez.

—Sabio consejo —dijo Tigellinus.

—Escuchadme —dijo Nerón—, el culto cristiano cobra más fuerza cada día que pasa. Desafían mi autoridad. Sus líderes, como ese perro roñoso que se hace llamar Pedro el Apóstol, entran y salen de mi ciudad sin recibir siquiera un latigazo. Si toleramos que escapen a nuestra ira viviremos para lamentarlo, acordaos de lo que digo. Poncio Pilato hizo lo correcto cuando crucificó a ese repugnante hombrecillo llamado Jesús de Nazaret. Pilato sabía que ese culto iba a causarnos problemas y a interferir con nuestros intereses.

—Pilato descabezó al culto y en su lugar crecieron doce cabezas más, los inmundos apóstoles de Jesús —recordó Tigellinus.

—¡Tenemos que ser más listos que Pilato y erradicarlos a todos! —sentenció Balbilus—. Nuestro emperador me dice que ha encontrado el modo de utilizar la fuerza de la muchedumbre romana para exterminarlos de una vez por todas mientras nosotros nos enriquecemos con el proceso. Mi trabajo, como astrólogo imperial, será proponerle la mejor fecha. Y tu trabajo, Tigellinus, será ejecutar el plan.

Nerón se levantó y se dispuso a abandonar el patio.

—Lo que esta ciudad nuestra necesita —dijo volviendo la vista atrás por encima del hombro— es un enorme y devastador incendio.

16

De regreso a casa desde la comisaría de policía, Elisabetta le pidió al taxista que la dejase delante de la basílica de Santa María en Trastevere. Su reunión con el inspector Leone había sido difícil de afrontar y estaba agotada por el reto mental que había supuesto proporcionarle suficiente información para ser veraz pero sin violar su compromiso de confidencialidad con la Iglesia.

La basílica era todo silencio y sosiego, con apenas unos pocos turistas paseándose por ella, sacando fotos y buscando las reliquias atesoradas en la iglesia: la cabeza de santa Apolonia y un pedazo de la esponja sagrada. Elisabetta hizo una reverencia ante el altar, se santiguó y se sentó en el sitio en el que habitualmente lo hacía, justo debajo de la pintura que decoraba el techo de madera, *La Asunción de la Virgen* de Domenichino. Aparte de ella, en los bancos solo había un puñado de ancianas del barrio que parecían estar siempre allí.

Elisabetta se sumió en sus plegarias. El seco frescor que había ayudado a preservar en tan buen estado las antigüedades que atesoraba la iglesia durante siglos tenía un efecto similar preservando su cordura. Después de pronunciar su último amén, miró a su alrededor y le sorprendió descubrir que había mucha más gente sentada en los bancos. Se sentía más sosegada y revitalizada. Consultó su reloj. Había pasado una hora. En el colegio las niñas estarían sentándose a sus pupitres para la clase de geometría.

Se puso en pie e intentó conservar el estado de concentración que alcanzaba cuando rezaba, pero le fue imposible controlar los pensamientos que le rondaban por la cabeza.

La horrible espalda de Vani.

Los esqueletos.

La cabeza ensangrentada de De Stefano.

El cadáver de Marco expuesto en el velatorio con su uniforme de gala.

Y cuando Elisabetta sintió que le brotaban las lágrimas se le apareció la tranquilizadora imagen de la amable y amigable cara de Lorenzo. En lugar de llorar, sonrió, pero cuando se percató de lo que su mente estaba haciendo, meneó impetuosamente la cabeza, como si así pudiese disolver esa imagen.

Mejor contemplar a su ruiseñor de mosaico en lo alto del ábside, pensó, y eso fue lo que hizo.

Regresó caminando a casa de su padre, deteniéndose por el camino en la verdulería y la carnicería. Era el día libre de Carlo y quería prepararle una buena cena.

En cuanto entró en casa, lo oyó llamarla desde la sala de estar y acercarse rápido hasta el recibidor.

—¿Dónde has estado? —le preguntó enojado—. Te estamos esperando.

Parecía molesto.

—¿Estamos? —inquirió ella—. ¿Con quién estás? ¿Qué sucede?

—Por Dios, Elisabetta, no me habías dicho que ibas a tener visita. Han venido desde Inglaterra.

Ella cerró los ojos, avergonzada.

—¡Dios mío! ¡Lo había olvidado por completo! Con todo lo que ha pasado…

Carlo le dio un rápido abrazo para tranquilizarla.

—No pasa nada. Ya estás aquí y estás sana y salva. Has pasado una noche horrible. Les he ofrecido un vaso de vino, les he contado todas las historias que conozco sobre Cambridge. Todo va bien. Dame las bolsas. Ve a ver a tus invitados.

Evan Harris era exactamente igual que en la fotografía. Menudo, de aspecto anodino, delgado pero no atlético. Su cabello rubio, peinado hacia un lado sobre la frente redondeada, le hacía parecer más joven de lo que probablemente era, pero Elisabetta pensó que debía de rondar la cincuentena. No había ido solo. Estaba acompañado por una mujer, vestida con ropa cara, de porte elegante, peinada de modo impecable y que olía a perfume caro. La tersura de Botox de su cara y su sonrisa de maniquí hacían que a Elisabetta le resultase difícil aventurar su edad.

Harris y la mujer se pusieron en pie parpadeando perplejos al unísono.

—Disculpen el retraso. Soy Elisabetta Celestino. Me temo que mi padre no les ha comentado que soy monja. Y, de hecho, creo que yo tampoco lo mencioné.

—Encantado de conocerla —dijo Harris gentilmente—. Y debo disculparme por no haberla avisado de que iba a venir con una colega. Permítame que le presente a Stephanie Meyer, una distinguida integrante del consejo de administración de la Universidad de Cambridge, la Regent House. Es también una generosa mecenas de la universidad.

—Es un placer conocerla —dijo Meyer con la pulcra dicción propia de la clase alta británica—. Su padre es un encanto. Le he dicho que sugeriría al director de nuestro departamento de Matemáticas que lo invite para dar una conferencia sobre su conjetura de Goldberg.

—Goldbach —la corrigió con delicadeza Elisabetta—. Espero que no les diese la conferencia. —De pronto recordó que su padre había estado trabajando en el rompecabezas de los tatuajes. La última vez que había echado un vistazo, las anotaciones de su progenitor estaban desparramadas por toda la sala de estar. Ahora había una desordenada pila de hojas pautadas amarillas cubiertas por periódicos en el aparador. Afortunadamente Carlo había ordenado un poco la sala.

—Para nada —dijo Meyer—. Confío en que acabe logrando resolverla. Y espero que su departamento lo trate con el respeto que sin duda se merece.

—¿Hay algo que no les haya contado? —preguntó Elisabetta meneando la cabeza.

—Al parecer solo que es usted monja —respondió Harris sonriendo.

—Bueno, siéntense, por favor —dijo Elisabetta—. ¿Qué puedo ofrecerles?

—Solo el libro —dijo Harris—. Estamos deseando verlo.

Lo tenía guardado en su antigua habitación, en su pequeño escritorio de estudiante. Lo sacó del sobre, lo llevó a la sala y se lo entregó a Harris. Observó la expectación en su rostro, como la de un niño que recibe su primer regalo de Navidad. Las manos le temblaban.

—Debería llevar guantes —murmuró Harris en tono distraído. Lo depositó sobre sus pantalones de raya diplomática y lentamente abrió la cubierta de cuero con manchas de la edición en cuarto y dejó a la vista la ilustración del frontispicio—. Oh, mira esto —dijo, casi para sí mismo—. Mira esto.

—¿Es auténtico? —preguntó Meyer.

—Sin ninguna duda —aseguró Harris—. El texto B de 1620. —Fue pasando las páginas con cuidado—. La cubierta está un poco desgastada, pero el libro se conserva en muy buen estado. No hay manchas de humedad. No hay hongos. Ni desgarros apreciables. Es un ejemplar extraordinario de un libro extraordinario.

Se lo pasó a Meyer, que rebuscó en su bolso unas gafas de leer y lo examinó detenidamente.

—Y dice usted que dio con él en Alemania —apuntó Harris—. En Ulm.

Elisabetta asintió.

—¿Puede contarnos algunos detalles? La procedencia siempre resulta interesante en estos casos.

—Me lo regaló una panadera —explicó Elisabetta.

—¡Una panadera, dice! —exclamó Harris—. ¿Y qué hacía una panadera con un tesoro extraordinario como este?

—Era la casera de un inquilino que murió sin herederos. El libro era de él. Había sido profesor en la Universidad de Ulm.

Meyer parecía intentar arquear una ceja, pero el Botox se lo impedía.

—¿Y sabe dónde lo consiguió él?

—La única información que tengo es que se lo regalaron —dijo Elisabetta.

En ese momento reapareció su padre disculpándose por la intrusión. Buscaba un artículo que había copiado de una revista de matemáticas, pero mientras rebuscaba entre la pila del aparador no pudo evitar meterse en la conversación.

—¿Qué opina del libro de mi hija? —le preguntó a Harris.

—Creo que es auténtico, profesor Celestino. Es un ejemplar magnífico.

—¿Tiene algún valor?

—¡Papá! —exclamó Elisabetta, sonrojándose.

—Creo que tiene un valor considerable —dijo Harris—. Es un ejemplar poco común. De hecho, muy poco común. Por eso estamos aquí.

—Me interesa averiguar más cosas sobre él —dijo Elisabetta.

—¿Puedo preguntarle qué le interesa saber concretamente? —preguntó Meyer. Todavía tenía el libro en su regazo y no parecía dispuesta a devolverlo.

Elisabetta se movió en su silla y se alisó el hábito, un gesto de nerviosismo que no podía evitar cuando se veía obligada a contar medias verdades.

—Como ya le expliqué al profesor Harris, el trabajo que estoy realizando está relacionado con las actitudes de la Iglesia en el siglo XVI. Y los temas religiosos tienen mucho peso en el *Fausto*.

—Desde luego que sí —dijo Harris—. Y me comentó usted que su trabajo atañe específicamente a las diferencias entre el texto A y el texto B.

Elisabetta asintió.

—Bueno, le daré alguna información que le será útil y puedo sugerirle una web de trabajos académicos sobre este tema donde encontrará informaciones más detalladas. He dedicado toda mi carrera a Marlowe. Podríamos decir que estoy un poco obsesionado con él.

—Más que un poco —añadió Meyer apretando los labios en una fugaz sonrisa chata.

—Durante la carrera me especialicé en literatura inglesa como alumno del Corpus Christi College, que en la época de Marlowe se llamaba Benet College, y fue el mismo college en el que él estudió. Y me pasé dos años viviendo en la misma habitación que había ocupado él. Seguí estudiando hasta sacarme el doctorado sobre Marlowe y desde entonces he sido profesor en Cambridge. Supongo que cada especialista en Marlowe tiene su obra favorita y en mi caso es el *Fausto*. Es extraordinaria por su ambición y complejidad, y por la fuerza y belleza de su lenguaje. Pueden quedarse con su Shakespeare. Yo prefiero a mi Marlowe.

Sin que nadie le invitase, el padre de Elisabetta se sentó en una de las sillas y parecía escuchar con mucho interés. Ella le dirigió una mirada perpleja, que era su modo de preguntarle sin verbalizarlo qué estaba haciendo, y él respondió con una mueca de terquedad, que era su modo de dejar claro que esa era su casa y podía hacer lo que le viniera en gana.

Harris continuó con sus explicaciones.

—Marlowe recibió su título de licenciado en 1587 en unas

circunstancias en cierto modo misteriosas, relacionadas con sus prolongadas ausencias del college y sus supuestas actividades secretas en el continente al servicio del jefe del espionaje de la reina Isabel, Francis Walsingham. Con toda probabilidad, se marchó de Cambridge a Londres para iniciar su carrera como dramaturgo. Aunque no conocemos el orden exacto en que escribió sus obras, está bien documentado que la primera que se representó en Londres fue *Dido, reina de Cartago*, un trabajo interesante pero en cierto modo primerizo.

»La mejor información que tenemos sobre el *Fausto* nos indica que Marlowe lo escribió en 1592. La primera representación documentada es de 1594, una producción de la troupe del Admiral's Men con Fausto interpretado por Edward Alley, el actor más reputado de esa época. Marlowe fue asesinado en mayo de 1593. ¿Vio alguna vez representado su *Fausto*? Me gustaría pensar que sí. Tal vez hubo representaciones anteriores.

—Y esas representaciones de 1594, ¿se hicieron con el texto A? —preguntó Elisabetta.

—Bueno, es una muy buena pregunta, pero por responder con brevedad: lo desconozco. ¿Sabe?, la primera publicación que se conoce del texto A en una edición en cuarto es de 1604, ya fallecido el autor. Hubo una segunda edición en 1609 y una tercera en 1611. En total solo existen actualmente cinco ejemplares originales del texto A: uno está en la Bodleian Library de Oxford, dos en la Huntington Library de California, uno en la Biblioteca Estatal de Hamburgo y otro en el National Trust's Petworth House en West Sussex. Todos son básicamente iguales, de modo que uno puede sentirse tentado de defender que corresponden a las representaciones más tempranas de la obra, pero es solo una suposición.

»El primer texto B no fue publicado hasta 1616. Esa edición en cuarto es similar a la suya en que es la primera que utiliza el ahora famoso grabado de la página del título que muestra a Fausto invocando al diablo mientras él permanece dentro de un círculo mágico. El ejemplar está en el Museo Británico. La siguiente edición que apareció fue la de 1619, que puede decirse que es la misma que la de 1616. Hay un único ejemplar conocido en manos de un coleccionista americano de Baltimore. Y entonces llegamos a la suya, la edición de 1620. En este caso, curiosamente, hay una errata en la página del título; los impresores de la época eran célebres por sus erratas. La palabra «Historia» está escrita como «Hiftoria». Hay un único ejemplar en el Museo Británico. Sabemos que han aparecido otros tres ejemplares en salas de subastas a lo largo de los últimos cuarenta años, pero a todos se les ha perdido la pista. Hasta ahora, por lo que veo. El suyo es indudablemente uno de ellos.

El padre de Elisabetta no había parado de rascarse la incipiente barba. Nunca se afeitaba en sus días libres. De pronto intervino:

—De modo que el texto B es un tercio más largo que el texto A. ¿Qué otras diferencias hay?

Harris pareció sorprendido.

—¡Estoy impresionado de que sepa usted eso! —le dijo—. Pensaba que su campo eran las matemáticas.

—Mi padre tiene intereses muy eclécticos —comentó Elisabetta rápidamente mientras le rogaba a su padre con la mirada que se estuviese callado.

—Bueno, para ser exactos —continuó Harris—, el texto B omite 36 versos del texto A pero, en efecto, añade 676 versos nuevos.

—¿Quién hizo esos cambios? —preguntó Elisabetta—. ¿Marlowe?

—Eso no lo sabemos. Tal vez escribiese una segunda versión. Tal vez un colaborador desconocido o alguien contratado para ello hizo algunos cambios para adaptar el texto a los gustos del público de la época isabelina tras el fallecimiento de Marlowe. Como era habitual entre los dramaturgos de la época, Marlowe no tuvo nada que ver con la publicación de sus obras y apenas pudo ejercer algún control sobre el contenido de las representaciones. Se pudieron añadir o eliminar escenas por mano de otro escritor, de los actores... o de cualquiera, en realidad. A menos que en el futuro aparezca algún manuscrito, nunca lo sabremos.

—¿Qué diferencias realmente significativas diría usted que hay entre el texto A y el texto B? —inquirió Elisabetta pensando en la nota del sobre: «El B da la clave».

Harris respiró hondo.

—Cielos, ¿por dónde empezar? Se han escrito tesis doctorales sobre este asunto. Yo mismo he hecho algunas contribuciones a este campo. Será un placer enviarle una completa bibliografía para que pueda ahondar todo lo que quiera en el tema. En términos generales, sin embargo, le diré que las similitudes sobrepasan a las diferencias. En ambas versiones nuestro doctor Fausto invoca al demonio Mefistófeles, que mora en el submundo, y hace con él un pacto para disponer de veinticuatro años en la tierra con Mefistófeles como su sirviente. A cambio cede su alma a Lucifer como pago y se condena a una eternidad en el infierno. Al finalizar esos veinticuatro años estupendos y pecaminosos, aunque lleno de temor y remordimiento, no hay nada que Fausto pueda hacer para alterar su destino. Lo despedazan miembro a miembro y se llevan su alma al infierno.

»En cuanto a las diferencias, hay variaciones textuales a lo largo de los cinco actos, pero la mayoría de las adiciones están localizadas en el tercero. En el texto B, el tercer acto es mucho más largo y se convierte en una suerte de concentrado panfleto anticatólico y antipapista, lo cual no resulta muy sorprendente en el semillero protestante en el que Inglaterra se había convertido bajo el reinado de Isabel. Fausto y Mefistófeles viajan a Roma y contemplan al Papa, sus cardenales, obispos y frailes actuando como unos bufones escandalosamente codiciosos. En su día debió de entusiasmar a las multitudes.

—Y en su opinión, ¿por qué se incorporaron esos añadidos? —preguntó Elisabetta.

—Sobre esto solo podemos especular. En el texto A, la visita de Fausto a Roma ya aparecía, pero muy abreviada. Quizá cada vez que se representaba la obra y aparecía en escena el Papa, el público abucheaba y pateaba y armaba tal jaleo que Marlowe o alguna otra persona enriqueció el tercer acto como parte de la reescritura de texto B para exprimir al máximo la reacción del público.

Elisabetta garabateó unas notas en una libreta.

—¿Puedo preguntarle sobre el papel de la astrología en la obra?

Harris asintió con entusiasmo.

—Es otro de los temas que me apasiona. Verá, la astrología era algo muy relevante en la época de Marlowe. La reina tenía su propio astrólogo en la corte, John Dee. Al escribir *Fausto*, Marlowe estuvo sin duda influenciado por el clásico relato eclesiástico sobre la brujería, el *Malleus Maleficarum*, que plantea, y me da cierto apuro confesar que puedo citarlo de memoria, que «los demonios están preparados para aparecer cuando los magos los invocan bajo el influjo de las estrellas, con la finalidad de engañar a los hombres, haciéndoles creer que las estrellas tienen poder divino o son la propia divinidad». Y contemplamos el resultado directo de estas ideas en la escena tercera del primer acto del *Fausto*, cuando Fausto empieza a invocar su conjuro desde el interior del círculo mágico:

> Ahora que la sombra de la tierra,
> ansiando mirar al llovizno Orión,
> al cielo brinca desde el mundo antártico,
> empaña el azur con su negro hálito,
> empieza tus evocaciones Fausto [...]

Harris hizo una pausa y sonrió con un gesto de disculpa.

—Podría seguir y seguir.

Elisabetta alzó la mirada de las notas que estaba tomando.

—Siento curiosidad por los símbolos astrológicos que aparecen en el círculo mágico. ¿Tienen algún significado en particular?

Harris frunció el ceño ante la pregunta.

—Stephanie, ¿me dejas ver el libro?

Seguía en el regazo de Meyer. Se lo pasó con cuidado. Él lo abrió por la página de la ilustración.

—Bueno, supongo que es el zodíaco estándar. Las constelaciones, los planetas. Si le digo la verdad, nunca me había planteado analizarlo a fondo. —Alzó la mirada, parpadeando—. Tal vez debería hacerlo.

Percibiendo quizá que había llegado el momento, Meyer rompió su largo silencio.

—Estoy segura de que se han estado preguntando ustedes por qué he venido a Roma con el profesor Harris —dijo.

—No sé mi hija, pero yo sí me he preguntado qué hace usted aquí —afirmó Carlo dejando de lado la diplomacia.

A Elisabetta le incomodó la franqueza de su padre, pero esperó expectante la respuesta.

—Permítanme no andarme con rodeos con ustedes —dijo Meyer—. Estoy aquí en nombre de la universidad. Queremos este libro. Lo queremos a cualquier precio. Cubre un vacío enorme en la colección de nuestra biblioteca. Christopher Marlowe fue alumno de Cambridge, uno de nuestros graduados más ilustres y pintorescos. Y sin embargo no poseemos ni un solo ejemplar de las primeras ediciones en cuarto de su obra más famosa. ¡Oxford tiene una y nosotros no! Debemos remediarlo. Como mecenas de la universidad y entusiasta de las humanidades he prometido hacer uso de mis recursos personales para facilitar la adquisición de este libro. ¿Está en venta, querida?

—¿Cuánto ofrecen? —soltó Carlo.

—¡Papá, por favor! —le rogó Elisabetta, mirándolo fijamente. Después se volvió hacia Meyer—. No sé qué decirle. Me siento tan honrada de que ustedes dos hayan venido hasta aquí para verme... La verdad es que es algo en lo que no había pensado.

—Pero el libro sin duda ahora le pertenece —dijo Meyer, presionándola—. Quiero decir que es suyo y por tanto suya es la decisión de venderlo, ¿no es así?

—No poseo ningún tipo de bienes personales —aseguró Elisabetta—. Me entregaron el libro como un obsequio para la Iglesia. Supongo que si alguien lo comprase, el dinero debería serle entregado a mi orden.

Meyer sonrió educadamente.

—Bueno, pues ahora que ya lo hemos visto y el profesor Harris parece convencido de su autenticidad y ha verificado que se conserva en buen estado, tal vez cuando regresemos a casa podríamos mandarle una oferta por escrito. ¿Estaría usted dispuesta a tomar en consideración una oferta formal?

Elisabetta se sonrojó.

—Han sido ustedes tan amables viniendo aquí para hablar conmigo. Por supuesto, envíenme una carta. Hablaré con la madre superiora. Ella sabrá qué responder.

Después de que los visitantes se marchasen, Elisabetta se derrumbó en el sofá, sucumbió al cansancio. Se quitó la apretada toca, se pasó la mano por su corto cabello y se masajeó el hormigueante cuero cabelludo. Su padre regresó arrastrando los pies con una taza de café en la mano y la miró con paternal preocupación.

—Necesitas dormir. Nadie se recupera de una noche como la que has pasado tú sin un buen descanso. Tómate el café. Y después ve a tu habitación.

Elisabetta cogió la taza.

—Hablas como lo hacías cuando era niña: «Elisabetta, ve a tu habitación y no salgas hasta que estés dispuesta a pedir perdón».

—Alguien tenía que imponer cierta disciplina —dijo Carlo—. Tu madre era muy permisiva.

En ese momento, con los ojos llorosos, casi pudo ver a su madre, joven y hermosa, entrando en la cocina desde el pasillo.

—Todavía la echo mucho de menos —dijo.

Su padre aspiró con fuerza, su modo de dejar claro que no iba a permitirse sucumbir a la emoción.

—Por supuesto que la echas de menos. Todos lo hacemos. Si ella no hubiera muerto, tal vez tú no habrías tomado ciertas decisiones.

Elisabetta suspiró y preguntó:

—¿Qué decisiones?

—Hacerte monja.

Cuando tomó la decisión, él se lo había recriminado, pero ahora quedaba claro lo que realmente pensaba.

—Tal vez tengas razón —dijo ella sin inmutarse—. Quizá si no hubieran asesinado a Marco, quizá si mamá estuviese viva, quizá, quizá, quizá. Pero las cosas son como son. Dios tiene su manera de ponernos a prueba. Mi respuesta a sus pruebas fue encontrarme con Él. Y no me arrepiento en absoluto.

Carlo negó con la cabeza.

—Eras una chica guapa y llena de vitalidad. Todavía lo eres. Y te has escondido detrás de tu condición de monja y tu hábito. Es algo que nunca me ha gustado. Deberías haberte convertido en esposa, madre y profesora universitaria. Eso habría hecho feliz a tu madre.

Elisabetta se contuvo para no enojarse. Sabía que su padre estaba estresado por los acontecimientos de los últimos días y le perdonó.

—¿Por qué te has pasado todos estos años tratando de resolver la conjetura de Goldbach?

Carlo resopló y soltó una carcajada. Elisabetta sabía que era suficientemente listo para saber adónde pretendía llegar ella.

—Porque es mi pasión.

—Y es tu misión —añadió ella—. Bueno, pues mi pasión, mi misión, es estar cerca de Dios, sentirlo en lo más profundo de mi alma. Honrarlo con mi trabajo con las niñas. Esa es mi pasión. Eso es lo que me hace feliz.

Sonó el interfono. Fue como el gong que señala el final de un asalto en un combate de boxeo. Ambos parecieron aliviados.

—¿Han vuelto? —dijo el padre, echando un vistazo a la sala por si los visitantes se habían dejado algo.

Respondió al interfono y regresó a la sala de estar para comunicarle a Elisabetta que la hermana Marilena había venido a verla.

Elisabetta se puso en pie y se recolocó apresuradamente la toca. Saludó a Marilena en la puerta.

—Querida —dijo su superiora con tono compungido mientras le tomaba las manos—. Me has tenido muy preocupada. Nos ha llegado la noticia de tu terrible experiencia de anoche.

—Estoy bien —le aseguró Elisabetta—. Dios no me abandonó.

—Sí, sí, me he pasado el día dando gracias.

Elisabetta llevó a Marilena a la sala de estar. El hervidor volvía a silbar en la cocina, adonde Elisabetta había mandado a su padre.

—Qué casa más bonita —comentó Marilena echando un vistazo a la sala.

—Aquí es donde crecí —le dijo Elisabetta.

—Es tan acogedora, está tan repleta de cultura... En el colegio todas estaban preocupadas por ti.

—Espero que todo esto no haya supuesto un excesivo revuelo —dijo Elisabetta.

—Estamos suficientemente volcadas en nuestra misión y nuestra fe como para no perder de vista nuestros objetivos con las niñas y con Dios. —Marilena se rió—. Aunque claro que es una distracción. ¡Ya sabes cuánto hablamos! Incluso mamá no habla de otra cosa.

—Dígale que la echo de menos —le pidió Elisabetta y, sorprendida, se dio cuenta de que un momento antes había dicho algo muy parecido.

De pronto Marilena volvió a ponerse seria. Apareció en su rostro la misma expresión que tenía cuando se disponía a informar a unos padres sobre el comportamiento de su hija.

—La madre María ha telefoneado hoy desde Malta —dijo con tono pesaroso.

Elisabetta contuvo el aliento.

—No sé quién ha tomado la decisión. No sé por qué se ha tomado y desde luego a mí no me han consultado. Elisabetta, te van a trasladar. La orden quiere que dejes Roma y te transfiere a nuestro colegio de Lumbubashi, en la República del Congo. Quieren que te presentes allí dentro de una semana.

17

Londres, 1586

El joven lanzaba miradas nerviosas alrededor del jardín amurallado, dominado por una morera que había crecido demasiado para el espacio que tenía asignado.

—¿De quién has dicho que es esta casa? —preguntó Anthony Babington.

—De una viuda —respondió Marlowe—. Se llama Eleanor Bull. Es una conocida de Poley. Es de los nuestros.

Estaban en Deptford, en la orilla sur del Támesis. Era principio de verano y las semanas anteriores habían sido considerablemente calurosas y húmedas. En el aire flotaban los fétidos vapores de descomposición orgánica procedentes del río y, para poder soportarlo, el fino Babington olisqueaba un pañuelo impregnado de perfume. Tenía veinticuatro años, era rubio y guapo, incluso cuando entrecerraba los ojos ante el resplandor del sol de la tarde y se le arrugaba la cara. Marlowe llenó hasta el borde la jarra de cerveza de Babington y la espuma cayó sobre la mesa de roble.

—Debo decir, Kit, que no sé de dónde sacas el tiempo para hacer todo lo que haces: preparar el doctorado en Cambridge, escribir tus versitos y dedicarte a, cómo lo diría, tus otras actividades.

Marlowe frunció el ceño, disgustado.

—No niego que parece que el día no tenga horas suficientes. Pero en cuanto a tu primer punto, tengo un acuerdo con mi decano en Benet para poder ausentarme del college en determinados períodos mientras cumpla con mis obligaciones académicas. En lo que respecta al tercer punto, mi conciencia me exige que lleve a cabo estas «otras actividades», y sobre el segundo punto: yo no escribo versitos. Escribo obras de teatro.

Babington mostró un sincero arrepentimiento.

—Te he ofendido. No pretendía hacerlo. Estoy abrumado por tu capacidad de trabajo y tus logros.

—Deberías venir a mi estreno —le propuso Marlowe magnánimo—. Vamos, concentrémonos ahora en asuntos más importantes. Hablemos de restaurar la verdadera fe católica en Inglaterra. Hablemos de la amada reina María. Hablemos de esa arpía reseca de Isabel y de lo que hay que hacer con ella. Hoy es un día soleado, tenemos cerveza y contamos con nuestra mutua y grata compañía.

Se habían conocido a través de Robert Poley, uno de los hombres de Walsingham; no era el típico lameculos sino una buena pieza. Implacable y astuto, se había matriculado en Cambridge en 1568 como alumno que se paga los estudios sirviendo a otros, pero no había recibido su título porque, como presunto católico, no había sido capaz de hacer el obligado juramento de fidelidad a la religión de la reina. Y, sin embargo, al parecer no era tan fiel a sus principios como para esquivar los ruegos de los reclutadores de Walsingham, pues no tardó en convertirse en uno de los más eficaces miembros del equipo del secretario, un espía con una gran capacidad para sonsacar información sobre tramas papistas en Inglaterra y en el continente, y para lograrlo incluso se las arreglaba para que lo encarcelasen de vez en cuando. Según él, las cárceles de Su

Majestad eran los mejores sitios para encontrar a conspiradores católicos.

Durante la Cuaresma de ese año, Poley había organizado una cena con jóvenes caballeros católicos en la posada de Plough, cerca de Temple Bar, en el límite oeste de la ciudad de Londres. Anthony Babington, un conocido de Poley, estaba invitado junto a otros dos por los que Poley habría puesto la mano en el fuego: Bernard Maude y Christopher Marlowe. Ingenuo y desventurado, Babington era el único de los comensales que no estaba contratado por Walsingham.

Entre cervezas, copas de vino y susurros, Babington se enteró de algunos planes. María, reina de los escoceses, había pasado dieciocho años en prisión por decisión de Isabel, acusada de fomentar una rebelión contra su reinado protestante y de postularse como la reina legítima de Inglaterra y restauradora de la primacía del Papa. Después del fracaso de la conspiración de Throckmorton contra la Corona, María fue sometida a un confinamiento todavía más estricto en Chartley Hall, Staffordshire, aislada del mundo exterior por una guardia de puritanos que informaban a Walsingham de cada gesto que ella hacía.

Poley tenía noticias. Agentes católicos en Francia, Holanda y España daban por hecho que la Liga Católica y los grandes príncipes cristianos de Europa iban a reunir un ejército de sesenta mil hombres para invadir el norte de Inglaterra, liberar a María y proclamarla reina. Gracias a la genial inventiva de Kit Marlowe, un brillante joven inconformista recientemente sumado a su causa, se había ideado un sistema para comunicarse con María. Marlowe había concebido un modo de introducir cartas clandestinamente en Chartley Hall, escondidas en un envoltorio a prueba de agua en el interior de barriles de cerveza, y también había ideado un ingenioso código para encriptarlas por si se daba la improbable circunstancia de que fuesen interceptadas.

Ya se habían enviado de este modo varias cartas de conspiradores, y María había mandado respuestas escritas de apoyo a la causa. Sin embargo, se había mostrado muy prudente. No conocía personalmente a ninguno de los conspiradores. Necesitaban a alguien al que ella conociese y en quien confiase.

Y ahí entraba Babington. En 1579 había sido paje del conde de Shrewsbury, que en aquel entonces era el tutor de María. Ella le había tomado afecto al chico, y cinco años después se le había confiado la entrega en mano de varios fajos de cartas a la reina de los escoceses. Aunque posteriormente había dejado de participar en este peligroso juego para llevar una vida de caballero en Londres, sus ideas eran bien conocidas entre los simpatizantes de la reina María.

De modo que lo que le plantearon a Babington esa noche fue lo siguiente: ¿Te unirás a nosotros? ¿Ayudarás a nuestra señora?

Su respuesta hizo las delicias de los espías. ¿Cómo iba a poder triunfar ese complot, susurró, si Isabel seguía con vida? Era muy popular entre sus errados súbditos. ¿No sería capaz de reunir a sus ejércitos y contraatacar a los invasores? ¿No funcionaría mejor la conspiración si ella se viese abocada, tal como lo expresó él, a un final trágico?

Los otros le aseguraron que uno de los suyos, un tal John Savage, estaba planeando hacerse cargo de eso y, brindando con entusiasmo con todos los presentes, Babington selló su destino. Marlowe, que era carne fresca y un desconocido para los equivalentes de Walsingham en el bando enemigo, actuaría de enlace. Los dos jóvenes se miraron y sonrieron como perfectos co-conspiradores y hubo otro brindis con las jarras.

Se oyeron ruidos provenientes del interior de la casa. Alarmado, Babington hizo amago de levantarse, pero era solo la señora Bull que volvía de hacer sus compras. Asomó la cabeza por la ventana y preguntó si querían que les llevase una bandeja de comida.

Cenaron y bebieron hasta que la sombra de la morera se

alargó y se hizo más oscura. Marlowe tenía novedades sobre las que informar, que, según le dijo a Babington, le había pasado directamente a Poley el embajador francés en Inglaterra, Guillaume de l'Aubespine. Había planes de invasión que estaban tomando forma. Ejércitos franceses, españoles e italianos iban a llevar a cabo esa tarea sagrada. Había potentes indicios de que los católicos ingleses también se levantarían en armas en cuanto vieran aparecer a las tropas extranjeras portando el estandarte papal. Lo que faltaba era conseguir la definitiva aprobación de la reina María, que debía obtener Babington.

Marlowe extrajo los instrumentos de su oficio de un portafolios que tenía a sus pies. Sacó punta a una pluma con su mejor cuchillo, abrió el tapón del tintero y divirtió muchísimo a Babington cuando se puso a secar con el trasero las gotas de cerveza que había en la mesa antes de dejar el portafolios sobre la superficie seca y disponer varias hojas de pergamino encima del cuero.

—¿Te importaría dictarme? —le preguntó Marlowe—. Soy un magnífico escribiente.

—Tú, Kit, eres autor. Ya hemos hablado sobre lo que hay que decir. Tal vez puedas expresarlo tú mismo.

Marlowe aceptó, diciendo que evitaría la prosa florida en favor del lenguaje directo. Mientras escribía en el pergamino iba leyendo en voz alta:

> Primero, debe asegurarse la invasión. Fuerza suficiente de los invasores. Puertos de desembarco designados, con un grupo importante en cada uno de ellos para unirse a los invasores y garantizar su desembarco. La liberación de Su Majestad. La eliminación de la usurpadora. La consecución de todo lo cual hará que Su Excelencia pueda depositar su confianza en mis servicios.
>
> Ahora, dado que cualquier retraso resultaría extremadamente peligroso, espero que plazca a Su Excelsa Majestad

guiarnos con su sabiduría, y con su regia autoridad nos permita poner en marcha el asunto; para ello, consideramos necesario que la nobleza se ponga al servicio de Su Majestad y que algunos de sus miembros adopten el papel de líderes de la multitud, siempre dispuesta por su naturaleza en estas tierras a seguir a la nobleza, lo cual no solo nos asegurará que el pueblo se nos una sin reticencias ni dudas, sino que además reforzará el coraje de sus líderes.

Yo mismo, con diez caballeros y un centenar de nuestros seguidores, me encargaré de liberar a Su Majestad de las manos del enemigo.

En cuanto a la eliminación de la usurpadora, de cuya obediencia nos sentimos liberados desde que se la ha excomulgado, habrá seis nobles caballeros, todos ellos de mi absoluta confianza, que, por la devoción que sienten por la causa católica y por Su Majestad, se encargarán de llevar a cabo la trágica ejecución.

—¿Te parece bien este resumen? —preguntó Marlowe cuando terminó.

La garganta de Babington pareció carraspear con inquietud.

—Parece dejar bien claro que conocemos el asunto y que pedimos la aprobación de la reina.

—Entonces lo transcribiré codificado inmediatamente. Mientras me encargo de ello, podrías pedirle a la viuda Bull que nos traiga más cerveza. Beberé solo para saciar la sed. El proceso de sustituir letras por números y palabras por símbolos es realmente agotador, debo mantener la cabeza tan clara como la de Narciso reflejado en el estanque.

Babington se alejó arrastrando los pies, con el aire de un hombre que presiente que le espera el patíbulo.

Cuando volvió con una jarra llena, Marlowe dijo:

—Lo haré lo más rápido que pueda. Poley tendrá que entregarle la carta al cervecero de Chiswick esta noche, porque creo que mañana es el día que le envían el siguiente barril a

María. Después tan solo nos queda esperar la respuesta de nuestra querida soberana.

Babington se bebió dos jarras de peltre llenas una detrás de otra. Él no tenía tantas ganas de mantener la cabeza clara.

El palacio de Whitehall era en sí mismo una ciudad. Superaba al del Vaticano y al de Versalles en tamaño y pompa, y no era una tarea fácil orientarse entre sus mil quinientas habitaciones. Encontrar el punto de destino al que se dirigía uno requería un conocimiento previo del lugar o despertar la simpatía de un amigable caballero o dama que te tomase de la mano y te condujese a través del laberinto de despachos y habitaciones privadas.

A esas alturas, Marlowe ya se conocía el camino en el interior del palacio y se presentó impaciente en los aposentos privados de Walsingham, con el pulso desbocado y el triunfo dibujado en su rostro. El secretario particular de Walsingham lo saludó cordialmente y anunció su llegada.

Walsingham estaba reunido con Robert Poley, como siempre con su aire adusto, el rostro requemado por el sol y el graso cabello recogido en un moño. Con ese aspecto, cualquiera lo habría tomado por un forajido o un soldado, no por un caballero que se había matriculado en Cambridge.

Las primeras palabras que les dirigió Marlowe fueron:

—¡Lo tengo!

Walsingham lo miró inclinando su estrecha nariz.

—Muéstramelo.

Marlowe abrió su portafolios y deslizó con orgullo los pergaminos a través de la mesa. Walsingham los agarró como un halcón que atrapa a un ratoncillo. Mientras los leía atentamente, Marlowe esperó de pie, quitando los pelos blancos de uno de los gatos de la señora Bull adheridos a su jubón.

—Esto es bueno, muy bueno —dijo Walsingham—. Haré

que el mensaje cifrado le llegue al cervecero cuanto antes. ¿María dispone del nuevo código?

—Lo tiene —aseguró Poley—. Iba en el último barril. Tendrá por seguro que nadie más puede haberlo descifrado.

—¡Esperemos que responda pronto y que su respuesta sea contundente! —gritó Walsingham—. En cuanto interceptemos su carta tendremos su jodida cabeza católica... ¡Las estrellas nos son propicias!

—Me encantaría estar presente cuando eso ocurra —dijo Marlowe, imaginando el sangriento desenlace.

—Me encargaré de que sea así. Y podrás ver a Babington con las tripas colgando y aullando a su Dios. Igual que el resto de los conspiradores. Y entonces empezará la partida realmente importante. Los papistas clamarán venganza por la muerte de María. ¿Y sabes lo que significará eso?

—Una guerra, supongo —dijo Marlowe.

—No una guerra, sino muchas. Europa en llamas y, a su debido tiempo, el mundo. Y nosotros seremos los únicos claros vencedores. Disfrutando de las crecientes pilas de cadáveres católicos. Quedándonos con tierras y negocios de ambos bandos. Llenando nuestras arcas.

Marlowe asentía, todavía de pie.

—Siéntate —le dijo Walsingham—. Sírvete un poco de vino. Lo has hecho muy bien. Siempre cumples los objetivos. Sea cual sea la misión que le encomendemos, sea en Reims o Londres, en París o Cambridge, siempre la ejecuta con prontitud y eficiencia, ¿no te parece, Poley?

Poley alzó la copa con gesto envarado.

—Sí. Es un prodigio.

—Gracias, señor —dijo Marlowe—. Mi objetivo es satisfaceros y servir a nuestra causa. Pero voy a necesitar una carta del Consejo de Asesores de la Corona a la universidad excusando mis ausencias. Pretenden negarme la titulación porque creen que voy a Francia para visitar y alentar a los papistas.

—Eso es porque eres un actor muy convincente —le aseguró Walsingham—. Poley, entrégale la carta que hemos preparado.

Marlowe la leyó agradecido. Breve e imperativa, no dejaba asomo de duda respecto a que había estado en el extranjero cumpliendo una misión para Su Majestad.

—Es perfecta.

Walsingham cogió el documento y calentó lacre para estampar el sello del Consejo de Asesores. Mientras derretía el lacre con la vela, dijo:

—Permíteme que te haga una pregunta, Marlowe. Siento verdadera curiosidad por saber qué te impulsó a dedicarte a la frívola profesión de escribir obras teatrales. He oído que los actores de la Amiral's Men van a interpretar en breve una de tus obras. ¿En qué contribuye eso a nuestra causa? Puedo asignar a una mente brillante como la tuya un centenar de misiones a mayor gloria de los lémures. ¿Cómo puede ser el teatro una prioridad para ti?

Marlowe se sirvió una copa del vino del secretario y lo probó. Era excelente, mucho mejor que la porquería que solía beber.

—¿Habéis asistido alguna vez al teatro, señor?

Walsingham asintió desdeñosamente.

—Lo he hecho solo porque a la reina le encantan esas cosas y a menudo pide a su Consejo de Asesores que la acompañemos. ¿Y tú, Poley? ¿A ti te gusta el teatro?

—Prefiero pasar mis tardes con una puta.

—Sí, ya ha llegado a mis oídos el rastro de destrucción que dejas cuando sales de putas.

—No puedo dejarlas con vida después de que me hayan visto el trasero.

—Más bien no —dijo Walsingham riendo entre dientes.

Marlowe se inclinó hacia delante, sin prestar atención a Poley.

—Entonces, señor, ¿habéis visto el efecto que las obras teatrales tienen sobre la audiencia? Cómo remueven emociones del mismo modo que un cucharón remueve un guiso. Cómo suscitan todo tipo de pasiones: júbilo, rabia, ardor, miedo, y consiguen que el público piense como un solo ser. Señor, utilizaré mis obras teatrales para promover la discordia, para encender fuegos en el corazón de los hombres, para lanzar a los protestantes contra nuestro gran enemigo, los católicos. Con mis obras puedo hacer maldades a gran escala. Y soy bueno en eso. No, más que bueno.

Walsingham dio la vuelta alrededor del escritorio con pasos lentos y se sentó junto a Marlowe. Bebió unos sorbos de vino y rompió a reír.

—No puedo mostrarme en desacuerdo con tus ideas, Marlowe, o con la confianza que tienes en ti mismo. No es nuestro modo habitual de actuar, pero hubo uno de los nuestros, alguien muy relevante, de hace mucho tiempo, que también se consideraba un artista. ¿Sabes de quién hablo?

—¿De Nerón?

—Sí, así es. Era, según se cuenta, uno de los grandes artistas de su época. Pero ¿sabes qué le sucedió? Se volvió loco. Todos sus logros se convirtieron en polvo. Tú no te volverás loco, ¿verdad, Marlowe?

—Espero mantenerme cuerdo.

—Eso está bien. Si no fuera así, tendría que darle al señor Poley unas instrucciones no precisamente agradables.

Pasó el verano y después el otoño. Llegó el nuevo año y, con él, la escarcha en los campos y el hielo en los estanques. Y en febrero, con los vientos invernales soplando a través de Northamptonshire, Marlowe llegó en coche de caballos al castillo de Fotheringay.

El cortante viento no era suficiente para enfriar el ardor de su excitación. Habían sido unos meses muy intensos. Desde el día en que había redactado la carta de Babington en el jardín de la señora Bull hasta ese día en que las enormes puertas de Fotheringay se abrieron para él, se había sentido como si estuviese cumpliendo su destino. Su linaje y su intelecto le habían proporcionado siempre una sensación de poderío, pero el verdadero ejercicio del poder era realmente embriagador.

Después de que Walshingam interceptase la respuesta de María a Babington, puso rápidamente en marcha a los conspiradores. Marlowe estaba en St. Giles in the Fields el día de finales de septiembre en que la mirada perpleja de Babington lo localizó entre la multitud momentos antes de que al infortunado joven lo subieran, agarrándolo por el cuello, al patíbulo y lo atasen a una mesa. El verdugo utilizó un cuchillo no muy afilado para abrir en canal el delgado estómago de Babington. El bárbaro carnicero, con el blusón empapado de sangre, asó despacio las entrañas y el pene seccionado de Babington mientras sus gritos se iban apagando, hasta que dieron paso al silencio y sus ojos quedaron misericordiosamente inexpresivos. Una parte de la multitud que presenció el ajusticiamiento de ese día sintió náuseas, pero no Marlowe.

A continuación vino el juicio a María y, pese a que se llevó a cabo con todas las formalidades que requerían los grandes asuntos de Estado, el resultado final nunca estuvo en duda. Y llegó la hora de la ejecución en la gran sala de Fotheringay, el mismo escenario en el que se había llevado a cabo el juicio.

Marlowe era, por razones obvias, un entusiasta estudioso del hecho teatral, y se quedó maravillado con la puesta en escena. Se había levantado una plataforma cubierta de tela negra, de metro y medio de alto por tres y medio de ancho, junto al fuego de leña que ardía en una enorme chimenea. María permanecía en pie entre dos soldados, y sus doncellas lloriqueaban detrás de ella. El verdugo encapuchado aguardaba con los brazos cruzados sobre el mandil blanco y el hacha apoyada en la barandilla del cadalso.

Mientras María rezaba en latín y lloraba, Marlowe se abrió paso entre la multitud allí congregada para acercarse al cadalso. Cuando llegó el momento de que la condenada se desvistiese, se las apañó para decir:

—Nunca antes había dispuesto de este tipo de mozos para prepararme ni me había quitado la ropa ante unos invitados como estos.

La audiencia exhaló un suspiro al ver sus enaguas: de satén rojo sangre, el color de su Iglesia, el color del martirio.

Marlowe contuvo el aliento mientras el verdugo alzaba el hacha por encima de su cabeza y la hacía descender aplicando toda su fuerza.

Sin embargo, el golpe fue torpe. No impactó donde debía sino en el nudo de la venda que le tapaba los ojos a María, y le hizo un profundo corte en la parte posterior del cráneo. La reina de Escocia dejó escapar algo parecido a un chillido, pero permaneció inmóvil sobre el bloque en el que reposaba su cabeza. El segundo golpe fue más certero y la sangre manó a borbotones, como era de esperar, pero tampoco este segundo golpe logró seccionar por completo la cabeza del cuerpo. El verdugo se vio obligado a agacharse y utilizar el hacha a modo de cuchillo para cortar los últimos restos de cartílago.

Agarró la cabeza por el gorro que llevaba prendido con alfileres, la alzó y la sostuvo en alto. Pero mientras voceaba la frase ensayada —«¡Dios salve a la reina!»—, la cabeza cayó al suelo y de la mano del verdugo ya solo colgaban el gorro y una peluca de color castaño.

Era algo que solo sabían ella y sus doncellas, pero María se había quedado casi prácticamente calva. Su cabeza ensangrentada rodó y cayó del patíbulo a los pies de Marlowe.

Él contempló cómo la boca de la reina se abría y cerraba como si intentase besarle la bota y esos movimientos cadavéricos hicieron que su cola se retorciese llena de vida.

«Soy un lémur y he ayudado a asesinar a la reina católica.»

18

La capilla Sixtina de Miguel Ángel no fue creada para recibir a hordas de turistas estirando el cuello y fotografiando el espacio con sus flashes digitales.

Fue creada para esto.

Sellada y vacía, resultaba solemnemente silenciosa y expectante, iluminada de modo natural y uniforme por las ventanas altas que envolvían la capilla justo por debajo de los frescos del techo.

A cada lado de la capilla se había dispuesto una hilera de mesas encaradas y cubiertas de terciopelo, cada una de ellas con una sencilla tarjeta blanca en la que se leía el nombre de un cardenal.

Se escuchó el ruido de una llave introduciéndose en una vieja cerradura y se abrió una pesada puerta con una sucesión de crujidos. A continuación se oyeron olfateos y pisadas de garras arañando el suelo de mosaico.

El pastor alemán tiraba de la correa que lo sujetaba, las orejas tiesas y alerta, y meneaba la cola con decisión. El adiestrador de la empresa de seguridad Gruppo BRM le dejaba hacer su trabajo. El animal se dirigió directamente a la mesa más próxima, olfateó el terciopelo que caía hasta el suelo e introdujo su voluminosa cabeza negra y marrón por debajo.

El perro volvió a asomar la cabeza, manteniendo la cola levantada. Tiró de la correa en dirección a la siguiente mesa de la hilera.

Hackel hizo señas a su subordinado, Glauser, que parecía entusiasmado de que le hubiesen asignado una misión vistiendo ropa de civil durante el cónclave; llevaba un traje negro cuyo corte dejaba espacio suficiente para ocultar un fusil ametrallador modificado Heckler & Koch.

—Trae el detector para empezar a barrer la capilla detrás del perro.

Glauser asintió y fue a buscar el detector de micrófonos ocultos.

Cuando acabaron de peinar la capilla, el equipo de seguridad revisó minuciosamente las pequeñas habitaciones adyacentes, incluidas la sala de las Lágrimas, donde el nuevo Papa se recogería a solas unos momentos para asumir su destino, y la sala de las Vestiduras, y después bajaron a las habitaciones del sótano, donde completaron el rastreo.

En el patio que había detrás de la capilla, Hackel observó al personal del Gruppo BRM mientras recogían sus aparatos y los metían en una furgoneta. Glauser se le acercó y le dijo:

—A partir de ahora doblaré la guardia y mantendré el nivel máximo de seguridad.

Hackel le señaló con el dedo y refunfuñó:

—Asegúrate de que se hace.

Elisabetta estaba sola en el piso. Había vuelto de la misa en Santa María en Trastevere y el día se alargaba de un modo extraño. No estaba habituada a tener ante sí horas y horas sin una pauta establecida, pero no iba a ceder a la tentación de encender el televisor, ¿verdad que no?

Primero se pasó una hora delante del ordenador de su padre, buscando información sobre Lumbubashi y la República del Congo. Un país muy pobre, pensó. Con muchas necesidades. Pero, pese a la pobreza, los niños que aparecían en la web de la orden parecían muy felices y sanos. Eso al menos la animó.

Suspiró y se levantó. La luz que se filtraba por las ventanas resaltaba el polvo acumulado sobre los muebles. A diferencia de la mujer que venía a limpiar el piso, ella podía mover de sitio los libros y los papeles de su padre sin temor y acceder así a superficies que hacía años que no se limpiaban.

Elisabetta se metió en su habitación, se quitó los zapatos y se desvistió. Los cajones de su antigua cómoda se habían hinchado por la humedad y tuvo que tirar con fuerza de ellos varias veces hasta lograr abrirlos. Hacía años que no le echaba un vistazo a su ropa, y la visión de sus viejos tejanos y suéteres le trajo un torrente de recuerdos. Fue a sacar unos Levi's gastados que se había comprado en un viaje a Nueva York y al hacerlo percibió con las puntas de los dedos que había algo debajo.

Era una caja de terciopelo.

Se sentó en la cama, con el pecho tembloroso e intentando contener las lágrimas. La caja reposaba sobre sus rodillas desnudas. Abrió la tapa. La luz del sol iluminó el colgante que le había regalado Marco y rebotó con un destello sobre su angulosa superficie. Le pareció tan bonito y resplandeciente como la primera vez que se lo había puesto.

La noche era calurosa. Elisabetta tenía la ventana abierta de par en par y apenas corría el aire.

Marco plantó el índice sobre el colgante en forma de corazón y lo presionó ligeramente contra el pecho de Elisabetta. La piel de ella relucía y su respiración era agitada. Estaban bañados por la luz de las velas.

—¿Todavía te gusta? —le preguntó él.

—Claro que sí. ¿No te has fijado que nunca me lo quito?

—Sí que me he dado cuenta. Ni siquiera cuando haces el amor.

—Con los otros chicos sí que me lo quito —bromeó ella, clavándole un dedo en las costillas.

Él hizo un mohín y dijo:

—Ah, muy bonito.

Elisabetta le besó en la mejilla y deslizó su lengua juguetona por la incipiente barba de Marco. Tenía un sabor salado.

—No te preocupes. Tú eres el único.

Él se incorporó en la cama junto a ella, levantó las rodillas hasta la altura del pecho y dijo:

—Nos vamos a casar, ¿no?

También ella se incorporó y lo miró con ojos burlones.

—Eso no es una propuesta, ¿verdad?

Marco se encogió de hombros.

—Es solo una pregunta. Quiero decir que creo que sé la respuesta. Solo quiero estar seguro de que tú también.

Esa noche se comportaba como un crío. Tan grandullón y fuerte, pero al mismo tiempo tan vulnerable e inseguro.

—¿Con quién si no me iba a casar? —Elisabetta puso la palma de la mano en la espalda de Marco y la deslizó lentamente por la columna vertebral hasta que llegó a la hendidura de la zona lumbar. Era suave y fuerte, y por algún motivo que no se explicaba, era la parte del cuerpo de su novio que más le gustaba.

Elisabetta volvió a meter la caja en el cajón con el mismo cuidado que si sostuviese una reliquia. Se puso los viejos Levi's, que aún le iban, y una sudadera que olía a humedad.

Mientras limpiaba el apartamento, intentó no pensar en Marco. Siempre se le había dado bien alejar cualquier pensamiento sobre él, pero ese día lo único con lo que tenía alguna posibilidad de lograrlo era con África.

La noticia que le había dado la hermana Marilena la había alterado profundamente. Se había pasado la noche negándose a aceptarlo, reprimiendo la sensación de indignación e incluso de rabia. ¿Quién estaba jugando con su vida, moviendo los hilos como si fuese una marioneta? ¿Por qué la querían alejar de su convento y sus alumnas, de lo que era el verdadero eje de su vida?

Pero después de rezar esa mañana durante la misa, su actitud había empezado a cambiar y su indignación se había suavizado. ¡Qué arrogante y prepotente por su parte cuestionar su destino! No solo estaba en manos de Dios, sino que había empezado a pensar que lo del Congo era un regalo de Él. Era una oportunidad, se percató Elisabetta, para quitarse de encima la pesada carga que se había visto obligada a asumir. Podría dejar atrás los esqueletos y los hombres con cola y esos oscuros tatuajes y regresar a su verdadera vocación, el servicio a Dios y la educación de Sus criaturas. El convento escuela de Lumbubashi estaba lejos, era puro y hermoso, y allí ella se recuperaría. Claro que echaría de menos a su familia y a su comunidad de hermanas, pero su sacrificio no era nada comparado con el sacrificio que había hecho Jesucristo. El amor de Jesús la sostendría en esa tierra extranjera; las expresiones felices de los niños la llamaban desde la web de Lumbubashi.

La sala de estar, la cocina, el comedor, el recibidor y el lavabo de invitados estaban resplandecientes y olían al frescor de los productos de limpieza. A continuación limpiaría los dormitorios, primero el suyo y después el de su padre. Elisabetta arrastró la aspiradora hasta su cuarto, la enchufó y empezó a pasarla por encima de la alfombra cuando el ejemplar de *Fausto* y el sobre de Bruno Ottinger le llamaron la atención. Apagó la aspiradora, se sentó en el escritorio y se puso a releer la dedicatoria de ese misterioso K a Ottingen.

Suspiró por su debilidad. No era capaz de dejarlo.

«No me marcho hasta dentro de seis días —pensó—. ¿Qué

importa si dedico parte de mi tiempo antes de coger el avión a algo más que a limpiar?»

Provista de una taza de café y de un número de teléfono que localizó en la web de la Universidad de Ulm, Elisabetta se sentó en la cocina sosteniendo el teléfono debajo de la barbilla. Logró que la altiva secretaria le pusiera con el decano de la facultad de Ingeniería, Daniel Friedrich.

El decano Friedrich escuchó en silencio la petición de información de Elisabetta sobre Bruno Ottingen, pero ella enseguida se dio cuenta de que él no iba a serle de gran ayuda. Era relativamente nuevo en la universidad y, aunque sabía que Ottingen había formado parte de la facultad años atrás, no lo había conocido en persona. Además, su tono dejaba entrever que tenía cosas más importantes de las que ocuparse.

—¿Hay algún miembro de la facultad de más edad que pueda acordarse de él? —le preguntó Elisabetta.

—Tal vez Hermann Straub —dijo el decano, malhumorado—. Lleva aquí toda la vida.

—¿Podría hablar con él?

—Hagamos lo siguiente —dijo con brusquedad Friedrich—. Vuelva a llamar y déjele su número a mi secretaria. Ella averiguará si Straub está dispuesto a hablar con usted. Es todo lo que puedo ofrecerle.

Elisabetta ya había localizado el teléfono de Straub en la página web y, en cuanto colgó, lo llamó. Un hombre con voz de anciano respondió ceremoniosamente en alemán, pero pasó al práctico inglés cuando ella le preguntó si hablaba inglés o italiano.

Straub se mostró encantador y Elisabetta imaginó por su tono meloso que debía de ser un seductor madurito. No se arriesgó a desinflarlo comentándole que era monja.

—Sí —respondió él, sorprendido—. Conocía a Ottingen bastante bien. Fuimos colegas durante muchos años. Murió hace unos años, ¿sabe?

—Sí, lo sé. Entonces quizá pueda ayudarme. A través de una conocida común ha llegado a mis manos una de sus posesiones más preciadas, un libro. Y eso ha despertado mi curiosidad, me gustaría saber algunas cosas sobre él.

—Bueno, debo decirle que Ottingen no era el hombre más fácil de tratar del mundo. Yo me llevaba con él francamente bien, pero estaba en minoría. Él era bastante áspero, bastante rudo. A muchos estudiantes no les gustaba, y sus relaciones con los demás miembros del claustro de la facultad eran tirantes. Algunos de mis colegas no le dirigían la palabra. Pero era un hombre brillante y un excelente ingeniero mecánico, y yo valoraba mucho su trabajo. Y él valoraba el mío, y creo que esa es la base fundamental para una relación aceptable entre miembros de una facultad.

—¿Qué sabía usted sobre su vida fuera de la universidad?

—Muy poco, la verdad. Era un hombre muy reservado y yo eso lo respetaba. Hasta donde yo sabía, vivía solo y no tenía familia. Se comportaba como un viejo solterón. Llevaba los cuellos de las camisas raídos y los jerséis con agujeros, ese tipo de cosas.

—¿No conoce usted ningún detalle sobre sus aficiones, más allá de su dedicación académica?

—Lo único que sé es que políticamente era un poco radical. No hablábamos de política ni nada por el estilo, pero a menudo hacía pequeños comentarios que dejaban claro hacia dónde se escoraba.

—¿Y hacia qué lado era?

—Hacia la derecha. Hacia la ultraderecha, me atrevería a decir. Nuestra universidad es bastante liberal y él estaba siempre murmurando sobre que si los socialistas hacían esto y los comunistas hacían lo otro. Y creo que también tenía prejuicios contra los inmigrantes. Los estudiantes de la facultad provenientes de Turquía y lugares parecidos... Bueno, conocían la reputación de Ottingen y se mantenían alejados de sus clases.

—¿Pertenecía a algún partido político? —preguntó Elisabetta.

—Eso no lo sé.

—¿Mencionó en alguna ocasión estar interesado por la literatura?

—No que yo recuerde.

—¿Habló en alguna ocasión de Christopher Marlowe o de la obra teatral *Fausto*?

—¿A mí? Seguro que no.

—¿Mencionó alguna vez a alguien llamado K?

—De nuevo, no que yo recuerde. Me está haciendo unas preguntas muy raras, jovencita.

Elisabetta soltó una carcajada.

—Sí, supongo que lo son. Pero he reservado la más rara de todas para el final. ¿Se percató usted de alguna anomalía física que pudiera padecer?

—No sé a qué puede estar refiriéndose.

Elisabetta tomó aire. ¿Por qué ocultarlo?

—Bruno Ottinger tenía cola. ¿Lo sabía usted?

Se produjo un largo silencio.

—¡Cola, dice! ¡Qué maravilla! ¡De todos los personajes a los que he conocido en mi vida, ese viejo demonio de Ottinger sería sin duda el más indicado para tener cola!

Cuando Elisabetta abrió las pesadas cortinas y dejó que entrase la luz, descubrió que el dormitorio de su padre no era el caos que se esperaba. Cierto que la cama estaba sin hacer y había libros y ropa desparramados por todas partes, pero no había demasiado polvo y el lavabo estaba aceptable. Parecía que a la limpiadora se le permitía acceder periódicamente al santuario privado.

Retiró las sábanas, amontonó las toallas y la ropa sucia, y llenó una lavadora.

Dejó la segunda cama tal como la encontró. La colcha estaba perfectamente estirada, los almohadones decorativos colocados en orden descendente en una impecable hilera. Parecía protegida por algún campo magnético, era la única superficie libre de montones de cosas de su padre.

La cama de su madre.

Al regresar al dormitorio, con las manos en las caderas, Elisabetta hizo una valoración del nivel de desorden. Supuso que si ordenaba los libros y los papeles su padre le iba a montar la de San Quintín, pero estaba decidida a hacerlo. Además, ella podía organizarlo con más delicadeza que ninguna otra persona: las monografías sobre Goldbach en un lado, los cuadernos y papeles sueltos con anotaciones sobre Goldbach en otro. Todo lo que tenía que ver con las clases de la universidad aquí. Las novelas policíacas allá.

Una de las estanterías estaba perfectamente ordenada, la que quedaba más cerca de la cama de su madre. Los libros de Flavia Celestino, la mayoría de ellos de historia medieval, seguían en el mismo orden en que estaban el día en que falleció. Elisabetta cogió uno, *Isabel y Pío V. La excomunión de una reina*, y se sentó en la cama. La sobrecubierta estaba reluciente y libre de polvo, un ejemplar impoluto de un libro que llevaba allí veintiséis años. Lo abrió por la solapa posterior y contempló el retrato de la autora.

Era como mirarse en un espejo.

Elisabetta había olvidado lo mucho que se parecía a su madre; la fotografía se había tomado cuando Flavia tenía más o menos la edad de ella en ese momento. La misma frente amplia, los mismos pómulos, los mismos labios. Pese a que ella era una niña cuando se publicó el libro, recordaba la fiesta que dieron sus padres y lo orgullosa y radiante que se había mostrado su madre al verlo publicado. Su carrera académica en la facultad de Historia de La Sapienza estaba bien encaminada. ¿Quién iba a imaginar que en un año habría muerto?

Elisabetta nunca había leído ese libro. Había evitado hacerlo del mismo modo que uno evita recrearse en el recuerdo de una historia de amor dolorosa. Pero en ese momento tomó la decisión de llevarse un ejemplar a África. Lo empezaría a leer en el avión. Sería como mantener una conversación pospuesta durante mucho tiempo. Distraídamente, ojeó algunas páginas y leyó un par de párrafos. Había una ligereza en las frases que forjaba un estilo. Al parecer Flavia era una buena escritora y eso la satisfizo.

De pronto cayó sobre su regazo un sobre; un punto para marcar una página, pensó. Le dio la vuelta y le sorprendió descubrir el sello del Vaticano. El sobre no tenía destinatario, no llevaba matasellos y no estaba cerrado. Dentro había una tarjeta. Tuvo una premonición. Con curiosidad, la sacó y se quedó petrificada.

¡Allí estaba!

Lo había visto antes. Entonces lo recordó.

La puerta de la habitación apareció ante ella enorme y escalofriante.

—Entra —le dijo su padre—. No pasa nada. Ella quiere verte.

Los pies de Elisabetta parecían pegados al suelo.

—¡Adelante!

El pomo de la puerta quedaba a la altura de los ojos de la niña. Lo giró y la asaltaron los desconocidos olores de la habitación de una enferma. Avanzó lentamente hacia el lecho de su madre.

Un hilo de voz la llamó:

—Elisabetta, acércate.

Su madre estaba recostada sobre unos grandes almohadones y tapada con la ropa de cama. Tenía el rostro macilento y la piel sin brillo. Cada poco rato parecía reprimir una mueca de dolor para no asustar a su hija.

—¿Estás enferma, mami?

—Sí, cariño. Mami está enferma.

—¿Por qué?

—No sé por qué. Los médicos tampoco lo saben. Hago todo lo que puedo por ponerme bien.

—¿Debo rezar por ti?

—Sí, ¿por qué no? Rezar siempre es bueno. Ante la duda, mejor rezar. ¿Estás comiendo bien?

Elisabetta asintió.

—¿Y tu hermano y tu hermana también?

—Sí.

—¿Y papá?

—Él solo picotea.

—Oh, querida. Eso no está bien. Elisabetta, eres solo una niña, pero eres la más madura. Quiero que me prometas una cosa: quiero que cuides de Micaela y del pequeño Zazo. Y si puedes, intenta cuidar también un poco de papá. Se distrae con su trabajo y a veces necesita que le recuerden las cosas.

—Sí, mamá.

—Y no olvides cuidar también de ti misma. Vas a tener que ocuparte de tu propia vida. Quiero que intentes ser siempre la niña feliz a la que tanto quiero.

Su madre sufrió un espasmo, tan fuerte que no pudo disimularlo. Se agarró involuntariamente el estómago y al hacerlo la pequeña pila de papeles que tenía sobre la barriga cayó. Una tarjeta se deslizó fuera de la cama y acabó en el suelo. Elisabetta la recogió y la miró.

—¿Qué es esto? —preguntó.

Su madre se la quitó y la metió entre los papeles.

—Nada. Es solo un dibujo. Acércate. Quiero darte un beso.

Elisabetta percibió el roce de unos labios resecos sobre la frente.

—Eres una buena niña, cariño. Tienes el mejor corazón que conozco. Pero recuerda: no todo el mundo es bueno. No bajes nunca la guardia frente al mal.

Elisabetta sostuvo la tarjeta en la mano y sollozó. En ese momento la muerte de su madre le parecía tan brutal y reciente como el día en que sucedió. Sentía la desesperada necesidad de volver atrás y hablar con ella una vez más, pedirle una explicación, pedirle ayuda.

Se oyeron violentos golpes procedentes de la puerta del piso, un insistente golpeteo de nudillos sobre la gruesa madera. Elisabetta volvió a meter la tarjeta en el libro, se secó las lágrimas con la palma de la mano y se preguntó cómo había podido alguien subir hasta el piso sin que le hubiera abierto el portal con el interfono. ¿Era un vecino?

Acercó el ojo todavía húmedo a la mirilla y se echó hacia atrás bruscamente, desconcertada.

El rostro pálido y alargado del padre Pascal Tremblay llenaba la mirilla y la primera reacción de Elisabetta fue correr a esconderse debajo de la cama de su madre.

19

Roma, 64

Estaban a mediados de julio y las familias nobles de Roma se habían marchado, huyendo del calor abrasador y en busca de climas más frescos, a sus villas en la costa oeste o a sus haciendas en lo alto de colinas repletas de pinos. Un millón de personas menos afortunadas se habían quedado allí. El aire centelleante que cubría la metrópolis apestaba a humo por las decenas de miles de fuegos encendidos para cocinar, y una fina capa de ceniza negra cubría los tejados y el adoquinado como una siniestra nieve de verano.

Todo estaba reseco: las gargantas de los hombres, el suelo arenoso, los agrietados listones y las vigas de madera de los viejos edificios de vecinos. El agua, siempre importante en Roma, nunca había resultado más vital que durante la sequía de aquel caluroso verano.

Un millar de libertos y esclavos trabajaban sin descanso en las brigadas de agua de la ciudad, manteniendo los acueductos, los depósitos y los kilómetros de tuberías en perfecto estado. Habitualmente un centenar de edificios públicos, quinientos lavabos y baños públicos y docenas de fuentes ornamentales recibían agua corriente las veinticuatro horas del día, pero desde hacía semanas los únicos sonidos apreciables que el sistema de canalización había producido eran los de las quejas.

El agua no fluía como debía; goteaba. Los depósitos estaban peligrosamente bajos, los baños públicos subían los precios, los cerveceros vendían más cara la cerveza. Los vigilantes, los ojos nocturnos de la ciudad, eran conscientes del peligro. Organizados en siete cohortes de un millar de hombres cada una, dormían durante el día y por la noche patrullaban las calles estrechas y oscuras de la enorme capital tratando de detectar incipientes incendios. Sus únicas armas efectivas eran unos cubos de bronce y cuero que se pasaban de mano en mano formando una cadena humana desde el depósito más cercano o, si quedaba suficientemente cerca, desde el Tíber. Pero ese verano los niveles de agua eran demasiado exiguos como para ser de mucha utilidad y los vigilantes sabían por qué. Se trataba de algo más que de sequía.

Los perforadores no paraban y el comisionado del agua, un pariente cercano del prefecto Tigellinus, se estaba haciendo rico.

Antes de marcharse a Antium quince días atrás, Nerón le había dicho a Tigellinus: «Haz que tu cuñado lo seque», y prácticamente esa misma noche los corruptos encargados del agua enviaron a sus partidas de perforadores a succionar agua del sistema con tuberías ilegales. Torrentes de agua libre de impuestos fueron a parar a manos de lémures ladrones, y los vigilantes poco más podían hacer que morderse las uñas desesperados mientras contemplaban cómo Roma se secaba. Habían pasado veintiocho años desde el último gran incendio.

Julio era el mes de los festivales y la temporada de carreras de carros estaba en su apogeo. Nada distraía más a las masas de las miserias del calor y la humedad como un día de competiciones en el Circus Maximus. Hasta doscientos mil romanos se apiñaban en sus gradas para apoyar a gritos a uno de los equipos, los Azules, los Rojos, los Verdes o los Blancos, cada uno de ellos controlado por una sociedad. Las cuadrigas, los carros tirados por cuatro caballos, corrían alrededor de una larga y estrecha pista en forma de U y, si los conductores y los animales sobrevivían a los pronunciados giros, los premios eran cuantiosos. Debajo de las gradas había varios animados pisos con tabernas de vinos, puestos de comida caliente, panaderías y un montón de garitos de prostitución.

El día era también propicio en otros aspectos. Balbilus le había dicho a Nerón que así sería después de leer atentamente las cartas astrales. Sirio, la Estrella Perro, se alzaba en los cielos esa noche, señalando los días más cálidos del verano. Pero además su recorrido lo llevaba a pasar por la Casa de la Muerte. Y esa era la señal definitiva. El tiempo del destino había llegado.

Esa noche había luna llena, pero como estaba nublado brillaba poco sobre los miles de personas que hacían cola ante las puertas del Circus Maximus para poder acceder en cuanto despuntase el alba.

En las entrañas del circo, bajo las tribunas, Vibius, la criatura de la noche de Balbilus, y otro hombre recorrieron sin prisa un oscuro pasillo hasta llegar a un comercio alegremente iluminado. En él, un panadero con delantal de cuero deslizaba hogazas de pan en un rugiente horno.

—No está abierto —les ladró el panadero.

Vibius avanzó tranquilamente hacia él y le rajó con la espada desde el estómago hasta el corazón. El panadero cayó desplomado, y cuando su esposa salió corriendo del cuartucho adyacente, donde fermentaba la masa, el otro hombre la mató del mismo modo, con una violenta estocada.

Un hombre gritó. Con el rabillo del ojo Vibius vio salir precipitadamente de la cámara de fermentación al hijo del panadero, rabioso y asiendo una barra de hierro. Con un ruido sordo de huesos astillándose, el colega de Vibius se desplomó. Vibius se volvió y se abalanzó sobre el fornido muchacho, le seccionó el cuello con un movimiento limpio y contundente, y contempló cómo caía al suelo sobre el regazo de su madre.

Maldiciendo, Vibius pasó entre los cadáveres y utilizó la pala del panadero para sacar brasas del fondo del horno de ladrillo. Con un giro brusco de las muñecas lanzó el ardiente y rojo montón a un rincón. De inmediato los tablones de madera del suelo empezaron a echar humo y a emitir un siseo y, pasados unos instantes, una hilera de llamas ya trepaba por las paredes hacia las vigas.

Vibius volvió al oscuro pasillo y corrió escaleras abajo, había cumplido su objetivo. Enseguida se mezcló con la multitud y esperó a que el verdadero espectáculo diese comienzo.

Un piso por encima de la panadería había un puesto de lámparas de aceite, lleno de pesadas ánforas. Las vasijas de arcilla estallaron debido al calor y alimentaron el incendio de un modo tan espectacular que la esquina noroeste del Circus Maximus estalló convertida en una bola de fuego. Con un grito colectivo, la multitud señaló la llamarada y empezó a huir en estampida. Las llamas brincaban hacia el cielo y casi de inmediato las campanas que daban la alarma de incendio en el cercano puesto de los vigilantes de ese distrito, conocido como Regio IX, empezaron a tañer.

Se movilizó una cohorte de vigilantes, pero sus brigadas con cubos agotaron muy rápido las escasas reservas de agua del depósito local y lo único que pudieron hacer fue ordenar la evacuación a gritos en plena noche. El circo estaba rodeado de desvencijados edificios de vecinos, algunos de los cuales habían elevado su altura de forma ilegal añadiendo varias plantas más construidas de forma tan chapucera que casi se apoyaban unos sobre otros a lo largo de las adoquinadas callejas. El incendio se expandió rápidamente por esos inmuebles, dejando a su paso edificios desmoronados y cadáveres carbonizados. Avivado por el intenso viento propio de la época, el fuego se extendió hacia el sur por el Regio XII y después alcanzó al Regio XIII, antes de saltar la muralla Serviana que antaño, antes de que la expansión urbana hubiera superado los límites de la vieja ciudad, marcaba el confín de Roma por el sur.

Las calles se llenaron de gente asustada e impotente mientras el infierno se apoderaba de los edificios y saltaba por los tejados. Uno tras otro, los ventosos callejones eran devorados por las llamas, en muchas ocasiones con un montón de hombres, mujeres y niños atapados por la mampostería derrumbada o los muros de llamas. Y aunque se contarían historias de personas ayudando a otras a escapar y combatiendo el fuego, también llegarían relatos de sombrías figuras moviéndose por la ciudad y lanzando tizones ardientes al interior de edificios que todavía no habían ardido.

Al amanecer, una densa capa de humo cubría buena parte de los barrios del sur de Roma y el incendio avanzaba en dirección a la colina Aventina, hacia las casas de los ricos y hacia los templos. Pero entonces los vientos cambiaron de dirección ominosamente y empezaron a dirigir las llamas hacia el norte, hacia las laderas más al sur de las colinas del Palatino y el Celio. La ciudad estaba condenada a la destrucción.

Desde el balcón más alto de su villa en la via Apia, Balbilus miró hacia el norte, donde crecían las nubes de humo. Vibius se unió a él, tiznado de hollín después de cumplir su misión, y Balbilus le ofreció una copa de vino para que saciara su sed.

—Está demasiado cerca —gruñó Balbilus.

—El viento está girando hacia el sur —dijo Vibius.

—Soy capaz de prever el movimiento de los astros, pero no la dirección que va a tomar el viento —replicó el moreno astrólogo—. Espero no perder mi casa.

—Creo que la mía ya ha sido pasto de las llamas —dijo Vibius sin asomo de emoción.

—Tu familia puede instalarse aquí. Todas las familias de lémures que estén en peligro pueden venir a mi casa. Haz correr la voz.

Un contingente de la caballería pretoriana llegó a Antium cuando se estaba poniendo el sol. La ciudad tenía un nuevo puerto construido por Nerón, pero los pretorianos confiaban más en sus caballos que en los barcos. Nerón habían convertido Antium en un enclave protegido habitado por veteranos de la Guardia Pretoriana y por centuriones retirados. Había reconstruido según sus preferencias el palacio de Augusto junto al mar y añadido un complejo elevado con columnas que se extendía dos mil metros a lo largo del malecón. Para su diversión, había incluido numerosos jardines, templos, piscinas y, lo más importante, un teatro en el que podía practicar su arte.

Cuando llegó la caballería para informarle del incendio en Roma, Tigellinus recibió la noticia impasible, pero se negó a permitir que el mensajero, que traía un mensaje personal del prefecto de Roma, viera al emperador. Nerón estaba entre bambalinas, preparándose para subir al escenario en un concurso organizado esa noche. Ataviado con una túnica de estilo griego sin cinturón, compartía un rato con sus adversarios, todos ellos muchachos de la zona que eran plenamente conscientes de que Nerón sería el favorito del jurado. Cuando llegó su turno, subió al escenario del teatro en forma de media luna y observó a su público, formado por aduladores: soldados retirados, senadores de su séquito, magistrados locales de Antium y una cohorte de sus tropas especiales, la guardia personal germánica. Pese a que Antium estaba a considerable distancia de Roma, se percibía en el aire un ligero olor a ceniza y empezaban a propagarse las noticias sobre el incendio. El público susurraba y se movía inquieto, y de no ser porque era el turno de la interpretación imperial, los espectadores hubieran salido en busca de los mensajeros llegados de la ciudad para obtener más información.

Nerón alzó la lira y empezó a cantar dulcemente una canción, «El saqueo de Ilium», sobre la destrucción de Troya por los griegos durante la guerra de Troya. Iba a ser el ganador del concurso, claro está, pero nadie parecía muy contento por tener que escuchar una tonadilla sobre una gran ciudad arrasada por el fuego.

En los suburbios de la colina del Esquilino había ascuas aisladas en los tejados y los balcones, que los ciudadanos en alerta y los esclavos iban apagando antes de que prendiesen. Pedro el apóstol estaba en el barrio en una de sus misiones pastorales como obispo de Roma. Era un viajero fatigado pero incansable; soportaba viajes de varios meses, a lomos de una mula, desde su casa en Antioquia en Grecia, donde también ejercía de obispo, a Jerusalén y Roma. Hacerse cargo de Roma había sido una tarea ardua. Sus discípulos estaban convirtiendo a todos los esclavos y libertos que les era posible, pero los ciudadanos eran hostiles al culto cristiano, tal como lo denominaban ellos. Pero Pedro tenía un pequeño rebaño y, como los corderos, necesitaban la guía del báculo de un pastor de tanto en tanto.

Cornelius el curtidor se había convertido en sacerdote de la nueva religión y su casa era uno de los lugares de encuentro y oración. Pedro permanecía en pie junto a una de las ventanas del edifico de vecinos, en una habitación repleta de fieles. Una pavesa apareció flotando en el aire y Pedro la contempló un instante y enseguida volvió a concentrar su atención en el papiro que sostenía en la mano. Había escrito hacía poco una epístola a sus fieles seguidores y quería que la escucharan de sus propios labios.

—«Por tanto, hermanos, poned el mayor empeño en afianzar vuestra vocación y vuestra elección. Obrando así, nunca caeréis. Pues así se os dará amplia entrada en el Reino eterno de nuestro Señor y Salvador Jesucristo. Por esto estaré siempre recordándoos estas cosas, aunque ya las sepáis y estéis firmes en la verdad que poseéis. Me parece justo, mientras me encuentro en esta tienda, estimularos con el recuerdo, sabiendo que pronto tendré que dejar mi tienda, según me lo ha manifestado nuestro Señor Jesucristo. Pero pondré empeño en que, en todo momento, después de mi partida, podáis recordar estas cosas. Os hemos dado a conocer el poder y la Venida de nuestro Señor Jesucristo, no siguiendo fábulas ingeniosas, sino después de haber visto con nuestros propios ojos su majestad. Porque recibió de Dios Padre honor y gloria, cuando la sublime Gloria le dirigió esta voz: "Este es mi Hijo muy amado en quien me complazco." Nosotros mismos escuchamos esta voz, venida del cielo, estando con él en el monte santo. Y así se nos hace más firme la palabra de los profetas, a la cual hacéis bien en prestar atención, como a lámpara que luce en lugar oscuro, hasta que despunte el día y se levante en vuestros corazones el lucero de la mañana.»

Cuando Pedro terminó, Cornelius se lo llevó a un rincón junto a la cocina.

—Bonitas palabras —le dijo.

—Me salen del corazón —aseguró Pedro.

—Has hablado de dejar atrás tu vida terrenal.

Pedro parecía tenerlo muy claro. Otra pavesa pasó flotando junto a la ventana.

—Sucederá pronto. Roma está siendo pasto de las llamas del infierno y me temo que Nerón querrá tener a alguien a quien cargarle la culpa.

—Nos señalarán a nosotros, pero algunos dicen que han sido los lémures.

—Sin duda son supersticiones —dijo Pedro.

—Conozco a un hombre que jura que vio un cadáver carbonizado entre los escombros del Circus Maximus —susurró Cornelius—. Tenía cola.

Pedro arqueó una ceja.

—Si es cierto, puede que el demonio esté realmente entre nosotros.

—Deberías marcharte de Roma —sugirió Cornelius—. Te enviaremos de regreso a Antioquia.

—No —dijo Pedro—. Me voy a quedar. Así ha de ser. Jesús sufrió por mí y ahora me ha llegado a mí el turno de sufrir por Él. ¿Sabes, Cornelius?, lo que ellos no entienden es que matándonos solo nos hacen más fuertes. Ven, amigo, vamos a intentar ayudar a nuestros hermanos. Y si el mal ronda por aquí, enfrentémonos a él.

Tigellinus mantuvo al mensajero a la espera hasta la mañana siguiente. Sabía que Nerón estaba sumido en uno de sus momentos de inspiración y no le habría gustado nada una interrupción por asuntos concernientes al imperio. Además, Nerón sabía lo del incendio antes de que se produjese, ¿no era así? No obstante, el mensaje del prefecto de Roma tenía que entregarse y cuando su secretario privado, Epaphroditus, un atento lémur griego, despertó dulcemente al emperador, se le informó de que había llegado desde Roma un contingente de pretorianos que traía importantes noticias.

Después de una hora bañándose y perfumándose, Nerón recibió a los soldados en su gran sala de recepciones, asistido por Tigellinus, Epaphroditus y su devoto asesino Acinetus. La carta que le entregaron era escueta. El Circus Maximus había quedado devastado. Los barrios del sur de la ciudad estaban en llamas. El incendio era incontrolable.

—¿Y qué puedo hacer yo? —preguntó Nerón retóricamente—. ¿Debo acarrear un cubo? Sin duda este es un asunto que le toca manejar al prefecto Sabinus. ¡Ese es su trabajo! Mi trabajo es cantar esta noche en el concurso. He oído que hay un tracio con una voz excelente que va a rivalizar conmigo. No puedo decepcionar a mi público.

—¿Debo entregarle una respuesta por escrito al prefecto Sabinus? —preguntó el comandante de la Guardia Pretoriana.

—Tigellinus puede garabatear algo si le parece bien —dijo Nerón—. Por cierto, ¿corre algún peligro la colina del Esquilino?

El soldado respondió que creía que no y Nerón despidió a la cohorte con un saludo imperial.

Nerón pidió que le trajeran un poco de vino aguado.

—Parece que hoy has hecho un buen trabajo, Tigellinus.

—Llevó muchos días construir Roma, pero puede destruirse en muy pocos —sentenció Tigellinus con una sonrisa.

—Recuerda —dijo Nerón con tono irritado— que me interesa la destrucción tanto como a ti, pero acabo de terminar la Domus Transitoria y me gustaría vivir allí hasta que se construya la Domus Aurea en los terrenos recuperados.

La Domus Transitoria era un enorme palacio con columnas que iba desde el Palatino hasta los jardines de Maecenas, y ocupaba buena parte de la colina del Esquilino en la Regio III. Pero construir la Domus Aurea era la máxima aspiración del emperador, un palacio tan monumental y audaz que eclipsaría todos los demás edificios de Roma. Había aprobado personalmente los planos y bocetos. Se asentaría sobre doscientos acres de tierra quemada a los pies de la colina Palatina. El pasillo de entrada sería lo suficientemente alto para albergar una estatua suya de cuarenta metros, un verdadero Coloso de Roma. Ese pasillo, de una altura de tres pisos, al que Nerón había puesto el nombre de Millaria, se extendería a lo largo de dos kilómetros por el valle del Forum a través de los barrios de Carinae y Suburbia, asolados por el fuego. Habría un enorme estanque, un auténtico mar en medio de Roma que se utilizaría para organizar esplendidos espectáculos.

—Estoy seguro de que la tierra que necesitas para la Domus Aurea ya ha sido pasto de las llamas —dijo Tigellinus—. Si los vientos son favorables, la Domus Transitoria debería estar a salvo. Yo también estoy preocupado por mis comercios en la basílica Aemilia.

Nerón no estaba dispuesto a mostrar lástima. Había convertido a Tigellinus en el segundo hombre más poderoso de Roma y lo había hecho inmensamente rico.

—Si pierdes tu preciosa basílica ya construirás una más grande con comercios más pequeños que podrás alquilar a precios más altos. Ya sabes cómo funciona todo esto. Usaremos mármol de canteras de lémures, y lo mismo haremos con el cemento y la madera necesarios para nuestras nuevas construcciones. Adjudicaremos las mejores tierras a nuestros aliados. Y cobraremos nuestra comisión personal por cada transacción. Ganaremos una fortuna a costa de todo este sufrimiento y todas estas muertes. ¿Qué te parece? Por cierto, ¿estamos haciendo correr la voz de que son los practicantes del culto cristiano los que están detrás de esto?

—Así es.

Nerón se puso en pie y se estiró.

—Hoy es un gran día, Tigellinus. Ahora déjame. Voy a descansar mi garganta para el concurso de esta noche.

El incendio continuaba extendiéndose. Las llamas ascendían por las colinas del Palatino, el Celio y el Aventino y hacia el corazón de Roma.

Ese mismo día, más tarde, llegó un mensajero de la Guardia Pretoriana con noticias que entonces sí despertaron todo el interés del emperador. La Domus Transitoria estaba amenazada por el fuego. Ante estas novedades, Nerón, rabioso, envió de vuelta la orden de poner todos los medios para proteger sus propiedades y ordenó que se hiciesen los preparativos necesarios para que pudiese partir por mar hacia Roma a la mañana siguiente.

Nerón llegó a la ciudad en uno de los pequeños barcos de una flotilla que remontó el Tíber bajo un sucio cielo ocre. Cuando su barco se aproximaba a la ciudad, el emperador quedó maravillado ante las enormes nubes de humo y las violentas llamaradas que se alzaban majestuosas hacia el cielo. Los muelles de la zona de Regio XIII que se utilizaban habitualmente estaban arrasados, así que la flotilla tuvo que buscar un lugar en el que desembarcar río abajo, junto al Campus Martius.

Acompañado por Tigellinus, Nerón fue transportado en palanquín para ir al encuentro de Sabinus, el prefecto de Roma, que le hizo un sucinto resumen: la ciudad estaba a merced del fuego. El incendio había escapado de todo posible control. Cruzaron la puerta del Esquilino y atravesaron los todavía humeantes jardines de Maecenas, que solo unos días antes eran el lugar más bello de Roma. Nerón fue hasta la cima de la colina y subió a la torre de Maecenas para echar un último vistazo a la ciudad en llamas. Al otro lado del valle, la colina del Palatino y los viejos palacios imperiales de Augusto, Germánico, Tiberio y Calígula ardían. El Forum Romanum había desaparecido; la Casa de las Vestales, el templo de Vesta, la Regia, la antigua morada de los reyes de Roma... todo abrasado. Lanzando un profundo suspiro, Nerón contempló las llamas que ya lamían la Domus Transitoria. El cortafuegos montado por las cohortes pretorianas y los esclavos imperiales había fallado.

—Siento que tu palacio arda —dijo Tigellinus con tono apesadumbrado.

Nerón se encogió de hombros.

—Todo sea por conseguir nuestro objetivo. Mientras tanto, quedémonos aquí y contemplemos el incendio. Posee cierta belleza, ¿no te parece?

Durante el quinto día del incendio, Nerón recorrió la ciudad actuando como un verdadero emperador: dirigió la creación de cortafuegos, ordenó que se diera refugio temporal a las víctimas en el Campus Martius y pidió que trajeran cereales desde los graneros de Ostia. Sin embargo, pese a su exhibición pública, corrían rumores de que él y sus secuaces estaban detrás del gigantesco incendio y crecía el rechazo por haber tardado tanto en regresar a Roma.

Cuando le informaron de los rumores, la creativa respuesta de Nerón fue: «Combatamos el fuego con fuego». Enseguida cada pretoriano y centurión del cuerpo de vigilantes recibió la orden de hacer correr la voz entre los ciudadanos de Roma de que tenían pruebas de que los culpables eran pirómanos cristianos; era su respuesta a la crucifixión de Jesucristo por los romanos. No tardaron mucho en aparecer vigilantes que recorrían la ciudad sacando a reconocidos cristianos de cualquier vivienda o comercio que no hubiera sido pasto de las llamas y matándolos allí mismo.

A la mañana siguiente los vientos se habían calmado y el incendio dejó de extenderse. Pero la llegada de nuevas informaciones provocó que Nerón montara en cólera. Mientras que él había perdido su Domus Transitoria y debía preparar un nuevo palacio temporal, se enteró de que la propiedad más preciada de Tigellinus, la basílica Aemilia, había sobrevivido al infierno sin apenas rastro del paso del fuego en su fachada de mármol. Incluso le comentaron que Tigellinus se jactaba de su buena suerte.

¡El subalterno de Nerón había tenido mejor suerte que el emperador! De modo que envió un mensaje a la finca de Balbilus indicándole que había que poner las cosas en su sitio. Esa noche se declaró un incendio en un elegante comercio de ropa de seda y lino en el piso inferior del edificio de Tigellinus.

No tardó en devorar el complejo entero, y de ese modo dio comienzo la segunda fase del gran incendio. Se extendió hasta el monte Capitolino y asolaría los templos sagrados que habían escapado a la anterior ola de destrucción. El templo de Júpiter

Estator quedaría arrasado por las llamas, como los templos de la Luna y de Hércules y el teatro de Taurus. En la parte inferior de la colina Capitolina el fuego atravesaría la muralla Serviana y derruiría enormes edificios públicos en el extremo sur del Campus Martius, donde se apiñaban hordas de desplazados. De no haber sido por el espacio ocupado por unas columnatas de piedra y porque el viento amainó de repente, el fuego habría llegado hasta los desplazados y hubiera matado a miles de personas más. Cuando finalmente se apagó dos días después, solo dos de los catorce distritos de Roma habían escapado a la destrucción.

Cuando corrió la voz de que la basílica Aemilia estaba en llamas, avisaron al sacerdote Cornelius, pues varios miembros de su congregación poseían comercios en el edificio y los cristianos tenían la obligación de ayudar a sus correligionarios. Pedro el apóstol estaba junto a Cornelius cuando llegó el mensajero y ambos se dirigieron apresuradamente hacia el lugar con un contingente de hombres cristianos.

A Vibius no le había hecho ninguna gracia la orden de incendiar la basílica Aemilia a plena luz del día, pero Balbilus no tenía ninguna intención de desobedecer una orden directa del emperador. En el momento en que Vibius escapaba por una ventana trasera justo antes de que la humareda empezase a llenar el callejón, un comerciante lo vio y lo persiguió, pero le perdió el rastro en las serpenteantes callejuelas.

Cuando Cornelius, Pedro y su grupo llegaron allí, el complejo estaba completamente en llamas y poco podían hacer excepto unirse a la creciente multitud y consolar a los consternados comerciantes.

Pedro le pasó el brazo sobre el hombro a un lloroso comerciante de vino y le susurró que Jesucristo cuidaría de él y su familia. El comerciante de pronto recuperó la compostura y, señalando con el dedo, dijo:

—Ese es el hombre al que vi prendiendo el fuego.

Vibius había regresado para contemplar los resultados de su obra y disfrutaba de una buena perspectiva entre la multitud. Cuando se percató de que el comerciante le estaba señalando, salió corriendo en dirección contraria a donde se agolpaba el gentío.

Durante su juventud en Betsaida, Pedro había sido pescador; él y su hermano Andrés se habían metido en un montón de violentas peleas para proteger su zona de pesca. Jesús predicaba la no violencia, pero Pedro nunca permaneció impasible ante una injusticia.

—¡Atrapémoslo! —gritó, y los cristianos allí reunidos, todos a una, corrieron a perseguirlo.

Los hombres más jóvenes le pisaban los talones al escurridizo Vibius, pero los de más edad fueron quedándose atrás, luchando por no perder de vista al camarada que tenían más cerca. Pedro y Cornelius se quedaron rezagados, corriendo hacia el sur todo lo que podían a través de los callejones repletos de gente y de humo.

Cuando ambos llegaron a la Porta Appia, Pedro tuvo que detenerse para descansar.

—Los hemos perdido de vista —dijo, desolado—. Siento ser un lastre.

—Espero ser la mitad de rápido que tú cuando llegue a tu edad —comentó Cornelius.

De pronto uno de los miembros de su grupo regresó corriendo hacia ellos.

—Lo tenemos rodeado —les dijo sin aliento—. Está cerca de aquí, en una villa.

La villa de Balbilus se había convertido en un refugio.

Casi un centenar de lémures se habían reunido en las salas de recepción de Balbilus, porque sus propias casas estaban amenazadas por el fuego o ya habían sucumbido a las llamas. La mayor parte de ellos eran ricos. Las mujeres y los niños estaban muy consentidos, y la ausencia de las comodidades a las que estaban acostumbrados provocó una hosca lucha por cubrir las necesidades básicas. Balbilus tenía considerables cantidades de cereales y vino almacenados, pero pronto tendría que pedirle a Nerón que le enviase provisiones especiales.

Balbilus estaba recluido en su dormitorio, en el piso superior de su villa, maldiciendo el jaleo que había abajo cuando su sirviente Antonius llamó insistentemente a la puerta.

—¿Qué pasa? —preguntó con malas pulgas—. ¿De qué se quejan ahora mis invitados? ¿No les parece suficiente tener un techo sobre sus cabezas?

—Hay una multitud —dijo Antonius con la respiración entrecortada—. Han saltado la verja.

—¿Una multitud?

El sirviente señaló hacia la ventana.

Balbilus se calzó las sandalias y salió al balcón. En su jardín había una muchedumbre con antorchas y cuando vieron que el alto patricio de piel aceitunada se asomaba y los miraba, se pusieron a gritar.

—¿Qué queréis? —les chilló Balbilus.

—¡Queremos al hombre que ha prendido fuego a la basílica Aemilia! —respondió uno de ellos a gritos—. ¡Sabemos que se esconde aquí!

—Os aseguro que aquí no hay nadie que haya prendido ningún fuego —bramó Balbilus.

—¡Entréganoslo o incendiaremos la casa! —gritó otro hombre.

—¡Soy el astrólogo del emperador! ¡Marchaos inmediatamente o tendréis que responder ante los pretorianos!

Balbilus se dio la vuelta.

—Largaos, escoria —gritó Antonius a la multitud antes de cerrar la ventana.

—¿Quiénes son? —preguntó Balbilus.

—No lo sé, amo.

—Averígualo.

Balbilus bajó rápidamente por la escalera y se encontró a Vibius bebiendo vino en el concurrido patio.

—Te han seguido —gruñó Balbilus.

—Eso he oído —respondió él con sangre fría—. Ya te dije que deberíamos haber esperado al anochecer.

—Tal vez sí. ¿Y ahora qué hacemos?

Vibius se terminó el vino, lanzó la copa al estanque y desenfundó la espada.

—¿De qué te va a servir eso contra la multitud? —le preguntó Balbilus.

—Mientras me persiguen, haz que todo el mundo baje al *columbarium*. Es tu única esperanza. Pueden prender fuego a la villa, pero se marcharán en cuanto sus estómagos empiecen a protestar. Ve a hablar con Nerón. Vete a Antium. Ya se te ocurrirá algo. Yo mataré a todos los que pueda.

Llegaron más gritos procedentes del jardín y por una de las ventanas de la sala de recepciones entró volando una antorcha. Un joven lémur la recogió rápidamente del suelo y la apagó en el agua del estanque.

Mientras, Pedro y Cornelius ya habían llegado al jardín.

—¡Nada de violencia! —le gritó Pedro al que había lanzado la antorcha—. ¿Acaso sabéis si hay personas inocentes dentro?

Vibius alzó la espada y salió corriendo por una puerta lateral. Gritando y maldiciendo con furia a la muchedumbre, corrió hacia la via Apia. Los cristianos más jóvenes salieron tras él como perros persiguiendo a una liebre.

Un fornido joven cristiano alcanzó a Vibius y, lanzándose sobre su espalda, lo derribó. Ambos forcejearon violentamente en el suelo durante unos segundos. Al caer, Vibius había soltado la espada, pero logró rodear con sus manos el cuello del joven y ejerció una enérgica presión con los pulgares sobre la tráquea. Jadeando, el chico se quitó de encima a Vibius dándole una patada en el pecho. En la sacudida, la cadena que el joven llevaba alrededor del cuello se rompió y quedó colgando del puño de Vibius.

Vibius la tiró y volvió a coger la espada, que tenía muy cerca. Incorporándose sobre una rodilla, con un diestro movimiento le dio un tajo al cristiano en el estómago y a este empezaron a desparramársele los intestinos. De nuevo en pie, Vibius salió corriendo hacia la via Apia, con sus perseguidores tras él.

—¡Rápido! —gritó Balbilus a los lémures—. ¡Al *columbarium*! ¡Seguidme!

Salieron en masa de la villa, atravesaron la arboleda de frutales y entraron en el mausoleo rectangular con su tejado abovedado. Antonius sostuvo la trampilla hasta que el amo y todos sus invitados bajaron por las estrechas escaleras. Después empujó un pequeño altar hasta colocarlo encima de la trampilla para ocultarla y salió corriendo hacia la arboleda, donde se tropezó con el hombre con las tripas desparramadas. Algo que vio en el suelo le hizo detenerse: un medallón de plata que colgaba de una cadena de plata rota. Lo recogió, lanzó una blasfemia y salió disparado de vuelta al *columbarium*.

Después de comprobar que nadie le observaba, Antonius apartó el altar y golpeó en la trampilla.

—¡Amo, soy Antonius! ¡Sé quiénes son! ¡Abre, rápido!

Balbilus lo hizo y alzó la vista a través del lúgubre agujero. Antonius dejó caer el medallón en sus manos, cerró la trampilla y volvió a ocultarla con el altar. En la arboleda se detuvo bajo un árbol, se sentó y, sin dudarlo un segundo, con gesto decidido, se rajó la garganta.

A la luz de la humeante lámpara de aceite, Balbilus examinó el colgante.

El monograma con el crismón.

¡Eran cristianos!

«¡Que los maldigan los cielos! ¡Que Nerón mate a todos los hombres, mujeres y niños cristianos! ¡Que queden malditos por toda la eternidad!»

Había un centenar de lémures apiñados en el *columbarium* luchando por cada centímetro de espacio.

Balbilus permaneció en pie bajo su fresco de signos astrológicos y pidió silencio. Una niña rompió a llorar. Él amenazó con matarla si alguien no la hacía callar.

—Escuchadme —susurró—. Solo tenemos que pasar aquí esta noche. Mañana por la mañana buscaremos otro refugio. Somos más fuertes que ellos. Somos mejores que ellos.

Arriba, uno de los cristianos había visto a Antonius salir corriendo del mausoleo. Lo siguió. Cuando lo encontró, todavía se retorcía y estaba caliente, y la sangre seguía manando de su garganta. El cristiano no tardó en ir a buscar a toda prisa a Cornelius y Pedro.

—¡Venid! —les suplicó—. ¡Tenéis que ver esto!

Cuando llegaron ante el cadáver de Antonius, el hombre que los había llevado hasta allí bajó los calzones del esclavo.

—¡Dios bendito! —exclamó Cornelius.

Pedro apoyó el brazo extendido contra el tronco del árbol para mantener el equilibrio.

Antonius tenía cola.

Cuando los jóvenes cristianos regresaron a la villa, con los puños y las sandalias manchados de la sangre de Vibius, se encontraron con Pedro junto al árbol. Uno de ellos llevaba un cuchillo en una mano... y algo en la otra. Se la mostró al apóstol. Era un pedazo de cola rosado y manchado de sangre.

—No tiene sentido negarlo —dijo Pedro, perturbado—. No son fantasmas. Son reales. ¿Qué debemos hacer cuando nos topamos con el verdadero mal, un mal que solo puede ser obra del mismísimo Diablo? —preguntó.

—Debemos eliminarlo —dijo Cornelius.

—No hay otra respuesta posible —susurró Pedro. Y a continuación alzó la voz—: En nombre de Jesucristo Todopoderoso debéis encender la antorcha y enviar a estos demonios de vuelta al infierno.

Balbilus alzó la mirada hacia el oscuro techo y oyó los amortiguados gritos de los merodeadores cristianos y el ruido de sus pies golpeando el suelo.

Los lémures se acuclillaron ante él, apretados como pescados en salazón en una barrica; los hombres con gesto estoico, las mujeres furiosas, los niños inquietos. Sobre sus cabezas, los *loculi* en las paredes estaban llenos de urnas con cenizas y restos óseos de sus antepasados. El acre olor de la putrefacción penetraba en sus fosas nasales.

De pronto los amortiguados gritos sobre sus cabezas cesaron y todo quedó en silencio.

Balbilus estiró la cabeza y aguzó el oído.

Oyó la voz de Pedro, pero no pudo distinguir sus palabras.

Balbilus escuchó un débil zumbido y sintió como si de pronto los oídos se le destaponasen cuando un rugiente fuego empezó a arder arriba y succionó parte del aire de la cámara subterránea.

Notó un creciente hormigueo en la piel a medida que la temperatura en la cripta aumentaba con cada minuto que pasaba.

Después de un buen rato, oyó un estruendo como de un trueno cuando el techo abovedado se desplomó sobre el suelo del mausoleo.

Pasaron unos minutos y vio que las lámparas de aceite chisporroteaban y se apagaban una tras otra por la falta de oxígeno. Cuando se apagó la última, quedaron sumidos en la completa oscuridad.

Y en esa oscuridad escuchó los estertores de un centenar de hombres, mujeres y niños.

Él era el más fuerte y fue el último en morir. Se desmoronó sobre sus rodillas en la oscuridad y apretó con tanta rabia el colgante con el crismón que le sangró la mano. La última emoción que sintió fue una estremecedora ira, tan descomunal y ardiente que pareció quemarle el cerebro.

Pasarían semanas antes de que el suelo de Roma se enfriase, pero Nerón rápidamente puso manos a la obra para darles una alegría a sus desolados ciudadanos.

Sus soldados reunieron a todos los cristianos que habían sobrevivido al incendio y habían sido tan inconscientes como para no huir. Quedaban pocos espacios públicos en pie en los que se pudiese escenificar adecuadamente su mortificación; de modo que Nerón invitó a los desplazados por el incendio de Roma a los jardines de la única de sus fincas que quedaba en pie, en la otra orilla del Tíber.

Allí, en su pista de carreras de carros privada, mientras los hambrientos ciudadanos se daban un atracón de pan recién salido del horno, Nerón hizo su entrada triunfal vestido como un auriga montado en una cuadriga dorada. Sonaron las trompetas y Pedro el apóstol fue arrastrado a la pista. Lo habían arrestado junto con el sacerdote Cornelius y un grupo de fieles en la casa de un cristiano cerca de la colina del Pincio. Cuando vio llegar a los soldados, Pedro les había sonreído como si diese la bienvenida a unos viejos amigos.

Condujeron a Pedro hasta una plataforma elevada de madera situada en el centro de la pista para que quedase a la vista de todos y Tigellinus proclamó a voz en grito que ese era el cabecilla de los conspiradores que habían destruido Roma. Cuando terminó su arenga, se sentó junto a Nerón en el palco imperial y juntos contemplaron cómo los pretorianos empezaban a trabajar con los martillos y los clavos.

—Sabemos con certeza que este hombre, Pedro, y sus secuaces son los que sitiaron a Balbilus y los demás —le dijo a Nerón.

—El odio que sentía hacia ellos ya era enorme —comentó Nerón con los dientes apretados—. Ahora es mil veces mayor. Han matado a mi gran astrólogo y nos han arrebatado a la flor y nata de los lémures. Los miembros de su Iglesia serán por siempre nuestros principales enemigos. Matémoslos. Aplastémoslos. Los maldigo para toda la eternidad.

—¿Qué debemos hacer con Balbilus? —preguntó Tigellinus.

—Reposa en su propio *columbarium*. Dejemos que descanse allí en paz con los demás.

Clavaron a Pedro en una cruz no muy diferente de aquella que Poncio Pilatos había utilizado para crucificar a Jesús. Le atravesaron con clavos de hierro las palmas de las manos y los tobillos, pero mientras que a Jesús lo crucificaron del modo habitual, Nerón le otorgó a Pedro la indignidad añadida de ser colocado boca abajo.

El venerable anciano murió lenta y dolorosamente bajo el calor de la tarde, proclamando hasta el final —demasiado bajo para que alguien pudiera oírlo— su amor por Dios, su amor por su salvador y amigo Jesucristo y su absoluto convencimiento de que el bien había vencido al menos a una parte del mal en el mundo.

Para el inconmensurable placer de la multitud, mientras la vida de Pedro se apagaba, dos centenares de hombres y mujeres cristianos fueron empujados al estadio, despojados de todas sus ropas, atados a postes y azotados. Y después soltaron a una horda de perros hambrientos, que se pusieron como locos al oler la sangre, para que rematasen la faena.

Y esa noche y las noches sucesivas los jardines de Nerón

fueron el escenario de un horrible espectáculo: cristianos a los que Nerón había embadurnado con grasa animal se convertían en antorchas humanas que iluminaban las ruinas de una ciudad que antaño había sido la grandiosa Roma.

20

Elisabetta se quedó inmóvil en el recibidor sin saber qué hacer. Si permanecía en silencio, tal vez el joven sacerdote decidiera marcharse.

—Hermana Elisabetta —dijo en tono suave Tremblay desde el otro lado de la puerta, en un italiano con marcado acento francés—. Por favor, sé que está ahí dentro. Tengo que hablar con usted.

Ella respondió de manera atropellada, intentando pensar rápido.

—Mi hermano trabaja en la Gendarmería del Vaticano. Me dijo que no hablase con nadie. Llegará en cualquier momento.

—Sé quién es su hermano. Por favor, no tiene que temer nada de mí. Estamos en el mismo bando.

—¿Y qué bando es ese? —preguntó ella alzando la voz.

—El bando de los buenos.

Actuando de modo contrario a lo que le decía el instinto, Elisabetta le dejó entrar. Aunque ella se mantuvo alerta ante cualquier tentativa de ataque físico, él la siguió tranquilamente hasta la sala de estar y se sentó en una silla. Tremblay resultaba menos imponente sentado, con las largas piernas de mantis religiosa cruzadas y los delgados brazos descansando sobre el regazo. Llevaba un delgado portafolio que había colocado entre su cuerpo y el brazo de la silla.

—Me alegro de que no resultase herida —le dijo a Elisabetta.

—¿Está enterado de lo que sucedió anoche? —preguntó ella, que seguía de pie.

Él asintió.

Elisabetta no podía obviar las normas de la hospitalidad.

—¿Le apetece un poco de té o café?

—No, gracias. Solo quiero hablar con usted.

—En ese caso, por favor, empiece diciéndome quién es usted.

—El padre Pascal Tremblay.

—Sé cómo se llama.

—Trabajo para el Vaticano.

—Eso ya lo había deducido —dijo ella fríamente.

—Le pido disculpas por mi reticencia. ¿Sabe?, no me resulta fácil explicar las cosas. He sido entrenado para ser discreto. Más que discreto... sigiloso.

—Entrenado ¿por quién?

—Por mis superiores. De hecho, por mi superior. Solo tengo uno.

—¿Y quién es?

—Respondo ante el cardenal Díaz, decano del Colegio Cardenalicio. Yo le susurro al oído y él susurra al oído del Papa.

—¿Sobre qué?

—Sobre el mal —respondió escuetamente—. Sí que me tomaría un té si el ofrecimiento sigue en pie.

Elisabetta lo dejó en la sala y procuró tranquilizarse mientras esperaba a que el hervidor silbase. Aunque durante unos instantes perdió la noción del tiempo, el siseo del pitorro la devolvió a la realidad. Cuando regresó a la sala con dos tazas, comprobó que Tremblay no se había movido ni un centímetro, ni siquiera había desplegado las extremidades. Le acercó el té y se quedó mirando demasiado rato sus dedos exageradamente huesudos.

—Padezco una enfermedad —dijo él de pronto.

—Lo siento —se disculpó ella.

—No pasa nada. Se llama síndrome de Marfan. Es un trastorno del tejido conectivo. Por eso tengo el aspecto que tengo.

—Eso no es asunto mío —dijo Elisabetta mientras se sentaba.

—Es mejor para usted que me entienda.

—¿Por qué?

—Porque sí.

Cuando Elisabetta cruzó las piernas, cayó en la cuenta de que llevaba tejanos.

—Siento no ir vestida adecuadamente. Estaba limpiando la casa. Me estaba usted diciendo que era un susurrador. ¿Eso es lo que pone en su tarjeta de visita?

—No tengo tarjeta —dijo Tremblay después de beber un sorbo de té—. No ostento ningún cargo. Simplemente soy un ayudante especial del cardenal. Mis predecesores han sido siempre ayudantes especiales, ni más ni menos.

—¿Sus predecesores?

—Ha habido una ininterrumpida cadena desde hace siglos.

—De personas que susurran a los cardenales y a los papas sobre el mal.

—Sí.

Tremblay le hizo un resumen de su vida: cómo en su seminario de París lo habían etiquetado como más adecuado para desarrollar labores de administración que para ser cura de parroquia. Aunque él dio por hecho que consideraban que su aspecto físico podía resultar desagradable para los feligreses, se le explicó que eran su aptitud y sus estudios de contabilidad lo que había llamado la atención de la diócesis. Después de ordenarse como sacerdote, lo destinaron a la oficina eclesiástica del arzobispo de París y fue ascendiendo rápidamente por los sucesivos niveles administrativos hasta que empezó a mantener contactos regulares con el Vaticano sobre asuntos diocesanos. Durante una de sus visitas a Roma, siete años atrás, le habían convocado a una reunión con un obispo italiano al que no conocía en el Palacio Apostólico. La reunión tuvo lugar en un ala donde no había estado nunca. Había otro hombre presente en el despacho del obispo, un anciano monseñor italiano con un ostensible temblor en las manos.

«Ha sido usted seleccionado para venir a Roma, padre Tremblay —le dijeron—. Va usted a sustituir en sus tareas a monseñor, que está a punto de jubilarse.»

«¿Y cuáles son esas tareas?»

«Vigilar.»

«¿Vigilar qué? ¿Vigilar a quién?»

«A los lémures.»

—¿Qué son los lémures? —preguntó Elisabetta.

—Vio usted a uno en la morgue —dijo Tremblay.

Elisabetta sintió un escalofrío. Él pareció darse cuenta, pero no intentó tranquilizarla.

—Y vio usted sus esqueletos en San Calixto.

—No lo entiendo.

—Creo que sí lo entiende —dijo Tremblay—. El profesor De Stefano me comentó lo brillante que era usted. Me dijo que había sospechado la presencia de algún tipo de secta que hubiera podido persistir hasta el presente.

—¿Trabajaba usted para él?

—No, ya le he dicho para quién trabajo. Me destinaron a la Comisión Pontificia de Arqueología Sacra cuando se descubrieron los esqueletos. Me dieron órdenes de estar muy atento a lo que iba usted desenterrando. Lo que el profesor De Stefano le contó era bastante cierto: había, hay, mucha preocupación en el Vaticano por lo hallado en San Calixto, sobre todo por la proximidad del cónclave y por las informaciones confusas y dañinas que podían correr si había alguna filtración. Las pocas autoridades que se hallan al corriente de la existencia de los lémures están especialmente preocupadas. Pero De Stefano no sabía mucho más que usted sobre este asunto. Tal vez lo suficiente para que se sintiera inquieto. No necesitaba saber más.

—¿Y ahora yo sí debo tener más información?

—Necesito su ayuda.

—No sé qué más puedo hacer. Me apartaron del asunto.

—Sí, ya lo sé.

—Y me mandan a África.

A Tremblay este dato pareció sorprenderle.

—¿Cuándo?

—Dentro de una semana.

—Puedo intentar que lo anulen.

—¡No, no lo haga! Yo quiero ir.

—Entonces no disponemos de mucho tiempo. Lémures —repitió mientras dejaba la taza en la mesa.

Lémures. Los fantasmas de los antiguos romanos, las sombras de los muertos. Espíritus malévolos, incansables, indeseables. Invasores de los hogares, se decía que aparecían de noche para hacer cosas horripilantes.

Tremblay le explicó que en la antigua Roma cada mes de mayo se organizaba un festival público durante el que los romanos celebraban ritos para exorcizar a esos horribles seres y alejarlos de sus casas. A medianoche, en cada hogar romano, el cabeza de familia, el *pater familias*, lanzaba judías negras por encima del hombro y repetía nueve veces: «Tiro estas judías. Y con ellas me libero a mí mismo y libero a los míos». Se suponía que los lémures se distraían recogiendo las judías. Y entonces, de pronto, el celebrante se daba la vuelta, les echaba encima agua pura de manantial, hacía sonar dos platos de bronce entrechocándolos y pedía que los demonios se marchasen. Y, con suerte, estos no volverían a aparecer durante todo un año.

El origen de su nombre, «lémures», era incierto. Pero la conexión moderna era evidente. Los lémures, los primates africanos de hábitos nocturnos, mirada acechante, aullidos fantasmales y largas y gruesas colas. Los espectros romanos habían servido de inspiración al taxonomista del siglo XVIII Carl Linnaeus para dar nombre a estos animales.

Tremblay descruzó las piernas y se inclinó hacia delante.

—En San Calixto tenemos a un grupo de hombres, mujeres y niños con colas que fallecieron juntos en el siglo I; tal vez violentamente, a causa de un incendio. Los romanos de entonces los temían, creían que eran fantasmas. Pero, Elisabetta, resulta que eran reales. Los encontramos en la antigua Roma. Los encontramos a lo largo de toda la historia. Y siguen estando presentes entre nosotros. Su hombre de Ulm era uno de ellos. Aldo Vani era uno de ellos. Fueron ellos los que robaron los esqueletos de San Calixto, no sé con qué propósito. Fueron ellos los que asesinaron al profesor De Stefano. E intentaron matarla a usted. Están entre nosotros.

—¿Cómo sabe todo esto?

—Es mi trabajo. El Vaticano, o, para ser exactos, un reducido número de personas dentro del Vaticano, ha estado al corriente de la existencia de los lémures desde hace siglos. Discretamente, la Iglesia ha hecho lo que ha podido para neutralizarlos, para derrotar su poder maléfico en sucesivos momentos. Ha habido triunfos, pero también muchos fracasos. Son adversarios difíciles. Yo soy un rastreador..., más detective, por desgracia, que sacerdote. Busco pistas de su presencia y sigo sus huellas, que en ocasiones son difusas como rumores. Viajo, leo, rastreo internet, informes de inteligencia e incluso, como usted, publicaciones médicas.

Elisabetta pareció sorprendida.

—Confieso que curioseé su e-mail —dijo él.

—¿Fisgó en mi despacho?

—Lo siento. Hoy en día, con los tiempos que corren, tiene que cerrar la sesión de su cuenta de correo cuando sale del despacho.

—¿Y también fue usted quien llamó al periódico desde el teléfono de mi despacho?

—¡No! Alguien lo hizo, pero no fui yo.

—Imaginé que había sido usted.

—¿Por qué?

—Me ponía usted nerviosa.

Tremblay se rió.

—Provoco este efecto en la gente.

—¿Quiénes son? ¿Qué pretenden?

—Eso es como preguntar por qué existe el mal en el mundo. No me considero un buen teólogo, hermana. Mis habilidades están más relacionadas con la organización y la administración. Me contento con saber que el mal existe bajo muchas formas y que el papel de un Dios compasivo es darnos fuerzas para combatirlo y aprender de él. Los lémures son absolutamente amorales. Disfrutan consiguiendo poder, riqueza, dominio. Esos parecen ser sus dioses. Y nosotros, la Iglesia, somos su gran enemigo. Por qué, no lo sé, pero sin duda es un hecho. El origen de ese odio se remonta a siglos atrás, tal vez milenios, a los orígenes de la Iglesia. Me gusta pensar que nosotros representamos el bien y ellos representan el mal. Que nosotros somos la luz y ellos las tinieblas. Son fuerzas por naturaleza opuestas.

—Uno de los cadáveres de San Calixto sostenía un colgante con un crismón en la mano —dijo Elisabetta.

Tremblay arqueó una ceja, lo que hizo que su rostro pareciese todavía más alargado.

—¿En serio? La Iglesia era joven en aquel entonces. Muy

joven. De modo que eso demuestra que la batalla es muy antigua. Disfrutan matándonos, dañando nuestros intereses, poniendo a otros en contra de nosotros. A lo largo de los siglos, cada vuelco anticatólico en la historia, visto desde la perspectiva actual, hace sospechar de la presencia de lémures ocultos manipulando la situación.

—¿Y qué son esas colas?

—Ah, las colas. Son un fenotipo.

—¿Perdón?

—Es un término científico. Una tesis sostenida desde hace mucho tiempo por el Vaticano es que esas colas son una manifestación física del mal. Gracias a las modernas aportaciones de la genética sabemos que el genotipo se supone que controla al fenotipo.

—¿Me está diciendo que tienen los genes del mal?

—Lo que estoy diciendo es que son psicópatas extremos, una subespecie casi ajena de los humanos, que carece por completo de la capacidad de sentir culpa o remordimiento. Poseen emociones superficiales. Presentan un comportamiento antisocial, a menudo relacionado con el uso de la violencia. Son capaces de entender la diferencia entre el bien y el mal, pero actúan como si no fuera así. Hay un campo del estudio de la neuroconciencia que vincula anomalías genéticas específicas de los neurotransmisores del cerebro como la serotonina y la dopamina con comportamientos antisociales o psicopáticos. Pero el fenotipo más visible de la constitución genética de los lémures es sin ninguna duda su cola. Esa cola anómala siempre se ha asociado con el mal. Basta con contemplar las representaciones del Diablo desde la Antigüedad.

—Si lo que me está contando es cierto, ¿cómo han podido permanecer ocultos tanto tiempo?

—Porque son extremadamente cautos y es probable que no sean muchos. Se relacionan solo con los de su especie.

Se emparejan y se casan con los de su propia especie. Si tienen que cumplir con el servicio militar o se ven en alguna situación en la que otros podrían verlos desnudos, entonces creemos que acuden a uno de sus propios cirujanos para que les amputen la cola. Si se ponen enfermos, acuden a uno de sus propios médicos. Si mueren, se encarga del cadáver una de sus funerarias. Que sufran una muerte fulminante en plena calle y a los suyos no les dé tiempo de retirar el cadáver, tal como sucedió en el caso de Bruno Ottinger, es algo que sucede muy rara vez. Y que alguien los mate de un disparo, como hizo su hermano con Aldo Vani, es todavía más inusual.

—¿Y qué significado tienen los tatuajes?

—Eso no lo hemos llegado a averiguar. Yo personalmente he rastreado los archivos del Vaticano para comprobar si alguno de mis predecesores sostuvo alguna teoría razonable, pero no hay nada. Tenía la esperanza de que usted hubiese dado con algo.

—No, no tengo una respuesta.

—Pero tiene usted alguna pista. Ese mensaje que encontró en el sobre en Alemania... es un documento muy importante. Nunca habíamos tenido acceso a una comunicación tan íntima entre ellos.

—Así que le ha llegado esa información.

—El profesor De Stefano me enseñó una copia de la nota. Y no pude evitar percatarme de la mónada que dibujó usted en su cuaderno.

—¿Mónada?

—¿No la ha identificado como tal?

Elisabetta sintió que el corazón se le aceleraba.

—No, ¿qué es eso?

Tremblay cogió su portafolio de cuero, abrió la cremallera y sacó una hoja.

—Mire esto.

Elisabetta sintió un escalofrío que le recorrió el esternón.

—El símbolo —dijo en voz baja.

Tremblay asintió.

—Es del frontispicio de un libro publicado en Londres en 1564 por John Dee. Era un alquimista, astrónomo, matemático, filósofo y astrólogo de la corte de la reina Isabel I. Creemos que además era un lémur. El libro, el *Monas Hieroglyphica*, *La mónada jeroglífica*, era un texto exhaustivo que pretendía explicar este glifo, este símbolo que él mismo creó y que según él representaba la unidad mística de la Creación, una entidad singular de la cual surgen todas las cosas materiales de la tierra. El glifo incorpora cuatro símbolos distintos: los símbolos astrológicos de la Luna, el Sol, la Cruz y el símbolo zodiacal de Aries, el Carnero, uno de los símbolos de fuego. El texto es muy enrevesado y técnico, pero el punto esencial, según Dee, era que el Sol y la Luna de la mónada desean que los elementos se separen mediante la aplicación del fuego.

En respuesta a la mirada de desconcierto de Elisabetta, Tremblay añadió rápidamente:

—No se preocupe si no entiende nada. No creo que ningún erudito actual sea capaz de descifrar ese texto. Al parecer había una tradición oral secreta que explicaba convenientemente la mónada, pero con el tiempo se perdió. Lo relevante para nosotros es que la mónada fue adoptada por los lémures como uno de sus símbolos, un modo rápido y fácil para identificarse entre ellos; una contraseña, si quiere llamarlo así, para reconocerse.

—¿Qué le hace estar tan seguro? ¿Y qué le hace pensar que Dee fue uno de ellos?

—Hay en el Vaticano un camino señalado con pistas cuyo origen se remonta a cuatrocientos cincuenta años atrás. Mis predecesores han hecho la mayor parte del trabajo. Yo he añadido unos pocos documentos aquí y allá al conjunto, pero sabemos que a finales del siglo XVI en la correspondencia secreta entre lémures se empezó a adoptar la mónada a modo de firma. Es evidente que para ellos tenía un significado y creemos que John Dee era uno de ellos. Pero nunca se han encontrado pruebas irrefutables al respecto.

Elisabetta volvió a mirar el frontispicio.

—La mónada. Parece que tenga cola, ¿verdad?

—Sí, en efecto.

—Tengo que mostrarle algo.

Dejó a Tremblay con una expresión de perplejidad en su alargado rostro y se dirigió al dormitorio de su padre. Regresó con el libro de su madre y le entregó el sobre del Vaticano. Cuando él sacó la tarjeta, frunció los labios como si acabase de succionar un limón.

—Era de mi madre —le explicó Elisabetta—. Falleció cuando yo tenía ocho años. Tenía la sensación de que había visto antes ese símbolo y así era. En su lecho de muerte.

—Un sobre del Vaticano —dijo Tremblay—. ¿Qué conexión tenía ella con la Santa Sede?

—Ninguna que yo sepa. Era profesora de historia en La Sapienza.

—Este libro, ¿lo escribió ella? ¿Flavia Celestino?

—Su primer y único libro. Murió joven.

—¿Sabe si realizó algún trabajo, alguna investigación en el Vaticano?

—Yo entonces era una niña. Pero se lo puedo preguntar a mi padre.

—Déjeme ver el libro.

Tremblay buscó la página de los agradecimientos y la escrutó.

—Aquí. Da las gracias al Vaticano por haberle facilitado el acceso a ciertos documentos.

Elisabetta suspiró al pensar en cuántas cosas desconocía sobre la vida de su madre.

Tremblay se puso en pie y consultó el reloj. La correa estaba muy suelta, como si nada pudiese ceñirse adecuadamente a una muñeca tan fina.

—¿Qué tenía pensado hacer mañana por la mañana?

—No tengo ningún plan.

—Perfecto. Entonces me acompañará a los Archivos Secretos del Vaticano. Tenemos que averiguar por qué su madre tenía una mónada.

21

Pese a que faltaba todavía un día entero para el inicio del cónclave y eran las seis de la mañana, la plaza de San Pedro era un hervidero de peregrinos entusiastas y un cóctel internacional de periodistas que tomaban las primeras fotos del día.

Zazo dio un rodeo cambiando su habitual recorrido diario, desde el aparcamiento de la Gendarmería hasta el Palacio del Tribunal, para poder cruzar la plaza y hacer una visita a sus subordinados que habían cubierto el turno de noche. Excepto por un turista borracho que se había paseado por allí a las dos de la madrugada armando alboroto, no había sucedido nada reseñable.

A las seis y media estaba programada una reunión conjunta de oficiales de la Gendarmería y la Guardia Suiza. Para mantener la concordia, el lugar de esas reuniones iba alternando entre el Palacio del Tribunal y el cuartel de la Guardia Suiza. La tarima la ocupaban el inspector general Loreti y su homólogo el *Oberst* Franz Sonnenberg. De pie, detrás de ellos, sus vicecomandantes, Sergio Russo por parte de la Gendarmería y Mathias Hackel por parte de la Guardia Suiza.

Zazo y Lorenzo se habían sentado juntos. En la fila de detrás, el comandante Glauser de la Guardia Suiza golpeó deliberadamente con la bota el respaldo de la silla de Zazo.

—Ha llegado el momento, Celestino. ¿Tus muchachos van a estar preparados? —dijo en su habitual tono condescendiente.

Zazo le miró con el ceño fruncido pero no abrió la boca.

—Estoy preparado para patearle el culo —le dijo a Lorenzo en voz baja.

—¿Has visto el traje que lleva? —le preguntó Lorenzo.

—Probablemente estaba a mitad de precio, le va dos tallas pequeño —dijo Zazo.

Loreti dio unos golpecitos en el micrófono.

—Bueno, caballeros, empecemos. Doy la bienvenida al *Oberst* Sonnenberg y a sus hombres a nuestra casa para la última reunión conjunta antes de que dé comienzo el cónclave. Todos ustedes están al corriente de nuestro modus operandi: no vamos a dejar nada al azar. Nada. Todo está planeado al minuto y no habrá ningún tipo de desviación del programa. Ahora vamos a repasar el orden de los acontecimientos de mañana, el Día Uno. Después del Día Uno, la duración final del cónclave no está evidentemente en nuestras manos, pero cada día se repetirá el mismo esquema hasta que haya un nuevo Papa. Y entonces dará comienzo el programa de acontecimientos poscónclave, y también esto está planeado al minuto, sin ninguna desviación posible. La seguridad de los cardenales, del nuevo Papa, de la Santa Sede, de sus empleados y de los visitantes llegados de todo el mundo al Vaticano depende de nuestro estricto cumplimiento del plan de seguridad conjunto. Todo debe funcionar con la precisión del reloj de pulsera del *Oberst* Sonnenberg.

Mientras se oían las risitas de algunos miembros del equipo de Loreti, Mathias Hackel tomó el micrófono. Les sacaba una cabeza a los demás y su volumen era similar al del estrado. Por su mirada severa y sus labios fruncidos estaba claro que no tenía ninguna intención de caldear a la audiencia contando algún chiste.

Pulsó el mando y apareció la primera proyección del PowerPoint.

—Este es el programa para el Día Uno —empezó—. Vamos a repasarlo punto por punto. Espero de todos los oficiales que se aseguren de que cada uno de sus subordinados haya entendido perfectamente la tarea precisa que se le ha asignado. La Guardia Suiza cumplirá con sus funciones. La Gendarmería cumplirá con sus funciones. Habrá un escrupuloso control por parte de la cadena de mando. El mundo entero nos estará mirando y debemos ser impecables.

Zazo miró su escaleta impresa e intentó concentrarse. Se sabía los detalles de memoria y el monótono tono de voz de Hackel lo único que consiguió fue que recordase lo pronto que se había levantado esa mañana.

8.45 h. Llegada de los autocares que trasladan a los cardenales electores desde la residencia Domus Sanctae Marthae hasta la basílica para el *Pro Eligendo Romano Pontifice*, la misa por la elección del sumo pontífice.

9.15 h. Inicio de la misa.

10.15 h. Final de la misa.

10.30 h. Los autocares regresan a la residencia.

12.00 h. Almuerzo privado para los cardenales en la residencia.

15.00 h. Llegada de los autocares para trasladar a los cardenales electores desde la residencia hasta la sala de las Bendiciones en la basílica.

15.30 h. Procesión desde la sala de las Bendiciones hasta la capilla Sixtina.

16.00 h. Cierre de las puertas de la capilla Sixtina. Inicio del cónclave.

19.00 h. Quema de las papeletas de la primera votación en la chimenea de la capilla Sixtina.

19.15 h. Autocares desde la capilla Sixtina hasta la residencia.

Acabado el desabrido repaso de Hackel, Zazo y Lorenzo fueron a tomarse un rápido café y se dirigieron a su comisaría. Disponían de tan solo unos minutos antes de reunir a sus hombres, pero Zazo aprovechó para echar un vistazo a su bandeja de entrada y abrió esperanzado un e-mail de la Interpol.

Estaba pasmado de que le hubieran contestado tan rápido, pero cuando empezó a leer el mensaje entendió el porqué.

Las huellas dactilares de Aldo Vani habían encendido las alarmas de los ordenadores de la Interpol como un árbol de Navidad.

Bajo el nombre de Hugo Moreti se lo buscaba en Suiza por asalto.

Bajo el nombre de Luis Crea se lo buscaba en España por violación.

Bajo el nombre de Hans Beckmann se lo buscaba en Alemania por posesión de explosivos y asesinato.

Vani había resultado ser todo un criminal internacional.

En el correo, la Interpol pedía la ficha policial italiana de Vani y el certificado de defunción para poder cerrar los casos abiertos, y en un adjunto enviaban, con sus saludos, los registros alemanes de llamadas telefónicas de Bruno Ottingen correspondientes a 2005-2006 que les había pedido Zazo. Lo único que le inquietó un poco fue una pregunta al final del mensaje acerca de por qué la Gendarmería del Vaticano estaba implicada en ese caso.

Antes de recoger su gorra e ir corriendo a la reunión con sus hombres, Zazo envió el archivo con los registros telefónicos a la impresora; no tenía claro si dispondría de tiempo para hacer algo más que echarles un rápido vistazo y llevárselos consigo antes de que empezase el cónclave. Se guardó las hojas impresas en la chaqueta de cuero.

Había un flujo regular de cardenales yendo y viniendo desde la Domus Sanctae Marthae a citas en diversos puntos de la Ciudad del Vaticano. En circunstancias normales les habrían permitido moverse libremente, acompañados solo por sus secretarios, pero ahora las medidas se seguridad eran estrictas y cada uno de ellos debía llevar al menos un gendarme en funciones de guardaespaldas. Zazo estaba en la residencia después de comer, reorganizando la agenda de citas, que cambiaba continuamente, cuando sonó su móvil. Lo llamaban del despacho del inspector Loreti. Tenía que presentarse allí de inmediato.

—Estoy hasta las cejas de trabajo —le dijo al asistente de Loreti—. Espero que sea importante.

Loreti lo recibió enseguida; no parecía muy contento. Le pidió a Zazo que se sentase. Él lo hizo y dejó la gorra sobre su regazo.

—Acabo de recibir una llamada de la Interpol —dijo Loreti en tono neutro.

—Escuche, inspector...

Indignado, Loreti le hizo callar.

—No le he dado permiso para hablar. Al parecer ha estado usted haciendo pesquisas en nombre del Vaticano sobre el hombre al que disparó. Querían saber por qué nuestro cuerpo se interesaba por ese asunto. Una buena pregunta. Dígame, comandante, ¿por qué se interesa por ese asunto la Gendarmería? Ahora tiene permiso para hablar.

—Casi asesinan a mi hermana —explicó Zazo—. Cuando eso ocurrió era empleada del Vaticano, asignada a la Comisión Pontificia de Arqueología Sacra. Y además, la *polizia* no tiene ninguna pista. Están llevando el caso de un modo chapucero.

Loreti inspiró hondo, infló los mofletes y expulsó el aire lentamente. Zazo parecía saber qué palabras iban a brotar de su boca.

—A lo largo de mi vida he escuchado unas cuantas excusas ridículas para justificar comportamientos inapropiados, pero esta, nada menos que de uno de mis oficiales de alto rango, es digna de figurar en los anales. Analicemos unos cuantos hechos. En primer lugar, el crimen se cometió fuera de los límites de la Ciudad del Vaticano y no está por lo tanto bajo nuestra jurisdicción. En segundo lugar, la *polizia* no nos ha pedido ayuda. En tercer lugar, usted estuvo presente de un modo decisivo en la escena del crimen. Usted disparó y mató al asaltante. Uno no investiga los crímenes en los que se ha visto envuelto directamente. Y en cuarto lugar, por si no lo sabía, el cónclave da comienzo mañana. Y este tipo de distracción con respecto a sus obligaciones es del todo inaceptable.

Zazo asintió como un escolar reprendido.

—Lo siento, inspector. Todo esto está relacionado con mi hermana. Tal vez usted hubiese hecho lo mismo si hubieran agredido de ese modo a su hermana. Pero debería habérselo comentado y haber obtenido su permiso.

—¡Se lo hubiera denegado!

—Supongo que eso hubiera zanjado el asunto. Acepto sus críticas y acepto, por supuesto, cualquier sanción que decida imponerme.

—Bueno, eso está bien. No le va a gustar, a sus camaradas no les va a gustar y a mí no me gusta tener que hacerlo, pero no tengo otro remedio. Tendrá que responder de sus acciones ante un tribunal y, hasta que llegue ese momento, queda usted relevado de su puesto de forma inmediata.

—¡Pero inspector! ¡El cónclave! ¡Mis hombres!

—Voy a encomendarle a Lorenzo de modo temporal el mando de sus hombres. Tendrá que trabajar el doble, y todo gracias a usted. No puedo arriesgarme a que un oficial seriamente distraído como lo está usted se halle a cargo de la seguridad de los cardenales electores y del próximo Papa. Queda usted destituido, comandante.

Lorenzo lo encontró sentado ante su despacho con la mirada clavada en la ventana.

—Jesús, Zazo —le dijo,

—Lo siento. La he cagado.

—Yo hubiera hecho lo mismo si se hubiera tratado de mi hermana. ¿Qué vas a hacer ahora?

Zazo se encogió de hombros, desmoronado.

—¿Irme a casa? ¿Irme al bar? ¿Contemplar por televisión cómo tú haces mi trabajo? Maldita sea, Lorenzo, no lo sé.

Lorenzo le dio unas palmaditas en el hombro y lo sacó de allí.

Cerca del aparcamiento, Zazo se cruzó con Glauser, que tenía un aire especialmente petulante.

—Eh, Zazo, ya he oído lo que ha pasado —le dijo, desafiante—. La próxima vez que nos crucemos, si es que algún día te readmiten, tendrás que cuadrarte ante mí, porque no tendremos el mismo rango.

—Eh, Glauser —replicó Zazo—. Vete a tomar por saco.

Un sacerdote alto, de piel casi traslúcida, acompañado por una guapa y joven monja, entró en la torre a través de la Porta di Santa Anna. Inmediatamente dos guardias suizos les dieron el alto.

El padre Tremblay les mostró su identificación y cuando los guardias preguntaron a Elisabetta por la suya, él dijo:

—La hermana viene conmigo. —Los guardias insistieron y esta vez Tremblay repitió elevando el tono de voz—: ¡La hermana viene conmigo!

Los guardias les dejaron pasar.

—¡Es por el cónclave! —le susurró Tremblay a Elisabetta—. Todo el mundo está en tensión.

Cruzaron un par de enormes puertas metálicas adornadas con bajorrelieves del Antiguo Testamento.

Estaban en la Torre de los Vientos.

—Bienvenida a los Archivos Secretos —dijo Tremblay, guiando a Elisabetta por una estrecha escalera de caracol.

Ella subió detrás de Tremblay, pero tuvo que detenerse bruscamente cuando él se paró en seco en mitad de la escalera, respirando con dificultad y resollando de manera ostensible.

—Lo siento —se disculpó—. Es por mis problemas de salud. No estoy muy en forma. —Siguió hablando, aparentemente para tener tiempo de recuperar el aliento—: La torre fue construida por Ottaviano Mascherino entre 1578 y 1580 como observatorio. Si dispusiésemos de más tiempo, le haría una visita comentada. Más arriba, la sala del Meridiano está cubierta de frescos que representan los cuatro vientos. En la parte superior de una de las paredes hay un pequeño agujero. A mediodía la luz del sol entra por el agujero y cae sobre el mármol blanco, justo encima de la línea del meridiano trazada en el suelo. A ambos lados de la línea hay diversos símbolos astrológicos y astronómicos utilizados para calcular el efecto de los vientos sobre las estrellas.

—Me encantaría poder verlo algún día —dijo Elisabetta.

Tremblay ya se estaba reponiendo y respiraba de un modo más relajado.

—En el siglo XVII, bajo las órdenes del papa Pablo V, los Archivos Secretos se segregaron de la Biblioteca Vaticana y permanecieron absolutamente vedados para los foráneos hasta 1881, cuando el papa León XIII los abrió para que pudieran ser consultados por los investigadores. ¿Sabe?, el archivo es el depósito central de todas las actas promulgadas por la Santa Sede: documentos de Estado, correspondencia, libros contables papales y muchos otros documentos que la Iglesia ha acumulado a lo largo de los siglos. Los investigadores tienen que pedir permiso rellenando un impreso específico para que se les autorice el acceso. Pueden realizar sus investigaciones en la sala de los Índices, y solo el personal del archivo tiene acceso a los documentos. Oficialmente, nadie está autorizado siquiera a echar un vistazo.

Por el modo en que lo dijo, Elisabetta añadió:

—Pero en realidad sí se puede, ¿no?

Tremblay se puso de nuevo en marcha.

—Sí, yo estoy autorizado. —Se detuvo en el rellano y abrió la puerta—. Adelante. La sala de los Índices y los bibliotecarios están junto a la vieja sala de estudio.

La vieja sala de estudio tenía paredes amarillo canario y un alto techo abovedado. En varias hornacinas a lo largo de las paredes había estatuas de santos de tamaño natural. Los amplios ventanales daban a los jardines del Vaticano. Y había una sucesión de hileras de mesas blancas de madera laminada con flexos y enchufes para los ordenadores. Todas las mesas estaban vacías.

—Ahora está cerrado —le explicó Tremblay—. Por el cónclave.

En la sala de los Índices, también completamente vacía, había filas de archivadores con fichas y terminales de ordenador. Tremblay golpeó con los nudillos en una puerta con una placa en la que se leía BIBLIOTECARIA JEFE y le abrió una mujer de unos cincuenta años muy maquillada.

Le saludó muy efusivamente.

—¡Padre Tremblay! Qué estupendo verlo por aquí.

—Signorina Mattera —respondió él—. Siento molestarla sin haberla avisado. Quisiera presentarle a mi colega, la hermana Elisabetta.

La mujer asintió amablemente mirando a Elisabetta.

—¿En qué puedo ayudarle, padre?

—Necesitamos encontrar cualquier tipo de material que pueda tener usted sobre una mujer llamada Flavia Celestino. Era una investigadora académica a la que se le permitió el acceso a este archivo en la década de 1980.

—Bueno, puede que logre localizar su nombre en los registros, pero la información sobre los investigadores normalmente es muy escasa.

—¿Podría haber un registro de los documentos que consultó? —preguntó Tremblay.

—Es posible, pero no es habitual.

—Bueno, cualquier cosa que pueda encontrar nos será de gran ayuda —dijo el sacerdote.

Tremblay y Elisabetta esperaron en la vieja sala de estudio, en una mesa con vistas al jardín, que mostraba los primeros brotes del verdor primaveral. El nuevo Papa dispondría de un hermoso lugar en el que relajarse.

—¿Puedo hacerle una pregunta? —dijo Tremblay.

—Por supuesto.

—¿Por qué se hizo monja?

Elisabetta sonrió, pero luego contraatacó:

—¿Por qué se hizo usted sacerdote?

—Yo primero, ¿de acuerdo? —Sonrió—. Vale, para mí fue fácil. Fui monaguillo. Me sentía cómodo en la iglesia. En la universidad nunca encontré mi sitio. No encajé bien allí. Bueno, tal vez me hubiese sentido a gusto en un despacho llevando la contabilidad, pero nunca habría tenido una vida social fluida. Quiero decir, por mi enfermedad, por mi aspecto. Asustaba a las mujeres, de modo que supongo que el celibato no supuso un gran sacrificio.

Ella frunció los labios.

—Me pregunto, padre, si ha interrogado a otras monjas sobre por qué entraron en el clero.

—No, nunca.

—¿Y por qué a mí?

Dudó unos instantes y finalmente lo soltó:

—Porque es usted muy guapa. Cuando una mujer guapa se hace monja, imagino que los sacrificios son mayores y que el compromiso con Dios es proporcionalmente también más grande.

Elisabetta sintió que se ruborizaba.

—Es una pregunta complicada. ¿Huía de algo? ¿Iba en busca de algo? Profeso una fe profunda y eso para mí es lo único importante.

—Es una buena respuesta.

El taconeo sobre las baldosas del suelo de piedra anunció la aparición de la bibliotecaria. Llevaba una ficha en la mano.

—No es muy habitual, pero parece que esta investigadora tiene su propia ficha. No sé por qué, pero aquí está el número de referencia. ¿Quieren que les traiga la carpeta?

Tremblay cogió la ficha y la observó con atención.

—No, ya la busco yo. —Y, dirigiéndose a Elisabetta, añadió—: Vamos a bajar al sótano.

A Tremblay bajar le resultaba más fácil que subir y logró descender bastantes tramos de escalera sin detenerse. Los archivos subterráneos, excavados hacía unos treinta años, ocupaban un espacio enorme, que se extendía bajo la totalidad de la superficie de los Museos Vaticanos. A diferencia de la Torre de los Vientos, con sus impresionantes frescos y vitrinas de madera oscura en las que se guardaba el material más antiguo y valioso, el sótano tenía el aspecto de un almacén industrial. Había unos ocho kilómetros de estanterías —metálicas, de color beis, funcionales— colocadas sobre un suelo de cemento y bajo un techo de escasa altura también de cemento. El sacerdote le contó a Elisabetta que los que trabajaban allí lo llamaban la Galería de las Estanterías Metálicas.

Tremblay consultó el número de la carpeta en la ficha.

—Es una buena cosa que las monjas lleven calzado cómodo.

Caminaron durante varios minutos a través del aparentemente interminable laberinto de estanterías. Elisabetta hizo una extraña asociación. Era como unas catacumbas modernas. En la Antigüedad eran los restos óseos lo que se veneraba. Ahora eran los papeles.

—Muchos de estos documentos son más «secretos» que los guardados en la Torre de los Vientos. Oficialmente hay una ley que obliga a mantener la mayoría de la correspondencia y los documentos vaticanos cerrados durante cien años, para evitar que se filtren al público en vida de los concernidos. Desde un punto de vista práctico, todo lo posterior a 1939 está estrictamente vedado.

—Pero no para usted —dijo Elisabetta.

—Yo no tengo restricciones. —Puso un dedo sobre la numeración de las cajas—. Creo que estamos cerca.

Finalmente se detuvieron en medio de una hilera. Tremblay utilizó un dedo para ir repasando los números de cada una de las cajas amarillo claro con documentos.

—Es esta —dijo—. A veces es útil ser tan alto. —Alzó la mano muy por encima de su cabeza y sacó una caja—. Hay mucho trecho hasta la sala de lectura. ¿Le importa si la abrimos aquí mismo?

La caja estaba casi vacía. Contenía apenas una docena de papeles sueltos. Tremblay los sacó, dejó la caja a sus pies y sostuvo los papeles de modo que ambos los pudiesen ver.

La primera hoja era una carta escrita a máquina, con el membrete de la Universidad de Roma y fechada el 12 de junio de 1982.

La firma de la madre de Elisabetta era impetuosa y segura, garabateada con una pluma clásica. Al verla, a Elisabetta se le humedecieron los ojos, pero aspiró con fuerza y logró contener el llanto.

—Es la carta con la que pidió permiso para consultar los archivos —dijo Elisabetta, leyéndola rápido—. Documentos sobre el tema de su libro, la excomunión de la reina Isabel por parte del papa Pío.

Tremblay pasó la carta debajo del montón.

Había otras cartas similares, con peticiones de readmisión para continuar con las investigaciones. En una de ellas listaba los documentos que ya había consultado: *Regnans in Excelsis*, la bula papal de 1570 en la que excomulgaba a Isabel, reina de Inglaterra, por herejía; una carta de Mathew Parker, arzobispo de Canterbury, al papa Pío V (1571); una carta de Edmund Grindal, arzobispo de Canterbury, al papa Gregorio XIII (1580); una bula papal de 1580, la clarificación del *Regnans in Excelsis* por parte de Gregorio XIII; una carta del nuncio papal en Francia al papa Clemente VIII informándole del fallecimiento de Isabel (1603).

Tremblay volvió la cabeza para comprobar si Elisabetta había terminado y pasó a la siguiente página.

Era una carta de presentación de Flavia fechada a finales de 1984 en la que hacía referencia al obsequio de su libro sobre la excomunión de Isabel a la Biblioteca Vaticana.

Y después venía otra carta, esta fechada el 22 de abril de 1985 y dirigida al director de los archivos, en la que pedía que se le permitiese de nuevo el acceso para realizar investigaciones para su segundo libro. Flavia había escrito: «Durante mis pesquisas para el trabajo sobre la reina Isabel di con una interesante correspondencia entre el matemático y astrónomo inglés John Dee y Ottaviano Mascherino, el astrónomo que construyó la Torre de los Vientos. Me gustaría investigar en el archivo para tratar de localizar más correspondencia entre los dos astrónomos con el fin de avanzar en mi hipótesis de que, aunque el cisma religioso entre Roma e Inglaterra era total, había sin embargo un potente y constante intercambio científico y cultural entre las luminarias de ese período».

—¿Sabía algo de esto? —le preguntó Tremblay a Elisabetta.

—No, nada.

La siguiente hoja provocó que Elisabetta diera un respingo. Era un memorándum del director de los archivos, fechado el 17 de mayo de 1985, que retiraba a Flavia Celestino el permiso de acceso. Afirmaba que la investigadora había accedido sin autorización a la caja de documentos 197741-3821 y que las notas que había tomado le habían sido confiscadas.

—Esto resulta sospechoso —dijo Tremblay—. Ella solo podía haber tenido acceso a documentos que hubiese pedido previamente. Como ya he comentado, no está permitido que ningún investigador eche un vistazo por su cuenta.

Había una hoja pautada de libreta grapada al memorándum. La letra era sin duda de Flavia.

—¡Son sus notas! —exclamó Elisabetta.

Había unas pocas anotaciones:

> Carta de Dee a Mascherino, 1577:
>
> Hermandad.
>
> Causa común.
>
> «Cuando observo el eclipse total de luna el 27 de septiembre desde Londres, es gozoso saber que tú estás contemplando lo mismo desde Roma, querido hermano.»
>
> Lémures.

—¡Dios mío! —exclamó Tremblay—. Dio con pruebas directas. Yo nunca he visto esta carta que menciona. Venga conmigo. La caja a la que se refiere…, las que llevan estos números están arriba, en la Planta Diplomática, con los documentos más antiguos.

—Espere —dijo Elisabetta—. Todavía no hemos acabado.

Quedaban dos hojas por leer de los papeles de Flavia.

La primera era un memorándum de un médico, el doctor Giuseppe Falcone, que no iba dirigido a nadie pero llevaba la siguiente anotación: «Entregado en mano el 6 de junio de 1985».

> A petición del Vaticano he examinado a la paciente Flavia Celestino, que está al cuidado del doctor Motta en el hospital Gemelli. Se encuentra en estado grave, con diarrea, vómitos, anemia, fallo hepático y renal y períodos de desorientación. Mi diagnóstico tentativo incluye síndrome hemolítico urémico, trastornos virales que han afectado al cerebro y a la médula espinal, amiloidosis e intoxicación con metales pesados o arsénico. Esta última afección es mi principal sospecha. He hablado con el doctor Motta. Me informa de que las pruebas de arsénico y toxicológicas han dado negativo, y aunque me sorprende, debo aceptar lo que dice. Creo que ha tomado en consideración todas las posibilidades relevantes, pero en esta fase parece que ya se puede hacer poco por ella.

—La envenenaron —susurró Elisabetta.

Ahora ya no hizo esfuerzo alguno por contener las lágrimas y Tremblay la miró impotente.

La última hoja era una copia del certificado de defunción, fechado el 10 de junio de 1985, en el que constaba que la causa de la muerte de Flavia había sido un fallo renal y hepático, y se indicaba que el forense no había requerido una autopsia post mórtem.

—Lo siento —dijo Tremblay, tocándole la mano—. Pero tenemos que encontrar la carta de Dee.

Volvió a dejar la caja de documentos en su sitio y con sus largas zancadas rehízo el camino en dirección a la torre. Elisabetta le siguió, con el cuerpo y la mente tan entumecidos que apenas sentía los pies pisando el suelo.

Mientras subían por la escalera, Tremblay maldijo su pobre condición física, pero se obligó a seguir adelante hasta que llegaron al segundo piso de la torre. En el rellano, Elisabetta temió que el sacerdote fuese a desmayarse por falta de aire.

—Por aquí —jadeó él.

Una vez en el Archivo del Secretariado de Estado, atravesaron varias salas con vitrinas de nogal del siglo XVII. Tremblay había anotado el número del archivo en un papel y lo iba consultando mientras buscaba por las salas. Finalmente dio con él, en un estante alto. Mirando la larga escalera de mano de la biblioteca, dijo:

—Estoy tan agotado que no me fío de mí mismo.

Elisabetta se subió a la escalera y abrió la vitrina que le señalaba Tremblay. Le recordó el número del archivo. Ella localizó la caja.

Estaba llena de pergaminos atados con una cinta. Todos del siglo XVII.

Con su ojo experimentado, Tremblay repasó los manuscritos en latín, francés, inglés y alemán, buscando el que quería. Cuando llevaba repasadas dos terceras partes del montón, se detuvo al ver una hoja de papel con una nota escrita con bolígrafo.

> Carta de 1577 de John Dee a Ottaviano Mascherino, trasladada a una colección particular. Firmado R.A. 17 de mayo de 1985.

—¿Quién es R.A.? —preguntó Elisabetta.

Tremblay negó con la cabeza, desolado.

—No tengo ni idea, pero por Dios que lo voy a averiguar. Vámonos. Aquí ya no nos queda nada por hacer. Tengo trabajo por delante. La llamaré en cuanto sepa algo. Por favor, no le cuente nada de esto a nadie.

Sonó el teléfono en el despacho de la bibliotecaria.

—Soy la signorina Mattera de los Archivos Secretos. Sí, excelencia. Gracias por devolverme la llamada. Quería informarle de que el padre Tremblay ha pedido hoy acceso a un documento marcado en rojo. Era sobre una mujer que realizó investigaciones aquí en la década de 1980, una tal Flavia Celestino. Sí, excelencia, siguiendo el protocolo le he facilitado el acceso y ahora, siguiendo el protocolo, le informo a usted debidamente.

22

Elisabetta abrió la puerta del piso de su padre y parpadeó perpleja. Zazo estaba en la cocina.

—¿Dónde te habías metido? —le preguntó él, exasperado—. ¿No te dije que no salieras de casa?

—Tenía una cita. —No quería mentir, pero añadió—: En el colegio…

Zazo empezó a aleccionarla:

—Elisabetta…

—¿Qué haces tú aquí? —replicó ella—. ¿Por qué no vas de uniforme?

Cuando le contó lo que había sucedido, a Elisabetta volvieron a saltársele las lágrimas.

—Es todo culpa mía.

—¿Por qué va a ser culpa tuya?

—No lo sé —dijo ella secándose los ojos—. Pero lo es.

Zazo se rió.

—Siempre has sido muy inteligente. ¿Qué te ha pasado? Deja de llorar y prepárame un poco de café.

Más tarde, mientras Elisabetta lavaba las tazas y los platillos, le preguntó a Zazo si quería acompañarla a la iglesia.

—No quiero saber nada de iglesias durante algún tiempo —dijo él—. Pero te acompañaré hasta allí.

Era una de esas tardes ventosas en las que densos cúmulos tapaban intermitentemente el sol, haciendo que la luz pasase del amarillo al gris y después volviese de nuevo al amarillo. Zazo no lograba decidirse sobre si seguir o no con las gafas de sol puestas. Al final desistió y se las guardó en el bolsillo interior de la chaqueta, donde se enmarañaron con el listado de llamadas telefónicas.

—Estos papeles han sido el motivo de mi destitución —dijo mostrándoselos a su hermana.

—¿Les has echado un vistazo?

—No, quizá lo haga esta noche o mañana. Cuando recupere la sobriedad.

—Por favor, no bebas —le rogó Elisabetta.

—¿Eres una monja o una puritana? —bromeó su hermano—. Claro que voy a beber. Un largo brindis para celebrar el final de mi carrera y la elección del nuevo Papa, quienquiera que acabe siendo.

Se detuvieron en la esquina y esperaron a que el semáforo se pusiese en verde.

—Zazo, estoy segura de que al final todo quedará en una pequeña amonestación. Estoy muy enfadada contigo. No podías dejarlo correr, ¿verdad?

—No, no podía.

—Yo tampoco —confesó Elisabetta mientras empezaba a cruzar la calle en cuanto el semáforo se puso en verde.

Zazo la alcanzó.

—¿Y tú qué has hecho?

—Telefoneé a la Universidad de Ulm y localicé a un antiguo colega de Bruno Ottinger. Resulta que ese Ottinger era un viejo poco recomendable, simpatizante de la ultraderecha.

—¿Eso es todo?

—Nada más especialmente remarcable. No tenía muchos

amigos. La inicial K no le dijo nada a su colega. Ni tampoco Christopher Marlowe.

—¿Papá sigue trabajando con esos números?

Elisabetta asintió.

—Esperemos que tenga más suerte que con la conjetura de Goldbach —dijo Zazo con desdén.

—No seas malo.

De pronto su hermano comentó:

—Te voy a echar mucho de menos.

Ella le dedicó una sonrisa contenida, manteniendo la compostura.

—Yo también te voy a echar de menos. Y a papá. Y a Micaela. Y mi colegio.

—Pues no te vayas.

—No ha sido decisión mía.

—¿Pues quién la ha tomado? No ha sido Dios, ¿sabes?

—No sé quién ha tomado la decisión, pero desde luego es la voluntad de Dios.

—Te quieren apartar de esto. Es evidente, Elisabetta. Primero alguien hace una llamada a un periódico desde tu teléfono, una llamada que provoca tu expulsión. Y luego te transfieren justo el día después de que alguien intente asesinarte. Yo aquí no veo la mano de Dios, sino la mano del hombre.

De pronto apareció ante sus ojos la cúpula de la iglesia.

—Tal vez algún día descubramos la verdad sobre este asunto o tal vez no. Lo importante para mí es que pueda retomar mi vida. Y si tiene que ser en África, pues que así sea.

—¿Sabes? —dijo Zazo arteramente—, las personas que has mencionado no son las únicas que te echarán de menos.

—¿Quién más?

—Lorenzo.

Elisabetta se paró en seco y lo miró.

—Él no ha dicho nada, por supuesto —le aclaró Zazo—, pero lo sé.

—Pero ¡soy monja!

—Vale, pero a veces las mujeres dejan el clero. No puedo asegurar que él esté pensando en eso, pero percibo algo en su mirada. Es mi mejor amigo. —Zazo bajó la voz y añadió—: Al mismo nivel que Marco.

—Oh, Zazo.

—Deja que te diga otra cosa —insistió su hermano agarrándola por la manga negra del hábito.

Una mujer mayor con un carrito de la compra se detuvo para asimilar la escena de una monja y un hombre joven manteniendo una discusión en plena calle. Elisabetta le sonrió amablemente y ella y Zazo siguieron caminando.

—Sé por qué decidiste hacerte monja.

—¿Sí? ¿Por qué?

—Porque para ti Marco era perfecto. Nunca ibas a encontrar a alguien equiparable.

Ella alzó la mirada hacia el cielo y dijo:

—¿Y por eso, como alternativa, decidí casarme con Jesucristo? ¿Es eso lo que ibas a decir? ¿No te parece horriblemente simplista?

—No soy un tío complicado —se justificó él.

—Eres mi hermano, Zazo, pero además eres un idiota.

Habían llegado a la piazza Santa Maria in Trastevere. Él se encogió de hombros y señaló la iglesia.

—Te espero en el café.

—No tienes por qué hacerlo.

—Si no puedo proteger al nuevo Papa, al menos te protegeré a ti.

Una furgoneta Mercedes Vito asomó el morro lentamente en la plaza desde la calle por la que ellos habían llegado. Era una zona peatonal. Antes de que Zazo pudiese acercarse a la furgoneta para indicarle al conductor que se había metido en una zona prohibida al tráfico, el vehículo dio marcha atrás y desapareció. Al poco rato, un hombre con barba pelirroja se apeó de la furgoneta en una calle lateral, regresó a la plaza y se sentó en una esquina de la fuente para fumarse un cigarrillo. Estaba a mitad de camino entre la iglesia y el café y parecía muy pendiente de no perder de vista ni a Elisabetta ni a Zazo.

—¿Qué haces tú aquí? —le preguntó su padre a Zazo mientras dejaba la cartera en la sala de estar.

—Parece que es cosa de familia —murmuró Zazo.

Repitió toda la historia mientras Carlo se servía un aperitivo... y después otro.

—Primero se mete en líos Elisabetta y ahora tú. ¿Qué será lo siguiente? ¿Algún problema de Micaela? Las malas noticias siempre llegan de tres en tres.

—Papá, ¿eso es superstición o numerología? —le preguntó Elisabetta.

—Ni lo uno ni lo otro; es un hecho. ¿Qué vamos a cenar?

—Yo prepararé algo.

—Haz algo rápido —pidió Carlo—. Esta noche tengo que salir.

—¿Una cita? —preguntó Zazo.

—Muy gracioso. Ja, ja. Una fiesta de despedida, Bernadini se jubila. Es más joven que yo. Una clara señal de advertencia.

Carlo abrió la cartera y soltó un taco.

—¿Qué pasa? —preguntó Elisabetta.

—Iba a dedicar una hora a tu rompecabezas, pero me he dejado el maldito libro en el despacho. Pásame el ejemplar antiguo.

—¡No! —protestó Elisabetta—. Ya oíste el valor que tenía. Se te derramará encima lo que estás bebiendo. Tengo una edición de bolsillo en mi cuarto. En ese ejemplar, si quieres, incluso puedes anotar.

Elisabetta cocinó pasta con pecorino y preparó una ensalada verde mientras Zazo se bebía un par de cervezas.

—Micaela viene después de cenar —le dijo Elisabetta.

—Me marcharé cuando llegue —respondió su hermano.

—No tienes que esperarte si tienes que ir a algún sitio.

—No pasa nada. Estoy hambriento.

—Bueno, pues avisa a papá. Dile que la cena ya está lista.

Zazo golpeó suavemente con los nudillos en la puerta del dormitorio de su padre. Como no hubo respuesta, golpeó con más fuerza. Y lo llamó.

Se oyó un malhumorado «¿Qué?».

—La cena está lista.

—Esperad un minuto —dijo su padre a través de la puerta—. Estoy ocupado.

Zazo volvió a la cocina, metió el tenedor en la pasta, enrolló un poco y la probó.

—Dice que esperemos un minuto. Que está ocupado.

Esperaron diez minutos y Elisabetta lo volvió a intentar. Carlo le dijo que le dejase en paz y le prometió que en un minuto ya habría acabado.

Diez minutos después oyeron que se abría la puerta de su cuarto. Entró sin prisa en la cocina, con el ejemplar de bolsillo y un cuaderno en una mano.

—¿Estás bien, papá? —preguntó Elisabetta.

De pronto el ceño fruncido de Carlo se transformó en una enorme sonrisa, como la de un niño que está preparando una broma.

—¡Lo he desentrañado! ¡He resuelto tu rompecabezas!

23

Londres, 1589

Marlowe fue prácticamente succionado por el bullicio de Londres mientras recorría las abarrotadas calles de Shoreditch en las que la gente se abría paso a empujones. Sonreía a todos aquellos con los que se cruzaba: canallas, putas, negros, fulleros y pillos mugrientos. «He nacido para vivir en un sitio como este», pensó.

Ese era un día de grandes expectativas y ni siquiera el hedor de las alcantarillas a cielo abierto era capaz de reducir su entusiasmo: dentro de un rato asistiría a la primera representación de su nueva obra teatral, *La trágica historia del doctor Fausto*.

Marlowe se había puesto sus mejores ropas, las mismas que había lucido cuatro años atrás cuando, con los bolsillos llenos con los pagos de Walsingham, había posado para un retrato que él mismo encargó. Con un inusitado gesto de arrogancia, que había cautivado plenamente a sus colegas, le había regalado el retrato al decano de Benet como obsequio de despedida cuando se marchó del college en 1587. Un poco desconcertado por el regalo, el decano Norgate no había tenido otro remedio que colgarlo en las paredes revestidas de madera de la galería, junto a los retratos de otros profesores y alumnos mucho más distinguidos.

En el retrato Marlowe había posado con gesto arrogante, los brazos cruzados, los labios con un mohín de rebeldía, el cabello desparramado y luciendo un fino bigote. Su jubón era ceñido, negro con un revestimiento de terciopelo rojo, con una hilera de botones que bajaba por la pechera y otras que subían por las mangas. La camisa de lino era abierta, de cuello flexible, y le daba un aire mucho más disoluto que los cuellos con volantes que lucían los respetables retratados que adornaban la pared de Norgate. Las prendas, que había utilizado con frecuencia en Inglaterra y en el continente, se veían ahora un poco gastadas, pero seguían luciendo y le sentaban muy bien. En cualquier caso, si la obra resultaba ser un éxito, ya tenía planeado hacerle una visita al sastre de Walsingham para renovar su vestuario.

Londres, la densa metrópolis de cien mil almas, era ahora el lugar donde Marlowe debía dar un empujón definitivo a su carrera. En breve paladearía las mieles del éxito y se le abrirían todas las puertas; no dudaba de que su *Fausto* le proporcionaría el mayor de los triunfos.

Para Marlowe, Londres era lo que un caldero para una bruja. Por la noche frecuentaba la licenciosa taberna de Nag's Head de Cheapside; los sombríos burdeles de Norton Folgate, donde podía ocultar la singularidad de su anatomía bajo los calzones, y los concurridos salones de Whitehall, en los que —entre Cecil, Walsingham y los de su especie— no necesitaba esconderse. Y durante el día, una vez despejada la cabeza de los excesos nocturnos, se sentaba en sus habitaciones y se ponía a escribir como un poseso hasta que le dolía la mano.

Encontró su hogar teatral entre los miembros del Admiral's Men, una troupe de actores patrocinados por Charles Howard, el Lord Almirante de la reina. Howard había atraído a su compañía al actor más importante de Inglaterra, Edward Alleyn, y cuando Alleyn, un hombre imponente que tenía una voz de barítono con la potencia sonora de una trompa, leyó por primera vez *Tamerlán el grande*, fue el inicio de una intensa relación artística. Alleyn no daba crédito a que una obra maestra como el *Tamerlán* hubiese salido de la pluma de un joven de veintidós años. Lo mismo le sucedía al público, y esa pieza teatral sobre un modesto pastor que llegaba a ser el sanguinario y blasfemo gobernante de Persia se convirtió en la más comentada de Londres y en todo un éxito comercial.

El Teatro era la primera sala construida en Londres específicamente con este propósito y Marlowe seguía sintiendo un escalofrío de excitación cada vez que entraba en él. Era un gran polígono de madera, construido en parte por Burbage con sus propias manos, ya que su oficio era maestro carpintero. Tres galerías rodeaban el patio central adoquinado que daba a un escenario elevado. Por un penique, unos cientos de personas podían ver la representación de pie, muy apretados. Por un penique más, otros centenares de espectadores subían a las galerías y, si pagaban otro penique extra, podían alquilar un taburete. En las galerías se habían arreglado media docena de confortables palcos privados para los espectadores adinerados.

En el exterior del teatro, Marlowe tuvo que abrirse paso a empujones, sin que nadie lo reconociese, entre una bulliciosa y hedionda multitud de parroquianos habituales, prostitutas, proxenetas y rateros. Llegó a la entrada frotándose el jubón con el dorso de la mano por si se le había pegado algo asqueroso.

—¡Kit! ¡Por aquí! —Thomas Kyd le saludaba con la mano desde el otro lado.

—¡Tom!

Los porteros le dejaron pasar y Tom se acercó a él dando

grandes zancadas. Era mucho más alto, y de una palidez que contrastaba con la tez oscura de Marlowe.

—Pensaba que ibas a llegar tarde a tu propio estreno.

Marlowe sonrió.

—Ya apenas me necesitan para nada. El texto, después de todo, hace mucho que está escrito.

Kyd le dio unas palmadas en la espalda.

—Ese es nuestro destino en este oficio, amigo mío. Pero sin nuestra pequeña contribución, los actores no tendrían nada que hacer excepto tirarse pedos y tartamudear.

Marlowe había conocido a Kyd poco después de dejar Cambridge. Kyd era un fijo de la taberna Mermaid, una de las jóvenes promesas del teatro. Su *Tragedia española* había sido una de las producciones más exitosas que se recordaban de los últimos años. Era seis años mayor que Marlowe y, como él, de origen muy humilde, pero con la desventaja de que no había cursado estudios en la universidad. Había triunfado exclusivamente gracias a su talento creativo y a su personalidad ganadora. A Marlowe le gustó de inmediato, y viceversa, pero el más joven se resistió mucho a las súplicas del otro para que se convirtiera en su amante.

No obstante, después de una noche particularmente bien regada con cerveza, se encontraron en la misma cama. Marlowe rechazó los ardientes besos de Kyd y le advirtió con voz ronca:

—Tengo una particularidad física.

—¿En serio? Qué intrigante. ¿Es enorme, pequeñísima o la tienes muy torcida? —preguntó Kyd a la vez que se apoyaba sobre el codo.

—¿Me juras que nunca se lo contarás a nadie?

—Lo juro —respondió Kyd impostando una voz melodramática.

Marlowe salió de la cama, se puso en pie, se dio la vuelta para mostrar la espalda y se bajó los calzones.

Kyd lanzó un chillido de placer.

—¡Siempre supe que eras un demonio! ¡Qué maravilla! ¿Puedo tocarla?

—Puedes —dijo Marlowe—. Resiste cualquier tirón.

Kyd acarició la cola fascinado.

—¿Y esta peculiaridad es una herencia familiar?

—No —mintió Marlowe—. Yo soy el único que la tiene. Tal vez sea la única persona en el mundo.

—Entonces este será nuestro secreto —prometió Kyd—. Vuelve a la cama inmediatamente.

Los dos hombres se abrieron paso entre el público hasta el escenario. Entre bambalinas, Edward Alleyn, el mejor actor de Inglaterra, ataviado de pies a cabeza con el traje y el sombrero de académico del doctor Fausto, estaba en pleno calentamiento de las cuerdas vocales con un ejercicio de armonía.

—¡Kit! —exclamó—. ¡Y Tom! ¿Qué aspecto tiene la sala?

—Se han vendido entradas de más, a juzgar por la multitud que hay —dijo Kyd—. ¿Ya te has metido en el papel?

—Ya me he puesto su ropa, pero ¿voy a ser capaz de recordar sus palabras? La semana pasada interpreté tres obras distintas.

—No olvidéis, buen caballero, mi texto —le regañó Marlowe—. Recordad, las otras obras eran meros pasteles de carne. Esta es un solomillo de primera.

—Daré lo mejor de mí mismo, de eso podéis estar seguro.

James Burbage se acercó sigilosamente y se llevó a Marlowe y a Kyd por una estrecha escalera hasta uno de los palcos, desde donde pudieron observar a la multitud.

—¡Miradlos a todos! —exclamó Burbage—. He oído que hay una muchedumbre agolpada ante la puerta reclamando entradas. ¡Tendré que enviar hombres armados para mantener el orden! El boca a boca es un poderoso aliado, ¿verdad?

—¡Bueno, la obra lo tiene todo! —dijo Kyd—. Las ideas de Kit, invocar a Mefistófeles mediante la magia, vender el alma al diablo a cambio de los secretos del universo…, son temas excitantes.

Había una botella de vino encima de la mesa. Burbage sirvió tres vasos.

—Brindemos por los temas excitantes y el caprichoso éxito, caballeros.

El director de escena pidió silencio y anunció los nombres de los actores a la audiencia. Al mencionar a Edward Alleyn se oyeron enardecidos vítores. El coro entró en el escenario y dio comienzo la función.

Cuando el coro terminó su escena y abandonó el escenario, Alleyn, en el papel del doctor Fausto, hizo su entrada y, solo con ver al gran actor, el teatro estalló en vítores. Se las arregló para continuar metido en el papel de Fausto mientras aguardaba con gesto de suficiencia a que la audiencia acabase de ejercitar sus pulmones. Poco después estaba en pie en el interior de un círculo mágico, minuciosamente dibujado, que contenía los signos astrológicos colocados según las indicaciones de Marlowe. Su voz tronó:

> Ahora que la sombra de la tierra,
> ansiando mirar al llovizno Orión,
> al cielo brinca desde el mundo antártico,
> empaña el azur con su negro hálito,
> empieza tus evocaciones Fausto,
> y prueba si te obedecen los diablos,
> ya que rezaste y sacrificásteles.
> Tengo, en cerco, el nombre de Jehová,
> desde su anagrama hasta el palíndromo,
> los nombres abreviados de los santos,
> imágenes de cada estrella fija,
> emblemas del zodíaco y cometas,
> que obligan a surgir a los espíritus;
> no temas pues, Fausto, mas sé valiente
> e intenta la superba ambición mágica.

El público lanzó un jadeo colectivo cuando apareció Mefistófeles acompañado por un chispazo de fósforo, vestido de verde y con cuernos y alas.

Kyd susurró al oído de Marlowe:

—¡Maravilloso!

Y Marlowe le sonrió, muy satisfecho.

Los efectos escénicos se intensificaron cuando Fausto, después de haber realizado su pacto con Lucifer según el cual le entregaría su alma a cambio de veinticuatro años en la tierra con Mefistófeles como su servidor, se embarcó en un periplo de exploración mundana.

La cada vez más vehemente declamación de Alleyn, combinada con efectos pirotécnicos y llamaradas, cautivó al público. Cuando llegó el momento en que Lucifer reclamaba su botín apareció un terrible dragón envuelto en humo y que echaba fuego. Por encima de él, varios demonios greñudos se balanceaban sobre el escenario sujetos con cables y sosteniendo bengalas encendidas en la boca. Los percusionistas imitaban el sonido de los truenos y los tramoyistas creaban el resplandor de los rayos.

Y cerca del final, antes de ser conducido al infierno, a Fausto se le concedía su último deseo: contemplar con sus propios ojos a la noble Helena de Troya. Alleyn, modulando el tono de voz, consiguió que el público llorase.

> ¿Fue este el rostro que fletó mil barcos
> y quemó las torres sin fin de Ilión?
> Helena, hazme inmortal con un beso.

Para cuando los aplausos cesaron y el público ya había abandonado el teatro, empezaba a anochecer y se levantaba una niebla que refrescaba el ambiente. En un callejón detrás del teatro, Kyd y Marlowe compartieron un momento de intimidad.

—¿Por qué tienes que marcharte? —preguntó Kyd con un mohín—. Ven conmigo al Mermaid. Has triunfado, Kit. Celebrémoslo entre amigos.

—Ahora debo ir a ver a unas personas —dijo Marlowe—. Pasaré por allí más tarde. Espérame, ¿de acuerdo?

—Lo haré, si te acercas. —Kyd le besó, deslizó una mano por debajo de la parte trasera de sus calzones y le acarició sensualmente la cola.

Entre las sombras, un hombre observó la escena durante un rato y después desapareció silenciosamente entre la niebla.

En el palacio de Whitehall, en sus aposentos privados, Francis Walsingham les sirvió a Marlowe y a Robert Cecil una copa de un excelente coñac francés. También estaba allí Robert Poley, sentado junto al fuego con una jarra de peltre en la mano, sombrío y taciturno.

Llamaron a la puerta y el secretario de Walsingham anunció:

—Ya ha llegado.

Marlowe no esperaba que se incorporase nadie más a la reunión. Con curiosidad, observó al hombre de escasa estatura, no más alto que un adolescente, que entró. Llevaba una toga negra de académico que rozaba el suelo. Tenía el rostro marchito por su avanzada edad y lucía la barba más vistosa que Marlowe hubiera contemplado en su vida, blanca como las plumas de un cisne, lo suficientemente frondosa como para ocultar un nido de pájaros y tan larga como su cabeza. El hombrecillo sostenía una lustrosa caja con incrustaciones del tamaño de una biblia.

Walsingham se le acercó, le besó devotamente la huesuda mano y le preguntó:

—¿Es esto?

El hombre le entregó la caja y dijo:

—Es esto.

Walsingham la depositó con cuidado sobre el escritorio, señaló a Marlowe y le dijo:

—Este es el hombre al que quería que conocieses. Christopher Marlowe, te presento al doctor John Dee.

El hombre de la barba pareció deslizarse hacia él.

—El joven dramaturgo y poeta. Encantado de conoceros, caballero.

Marlowe sintió que la emoción del momento se apoderaba de él. ¡El gran astrólogo de los lémures! ¡El astrólogo de la reina!

—No, señor —dijo haciendo una profunda reverencia—. Soy yo quien se siente humilde e inmensamente privilegiado por conoceros.

Walsingham le sirvió una copa a Dee. Poley mientras tanto seguía en silencio junto al fuego, no lo invitaron a sumarse a la reunión.

—He oído que vuestra nueva obra se ha estrenado esta tarde —comentó Dee.

—En efecto, así es —dijo Marlowe.

—¿Y qué recepción ha tenido? —quiso saber Dee.

—Parece que al público le ha gustado —dijo Marlowe con modestia.

—Quizá deberíamos disfrazarnos e ir a verla —le propuso Cecil a su anfitrión.

—Yo no voy a ver obras de teatro, a menos que la reina me insista —dijo Walsingham—. Tal vez, señor Marlowe, podríais tener la amabilidad de explicarle al doctor Dee de qué modo esta nueva producción sirve a nuestra causa.

Marlowe asintió.

—Desde luego. Nada es más importante que nuestra misión, y mi modesta obra teatral tan solo pretende sembrar incipientes semillas de confusión y odio.

—¿Cómo? —preguntó Dee.

—Bueno, de entrada versa sobre el bien y el mal, y me satisface poder decir que el mal, encarnado por Lucifer, aplasta por completo al bien. La perdición triunfa claramente sobre la salvación, lo cual, sin duda, fomenta la sensación de desaliento y desconcierto entre las masas.

—Bien —dijo Dee—. Muy bien.

—Y he intentado confundirlos respetando el precepto central de la doctrina protestante. No necesito recordaros que, según Calvino, solo Dios elige qué hombres serán salvados y cuáles serán condenados. Los seres humanos no tienen ningún control sobre la fe que profesan. A los papistas, evidentemente, esto les parece una completa herejía y si algunos de ellos ven la obra se sentirán sumamente perturbados. Los protestantes del público verán el horrible destino de mi héroe, Fausto, que rechaza a Dios pero después es incapaz de arrepentirse, como un valioso homenaje al calvinismo. Pero sospecho que algunos se desesperarán en secreto ante el contundente mensaje y se recrearán atormentándose ante el hecho de que el arrepentimiento no sirve de nada y que su destino ya está escrito. Si esto es así, pensarán, entonces ¿por qué no seguir pecando?

—Desde luego, ¿por qué no? —soltó de pronto Cecil.

—Además de despreciar a los católicos con toda nuestra alma, me gusta pinchar también a los protestantes —dijo Marlowe—. Fausto sentencia en uno de sus monólogos que la recompensa al pecado es la muerte. Eso es duro. Si pretendemos no haber cometido ningún pecado nos engañamos a nosotros mismos y no somos honestos. Por lo tanto debemos pecar y morir consecuentemente. Sí, debemos afrontar una muerte eterna. ¿Cómo podríamos llamar a esta doctrina? *Que sera, sera.* Lo que tenga que ser, será.

Walsingham comentó con aprobación:

—Puedo imaginar cómo todo esto atormentará sus frágiles mentes.

—Y como homenaje a nuestras tradiciones —añadió Marlowe—, Fausto invoca al diablo desde el interior de un círculo mágico que contiene los signos estelares del gran Balbilus.

Dee golpeó el brazo de su silla y exclamó:

—¡Eso! ¡Eso me satisface enormemente! Balbilus es mi héroe. Pese a que su memoria se ha perdido para el común de los hombres, permanecerá por siempre en nuestros corazones. —Dee permitió que Walsingham le rellenase la copa y añadió—: ¿Le habéis comunicado a Marlowe lo que queremos de él?

—Estaba esperando a que se lo explicaseis vos —respondió Cecil.

—Pues voy a hacerlo —dijo Dee—. Marlowe, ¿habéis oído hablar del santo irlandés Malachy?

—La verdad es que no —respondió él.

—Una lástima —dijo Dee—. Fue el obispo de Armagh en el siglo XII, viajó con frecuencia al continente, fue confidente de Bernard de Clairvaux y del papa Inocencio II. Y fue un lémur en secreto, un lémur destacado, un astrólogo con un prodigioso dominio de su disciplina. Durante una visita al papa Inocencio en Roma, se cuenta que fue testigo de un eclipse de luna particularmente favorable y a partir de él elaboró una importante profecía sobre el papado. Anticipó un número finito de futuros papas, que cuantificó en ciento doce, ni uno más, ni uno menos. Y además anticipó una característica identificativa de cada uno de esos papas. Así, para el anterior Papa, Sixto V, Malachy anticipó y escribió: «el eje en medio del signo». Sixto tenía un escudo de armas con un eje en el centro de un león. Para el Papa actual, Urbano VII, Malachy escribió: «del rocío del cielo». Urbano era arzobispo de Rossano en Calabria, donde la savia, llamada «el rocío del cielo», se recoge de los árboles. ¿Lo entendéis?

Marlowe asintió fascinado.

—¿Y cuando se llegue al ciento doce? —preguntó.

—La profecía es apocalíptica —aseguró Dee con tono neutro—. La Iglesia desaparecerá y me atrevo a decir que le sucederá un nuevo orden. De ese caos emergerá el triunfo de los lémures.

A Marlowe se le iluminó la mirada.

—¿Qué sucederá?

—Desafortunadamente no estaremos aquí para verlo con nuestros propios ojos. ¿Habéis leído mi *Monas Hieroglyphica*?

—Lo he estudiado. En la universidad. Es un texto muy complejo —admitió Marlowe.

—Bueno, a nuestro amigo Walsingham, el maestro de las claves, le hará feliz saber que ese trabajo tiene un significado, por complejo que le pueda parecer al lector común, pero contiene además otro mensaje, en este caso oculto, para nuestros hermanos. ¿Recordáis mi ilustración de la Mónada?

—La recuerdo, señor.

—Mi propia profecía es que el mundo se acabará en el momento en que la Luna y el Sol se sitúen en la casa de Aries. Aries es un signo de fuego. El mundo será sin duda consumido por el fuego. La Mónada contiene este significado. ¡Podría convertirse en nuestro símbolo!

—Puede serlo —dijo Cecil alzando la copa—. Lo será.

—No puedo garantizar que mi visión del apocalipsis coincida con la profecía de Malachy. Nadie puede. Pero tampoco se puede negar la posibilidad.

—¿Cómo es que yo nunca he visto la profecía de Malachy? —preguntó Marlowe.

—Ese es el motivo por el que estoy aquí —dijo Dee—. Vos tendréis un papel vital que cumplir para poner en marcha el siguiente paso de nuestro plan. No puedo insistir lo suficiente en la importancia de nuestra colaboración para alcanzar el destino último de los lémures. El texto de Malachy ha pasado de astrólogo en astrólogo y permanece entre nosotros como un documento sagrado. Creemos que ha llegado el momento de que sea conocido por más personas.

—Desde luego —murmuró Cecil.

—Vivimos tiempos difíciles —continuó Dee—. En Inglaterra se nos trata bien gracias al fervor protestante de la reina. Aquí nos ha ido bien y estamos sólidamente establecidos. Pero en el continente las cosas no nos son tan favorables. El Papa está furibundo por la muerte de la reina María. Él y su círculo más cercano de cardenales están convencidos de que detrás de ese asunto se hallaba la mano de los lémures.

Walsingham soltó una carcajada.

—Son despreciables pero no son idiotas.

—En efecto —dijo Dee—. Han capturado a varios de nuestros agentes en Italia, España y Francia, y los han torturado con saña. Me ha llegado información de que han guardado las colas como trofeos de los que alardear. Nos han desmoralizado y esto no puede volver a suceder. Nuestros hermanos necesitan inspiración y ánimos para mantener su espíritu combativo. Según la profecía, solo quedan por delante treinta y ocho papas. Si bien esto puede representar bastante tiempo, de hecho siglos, sería interesante que Malachy se convirtiese en un estandarte que los lémures llevaran en sus corazones. Siempre he dicho que aquel que anticipa el futuro controlará el futuro. Los lémures pueden y deben prosperar en los años venideros, y creo fervientemente que cuando el último grano de arena caiga a través del reloj de la historia y el último Papa haya sido nombrado y haya desaparecido, el mundo y todas sus riquezas estarán en nuestras manos.

—Y hay más —dijo Cecil—. Contadle lo de nuestro complot contra el nuevo Papa.

Dee asintió eufórico.

—Nos gustaría consumar algo que jamás antes hemos conseguido, un Papa lémur. Imaginad nuestro poder si tuviésemos el papado y, a través de nuestra influencia en la corte inglesa, simultáneamente controlásemos a la reina protestante. Con ayuda de Malachy, nos gustaría apoyar a nuestro hombre, el cardenal Girolamo Simoncelli, a conseguir ese cargo. Malachy describe al próximo Papa como *ex antiquitate urbis*, «de la antigüedad de la ciudad». Simoncelli encaja perfectamente ya que en la actualidad es cardenal de Orvieto, que en italiano significa «vieja ciudad».

—Decidme qué puedo hacer —pidió Marlowe, arrastrado por el entusiasmo que veía en los ojos del anciano.

—Walsingham, entrégale la caja.

Marlowe tomó la caja y la abrió. En su interior había un pergamino enrollado y atado con cintas.

—Es una copia de la profecía de Malachy de su puño y letra —le explicó Dee—. No la perdáis. Llevadla a Roma. Tenemos allí un amigo de confianza, un astrónomo llamado Mascherino. Walsingham os facilitará un buen motivo para ir a Roma, pero una vez allí, con la ayuda de Mascherino, depositaréis el manuscrito en la biblioteca papal y, poco después, Mascherino, *mirabile dictu*, la descubrirá y la hará pública. Una vez leída y valorada, a los cardenales les quedará claro la indiscutible exactitud de lo profetizado por Malachy a lo largo de los siglos y eso nos servirá para que tomen conciencia de que deben elegir a Simoncelli como el próximo Papa.

—¿Puedo abrirlo? —preguntó Marlowe alzando el pergamino.

—Por supuesto —asintió Dee.

Marlowe desató las cintas y desenrolló con cuidado el pergamino. Lo leyó en silencio y durante unos minutos el único ruido en la habitación fue el causado por Poley al mover los troncos de la chimenea con el atizador. Cuando Marlowe finalizó la lectura, dejó que el manuscrito se volviese a enrollar por sí mismo y colocó de nuevo las cintas. En su rostro se dibujó una sonrisa.

—¿A qué viene esta sonrisa malévola, Kit? —le preguntó Cecil.

—Se me acaba de ocurrir una idea, una tontería en realidad

—comentó Marlowe mientras guardaba el pergamino y cerraba la caja—. Ya estoy trabajando duro en una revisión de mi *Fausto* con cambios suficientes como para considerarla una nueva versión. Se me ha ocurrido que podría incorporar más cosas para ridiculizar la Iglesia del Papa y estoy en pleno proceso de añadir más carne al asador en mi tercer acto, que se desarrolla en el palacio papal en Roma. Me gustaría contar con vuestro permiso, mis queridos caballeros, para encriptar un mensaje para las futuras generaciones de lémures, un mensaje de orgullo y ambición relacionado con la profecía de Malachy que se pudiese descifrar, tal vez, a partir de las diferencias entre mis dos versiones.

Walsingham miró a Dee y después asintió.

—Como sabéis, siempre me han entusiasmado los códigos.

—Creo que es una excelente idea —dijo Cecil—. Por supuesto que sí, Kit. Ya tengo ganas de ver tu obra maestra de encriptado.

Dee se puso en pie y se alisó la ropa.

—Venga, señor Marlowe, acompañadme a la calle y contemplemos juntos el cielo nocturno.

Los otros tres hombres permanecieron en la habitación bebiendo.

—Creo que el doctor Dee siente aprecio por él —dijo Cecil.

—Marlow es un tipo simpático —dijo Walsingham—. No entiendo su entusiasmo por el teatro, pero su particular talento nos es sin duda útil.

—También a Nerón le encantaba actuar —comentó Cecil.

La observación provocó la burla de Walsingham.

—¡Él no es comparable con Nerón! Poley, ¿qué opinas tú de todo esto? Esta noche no has abierto la boca.

Poley se apartó de la chimenea.

—Esta tarde he estado en el teatro.

—¿Y por qué? Explícamelo, te lo ruego. ¿Te has convertido en un devoto del arte dramático?

—No precisamente. Tenía ciertas sospechas acerca de Marlowe. Lo he estado espiando.

—¿Y qué has descubierto? —preguntó Walsingham.

—Los pillé a él y a Thomas Kyd abrazándose. Y vi cómo Kyd acariciaba la zona trasera de Marlowe.

—¡Kyd no es de los nuestros! —dijo bruscamente Walsingham.

—Desde luego que no —corroboró Cecil.

Walsingham agarró indignado los brazos de su silla.

—Marlowe es brillante, pero bebe en exceso y no comparte nuestro prudente modo de actuar. Acompáñale a Roma. Asegúrate de que cumple con la misión que le hemos asignado. Cuando regrese, dejaremos que escriba sus obras de teatro y le seguiremos asignando misiones. Pero, Poley, quiero que lo vigiles, que lo vigiles estrechamente y, como siempre, que me mantengas informado de todo lo que veas.

24

El padre de Elisabetta les pidió a ella y a Zazo que despejasen la mesa de la cena para que pudieran concentrarse los tres en el ejemplar de *Fausto*.

—¡Mirad! —dijo Carlo—. Hay una diferencia entre tu ejemplar y el que yo he estado leyendo.

Elisabetta le echó un vistazo.

—Ambos son textos B. ¿Cuál es la diferencia?

—El tuyo está numerado. ¿Ves los números en el margen derecho? Cada cinco líneas, ¿los ves? En cada inicio de capítulo la numeración vuelve a comenzar desde el uno. Es una numeración habitual en las obras de teatro para que los actores puedan encontrar sus diálogos fácilmente y los profesores puedan dar a sus estudiantes la referencia de un determinado pasaje. Pero mi ejemplar no tiene numeración.

Elisabetta mostró su creciente interés.

—¡Sí! Ya lo veo.

—No he llegado a ninguna parte mientras he estado mirando esto como una progresión numérica o un código de sustitución. Hasta que de pronto he caído en la cuenta: ¿no podría ser que esos tatuajes hicieran referencia a los números de determinadas líneas? Líneas que difieren entre el texto A y el texto B. «El B da la clave.» Eso es lo que decía la carta.

—Pero hay muchas diferencias entre las dos versiones —dijo Elisabetta—. ¿Por dónde empezamos?

—Exacto. Me he dado cuenta de que sería una tarea muy difícil, más adecuada para afrontarla con ayuda de un ordenador que mediante el sistema de prueba y error, y me he puesto a pensar cómo podía crear un programa para llevarla a cabo. Pero entonces he recordado algo que dijo tu amigo el profesor Harris. ¿Lo recuerdas? Afirmó que las mayores diferencias estaban concentradas en el tercer acto, que era mucho más largo en el texto B y se había convertido en una diatriba anticatólica. Siguiendo una corazonada…, y no me pongas los ojos en blanco, Zazo, los matemáticos a veces tenemos corazonadas, como los policías, bueno, pues siguiendo una corazonada fui directamente al tercer acto y empecé a jugar con los números. Si cada uno de los veinticuatro números del tatuaje corresponde al número de una línea, entonces podríamos dar con la única solución que no requiere de un ordenador para descifrarla.

—De acuerdo —dijo Elisabetta—. ¿Cuál era el primer número?

Carlo se puso las gafas de leer y se las quitó rápidamente.

—El 63.

Elisabetta localizó la línea.

—«Mi nombre sea admirado hasta el lugar más recóndito.» ¿Y ahora qué?

—Bueno, de nuevo la solución más sencilla sería tomar la primera letra de la primera palabra. Creedme, estaba preparado para tener que buscar soluciones más complicadas, pero creo que es tan sencillo como esto.

—De modo que es «M» —dijo Elisabetta—. ¿Cuál es el siguiente número?

—El 128.

—«Así se maldiga a quienes se someten a él.» «A.»

Zazo casi gritó:

—¡Por favor! ¡Me muero de hambre! ¿Podéis ir al grano?

Carlo volvió a ponerse las gafas.

—El mensaje es: MALACHY REY VIVA LOS LÉMURES.

Elisabetta contuvo la respiración cuando escuchó la palabra «lémures». Se obligó a concentrarse en Malachy y a duras penas consiguió decir:

—Creo que Malachy era un santo irlandés. Y hay algo más acerca de él. Ahora no logro recordarlo...

—Yo tampoco —dijo Carlo—. ¿Y qué demonios son los lémures? En cualquier caso, yo soy un simple matemático y mi aportación ya está hecha. —Inspiró feliz, percibiendo por fin los aromas de la cocina, y dijo:

—Huele bien. ¡Vamos a comer!

Elisabetta dio gracias a Dios por la existencia de internet. De otro modo, tendría que haber esperado hasta la mañana siguiente, buscar una biblioteca y pasarse un día o más entre pilas de libros.

Después de cenar, sola en casa y mientras esperaba que llegase Micaela, navegó frenéticamente por la red tratando de entender el mensaje cifrado.

De las innumerables páginas dedicadas a Malachy sacó la conclusión de que el santo despertaba un renovado interés, especialmente desde el reciente fallecimiento del Papa.

Elisabetta meneó la cabeza por su desconocimiento de la relevancia de Malachy. «No vivo enclaustrada —pensó—, pero parece que estoy muy desconectada.»

Los hechos eran muy simples: san Malachy, cuyo nombre irlandés era Máel Máedóc Ua Morgair, había vivido entre 1094 y 1148. Había sido arzobispo de Armagh. Fue canonizado por el papa Clemente III en 1199 y se convirtió en el primer santo irlandés. Y era el supuesto autor de *La profecía de los papas*, una visión premonitoria de las identidades de los últimos ciento doce papas.

La mayoría de las cosas que se conocían sobre su vida procedían de *La vida de san Malachy*, una biografía escrita por su coetáneo francés san Bernard de Clairvaux, el gran teólogo del siglo XII a quien Malachy visitó durante sus viajes de Irlanda a Roma. De hecho, en su última visita a Clairvaux, Malachy enfermó y literalmente falleció en brazos de Bernard.

La profecía de Malachy se desconocía, o al menos no se publicó, mientras estaba vivo. Fue el historiador benedictino Arnold de Wyon quien la publicó por primera vez en 1595 en su libro *Lignum Vitae*, atribuyéndosela a san Malachy. Según el relato de De Wyon, en 1139 Malachy fue convocado en Roma por el papa Inocencio II para una audiencia. Mientras estaba allí, tuvo una visión de los papas futuros que consignó como una secuencia de frases crípticas. El manuscrito permaneció en el olvido hasta que fue misteriosamente hallado en los Archivos del Vaticano en 1590.

Las profecías de Malachy eran breves y abstrusas. Empezando con Celestino II, que fue elegido en el año 1130, anticipó una cadena continua de ciento doce papas que se sucederían hasta el final de papado o, según creían algunos, hasta el fin del mundo.

A cada Papa se le asignó un título místico, conciso y evocador: «del castillo del Tíber», «dragón vencido», «de la rosa del león», «ángel de los bosques», «religión devastada», «de un eclipse de sol». A lo largo de los siglos, quienes intentaron interpretar y explicar estas profecías simbólicas siempre lograron dar con algo sobre cada Papa incorporado en los títulos de Malachy, tal vez relacionado con sus países de origen, sus escudos de armas, sus lugares de nacimiento, sus virtudes...

Elisabetta fue repasando la lista con arrobada fascinación. La profecía relacionada con Urbano VIII era *Lilium et Rosa*, «el lirio y la rosa». Era originario de Florencia y la flor de lis figuraba en el escudo de armas de la ciudad; engalanaban el escudo tres abejas, y las abejas, claro, fabrican miel libando los lirios y las rosas.

Marcelo II era *Frumentum Flaccidum*, «trigo marchito». Tal vez estuviese enfermo, porque fue Papa durante un período de tiempo muy breve y su escudo de armas incluía un venado y espigas de trigo.

Inocencio XII era *Raftrum in Porta*, «rastrillo en la puerta». Su nombre de pila, Rastrello, significaba «rastrillo» en italiano.

Benedicto XV era *Religio Depopulata*, «religión devastada». Durante su papado, en la Primera Guerra Mundial, murieron veinte millones de personas en Europa, la pandemia de gripe de 1918 se llevó a cien millones y la Revolución de octubre en Rusia desechó el cristianismo en favor del ateísmo.

En 1958, después de la muerte de Pío XII, el cardenal Spellman de Boston hizo una broma a costa de la predicción de Malachy de que el siguiente Papa sería *Pastor et Nauta*, «pastor y navegante». Durante el cónclave en el que saldría elegido Juan XXIII, Spellman alquiló un barco, lo llenó de ovejas y navegó arriba y abajo por el Tíber. Resultó que Angelo Roncalli, el cardenal que acabó siendo nombrado nuevo Papa, había sido patriarca de Venecia, una ciudad marítima famosa por sus canales.

El papa Juan Pablo II era *De Labore Solis*, que literalmente significa «el trabajo del sol», aunque *labor solis* era también una expresión latina común para «eclipse solar». Karol Józef Wojtyla nació el 18 de mayo de 1920, el día del eclipse solar parcial sobre el océano Índico, y fue enterrado el 8 de abril de 2005, día en que se produjo un eclipse solar sobre el Pacífico sudoeste y Sudamérica.

Y la cadena profética de Malachy conducía hasta el 267 y penúltimo Papa que ahora acababa de ser enterrado en el interior de tres ataúdes superpuestos en una cripta bajo la basílica de San Pedro.

El Papa número 268, que se iba a elegir en el cónclave que

empezaba al día siguiente, sería el último. Malachy lo llamaba Petrus Romanus y le concedía el título más largo:

> *In persecutione extrema S. R. E. sedebit Petrus Romanus, qui pascet oves in multis tribulationibus: quibus transactis civitas septicollis diruetur, et Iudex tremendus iudicabit populum suum. Finis.*

«Durante la última persecución de la Santa Iglesia Romana reinará Pedro el Romano, quien apacentará a su rebaño entre muchas tribulaciones; tras lo cual, la ciudad de las siete colinas será destruida y el tremendo Juez juzgará a su pueblo. Fin.»

A Elisabetta la difusa naturaleza de estas profecías le recordaba a los cuartetos de Nostradamus, ideas urdidas por un charlatán de modo tal que la gente pudiese encontrar uno o dos retazos de la vida de un Papa para conectar al personaje con el título que se le adjudicaba. De hecho, varios estudiosos aseguraban que la profecía de Malachy no era más que una elaborada broma del siglo XVII que pretendía —sin éxito— ayudar al cardenal Girolamo Simoncelli a conseguir el papado.

Sin embargo, aquí, integrado en el *Fausto* de Marlowe, aparecía un mensaje cifrado: MALACHY, REY VIVA LOS LÉMURES, un mensaje lo suficientemente importante como para que esos lémures se lo tatuasen en la zona del sacro.

Elisabetta tiró de su formación como antropóloga. El uso documentado de tatuajes se remontaba al Neolítico y probablemente incluso más atrás. Los tatuajes encarnaban ritos de paso, marcas de estatus y rango, de afiliación cultural, símbolos de devoción religiosa y espiritual. El simbolismo y la importancia de los tatuajes variaban de una cultura a otra, pero estaba segura de una cosa: esos tatuajes del sacro eran importantes para los lémures.

De modo que parecía lógico pensar que también Malachy era importante para ellos, tal vez como fundamento de algún tipo de sistema de creencias. ¡Y Marlowe debió de haberlos conocido o quizá fue uno de ellos!

VIVA LOS LÉMURES. Elisabetta palpó su crucifijo.

Quiso ponerse en contacto con el padre Tremblay, pero se dio cuenta de que no tenía su teléfono.

Se oyó un ruido en la puerta de la entrada, alguien hurgaba en la cerradura.

Elisabetta se acercó con cautela. La puerta se abrió de golpe y entró Micaela.

—Perdona que llegue tarde. Tenía que visitar a un paciente.

Se dieron un beso y Elisabetta puso el hervidor en el fuego.

—¿Dónde está papá?

—Tenía la cena de despedida de uno del departamento que se jubila.

Micaela frunció el ceño.

—Seguro que estaba entusiasmado. Arturo vendrá más tarde…, ¿te importa?

—Claro que no.

Micaela se quitó la chaqueta. Tenía un elegante aire profesional con su falda azul y su blusa de seda, y pareció sentirse obligada a comentar el abismo de sofisticación que la separaba de su hermana.

—Por el amor de Dios, Elisabetta, ¿por qué llevas el hábito en casa? ¿No estás fuera de servicio?

Elisabetta levantó la mano izquierda y mostró la alianza de oro.

—Sigo casada, ¿recuerdas?

—¿Y qué tal te trata Jesucristo en su papel de marido? —le preguntó Micaela con ironía.

Elisabetta recordó su reciente ensoñación diurna sobre Marco.

—Mejor, creo, de lo que yo le he estado tratando a él en el papel de esposa. —Y cambió de tema abruptamente—: ¿Has oído lo de Zazo?

Micaela lo sabía; él la había telefoneado. Se puso a despotricar, lanzando invectivas contra el Vaticano, los jefes estúpidos y los gilipollas en general. Elisabetta le cortó la diatriba.

—Si te tranquilizas, te cuento una cosa.

—¿Qué?

—Papá ha descifrado el código de los tatuajes.

—¡Explícamelo!

Las interrumpió el zumbido del interfono. Micaela dijo que probablemente era Arturo y fue corriendo a responder, pero volvió meneando la cabeza.

—No es él. Es un tal padre Tremblay. Me ha dicho que le estabas esperando. ¿Es así?

—Sí, pero…

—Pero ¿qué?

—Por favor, no hagas ningún comentario sobre su aspecto físico, ¿de acuerdo?

Elisabetta saludó al padre Tremblay en la puerta y lo condujo hasta la cocina, donde, al ver a Micaela, se disculpó de inmediato por interrumpirlas. Elisabetta le aseguró que no había ningún problema y se apresuró a añadir que de todos modos tenía que hablar con él. Presentó al recién llegado. Micaela lo miró de arriba abajo y, haciendo caso omiso de la petición de su hermana, le preguntó:

—Padece usted el síndrome de Marfan, ¿verdad?

—¡No seas tan maleducada! —la regañó Elisabetta.

—No soy maleducada. Soy médico.

—No pasa nada —dijo Tremblay, con las orejas coloradas por su evidente incomodidad—. Sí, lo padezco…, es usted muy buena diagnosticando.

—Lo sabía —dijo Micaela, satisfecha.

En la mesa de la cocina, Elisabetta le tuvo que explicar a Micaela la relación del padre Tremblay con el asunto e informar al cura de que su hermana estaba al corriente de lo que se traían entre manos.

—De modo que por lo que parece todos tenemos alguna información, aunque incompleta —dijo Tremblay—. Pero traigo nuevos datos importantes.

—Yo también tengo novedades —comentó Elisabetta.

—¿Lanzo una moneda al aire para decidir quién empieza? —preguntó Micaela.

—No. Por favor, hermana Elisabetta —dijo Tremblay educadamente—, dígame qué ha descubierto usted.

—Mi padre es un hombre brillante, es matemático. Ha descifrado el código. Sabemos lo que significan los tatuajes. Ahora mismo se lo iba a contar a mi hermana. La respuesta está en las diferencias entre el texto A y el texto B del *Fausto* de Marlowe. Los tatuajes dicen: «Malachy, rey. Viva los lémures».

A Tremblay se le ensombreció el rostro.

—Dios mío…

—¿Qué son los lémures? —preguntó Micaela.

Mientras Tremblay daba nerviosos sorbos a su té, Elisabetta le recordó que Micaela había firmado un acuerdo de confidencialidad con el Vaticano y le preguntó al sacerdote si le daba permiso para hablar abiertamente. Él asintió incómodo y Elisabetta le contó a su hermana lo que él le había explicado sobre los lémures y lo que habían descubierto en los Archivos Secretos.

Cuando acabó, Micaela le preguntó:

—¿Esperas que me crea todo esto? ¿Y me estás diciendo que nuestra madre tenía algún tipo de relación con esa gente? ¿Que pudieron haberla envenenado?

—Me temo que todo lo que la hermana Elisabetta dice es la pura verdad —murmuró Tremblay—. Son enemigos temibles. Sería mucho mejor que no existiesen, pero lo cierto es que existen.

—¿Y Malachy? —preguntó Micaela meneando la cabeza—. ¿Quién es?

Tremblay contestó:

—Yo puedo responder a eso.

Para sorpresa de Elisabetta, el sacerdote estaba muy bien informado sobre la profecía y expuso un dinámico resumen. Cuando terminó, introdujo su largo dedo índice en el asa de la taza y la levantó para acabarse el té que le quedaba, y después añadió:

—Debo decirle, Elisabetta, que no teníamos ni idea de que los lémures estuviesen relacionados con el asunto de Malachy. Nadie en el Vaticano se tomaba esas profecías en serio. Ha resultado ser un error y ahora hemos llegado al momento del último Papa según Malachy. Y tal vez a la última esperanza de nuestro mundo.

Micaela desplegó su habitual mezcla de escepticismo e irritación.

—¿Soy la única a la que le parece que estos personajes son producto de la sala de espejos deformantes de un parque de atracciones? ¡Es demasiado! Nada de todo esto parece tener sentido.

—Viste con tus propios ojos el cadáver de Aldo Vani —dijo Elisabetta—. Viste las fotos del de Bruno Ottinger. Esos hombres eran lémures. ¡La profecía de Malachy era lo suficientemente importante para ellos como para tatuársela en la base de la columna vertebral! Estoy asustada, Micaela. Y en cuanto a tu analogía con un parque de atracciones..., esto no es la sala de los espejos, es la casa del terror. Creo que esos hombres pretenden hacerle todo el daño posible a la Iglesia.

Tremblay cogió el portafolio de cuero que había dejado a sus pies. Abrió la cremallera y sacó un fajo de fotocopias.

—Su hermana tiene razón, Micaela. Hermana Elisabetta, cuando se marchó usted esta mañana yo volví al despacho y me puse a trabajar para averiguar quién era ese «R. A.» que firmó la autorización de salida de la carta de Dee de los Archivos Secretos en 1985. Me llevó mucho trabajo, he tenido que revisar un montón de fichas del personal del Vaticano, pero creo que he dado con alguien que podría ser nuestro hombre: un tal Riccardo Agnelli. Era el secretario privado de un obispo, un hombre que ahora es cardenal.

—¿Quién? ¿Qué cardenal? —preguntó Elisabetta.

—Se lo aclaro en un minuto. Pero antes tengo que contarle algo más importante. Al mismo tiempo que di con la respuesta, vi que mi bandeja de entrada estaba llena de mensajes. Estoy suscrito a un servicio que rastrea periódicos y revistas buscando determinadas palabras y símbolos, como la mónada.

—¿Qué es la mónada? —preguntó Micaela.

Elisabetta se inclinó hacia delante y la hizo callar.

—¡Espera!

Tremblay iba pasando las hojas una a una.

—Esto es un anuncio clasificado en el *New York Times* de hoy. —Elisabetta vio una pequeña reproducción de la mónada sin ningún texto acompañándola—. Esto es un anuncio en el *Pravda*. En *Le Monde. The International Herald Tribune. Corriere della Sera. Der Spiegel. Jornal do Brasil.* El *Times* de Londres. El *Morning Herald* de Sídney. Y hay más. Todos llevan lo mismo. La mónada. He llamado a un periodista al que conozco en *Le Monde*. Le he preguntado si podía localizar quién había puesto el anuncio. Ya me ha respondido. Recibieron una carta sin remitente con dinero para pagar el anuncio e instrucciones para publicar la imagen hoy.

—Es un mensaje —susurró Elisabetta en un tono de voz apenas audible.

—Sí. —Tremblay asintió.

—¿Un mensaje? ¿Un mensaje sobre qué? ¿De qué estáis hablando? —exclamó Micaela.

Elisabetta se levantó bruscamente y sintió un mareo. Mantuvo el equilibrio apoyándose con una mano en la silla.

—¡Sé lo que va a suceder!

—Yo también —dijo Tremblay, y sus delgados dedos temblaban.

—Toda esa obsesión por mantener los esqueletos de San Calixto ocultos —dijo Elisabetta—. Todos esos intentos de silenciarme. Es por el cónclave. Los lémures. Se están comunicando entre ellos para estar preparados. Van a cumplir la profecía de Malachy. ¡Van a atacar mañana durante el cónclave!

—¿Te has vuelto loca? —dijo Micaela.

Elisabetta no le hizo caso.

—Voy a llamar a Zazo.

—Zazo está suspendido. ¿Qué puede hacer él? —le espetó Micaela.

—Ya se le ocurrirá algo.

Se oyó un golpeteo suave en la puerta de entrada.

—Bien —dijo Micaela—. Por fin llega alguien en su sano juicio. Arturo.

Se levantó y abrió.

Un hombre llenaba el marco de la puerta, un hombre con barba pelirroja que empuñaba una pistola. Y justo detrás de él había otros dos, todos bien vestidos, y ninguno sonreía.

25

Micaela pegó un grito, pero los hombres la empujaron y entraron, cerraron la puerta y la obligaron a tirarse al suelo. Elisabetta se levantó de un salto, asustada, y se dirigió al recibidor, donde vio a un hombre con barba de pie ante su hermana, encañonándola con una pistola y conminándola a que guardase silencio con el gesto de acercarse el dedo índice de la mano libre a los labios. Otros dos hombres impecablemente afeitados apuntaron sus pistolas hacia ella. Elisabetta se quedó petrificada. El de la barba habló en un idioma que ella no reconoció y, al ver que no respondía, pasó al inglés.

—Dile que se calle o la mato.

Su tono era fríamente pragmático y su mirada neutra.

«Es uno de ellos», pensó Elisabetta.

—Por favor, Micaela, intenta tranquilizarte —le dijo a su hermana—. No nos pasará nada. Por favor, deje que mi hermana se levante.

—¿Te vas a estar callada? —le preguntó el tipo.

Micaela asintió y Elisabetta la ayudó a ponerse en pie.

Se oyó un leve ruido procedente de la cocina.

Uno de los hombres fue corriendo hasta allí y a los pocos

segundos salió con el padre Tremblay encañonado. El sacerdote respiraba con dificultad.

—¿Qué quieren? —preguntó Elisabetta.

—Todos atrás —dijo el de la barba señalando la sala de estar con la pistola—. ¿Hay alguien más en la casa?

—No.

El hombre de la barba parecía darle instrucciones a uno de sus secuaces para que registrase el piso mientras él conducía a las dos hermanas y al padre Tremblay hacia el sofá de la sala. El otro tipo, que seguía a su lado, llevaba cargada al hombro una enorme bolsa de lona vacía.

A Micaela le temblaban los labios. Unas lágrimas de rabia se deslizaron por sus mejillas y le corrieron el maquillaje.

—¿Son ellos? —le preguntó en un susurro a Elisabetta.

—Estoy segura de que sí.

Los ojos de Elisabetta seguían secos. Palpó su crucifijo y vigiló cada movimiento de sus captores, intentando desesperadamente encontrar el modo de sacar a Micaela de allí y temiendo que su padre o Arturo se presentasen de repente.

El hombre al que el jefe había enviado a indagar por la casa acabó sus pesquisas e hizo un gesto indicando que todo estaba en orden.

El de la barba sacó un teléfono móvil, tecleó un número y se puso a hablar muy rápido en un dialecto gutural. Cuando colgó, ladró varias órdenes a los otros dos.

El que llevaba la bolsa de lona la dejó sobre la alfombra, abrió la cremallera y sacó otras dos bolsas plegadas.

—Vosotros tres vais a venir con nosotros —dijo el de la barba.

—¿Adónde? —preguntó Elisabetta.

—Si no oponéis resistencia, no os haremos daño. Eso es lo único que debéis saber.

El otro hombre abrió la cremallera de una bolsa más pequeña y sacó una botella de metal y varias gasas.

Micaela olisqueó y se quedó petrificada.

—Dios mío, ¡es éter! Ni de coña voy a dejar que me droguen con éter.

—Por el amor de Dios —graznó Tremblay—. Por favor, llévenme a mí. Dejen marchar a las mujeres.

El de la barba miró a Elisabetta y dijo con tono relajado:

—Te quieren a ti. Pero me han dicho: «Vale, podéis traer también a los otros». Si oponen resistencia, a ellos les va a dar igual que los dejemos aquí con una bala en la cabeza.

—Escúchame, Micaela —dijo Elisabetta muy seria—. No te opongas. No hagas tonterías. Dios te protegerá. —Hizo una pausa y añadió—: Yo te protegeré.

Era el trago más duro que había tenido que afrontar en su vida: contemplar los ojos rabiosos de su hermana mientras un bruto presionaba un paño apestoso contra su boca y su nariz, contemplar cómo Micaela se retorcía y pataleaba. Pero al mismo tiempo Elisabetta logró mantener la mente clara y en pleno funcionamiento y, mientras sus captores estaban concentrados en su horrible trabajo, pudo coger algo del borde de la mesa y guardárselo en el bolsillo debajo del hábito.

Cuando el cuerpo de Micaela quedó completamente flácido, le apartaron la gasa de la cara.

El padre Tremblay se puso a rezar en un francés veloz. Por su voz parecía muy joven, y su expresión era de terror cuando le aplastaron la gasa contra la cara.

Su cuerpo perdió cualquier atisbo de tensión y Elisabetta olió una nueva dosis de éter. También ella se puso a rezar. Cuando la tela impregnada se acercaba a su nariz, el corrosivo hedor le provocó náuseas.

Trató de no revolverse, pero su cuerpo era incapaz de doblegarse sin luchar. Sin embargo, el combate fue breve y enseguida todo había terminado.

Zazo estaba en casa intentando cumplir su promesa de emborracharse. Pero iba retrasado, solo llevaba un par de cervezas. En ese momento debería estar trabajando. Era la noche anterior al cónclave y sabía que sus hombres estarían en máxima alerta, con Lorenzo yendo de un lado a otro como un loco para asegurarse de que todo lo que le habían encargado se estuviera cumpliendo a la perfección.

Agarrar una curda no parecía lo más apropiado.

Tenía el televisor encendido. Había un insulso concurso que no estaba mirando. Era solo un murmullo de fondo.

Sonó su móvil.

—¿Dónde estás?

Era su padre. Parecía agobiado.

—En casa. ¿Qué sucede?

—¿Elisabetta o Micaela te han llamado?

—No, ¿por qué?

—Arturo llegó a casa antes que yo. La puerta de la entrada estaba abierta. Y no había nadie en el piso.

Zazo ya se había levantado y se estaba poniendo la chaqueta.

—Voy ahora mismo.

No había aire suficiente. Elisabetta no tenía la boca tapada, pero estaba en un lugar oscuro y estrecho que no le permitía cambiar de posición. Tenía las rodillas plegadas contra el pecho. Entonces se dio cuenta de que tenía las muñecas atadas por delante. Levantó las manos para saber qué era lo que la sujetaba y sintió la aspereza característica de la malla de nailon. Levantó más el brazo y comprobó que el velo seguía en su sitio. Eso no la ayudaba precisamente a respirar mejor.

Sentía vibraciones que le recorrían la espalda y oía ruido de neumáticos sobre asfalto mojado por la lluvia.

—¡Micaela! —susurró, y al no obtener respuesta alzó la voz y lo intentó de nuevo.

Por encima del ruido de la carretera escuchó un tenue y aturdido:

—¡Elisabetta!

—Micaela, ¿estás bien?

Micaela alzó un poco más la voz:

—¿Qué ha pasado? ¿Dónde estamos?

La presencia de su hermana consiguió apaciguar un poco el miedo de Elisabetta.

—Creo que estamos en un maletero.

—Eso parece. No puedo moverme.

—Lo que no sé es si vamos en un coche o en un camión. —Entonces recordó algo—. ¿Padre Tremblay? —llamó—. Padre, ¿está ahí?

No hubo respuesta.

—No sé si a él también lo han traído —dijo Micaela—. ¿Adónde nos llevan?

—No tengo ni idea.

—¿Quiénes son?

Elisabetta sabía la respuesta, pero dudó antes de decírselo, por miedo a atemorizar completamente a su hermana... y angustiarse más ella misma. Pero no pudo callárselo.

—Los lémures.

Zazo casi perdió los nervios cuando el inspector Leone le dijo:

—Escucha, tranquilízate, Celestino. Has estado bebiendo, te lo huelo en el aliento.

—Solo he tomado un par de cervezas. ¿Qué tiene eso que ver con la desaparición de mis hermanas?

Leone no estaba dispuesto a dejar de machacarlo.

—¿El cónclave empieza mañana y tú te dedicas a beber cerveza? ¿En la Gendarmería no tenéis trabajo que hacer?

Zazo inspiró con fuerza para controlarse.

—Estoy de baja.

Leone sonrió con un aire de suficiencia.

—¿Por qué será que no me sorprende?

Si Zazo le arreaba un puñetazo sabía que acabaría esposado y la *polizia* concentraría toda la atención en él, no en sus hermanas. Su padre pareció percatarse del peligro y le puso una mano en el hombro.

Zazo dijo lenta y cuidadosamente:

—Hablemos de mis hermanas, no de mí. ¿De acuerdo, inspector?

—Claro. Hablemos de ellas. Nos arrastras a mí y a mis hombres hasta aquí, ¿y qué encontramos? —Leone hizo un gesto con la mano señalando toda la sala—. ¡Nada! No hay ninguna señal de que hayan forzado la cerradura, ninguna señal de que hayan robado nada, ninguna señal de pelea o de violencia. Yo aquí lo que veo es a dos damiselas que han salido a divertirse por la noche y se han olvidado de cerrar la puerta. Y todavía es pronto, son solo las diez y cuarto. ¡La noche todavía es joven!

—¡Estás hablando de una monja, por el amor de Dios! —gritó Zazo—. ¡No sale de juerga por ahí!

—He oído que también ella está de baja.

Carlo tomó la palabra antes de que pudiese responder su irritado hijo.

—Inspector, por favor. Desde la agresión, Elisabetta ha tenido mucho cuidado. Excepto para ir a misa, apenas ha salido. Ella y Micaela en ningún caso se hubieran marchado sin decírnoslo o sin dejarnos una nota. ¿Y por qué Micaela no descuelga su móvil?

Leone arqueó las cejas para hacer una señal a los dos agentes que habían ido con él.

—Escuchad, de momento no podemos hacer nada. Mañana por la mañana, si no han vuelto a sus camas para acostarse, llamadme y activaremos el protocolo de personas desaparecidas.

Al poco rato, padre e hijo volvían a estar solos.

Zazo se frotó los ojos cansinamente con la palma de las manos.

—Voy a llamar otra vez a Arturo para asegurarnos de que no se han ido al hospital de Micaela o a su apartamento.

Carlo paseó la mirada por la sala distraídamente y tiró el tabaco quemado de la cazoleta de su pipa en un cenicero. Mientras la rellenaba con tabaco fresco, preguntó:

—¿Y después qué?

—Después tú telefonearás a todas las urgencias de los hospitales de Roma mientras yo llamo a la puerta de cada uno de los pisos del edificio para comprobar si alguno de los vecinos ha oído o visto algo.

—¿Y después qué?

Las propuestas de Zazo habían sonado como si ya diese por hecho que no solucionarían nada, y entonces sentenció:

—Después esperaremos. Y rezaremos.

Por suerte, Elisabetta se había quedado dormida un rato. Se despertó de golpe, consciente de que ya no se estaban moviendo. El aire en el interior de la bolsa era tan escaso que pensó que iba a desmayarse otra vez. Oyó voces en ese idioma extranjero y el ruido de una puerta que se abría. Y entonces notó que volvían a estar en movimiento, aunque esta vez dando sacudidas y botes arriba y abajo.

—¿Micaela?

No hubo respuesta.

—¡Micaela!

Elisabetta se bamboleó de un lado a otro durante un minuto, tal vez dos, sin apenas poder respirar y progresivamente angustiada al comprobar que, pese a que la llamaba, su hermana no contestaba. De pronto los bamboleos se detuvieron y de nuevo estaba sobre una superficie dura. Oyó el prolongado y lento sonido de una cremallera abriéndose, uno de los sonidos más maravillosos que jamás hubiese escuchado. Aspiró una bocanada de aire fresco y en un acto reflejo cerró los ojos para protegerse de la intensa luz.

Cuando sus pupilas se adaptaron a la claridad, lo primero que vio fue una despreciable barba pelirroja. Oyó el sonido de una navaja abriéndose. Volvió a cerrar los ojos en cuanto vio que la hoja se acercaba a ella y empezó a rezar, esperando notar la horripilante sensación, que ya conocía de la vez anterior, del acero penetrando en su cuerpo.

Oyó el corte, rápido y limpio, y de pronto tenía las manos libres.

El hombre de la barba pelirroja había cortado la cinta de embalar con la que la habían mantenido atada.

Elisabetta abrió los ojos y se puso torpemente de pie. Se mantuvo inestablemente erguida sobre una bolsa de viaje negra abierta en medio de un enorme sótano sin ventanas. El lugar estaba lleno de cajas de pino, cada una del tamaño de una bañera. Pero ella centró su atención en las dos bolsas de lona cerradas que yacían en el suelo, a su lado.

—¡Dejadlos salir! —pidió.

Otro de los secuestradores abrió la cremallera de la primera bolsa. Micaela estaba acurrucada en posición fetal, inmóvil. Antes de que nadie pudiese detenerla, Elisabetta corrió hasta su hermana, se arrodilló junto a ella y le tocó la mejilla. Gracias a Dios, todavía estaba caliente.

Alzó la mirada hacia el hombre de la barba.

—Desatadla. Por favor.

Elisabetta acarició el cabello de su hermana mientras el tipo accedía y cortaba la cinta. Una vez liberada, Elisabetta le frotó las muñecas y las manos para que circulase la sangre. Micaela respiraba lentamente, pero de pronto abrió la boca y empezó a resollar en busca de aire. Abrió los ojos y miró entrecerrando los párpados. Pronunció un débil:

—Elisabetta.

—Aquí estoy, cariño.

—¿Estamos vivas?

—Gracias a Dios, lo estamos. —Giró la cara para mirar a sus captores—. ¡Liberad al cura!

Abrieron la cremallera de la bolsa del padre Tremblay.

El cuerpo larguirucho del sacerdote se hallaba replegado sobre sí mismo; estaba inmóvil y sus gruesas gafas le colgaban de una oreja. Elisabetta se acercó a él y le palpó la cara. Estaba fría como una piedra.

—Micaela, ¿puedes venir? ¡Necesita ayuda!

Mientras los hombres contemplaban la escena impasibles, Micaela gateó hasta la bolsa de lona del sacerdote y buscó el pulso de Tremblay palpando la carótida. Acercó la oreja a su pecho.

Desolada, dijo:

—Lo siento, Elisabetta. Está muerto. Por el éter. Los pacientes con síndrome de Marfan tienen el corazón débil. No lo ha resistido.

Elisabetta se puso en pie y señaló al hombre de la barba.

—¡Bastardos! ¡Lo habéis matado! —gritó con una rabia que no sabía que fuera capaz de acumular.

El hombre se encogió de hombros y se limitó a decirles a sus colegas que retirasen el cadáver.

—Allí hay camas —dijo señalando tres camas individuales colocadas contra la pared de piedra. Estaban sin hacer, pero sobre ellas había amontonadas sábanas, mantas y almohadas—. Y detrás de esa puerta verde hay un lavabo. Os traeremos comida. No hay ninguna salida, así que no merece la pena intentar escapar. También deberíais estar calladas, porque nadie puede oíros. Muy bien, adiós.

—¿Qué van a hacer con nosotras? ¿Qué quieren? —inquirió Micaela.

El hombre de la barba se alejó de ellas en dirección a una recia puerta de madera.

—¿Yo? —respondió—. Yo no quiero nada. Yo ya he cumplido con mi trabajo y ahora me voy a casa a dormir.

Los secuestradores arrastraron el cadáver del padre Tremblay y se marcharon.

Se oyó el chirrido de un cerrojo deslizándose al cerrarse. Elisabetta ayudó a Micaela a llegar hasta una de las camas y la sentó en ella. Había botellas de agua encima de una mesa. Elisabetta abrió una, olió el contenido y probó un sorbo.

—Toma —le dijo a su hermana pasándole la botella—. Creo que no lleva nada raro.

Micaela se bebió la mitad de golpe. En ese momento Elisabetta se dejó ir y rompió a llorar. También Micaela empezó a llorar. Y las dos hermanas se abrazaron.

—Pobre hombre —dijo, casi ahogándose, Elisabetta—. Ese pobre, pobre hombre. No se merecía morir así. Ni siquiera ha recibido la extremaunción. Nada. Tengo que rezar por él.

—Tú reza —dijo Micaela frotándose los ojos empapados de lágrimas—. Yo tengo que mear. —Con paso vacilante, se encaminó hacia la puerta verde.

Elisabetta entonó una apresurada oración por el alma del joven sacerdote y decidió que Dios querría que se concentrase en salvar a Micaela y a sí misma. Se levantó y se puso a explorar el sótano.

Era imposible abrir la puerta cerrada con cerrojo. Y no parecía que hubiera otra posible vía de escape. Las paredes eran de fría piedra caliza de color claro y el techo era alto y abovedado. Pensó que era un sótano antiguo, probablemente medieval. Las cajas sugerían que se utilizaba para guardar cosas, no para alojar huéspedes. Las camas de estructura metálica parecían fuera de lugar, colocadas allí para la ocasión.

Micaela regresó meneando la cabeza.

—¿Qué tal el lavabo? —le preguntó Elisabetta.

—El váter funciona.

—¿Alguna ventana?

—No. —También Micaela intentó abrir la puerta—. Creo que estamos metidas en un buen lío.

—¿Qué hora es?

Micaela consultó el reloj.

—Algo más de las siete. De la mañana, supongo, pero podríamos habernos perdido un día entero.

—Lo dudo —dijo Elisabetta—. ¿Qué idioma crees que hablaban?

—Sonaba a eslavo.

—Si nos hemos pasado toda la noche en la carretera, podríamos estar en Alemania, Austria, Suiza o Eslovenia.

—Tu cerebro trabaja mejor que el mío —dijo Micaela—. Probablemente has aspirado menos éter.

—Probablemente.

Elisabetta utilizó el lavabo. Era del tamaño de un armario, con solo un váter y una pila, ninguna ventana. Las paredes eran de la misma piedra caliza amarilla.

Cuando salió, se puso a hacer su cama.

—Te estás adaptando bien al cautiverio —comentó Micaela.

—Deberíamos descansar un poco. Dios sabe lo que nos espera.

De mala gana, Micaela se puso a estirar las sábanas sobre su delgado colchón y metió los bordes por debajo.

—¿Por qué no nos matan? —preguntó de pronto.

—No lo sé. —Elisabetta ya estaba escrutando de nuevo la habitación—. Quizá necesiten algo de mí.

Micaela acabó de desplegar la manta y colocarla sobre la cama. Dio un puñetazo a la desigual almohada.

—Las camas son horribles. —Se sentó, se quitó los zapatos y se masajeó los pies.

—Si Dios quiere, no estaremos aquí mucho tiempo. —Elisabetta se acercó a uno de los montones de cajas apiladas contra una de las paredes. No llevaban ningún tipo de indicación. Golpeó una de ellas; el ruido apagado le indicó que estaba llena.

Como las cajas estaban apiñadas en varias pilas que no estaban niveladas, formaban una irregular escalera que permitía subir hasta arriba.

Elisabetta se levantó el hábito y empezó a escalar.

—¿Qué haces? —preguntó Micaela—. ¡Te vas a caer!

—No pasa nada. Quiero ver si puedo abrir una.

—¿Para qué?

—Por curiosidad.

—Pensaba que habías dicho que teníamos que descansar.

—Dentro de un minuto.

Elisabetta llegó a lo alto y se puso de pie sobre una de las cajas, a unos tres metros y medio del suelo.

—¡Huy!

La caja se movió un par de centímetros.

—¡Baja! —le gritó Micaela.

—No, estoy bien..., creo. Tendré cuidado.

Elisabetta no podía abrir la caja sobre la que estaba subida, de modo que lo intentó con una que había pegada a la pared. Se acuclilló e inspeccionó la tapa. Parecía pesada y perfectamente encajada, pero no estaba clavada o atornillada. Tiró de un borde y cedió un poco.

¿Qué se iba a encontrar? ¿Armas? ¿Drogas?

Frunció los labios. No creía que fuese nada de eso.

Aplicando toda su fuerza, logró levantar la tapa un par de centímetros, lo justo para meter la punta de los dedos. Tiró hacia arriba y la abrió lo suficiente para poder echar un vistazo al contenido de la caja.

Micaela se había vuelto a poner de pie y tenía las manos en las caderas.

—Bueno, ¿qué hay? ¿Qué ves?

La luz era tenue, pero Elisabetta logró vislumbrar lo que había en el interior.

Por alguna razón, no le sorprendió lo que vio.

La caja estaba llena de tierra volcánica rojiza y huesos humanos.

Había dos esqueletos completos, tal vez tres. El que estaba encima tenía una cola articulada de la longitud de una mano. Y en cuanto al cráneo…, reconoció el gesto del grito. Localizó fácilmente el colgante en la caja torácica, porque brillaba con la luz. Estaba labrado con signos estelares, el mismo círculo zodiacal del fresco y del círculo mágico de Fausto.

«¿Quién eres?», pensó Elisabetta, y clavó la mirada en el cráneo lleno de ira.

Sostuvo todo el peso de la tapa con una mano y metió la otra en la caja. Dejó de lado el medallón dorado y fue directamente a por un objeto plateado más pequeño que el esqueleto sostenía entre los dedos. Tiró de él y lo sacó. Un pequeño medallón con un crismón.

—¿Qué es? —preguntó a gritos Micaela—. ¿Qué has encontrado?

—Son los esqueletos de San Calixto.

26

Roma, 68

A los treinta años, regordete y con una incipiente calva, Nerón ya no se parecía en nada a la ubicua imagen de las estatuas y las monedas. Los años transcurridos desde el gran incendio le habían pasado factura.

Durante las horas del día en que estaba sobrio vivía obsesionado con la construcción de la Domus Aurea y trabajaba en cada detalle. No se trataba tanto de un palacio como de una declaración de intenciones. Una amplia extensión de la Roma que había sido pasto de las llamas era ahora suya y podía modelar la tierra a voluntad para configurar su imagen áurea. Cuando la construcción estuviese terminada, el atónito visitante contemplaría una vista de la campiña llena de árboles, pastos, animales exóticos y fastuosos edificios alrededor de un lago, todo ello ubicado en un valle rodeado de colinas.

El complejo residencial principal deslumbraría el ojo del visitante, porque la fachada sur, de trescientos sesenta metros, estaba construida de modo que la superficie dorada captaba y reflejaba el sol durante todo el día. El vestíbulo era lo suficientemente alto como para albergar una colosal efigie de Nerón, la estatua más grande jamás exhibida en Roma. Había comedores con imponentes techos de marfil que los esclavos podían abrir para dejar caer sobre los invitados una lluvia de pétalos. Había conductos para rociar a los presentes con perfume. El principal comedor para banquetes era circular y estaba situado sobre una plataforma rotatoria que los esclavos hacían girar lentamente durante el día y la noche para imitar el movimiento de la Tierra. Los baños calientes contaban con agua de mar y sulfurosa.

La edificación del complejo enriqueció enormemente a un grupo de sociedades de lémures, pero secó las arcas del imperio. Sin embargo, Nerón sentía que tenía todo el derecho a hacerlo. Cuando se terminó la construcción, dijo que por fin podría vivir como un ser humano.

Mientras pasaba de una suntuosa habitación a otra, de un acto depravado al siguiente, el imperio gimoteaba bajo el despilfarro de su gobierno. El hombre de Estado romano Gaius Calpurnius Piso había intentado destronarlo un año después del incendio, antes de que a Nerón le llegasen rumores de la conspiración y masacrara a un montón de conjurados y a sus familias. Al año siguiente se produjo una revuelta judía en Judea que obligó a Nerón a implorarle a su apreciado general Vespasiano que regresase de su retiro.

Los sobrecostes de la Domus Aurea y otros proyectos de edificios romanos y el enorme gasto de mantener el orden en su vasto imperio llevaron a Nerón a desangrar a las provincias con nuevos impuestos.

—¡Consígueme más dinero! —le bramaba siempre a Tigellinus, que se empeñaba a fondo y sacaba tajada de cada transacción. Se había acostumbrado a las crecientes demandas de Nerón. Más dinero, más comida, más vino, más espectáculos, más orgías, más sangre…, sobre todo sangre cristiana.

Nada de esto incomodaba lo más mínimo a Tigellinus, pero él y las principales familias de lémures estaban cada vez más preocupados ante la posibilidad de perder el control que habían ostentado desde los tiempos de Calígula. Pensaban que ojalá Balbilus siguiese todavía entre los vivos para leer las cartas astrales y decirles qué iba a suceder.

Había aparecido una nueva amenaza en la persona de Gaius Julius Vindex, el gobernador de la Gallia Lugdunensis, al que se obligaba a recaudar unos impuestos desmesurados. La Galia estaba en abierta rebelión. Si bien era cierto que las legiones de Nerón habían derrotado a Vindex en la sangrienta batalla de Vesontonio, lejos de continuar luchando por Nerón, los victoriosos pretorianos de inmediato propusieron a su propio comandante Verginius como nuevo emperador. Él rechazó participar en un acto de traición, pero a lo largo y ancho del imperio crecía el apoyo a Galba para que le arrebatase el poder al gordo y chiflado tañedor de lira de la Domus Aurea.

Sin embargo, fuera cual fuese la adversidad que le cayese encima durante esos años convulsos, Nerón siempre encontraba una vía de escape en una jarra de vino y solaz en brazos de Sporus.

En el verano del año 65, Nerón, que era inmune a las ideas de arrepentimiento y remordimiento, hizo algo que, de haber podido dar marcha atrás, habría evitado. Borracho, en un ataque de ira provocado por algo que después ni siquiera era capaz de recordar, la emprendió a patadas con su esposa Popea Sabina y el hijo que esperaba hasta matarlos. Cuando se despertó al día siguiente, bilioso y con resaca, y vio el cuerpo maltrecho de su mujer sobre el suelo de mármol y la sangre reseca en sus propias manos y pies, se puso a gimotear como un niño.

Había asesinado a su propia madre, había violado a una virgen vestal, había cometido incontables actos atroces, pero ninguno de ellos le había atormentado tanto como el asesinato de Popea. Tras la desaparición de su esposa, Nerón la añoraba terriblemente. Le carcomía una sensación de vacío e intentó llenarla lo más rápido que pudo. Cada vez que oía hablar de una mujer que se parecía a Popea, hacía que la llevasen ante él y, en caso de que el parecido fuese suficiente, estaba dispuesto a convertirla en su concubina. Pero ninguna cumplió sus expectativas como un chico, un liberto llamado Sporus, que tenía un parecido asombroso. Nerón se decidió por él de inmediato y premió al muchacho con la castración para sellar el trato.

Cuando sanaron sus heridas, Nerón hizo que le pusieran una peluca y un vestido y que lo maquillaran como Popea, y se casó con él en una ceremonia formal en la que Tigellinus tuvo que tragar sapos y ejerció de padrino de la «novia». Nerón se lo llevaba cada noche a la cama y lo amenazó con cortarle el cuello si alguna vez susurraba algún comentario sobre su cola. Y mientras los chismorreos corrían por toda la ciudad, Nerón daba la lata a todas horas a sus cirujanos griegos sobre el modo de transformar a un eunuco en una verdadera mujer, de modo que pudiera besarle la cara mientras fornicaban.

En junio los jardines de la Domus Aurea estaban en el momento álgido de su fragancia, pero los únicos que parecían percatarse eran los esclavos que cuidaban los parterres de flores y los frutales. Nerón y su corte estaban demasiado ocupados con las noticias sobre el traidor Galba, que ganaba fuerza a medida que el calor del verano se intensificaba.

Nerón había podido regocijarse brevemente hacía unas semanas de la derrota de Vindex, y que hubiese llegado a sus oídos que el gobernador de la Galia le considerase un pésimo tañedor de lira no era el menor de los motivos para odiarlo, pero Galba había asumido el liderazgo de la rebelión y estaba conduciendo a sus legiones hacia Italia. La corte no se había sentido en absoluto tranquilizada cuando Nerón anunció su delirante plan para derrotar a los insurrectos: viajaría a los puestos avanzados de las legiones armado con carros cargados de utillaje teatral y órganos hidráulicos, acompañado por concubinas que lucirían cortes de pelo masculinos e irían vestidas como amazonas. Cuando se topase con Galba, al principio no haría otra cosa que llorar. Y de este modo, reducidos los rebeldes a la contrición, montaría una gran actuación para ellos con canciones de victoria que ya estaba componiendo.

Un día, después del anochecer, llegó a la Domus Aurea un enviado con un mensaje para Tigellinus. Lo leyó y negó con la cabeza. Para él había llegado el momento de marcharse. Estaba a la espera de recibir esa noticia y sus esclavos ya habían recogido todo en su villa y lo habían cargado en las carretas y en los carros. El general Turpilianius, el último de los leales, que comandaba la avanzadilla contra Galba, había desertado. Tigellinus no tenía ninguna intención de morir por Nerón y, a pesar de las riquezas que había acumulado gracias a él durante años, todavía conservaba un amargo sabor de boca al recordar que el emperador había ordenado incendiar su preciosa basílica Aemilia. No, saldría a toda prisa hacia su finca de Sinuessa y se mantendría apartado discretamente con las otras familias de lémures. Ya encontrarían el modo de salir adelante. Siempre lo hacían.

—¿Qué sucede? —preguntó un ebrio Nerón a Tigellinus cuando este entró en el comedor.

—Un parte del campo de batalla.

Nerón abrazó a Sporus y al hacerlo volcó una copa de vidrio.

—Bien, ¡pues dime lo que dice! Estoy ocupado, ¿es que no lo ves?

—Turpilianius se ha pasado a las filas de Galba.

Nerón se puso en pie tambaleándose. Su secretario, Epaphroditus, se le acercó rápidamente para sostenerlo.

—¿Qué debemos hacer? —preguntó Nerón.

Tigellinus reflexionó un momento y, antes de marcharse, citó un verso de la *Eneida* a modo de cáustica despedida:

—«¿Es algo tan penoso morir?»

Nerón se puso a farfullar mientras sus cortesanos se escabullían y el comedor se vaciaba. Se las apañó para recuperar la compostura y espetar algunas órdenes a los pocos que quedaban a su alrededor. Quería una flotilla preparada en Ostia para trasladarlo a Alejandría. Entretanto, abandonaría la Domus Aurea esa misma noche. Era demasiado grande para poder defender todas las entradas y allí se sentía vulnerable. Los amurallados jardines de Serviliano en la otra orilla del Tíber eran más seguros. Nerón ofreció oro a los miembros de las cohortes pretoriana y germánica que le acompañasen en su huida, pero la mayoría de ellos desertaron allí mismo.

—¿Dónde está Sporus? —preguntó vociferando a Epaphroditus—. ¡Tráemelo!

Epaphroditus lo encontró en las cocinas, hablando con un hombre en la puerta trasera, junto al jardín de las especias. El hombre desapareció entre las sombras de la noche.

—¿Quién era ese? —preguntó Epaphroditus.

—Un amigo —respondió con un mohín Sporus.

—Solo hay un hombre del que tienes que ocuparte, desgraciado —dijo Epaphroditus—, y él es quien decide lo que tienes que hacer.

Mientras Nerón y su pequeño séquito cruzaban el Tíber, la mayoría de los miembros del Senado se dirigieron al cuartel de la Guardia Pretoriana, declararon a Nerón enemigo del Estado y ofrecieron a Galba aliarse con él. Se ordenó a las cohortes germanas de Nerón que depusieran las armas.

Ya era pasada la medianoche cuando Nerón y Sporus pudieron instalarse en la habitación del emperador en los jardines de Serviliano para pasar la noche.

De pronto Nerón se incorporó en la cama y permaneció sentado muy tenso.

—¿No puedes dormir? —le preguntó Sporus, adormilado.

—Algo va mal —dijo Nerón, y se levantó y llamó a Epaphroditus.

El secretario le confirmó sus temores. La Guardia Imperial había huido.

Nerón salió corriendo histérico hacia la orilla del río y, cuando parecía que podía estar a punto de arrojarse a las oscuras aguas, uno de los pocos amigos que le quedaban, el liberto Phaon, sugirió que se dirigieran a su propia villa, situada a unos pocos kilómetros hacia el norte. Encontraron unos caballos y Epaphroditus disfrazó a Nerón con una vieja capa y un sombrero de granjero, ya que el camino que debían tomar pasaba junto a un cuartel de la Guardia Pretoriana. Su séquito era ya muy reducido: Phaon, Epaphroditus y Sporus.

Fue un viaje final horrible para un emperador. Sostuvo un pañuelo sobre la cara para ocultar su identidad mientras recorrían una vía muy transitada. Cuando pasaron junto a un granjero y su mula, el caballo de Nerón dio un bandazo y le obligó a utilizar ambas manos para controlar al animal. Al bajar el pañuelo, el granjero, que años atrás había sido soldado, lo reconoció y gritó:

—¡Ave, césar! ¿Cómo han podido declararte enemigo del Estado?

Nerón no dijo nada y siguió adelante.

Llegaron a la villa de Phaon y allí Nerón se desplomó sobre un diván.

—¿Qué le sucede a un enemigo del Estado? —preguntó.

—El castigo viene de antiguo —dijo Phaon, desolado, mientras buscaba una jarra de vino.

—¿Y cuál es? —gritó Nerón.

—Es un destino degradante, césar —le explicó Epaphroditus—. Los verdugos desnudan a la víctima, le sostienen la cabeza inclinada hacia delante con una horca de madera y lo azotan con unas varas hasta matarlo.

Nerón empezó a lloriquear.

Se oyeron caballos acercándose.

Nerón sintió pánico, empuñó una daga y se la acercó a la garganta, pero se le deslizó de su endeble mano y cayó ruidosamente al suelo.

—¿Es que nadie me va a ayudar? —suplicó.

Epaphroditus recogió la daga y la acercó al cuello de Nerón hasta que la punta hizo sangrar la blanda carne rosácea.

—Aseguraos de que incineren mi cadáver —gimoteó Nerón—. No quiero que nadie vea lo que soy.

—Sí, césar —respondió Epaphroditus.

Nerón fijó la mirada en el fresco del techo de la villa de Phaon. Representaba a una mujer sentada tañendo una lira.

—Qué gran artista desaparece con mi muerte —susurró.

—No puedo hacerlo —dijo Epaphroditus, con la mano temblorosa.

Sporus merodeaba detrás de él. El muchacho, que había sido retenido, castrado y después sodomizado durante años, agarró la empuñadura de la daga.

—Yo puedo —dijo, y clavó la hoja en un lado del cuello de Nerón hasta que emergió por el otro.

Y mientras Epaphroditus se arrodillaba aturdido junto al cadáver de su amo, Sporus se dio la vuelta y salió de la habitación toqueteando el medallón que llevaba en el bolsillo y que le había entregado el hombre del jardín de las especias.

Llevaba el símbolo del crismón y era de buena calidad, bañado en oro.

—Ahora soy cristiano —dijo Sporus en voz alta—. Y he liberado a Roma de este monstruo.

Londres, 1593

Era un mes de mayo inusualmente cálido y el interior del Mermaid era sofocante. La taberna olía a cerveza reseca y fresca, a meados antiguos y recientes y a una pegajosa miasma de sudor.

Marlowe estaba agotado y francamente molesto porque no se estaba emborrachando con la rapidez que le hubiera gustado. Sentado a una larga y repleta mesa, se quejó al tabernero de que la cerveza estaba aguada, pero el corpulento camarero no le hizo ni caso y dejó que siguiera rabiando...

—Tendré que trasladar mi negocio a otro sitio —bramó sin dirigirse a nadie en particular—. La cerveza es mejor en Holanda.

Conocía bien la cerveza holandesa.

Se había pasado buena parte del año anterior en la apestosa ciudad portuaria de Flushing llevando a cabo sus juegos de agente doble o triple, a los que se había aficionado. Walsingham había fallecido hacía ya unos tres años, y Marlowe tenía un nuevo jefe, Robert Cecil, que había continuado las maniobras de su padre, lord Burghley, para mantener su relación privilegiada con la reina. Cecil había logrado para sí el puesto de Walsingham como secretario de Estado y jefe del espionaje. A Robert Poley, el leal bellaco que voluntariamente entraba y salía de las frías y húmedas cárceles para mantener su falsa identidad de simpatizante católico, le puso al mando de los agentes de Su Majestad en los Países Bajos.

A Marlowe a menudo sus misiones encubiertas le parecían insignificantes, pero le pagaban bien —mejor que en el teatro— y eso le permitía disponer de tiempo para escribir dramas con los que impulsar el plan en el que creía con fervor: sembrar el caos, la confusión y la calamidad. Lord Burghley estaba débil y ya no formaba parte de este mundo. El anciano John Dee se había vuelto majareta y la reina lo había jubilado y lo había nombrado rector del Christ's College en Manchester. Robert Cecil estaba preparado para convertirse en el más poderoso de los lémures en Inglaterra y Marlowe era su hombre. Se aprovecharía de su éxito para llegar a nuevas cimas de fama, riqueza y poder. Estaba convencido de que se lo merecía más que nadie, ya que había hecho todo lo que se esperaba de él.

Había vivido en una hedionda habitación en la ciudad portuaria de Flushing, bebido cerveza holandesa en posadas y tabernas, recogido información de contraespionaje haciéndose pasar por seguidor católico, falsificado monedas durante el día con un círculo de conspiradores y encontrado el tiempo para escribir unas horas casi todas las noches.

Y después del éxito del *Fausto*, cada una de sus nuevas obras había sido bien recibida. La siguiente fue *El judío de Malta*, y después el drama histórico *Eduardo II*, *Hero y Leandro* y finalmente *La masacre de París*, que la compañía Pembroke's Men había llevado a escena hacía unos meses.

Nunca satisfecho y siempre esforzándose, Marlowe encontraba muchas razones para irritarse. Vivía como un indigente si se comparaba con alguien como Cecil. Eran de la misma estirpe, habían recibido la misma educación, poseían una inteligencia pareja, pero Cecil tenía como padre a un Burghley mientras que el padre de Marlowe era un modesto zapatero. Y en el mundo literario ahora le había salido un rival formidable. Un joven actor escritor de Stratford-upon-Avon había emergido en la escena londinense con un drama titulado *Enrique VI*, estrenado hacía un año con un descomunal éxito económico. William Shakespeare también vivía en Shoreditch. Se cruzaban con frecuencia en el teatro Rose y en las tabernas de la zona, donde se observaban cautelosamente, como dos ciervos macho preparados para cargar el uno contra el otro y entrechocar las cornamentas.

El único verdadero placer en la vida de Marlowe se lo proporcionaba Thomas Kyd, su gran amor, a quien había convencido para que compartiese con él una habitación en Norton Folgate.

Pidió a gritos otra jarra de cerveza, insistiendo en que debía ser de un barril nuevo, y fue a vaciar la vejiga en la zanja que había detrás de la taberna.

Allí, entre las sombras, como de costumbre, estaba Robert Poley.

—¡Poley! —gritó Marlowe al ver su silueta—. ¿Eres tú?

¿Alguna vez te dejas ver bajo la luz? Eres como las sombras del Hades, acechando, acechando, siempre acechando.

—Me dejaré ver si me invitas a un trago —dijo Poley.

—Bien. Pues entonces acércate y conviértete en mi tenebroso acompañante.

Poley se había dirigido directamente a los aposentos de Robert Cecil.

Eran las antiguas habitaciones privadas de Walsingham, pero Cecil las había decorado con lienzos y tapices de más calidad, y tenía una cubertería y una vajilla más elegantes. También había mejorado sus modales, adoptando un caminar lento y majestuoso, encargando las mejores ropas y retocándose obsesivamente la barba puntiaguda y la espesa mata de cabello peinada hacia atrás.

—¿Qué información me traes, Poley? —preguntó Cecil.

—He hecho lo que me pediste y he estado vigilando estrechamente a Marlowe.

—¿Y qué tal le va a nuestro talentoso amigo?

—Sus indiscreciones van en aumento.

—¿En qué sentido?

—Comparte cama con Thomas Kyd. Viven juntos y no se ocultan.

—¿En serio? ¿Actualmente?

—Han corrido rumores sobre Thomas Kyd que me han pasado nuestros agentes en Roma.

—¿Qué rumores?

—Se dice que está a sueldo de la Iglesia. El Papa ha encargado a sus hombres que rastreen a los lémures y nos exterminen.

—Y, según tú, ¿Kyd es su espía?

—En efecto.

Cecil suspiró.

—Marlowe podría haber encontrado fácilmente el placer entre sus congéneres.

—Está empeñado en autodestruirse —dijo Poley.

—Entonces debemos ayudarle —sentenció Cecil—. Pero hay que hacerlo con sumo cuidado. A la reina le gustan sus obras. Aunque he oído que ese nuevo tipo, Shakespeare, aunque no sea de los nuestros, es mejor dramaturgo. La reina no tardará en entretenerse con los dramas de otro bardo.

Marlowe sirvió un licor fuerte de una jarra en el tazón de Poley. Estaban sentados a una pequeña mesa privada.

—¿A qué te dedicas últimamente, Poley?

—Hay planes en marcha —respondió el otro de manera críptica—. Soplan malos vientos desde Flandes. Cecil pretende enviarnos allí en breve.

—¿Pagará bien? —refunfuñó Marlowe.

—Dice que pagará extraordinariamente bien. El asunto es serio, y si se lleva cabo de modo impecable Cecil cree que fortalecerá su posición ante la reina. Además, esta aventura puede hacernos ricos a todos.

—Cuéntame los detalles —pidió Marlowe, repentinamente interesado.

—Dentro de unas dos semanas todos los cabos sueltos estarán atados. Cuando Cecil dé la orden, nos encontraremos en casa de la viuda Bull en Deptford.

—Avísame cuando llegue el momento —dijo Marlowe—. He asistido a unas cuantas reuniones en esa casa. Y tiene una ventaja añadida: la señora Bull es una cocinera excelente.

Marlowe supo que algo malo se estaba cociendo cuando una semana después, en la pared de una iglesia de Londres frecuentada por protestantes holandeses, apareció colgada una venenosa carta. Era una diatriba en verso libre destinada a azuzar la violencia de la multitud contra esos emigrantes y sus numerosas vilezas. La misiva evocaba pasajes de *El judío de Malta* de Marlowe y estaba provocativamente firmada por «Tamerlán».

Marlowe no había escrito la carta, pero en la corte se dio por hecho que él era el autor.

Para horror de Marlowe, los inspectores reales al mando de Cecil arrestaron a Thomas Kyd, quien, sometido a brutales torturas en la prisión de Bridewell, confesó que había visto a Marlowe redactar la carta.

Se informó a la reina, y su consejo privado, con Burghley y Cecil entre los miembros convocados, autorizó una orden de arresto contra Marlowe.

Lo detuvieron y lo llevaron a Bridewell, pero lo trataron razonablemente bien y no lo sometieron a interrogatorio. A los dos días apareció Poley para sacarlo de allí.

—¿A qué viene todo esto, Poley? —preguntó Marlowe indignado cuando pisaron la calle—. Tú y Cecil sabéis que no tengo nada que ver con la carta de los holandeses.

—Alguien te la está jugando —dijo Poley meneando la cabeza—. Busquemos una taberna.

—¡Al diablo las tabernas! ¿Qué le ha pasado a Kyd?

—Sigue detenido. Parece que estos últimos días los pasasteis juntos. Te ha señalado como el culpable.

—¿Bajo tortura?

—Supongo que sí —admitió Poley—. Al menos a ti no te han puesto la mano encima. Cecil se aseguró de que así fuera.

—¿Para protegerme a mí o para evitar que se descubriese la existencia de mi apéndice inferior? —susurró Marlowe.

—Por ambos motivos, sin duda.

De repente Marlowe se detuvo en seco.

—¡Sé quién lo ha hecho, Poley! ¡Por todos los cielos, lo sé!

Poley se apartó un poco, como si esperase recibir un golpe.

—Ha sido Will Shakespeare, ese gusano celoso, ese pésimo dramaturgo.

Poley sonrió, porque era él quien había escrito la carta y estaba realmente orgulloso del resultado.

—Estoy seguro de que tienes razón. Antes de viajar a Flandes, deberías matar a ese desgraciado.

La viuda Bull sirvió un verdadero banquete en una de las habitaciones de la planta superior: un festín de lengua de ternera, cordero, capón y venado.

Marlowe estaba inauditamente inapetente. Su apetito había ido decreciendo desde el asunto de la carta holandesa y además tenía que sufrir la indignidad diaria de dar parte de todos sus movimientos al consejo privado de la reina mientras continuaban las investigaciones.

Poley comía con entusiasmo, al igual que los otros dos hombres, Nicholas Skeres e Ingram Frizer, dos lémures camorristas y estafadores a los que Marlowe conocía bien. Pero que fueran de los suyos no significaba que tuvieran que caerle bien. No tenía ningún problema con los asesinos, pero no le gustaba perder el tiempo con los que además eran incultos.

Inquieto, Marlowe se bebió el vino.

—¿Qué hay de lo de Flandes? —preguntó.

Mientras masticaba un enorme pedazo de carne, Poley le dijo:

—El rey Felipe de España está preparando un ejército para la invasión.

—Ya ha perdido una armada enfrentándose a Isabel —comentó Marlowe—. ¿Aún le quedan ganas de medirse de nuevo con la dama?

—Parece ser que sí —respondió Poley.

—Bueno, iré encantado —dijo Marlowe—. ¿Puede Cecil dar ya la orden y mandarme lejos de estas detestables costas?

—Está preparando el terreno —dijo Poley.

—¿Y vosotros dos? —preguntó Marlowe señalando con el cuchillo en dirección de Skeres y Frizer—. ¿Vosotros también vais a Flandes?

Ambos miraron a Poley, quien hizo un gesto de asentimiento.

Frizer se levantó.

—¿Me estás señalando con el cuchillo? —preguntó con voz ronca.

Marlowe lo miró y puso los ojos en blanco.

—¿Y qué pasa si lo hago?

—Nadie me señala con un cuchillo.

—Me parece que te equivocas —dijo Marlowe con sarcasmo—. Yo acabo de hacerlo. Quizá te he confundido con un enorme testículo de buey a punto para ser ensartado en una brocheta.

De repente Frizer empuñaba una daga.

Marlowe nunca se había echado atrás ante una pelea y en ese momento toda la rabia acumulada llegó a su punto de ebullición. Se le daban muy bien las broncas y ese enjuto bribón iba a recibir una buena lección. El cuchillo de la comida que empuñaba Marlowe no era muy largo ni estaba muy afilado, pero serviría.

Fue a ponerse en pie.

De pronto unos brazos le rodearon el pecho y los hombros y lo obligaron a sentarse otra vez.

Nicholas Skeres se había deslizado velozmente detrás de él y ahora lo tenía inmovilizado.

Frizer rodeó la mesa y se dirigió hacia él.

Marlowe oyó que Poley gritaba:

—¡Hazlo!

Vio cómo la daga avanzaba hacia uno de sus ojos.

No iba a gritar ni a rogar.

Como Fausto a punto de ser arrastrado al infierno, Marlowe pensó que había llegado su hora.

Los tres hombres rodeaban a Marlowe a la espera de que su cuerpo dejase de retorcerse y se quedase inmóvil. El chorro de sangre que brotaba de su ojo se había convertido en un mero goteo.

—Ya está —dijo Skeres—. Ya está hecho.

—Entonces repartámonos el dinero —pidió Frizer.

Poley refunfuñó y sacó el monedero de su cinturón. Estaba lleno de oro.

—¿Dividimos en partes iguales? —preguntó Skeres.

—Sí —dijo Poley.

Horas después, en sus habitaciones, Cecil le preguntó a Poley:

—¿Cómo murió?

—Tuvo una buena muerte. Una muerte digna de un lémur. Violenta. Rápida. En silencio.

—Bueno, entonces asunto concluido. La reina no tardará en estar encantada de que haya muerto. Yo ya estoy encantado de que haya muerto. Asegúrate de que nadie examina el cadáver más abajo de la herida de la cabeza. Enterradlo en una tumba anónima. Asegúrate de que también Kyd muere. Dejemos que el legado de Marlowe sean sus obras de teatro y sus códigos, no su cola. Viva los lémures, proclamo. Viva Marlowe.

27

Elisabetta se despertó al oír el rechinar de la puerta al abrirse. Despertó a su hermana y las dos apartaron las mantas.

La primera persona que cruzó el umbral fue un tipo muy voluminoso que vestía un traje negro. El otro, más bajo, más viejo, más apuesto y elegante, llevaba un ceñido jersey azul de cachemira, pantalones oscuros y mocasines con borlas.

—Siento despertaros —dijo el hombre de más edad en un inglés con acento extranjero muy marcado—. Sé que habéis tenido una noche movida, pero no quería que os pasaseis todo el gran día dormidas.

Elisabetta se puso en pie, se alisó el hábito y se calzó.

—¿Quién es usted? —preguntó.

El hombre hizo caso omiso a la pregunta.

Micaela, que ya estaba de pie, retocándose la blusa, intervino:

—Mi hermana te ha preguntado quién eres, capullo. Vas a desear no habernos secuestrado.

Mulej sacó una pistola del interior de su americana y apuntó hacia ella.

—Los gordos con pollas pequeñas disfrutan amenazando a las mujeres —rugió Micaela.

—Micaela, por favor —le rogó Elisabetta—. No empeores la situación.

El hombre de más edad se rió.

—Baja la pistola, Mulej. No es necesaria. Me llamo Krek. Damjan Krek.

«Krek. ¿Podría ser K?»

—¿Dónde estamos? —preguntó Elisabetta.

—En Eslovenia —respondió Krek—. Estáis en mi casa. Acompáñame arriba.

—¿Y Micaela?

—No le pasará nada. Tú y yo tenemos que hablar de algunas cosas. Y también tenemos que ver un rato la televisión.

—¿La televisión?

—El mundo entero tiene los ojos puestos en el Vaticano y nosotros también debemos contemplar el acontecimiento —dijo Krek—. El cónclave está a punto de comenzar.

Zazo no quería dormirse, pero su cuerpo dijo basta de puro agotamiento en el momento en que el sol se alzaba por encima del Tíber. Cuando se despertó eran las diez y el piso estaba en silencio. Indignado consigo mismo, saltó del sofá y se precipitó a la habitación de sus hermanas con la vana esperanza de que hubiesen regresado sigilosamente mientras él dormía.

Como se temía, estaba vacía.

Asomó la cabeza a la habitación de su padre. Carlo estaba dormido encima de la cama sin deshacer, vestido. Zazo dejó que siguiera descansando.

Volvió a telefonear a Arturo. El hombre sonó áspero, como siempre.

—¿Alguna novedad? —le preguntó.

Arturo le dijo que ninguna.

Zazo se había pasado toda la noche preguntando a los vecinos, telefoneando a las urgencias de los hospitales, llamando a la hermana Marilena, yendo en coche hasta el piso de Micaela, recorriendo las calles del vecindario. Justo antes de decidir esperar a que amaneciera, había dejado un mensaje furibundo en el buzón de voz del inspector Leone diciéndole que sus hermanas no habían vuelto a casa y preguntando cuán desaparecida tenía que estar una persona para que la *polizia* pusiese en marcha el dispositivo de búsqueda.

Abrió las cortinas de la sala de estar y el sol entró en la habitación. Se paseó de un lado a otro. Maldijo. No sabía qué hacer. Cogió la chaqueta. Saldría para que le diera el aire y se tomaría un café.

En la cafetería pidió un café en la barra y eligió una mesa junto a la ventana. Cuando se sentó, se percató de que llevaba algo rígido en el bolsillo interior de la chaqueta. Metió la mano y sacó los papeles doblados.

Había veinte hojas de números de teléfono, un par de años de llamadas realizadas por Bruno Ottinger desde su casa. Zazo dio un sorbo a su *espresso* y empezó a repasar los papeles, pero se detuvo murmurando para sí mismo que era perder el tiempo. Miró por la ventana, con la esperanza de ver el hábito negro de una monja pasando por delante.

Volvió a pasar las hojas. En la mayoría de ellas aparecían números de Alemania, la mayoría llamadas locales de Ulm. Cogió el teléfono y marcó el número que aparecía más veces. Respondió una operadora de la Universidad de Ulm; Zazo colgó sin decir palabra.

Diseminado entre las sucesivas hojas se repetía un número con un código de país que no reconoció: 386. Decidió probar. Respondió una voz de hombre:

—*Da?* 929295.

Zazo lo intentó primero en italiano:

—Hola, ¿con quién hablo, por favor?

—*Kaj?*

Pasó al inglés y volvió a preguntar.

La voz le respondió en inglés:

—Esto es un teléfono particular. ¿Con quién quiere hablar?

—Soy un amigo de Bruno Ottinger —dijo Zazo.

Se produjo un silencio y se oyó un sonido amortiguado, como si alguien hubiese tapado el auricular con la mano. Finalmente la voz habló de nuevo:

—No puedo ayudarle.

Y colgaron.

Zazo se frotó los ojos con cansancio y se apuntó mentalmente que tenía que consultar a qué país correspondía el código 386. Empezó a doblar los papeles.

Pero algo llamó su atención y se detuvo. Aplanó las hojas y las miró despacio. Un número concreto saltó ante sus ojos.

Tenía el prefijo del Vaticano.

Marcó el número a toda velocidad. Respondió una mujer con acento alemán.

—*Pronto*.

—Soy el comandante Celestino de la Gendarmería del Vaticano. ¿Con quién estoy hablando?

—Soy Frieda Shuker.

—¿La esposa del cabo Shuker?

—Exacto. Klaus está hoy de servicio, evidentemente. ¿En qué puedo ayudarle, comandante?

—Siento molestarla —dijo Zazo—. Solo una pregunta sencilla. Este número es de uno de los apartamentos de la residencia de la Guardia Suiza, ¿verdad?

—Sí, es el de nuestro apartamento.

—¿Y cuánto hace que están instalados en él?

—Nos mudamos aquí en 2006.

—¿Sabe quién vivía allí antes de ustedes?

—No tengo ni idea. Lo siento. ¿Le digo a Klaus que le telefonee?

—No se preocupe, no pasa nada. Gracias por su tiempo.

Zazo no podía seguir sentado. Estaba demasiado nervioso

para seguir allí dentro. Se levantó y salió del café. Buscó en la lista de contactos de su móvil y pulsó el número de Omar Savio, del departamento de Informática de la Ciudad del Vaticano.

Omar, que era de esos tíos que se alimentan a base de pizza y cerveza, pareció sorprendido de que le telefonease.

—Supongo que se trata de algo importante —comentó.

—¿Por qué lo dices?

—Porque el cónclave está a punto de empezar. Debes de estar hasta el cuello de trabajo.

Por lo visto el informático no se había enterado de lo de su suspensión.

—Sí, es importante. Necesito que me busques un dato.

—Dispara.

—¿Quién vivía en el apartamento de Klaus Shuker en la residencia de la Guardia Suiza antes que él? Shuker se instaló allí en 2006.

—Dame un segundo.

Zazo escuchó cómo los dedos de Omar tecleaban en el ordenador.

—Vale, apartamento 18, ya casi lo tengo... Fue Matthias Hackel. Lo ocupó del año 2000 al 2006. Ahora vive en el apartamento del *Oberstleutnant*. Se debió de mudar cuando lo ascendieron.

—Así que Hackel, ¿eh? —dijo Zazo intentando pensar. Se detuvo y esperó a que cambiara de color un semáforo.

—¿Por qué hay tanto ruido? —le preguntó Omar—. ¿No estás en el Vaticano?

—Sí, estoy en los alrededores. Escucha, Omar, lo que voy a pedirte que hagas es urgente y muy delicado. Necesito que me mandes por e-mail el registro de llamadas de Hackel desde su casa y desde su móvil a partir de 2006.

—Estás de broma, ¿no? —respondió su amigo con tono incrédulo.

—No, hablo completamente en serio.

—Necesitaría una autorización por escrito del superior de Hackel para poder hacer lo que me pides. Si no la tengo, los guardias suizos podrían darme un repaso con sus picas.

—Omar, no te lo pediría si no fuese un asunto de vida o muerte. Por favor, créeme. No puedo permitir que los guardias suizos se enteren de que los estoy investigando. Jamás te mencionaré como fuente. Envíamelo a mi dirección de correo particular. Estás en el departamento de Informática. Sabes cómo hacer que estas cosas resulten invisibles.

—¿Pizza gratis para el resto de mi vida? —preguntó Omar.

—Sí, para el resto de tu vida.

Los camareros se movían deprisa por el comedor de la Domus Sanctae Marthae mientras servían los postres y los cafés. Los cardenales electores ponían especial cuidado en no mancharse la sotana. Hoy en día un buen objetivo era capaz de captar una mancha de salsa desde un centenar de metros.

Los nueve cardenales obispos ocupaban una mesa sobre una tarima desde la que se dominaba el resto de las mesas donde comían los cardenales con los conclavistas, el reducido número de auxiliares que estaban autorizados a acompañarlos en la capilla Sixtina. El cardenal Díaz estaba sentado en el centro, tal como le correspondía por su cargo de decano del Colegio Cardenalicio. Y estaba flanqueado por sus viejos amigos Aspromonte y Giaccone.

Díaz desplazó por el plato un trozo de pastel y le susurró a Giaccone:

—Cuanto antes tengamos un nuevo Santo Padre, antes podremos comer decentemente.

Giaccone no era tan quisquilloso. Se llevó a la boca un buen trozo de tarta, pero se mostró de acuerdo:

—No es tanto por la comida. Para mí el problema es la cama. Quiero dormir en mi propia cama.

Aspromonte inclinó hacia delante su enorme cabeza calva para escuchar.

—Las paredes son muy finas. —Señaló con el tenedor en dirección a un cardenal norteamericano—. Me he pasado toda la noche oyendo los ronquidos de Kelley.

Díaz resopló y dijo:

—Bueno, dentro de una hora estaremos en la capilla. Cumpliremos con nuestro trabajo y después la vida volverá a la normalidad.

De pronto Giaccone hizo un gesto de dolor y soltó el tenedor.

—¿Qué te pasa? —le preguntó Díaz.

Giaccone se pasó la mano por su carnoso rostro y se presionó el voluminoso estómago.

—Nada. Supongo que solo son gases. —Volvió a hacer una mueca de dolor.

Aspromonte parecía preocupado.

—Quizá deberías ver al médico. Está ahí mismo.

—No, en serio. Estoy bien.

Díaz le dio una palmadita en el hombro.

—Ve a echarte un rato. Tienes tiempo para descansar un poco antes de que nos llamen.

—No quiero quedarme dormido —protestó Giaccone.

—No te preocupes por eso —dijo Aspromonte—. ¡No dejaremos que te quedes dormido durante el cónclave!

28

La gran sala del castillo Krek hizo que Elisabetta se sintiese como una mota de polvo. El fuego estaba encendido en la enorme chimenea, el mobiliario era de grandes dimensiones, la galería y el techo con vigas de madera eran de una altura inverosímil.

Krek le había indicado que se sentase en el sofá. Había puertas en tres de las paredes de la sala, todas ellas cerradas. No había ni rastro del gordo. Estaban solos.

Elisabetta observó detenidamente a su captor, temblando e inmóvil como un conejo que intenta mantenerse oculto de un lobo que merodea.

Krek iba impecable, con el cabello plateado cortado recientemente por un barbero, y mostraba en todo momento una actitud elegante. Se sirvió café y solo pasados unos instantes se le ocurrió ofrecerle a Elisabetta una taza. Ella la rechazó con un simple movimiento de la cabeza.

—Nunca había conocido a una monja —comentó él de pronto—. ¿Puedes creerlo? Sobre todo teniendo en cuenta mi prolongado interés por la Iglesia. Y resulta que la primera con la que hablo no es una monja cualquiera. Es una mujer con carrera, una arqueóloga. Una experta en catacumbas, algo que siempre me ha fascinado. También me fascinan las decisiones que has tomado. Ya ves, siempre estoy aprendiendo. ¿Vosotras las monjas tenéis la posibilidad de seguir aprendiendo? ¿U os suprimen este derecho cuando entráis en el convento?

Elisabetta lo miró sin decir palabra, negándose a responder.

Aparentemente impertérrito ante el desaire de la monja, Krek consultó el reloj y dijo:

—¡Mira qué hora es! —Cogió un mando a distancia, encendió una enorme pantalla plana de televisión que colgaba encima de un aparador y se puso unas gafas de montura metálica. La pared cobró vida con una resplandeciente panorámica tomada desde un helicóptero de la plaza de San Pedro, donde se agolpaban decenas de miles de peregrinos, tan apretados que apenas podían moverse.

Krek parecía contento.

—¿Puedes creerte la cantidad de gente que hay ahí? Va a ser un gran, gran día para ellos. Algunos les contarán a sus hijos y a los hijos de sus hijos: «¡Yo estaba allí! ¡Estaba en la plaza de San Pedro ese día!».

Finalmente Elisabetta se decidió a hablar:

—Sé lo que eres.

—Sabes lo que soy —repitió él—. ¿Qué soy?

—Un lémur.

—Bueno, ya sabía que eras lista. Esto me lo confirma.

—Asesinaste al profesor De Stefano. Has matado al padre Tremblay. Eres un monstruo.

—Etiquetas. Siempre etiquetas. ¡Un monstruo! Demasiado simplista, ¿no crees? Me defino a mí mismo como un hombre de negocios de éxito que resulta que forma parte de un club muy antiguo y muy selecto.

—No debes hacerlo.

Krek miró a Elisabetta por encima de la montura metálica de sus gafas y sonrió. Pero no había ni asomo de humor en su expresión. Era la sonrisa de un depredador asediando a su presa.

—¿Qué crees que voy a hacer?

Elisabetta tembló para sus adentros, pero no dijo nada, lo cual provocó que él le dirigiese una mirada feroz.

—Por favor, entiende esto: haré lo que me plazca.

Tres autocares de lujo, cada uno con una capacidad para cuarenta y dos pasajeros, permanecían estacionados junto a la Domus Sanctae Marthae esperando que los cardenales electores y los conclavistas salieran en fila para hacer el recorrido de un minuto hasta el patio que había detrás de la basílica. Lo cierto era que todos los electores tenían menos de ochenta años, ya que los que sobrepasaban esta edad tenían vedado participar, y todos los convocados tenían movilidad suficiente como para poder recorrer caminando esa corta distancia. Pero los protocolos de seguridad dictaban que había que ir en autocar.

Los cardenales Díaz y Aspromonte subieron al primer autocar y se sentaron juntos.

—¿Has oído lo de Giaccone? —preguntó Díaz.

—No, ¿qué?

—Sigue en su habitación. No puede venir.

—¿Qué ha pasado?

—Ha llamado al médico. Parece que tiene diarrea. Demasiada comida, supongo.

—¿Se incorporará más tarde?

—Las normas le permiten hacerlo, pero también puede votar desde la Domus Sanctae Marthae. He designado a un monseñor para que le lleve una papeleta si es necesario.

—Qué desastre —susurró Aspromonte—. Él es el preferido. Pero ya veremos si será fácil conseguir votos *in absentia*. A la gente le gusta ver la cara del candidato.

—Bueno, si Dios quiere, se recuperará rápido.

En el televisor apareció una vista a ojo de pájaro de los autocares alejándose lentamente de la residencia de invitados y de su breve recorrido hasta la parte trasera de la basílica. Uno a uno, los cardenales fueron bajando y desaparecieron tras la puerta vigilada por guardias suizos con el clásico uniforme de gala.

—Es un espectáculo muy vistoso —comentó Krek—. Rebosante de tradición. Eso lo respeto.

Desde sus respectivos sofás, él y Elisabetta veían perfectamente la pantalla del televisor y con cada segundo que pasaba la ansiedad de Elisabetta iba en aumento. Movida por la desesperación de hacer algo, cualquier cosa, decidió enfrentarse a su captor.

—¿Y cuál es la parte que no respetas? —preguntó con voz trémula.

Él pareció encantado de que la monja hubiera vuelto a la vida.

—Bueno, la creencia en Dios, claro, es una debilidad fundamental. Una suerte de muleta tan vieja como la humanidad. Estoy convencido de que cuanto más confías en un dios que gobierna tu vida, menos la gobiernas tú mismo. Pero aparte de esto, la Iglesia católica siempre ha sido la más petulante, la más repugnante, la más hipócrita de todas las religiones. ¡Millones de personas siguiendo servilmente a un viejo emperifollado con una bata y un gorrito! Llevamos combatiéndolo desde el principio de los tiempos.

—Dices que consideras que los hombres deberían confiar en sí mismos y no en Dios. ¿En qué otras cosas crees tú? —le preguntó Elisabetta.

—¿Yo? Yo sobre todo creo en mí mismo. Las estrellas y los planetas sin duda influyen en la vida de los seres humanos. Es un hecho, aunque confieso que no tengo ni idea de cómo funciona. De modo que es aquí, supongo, donde se produce mi particular suspensión de la racionalidad en favor de un sistema de creencias.

—Crees en la astrología —afirmó Elisabetta, perpleja.

—Los de nuestra raza han respetado la astrología desde hace siglos —dijo Krek inspirando con fuerza.

—Encontré símbolos astrológicos en San Calixto.

—Sí, lo sé. Si hubiese habido un modo de llevarse con rapidez la pared intacta me habría encantado poder tener ese fresco en mi casa. Mis hombres me dijeron que lo intentaron, pero que se descomponía. No eran expertos en conservación de obras de arte y tenían entre manos una tarea más importante que llevar a cabo.

—Los esqueletos.

—Sí. Un trabajo realizado también de un modo tosco. Pero la rapidez era fundamental.

—¿Qué vas a hacer con ellos?

—Pretendo tratarlos con el respeto que se merecen. Hay un batiburrillo de huesos. Necesito que se ordenen adecuadamente, reconstruir a cada hombre, mujer y niño. En alguna parte entre toda esa confusión está nuestro más grande astrólogo, Balbilus, y me gustaría que sus restos fuesen identificados y enterrados en un lugar de honor en mi cripta familiar. Fue el astrólogo personal del emperador Nerón, ¡imagínate! Nerón era uno de los nuestros, ¿sabes? Según la tradición, la cámara mortuoria pertenecía a Balbilus y él y sus seguidores perecieron durante el incendio de Roma. No se puede verificar, pero parece que el apóstol Pedro estuvo involucrado en su muerte.

—Había señales de que allí se prendió fuego.

—Ya lo ves. ¡Ciencia! Por eso te necesito.

—Para hacer ¿qué?

—Para que manipules los huesos. Eres arqueóloga y una mujer que respeta el pasado y la integridad de los muertos. Creo que harás el trabajo muy bien.

Elisabetta negó con la cabeza.

—¿Crees que voy a hacer eso de manera voluntaria?

Krek se encogió de hombros.

—La verdad es que no lo había pensado. Simplemente decidí que ibas a hacerlo tú. —Antes de que ella pudiese expresar su indignación, Krek añadió—: ¿Qué crees que dicen los signos del zodíaco de San Calixto?

—No he acabado de resolver ese misterio.

—Te fijaste en el orden singular de los planetas, ¿verdad?

Elisabetta asintió.

—Ese era el alineamiento de los planetas en el momento en que nació Balbilus el año 4. Coteja las cartas astrales si no me crees. Creo que se trataba de un homenaje personal a su grandeza. Para nosotros se convirtió en un símbolo de poder, de nuestro poder.

—Marlowe lo utilizó en su *Fausto*.

—¡Sí! ¡Bravo! Te fijaste en la ilustración. Ya te he dicho que eres la persona perfecta para este trabajo. Hemos contado con astrólogos muy poderosos a lo largo de los siglos. Bruno Ottinger era mi astrólogo personal. Creo que sabes algunas cosas sobre Bruno.

—Tengo en mi poder el libro que le regalaste.

—Quiero que me lo devuelvas —dijo Krek con tono gélido—. Podrías dármelo como regalo. —Echó un vistazo al televisor y subió el volumen—. Bueno, ahí están, todos en la capilla Sixtina. Debemos prestar atención.

Hackel permanecía de pie e inmóvil en el interior de la capilla Paulina del Palacio del Vaticano. Estaba plantado ante la Puerta Paulina que conducía a la sala Regia, un salón con frescos que conectaba el palacio con la capilla Sixtina. Los cardenales electores permanecían en pie, distribuidos en varias filas, mirando al cardenal Díaz, que estaba a punto de dirigirles la palabra. Había dos operadores de vídeo que habían pasado los controles de seguridad para poder transmitir la breve ceremonia, lo último que el público vería antes de que diese comienzo el cónclave.

A Hackel le estaban informando por su auricular. Cosas sin importancia: habían expulsado de la plaza a un turista por beber en público. Y había carteristas merodeando. Controló la respiración, pausada y suave. Pronto acabaría todo. Tal vez su papel llegase a descubrirse durante la investigación, tal vez no. Nunca se puede subestimar la incompetencia. En cualquier caso, él sabría lo que había hecho. Y, lo que era más importante, K también. Si empezaba a sospechar que las autoridades le seguían la pista, desaparecería gracias a la red de los lémures. Tendría dónde elegir. A él le gustaba Sudamérica. Allí había mujeres muy guapas.

El maestro de las celebraciones litúrgicas papales, el cardenal Franconi, sostuvo el micrófono cerca de los labios de Díaz. Este dio un breve discurso en latín, recordó a los electores sus responsabilidades para con la Iglesia por la solemne tarea que estaban a punto de llevar a cabo y les dirigió una breve plegaria para darles la fuerza y la sabiduría necesarias para elegir al nuevo Santo Padre.

Fue el propio Hackel quien abrió la Puerta Paulina para permitir que diese comienzo la procesión.

29

Zazo contempló a los cardenales atravesando lentamente en filas de dos la sala Regia flanqueados por una formación de honor de la Guardia Suiza. Tragó saliva. Se le hacía extrañísimo estar viendo eso por la televisión. Él debería haber estado allí. Distinguió fugazmente a Lorenzo al fondo de la imagen y se preguntó qué tal lo estaría llevando.

El padre de Zazo pasaba el rato como podía en el piso, muy nervioso, incapaz de ir a la universidad, incapaz de coger su cuaderno con las notas sobre la conjetura de Goldbach. Su mirada saltaba continuamente de la ventana al teléfono, como si poniendo toda su voluntad pudiese lograr que sus hijas se materializasen. Zazo intentó que comiera algo, pero él se negó.

Ambos pegaron un bote cuando sonó el móvil de Zazo. Él respondió y negó con la cabeza inmediatamente para dejar claro que no eran Micaela y Elisabetta.

Escuchó y dijo:

—Omar, eres el mejor. Te juro que esto no te traerá ningún problema. —Colgó y se sentó ante el ordenador de su padre.

—¿Quién era? —le preguntó Carlo.

—Uno de mis amigos del departamento de Informática del

Vaticano. Me va a enviar un e-mail con un archivo de llamadas telefónicas.

—¿Qué llamadas?

—Esta mañana he descubierto que en 2005 Bruno Ottinger hizo una llamada a una residencia privada en el Vaticano. Mathias Hackel, que actualmente es el lugarteniente de la Guardia Suiza, era quien vivía entonces allí. He pedido una lista de las llamadas de Hackel.

—¿Y qué tiene eso que ver con Micaela y Elisabetta? —preguntó Carlo.

—No lo sé. Quizá nada. Pero es curioso, ¿no te parece? ¿Por qué un hombre como Ottinger telefonea a un miembro de la Guardia Suiza? En todo caso, prefiero seguir mi instinto que quedarme aquí sentado como un bulto. No confío en que la *polizia* esté haciendo nada productivo.

Su padre se mostró de acuerdo y se puso a mirar por encima del hombro de Zazo mientras este abría el e-mail de Omar y enviaba el contenido del archivo adjunto a la impresora.

Con la impresora todavía vomitando hojas, Zazo cogió un fajo y gruñó:

—Este tío ha hecho un montón de llamadas.

—¿Qué estamos buscando?

—No estoy seguro. Patrones. Números a los que llamase con frecuencia. —Sacó el listado de las llamadas de Ottinger y desdobló las hojas—. Quizá llamadas a terceros que coincidan en las dos listas.

Al ver las densas hileras de números de teléfono Carlo se despabiló. Le quitó las hojas de la mano.

—Tú ve a prepararme unas tostadas y déjame los números a mí.

La solemne procesión de cardenales vestidos de púrpura y blanco pareció fascinar a Krek.

Iban cantando el himno *Veni Creator Spiritus*

Veni, creator Spiritus,
Mentes tuorum visita,
Imple superna gratia,
Quae tu creasti pectora.

ven, Espíritu Creador,
visita las almas de tus fieles,
llena de la divina gracias los corazones
que tú mismo has creado.

—¡Por favor, dime por qué estás haciendo esto! —le preguntó Elisabetta a Krek, angustiada.

Él alzó la mirada al cielo con un irónico gesto de cooperación y acto seguido quitó el sonido del televisor para no tener que competir con él.

—Hace novecientos años, uno de los nuestros, un gran astrólogo y visionario, hizo una profecía.

—Malachy —apostilló ella.

—¡Sí! Malachy. Una nueva muestra de sagacidad de mi monja. Para nosotros esta profecía ha sido como un faro, y yo, como uno de los orgullosos líderes de mi gente, he tenido la responsabilidad personal de utilizar mis recursos para asegurarme de que se cumplía.

—La destrucción de la Iglesia —dijo ella con pesar.

—Sí, por supuesto. Este ha sido siempre nuestro más intenso deseo.

—Malachy predijo que el mundo se acabaría. ¿También quieres que suceda esto?

—Escucha —dijo Krek—. Disfruto de la vida. Vivo, como puedes ver, de un modo muy confortable. Pero esto es algo que se predijo hace muchísimo tiempo. Lo que yo digo es: destruyamos a la Iglesia. Esta parte puedo ayudar a hacerla realidad. Si resulta que debido a mis acciones se acaba el mundo, bueno, eso ya lo veremos.

Elisabetta negó con la cabeza.

—Es despreciable.

Krek se levantó y alimentó generosamente el fuego con más troncos, como si quisiese disponer de un telón de fondo de llamas brincando. Si esa era realmente su intención, consiguió el efecto dramático deseado. Mientras él permanecía de pie frente a la chimenea, Elisabetta tuvo la sensación de que estaba emergiendo del infierno.

—¿Despreciable? —Alzó la voz al continuar—: ¿En qué es tan diferente vuestro dogma católico? En él se habla del Juicio Final. El día en que el mundo tal como lo conocemos se acabará, ¿no? En vuestra versión entonces regresa Jesucristo, en la mía no. Esta es la principal diferencia.

—En el día del Juicio habrá destinos muy diferentes para los buenos y para los malvados. Eso es lo que enseña la Iglesia —aseguró Elisabetta, luchando por expresar su indignación sin perder la compostura.

—Créeme —dijo Krek mientras se volvía a sentar—. No tengo ningún interés en debatir vuestra teología. Bienvenidas sean las evidentes diferencias. Las desavenencias religiosas siempre han sido para nosotros una fuente de satisfacción.

Elisabetta sintió náuseas.

—Dices que queréis destruir a la Iglesia. ¿Con qué fin? ¿Qué es lo que queréis?

—¿Cuál es nuestro credo? —espetó Krek con desdén—. ¿Nuestra *raison d'être*? Lo que a nosotros nos mueve es la sombría belleza del poder, la riqueza, el dominio. Luchar contra la Iglesia siempre nos ha enriquecido. Cada nuevo conflicto trae nuevas oportunidades. Nos enriquecemos…, y además, disfrutamos con lo que hacemos.

—¿El sufrimiento humano os proporciona placer?

Krek se llevó la mano a la mandíbula.

—A mí personalmente sí, sobre todo el sufrimiento de los santurrones fanáticos religiosos, pero tal vez en este aspecto soy un poco excesivo. La mayoría de mis hermanos mantienen una actitud más formal.

—Tú eres un psicópata.

Krek se rió.

—Otra vez las etiquetas. ¿Sabes?, soy un hombre con una buena educación. Me he pasado la vida leyendo y estudiando. Entiendo el significado de esa palabra. Mira, nosotros somos lo que somos del mismo modo que vosotros sois lo que sois. Me gusta pensar que estamos más evolucionados, que nos hemos especializado más y somos más eficientes. No dejamos que las emociones nos entorpezcan y creo que eso significa ser más fuerte. Si quieres utilizar el término «psicópata», adelante. ¿Qué etiqueta te debo poner a ti?

Con este giro en su discurso pilló a Elisabetta con el paso cambiado. Le llevó un rato ordenar sus ideas.

—Soy una mujer de fe. Creo en Dios. Siempre he creído en Él, desde mi más tierna infancia. Creo en la bondad y en la fuerza de la redención. Cuando los demás sufren, yo sufro. Soy una servidora de Dios. Supongo que esta es mi etiqueta. Me define y me hace feliz.

Krek echó un vistazo a la pantalla del televisor para asegurarse de que no se estaba perdiendo nada, y después replicó:

—Sí, pero convertirse en monja es dar un gran paso, ¿no? Se acabaron las fiestas. Se acabó el sexo, supongo. Se acabó la libertad de hacer lo que te dé la gana cuando te apetezca hacerlo. ¿Por qué tomaste esa decisión?

«Él sabe por qué», pensó Elisabetta. No le iba a dar la sádica satisfacción de explicárselo. No le iba a decir: «Tú fuiste el causante, ¡tú, cabrón! Tus matones me clavaron un cuchillo en el pecho. Le quitaron la vida al hombre al que amaba. Me hiciste sufrir todo lo que una persona puede sufrir. Mi única salvación era entregar mi vida a Jesucristo».

En lugar de eso, dijo:

—Debo darte las gracias por ello. Supongo que tengo que agradecértelo.

A Krek la respuesta le pareció divertida y aplaudió como una foca amaestrada. Después señaló el televisor.

—¡Mira! —dijo como un niño excitado—. ¡Están cerrando la puerta!

Hackel y su subordinado Gerhardt Glauser estaban entre los miembros de la Guardia Suiza vestidos de civil que cerraban la procesión; la mayoría de ellos eran hombres que habían formado parte del servicio de seguridad personal del Papa fallecido. Cuando el último de los participantes en el cónclave atravesó la gran puerta de la sala Regia que llevaba a la capilla Sixtina, el cardenal Franconi, el maestro de las celebraciones litúrgicas papales, era el designado para cerrar la pesada puerta. Hackel sabía que todavía quedaba la liturgia que se llevaba a cabo antes de echar el cerrojo desde el interior, pero por lo que a él se refería, el juego ya casi había concluido.

Un continente de guardias suizos con uniforme de gala lo reemplazó frente a la puerta cerrada. Hackel y Glauser los saludaron y luego Glauser le dijo:

—¿Podemos hablar un momento?

Los dos hombres se alejaron de las entrometidas lentes de las cámaras de vídeo y se situaron junto al fresco de Agresti que representaba a Pedro de Aragón ofreciendo su reino al papa Inocencio III. El techo abovedado de la sala Regia amplificaba los sonidos, de modo que Glauser se inclinó para susurrarle al oído a Hackel.

—Uno de ellos, Giaccone, se ha puesto enfermo. Se ha quedado en la residencia.

Hackel pareció alarmarse.

—¿Por qué no se me ha comunicado? —susurró furioso.

—Te lo estoy diciendo ahora —respondió Glauser—. Lo tenemos controlado. He puesto a dos hombres para vigilarlo. También hay gendarmes cubriendo la zona. Cuando envíen a un mensajero para recoger su voto, también lo escoltaremos.

—¿Lo sabe el *Oberst* Sonnenberg?

—No estoy seguro. No por mí, en cualquier caso. Yo sigo la cadena de mando.

—Quédate aquí —le ordenó Hackel.

—¿Adónde vas? —le preguntó Glauser.

—A la Domus Sanctae Marthae a comprobar las medidas de seguridad en torno a Giaccone.

—Disculpa la tardanza en informarte, *Oberstleutnant*. No pensé que fuera algo tan importante.

Hackel se marchó indignado. «Una oveja que se ha apartado del rebaño.» Haría una visita al cardenal Giaccone y se ocuparía de él personalmente.

Carlo Celestino estaba inclinado sobre la mesa del comedor, con las gafas de leer en la punta de la nariz. Iba trazando círculos sobre determinados números de teléfono con un lápiz y refunfuñando.

—Ojalá no hubieses marcado las llamadas de Ottinger. Interfiere con el sistema que estoy utilizando.

—Lo siento, ya está hecho —dijo Zazo con voz cansada—. ¿Encuentras algo?

Carlo pasó varias hojas del registro de llamadas de Hackel y dijo:

—Esto es el tipo de cosas que un ordenador podría hacer en un nanosegundo. Tal vez no sea sorprendente que la mayoría de las llamadas al extranjero de un guardia suizo sean a Suiza. Probablemente a la familia, pero esto lo tendrás que averiguar tú. Puede que Ottinger telefonease al número de Hackel, pero no parece que Hackel haya llamado a Ottinger. Espera un segundo, aquí hay algo raro. Hackel hizo varias llamadas a un número con el prefijo 386 ¿No he visto ese prefijo en la lista de Ottinger? —Comprobó el listado de llamadas de Ottinger—. ¡Lo sabía! 929295. Tanto Hackel como Ottinger llamaron a este número.

—Déjame verlo —dijo Zazo, y cogió las hojas del listado de Ottinger—. Dios mío. ¡He llamado a este número esta mañana!

—¿Quién ha respondido?

—Me han dicho que era un teléfono particular y han colgado.

—¿De dónde es el prefijo?

Zazo ya estaba tecleando en el ordenador, buscando a qué país correspondía.

—Es de Eslovenia, de la región de Bled. No está lejos de la frontera con Italia. Voy a telefonear a la Policía Nacional Eslovena en Liubliana y les pediré que abran una investigación. Vamos a averiguar quién vive allí.

30

Detrás de puertas cerradas y lejos de los ojos indiscretos de los medios de comunicación, los cardenales electores fueron situándose ante la mesa que tenían asignada y permanecieron de pie con gesto serio y las manos cruzadas. Frente a cada uno de ellos había tres objetos: los Evangelios, un sencillo bolígrafo de plástico y una papeleta.

El cardenal Díaz subió al podio, miró a sus colegas y alzó los ojos hacia el espléndido techo de Miguel Ángel. Fijó la mirada en su panel favorito, *El primer día de la Creación*, en el que Dios divide la luz de las tinieblas; aspiró hondo y leyó en voz alta un juramento en latín. Todos los presentes seguirían los procedimientos instaurados por la constitución apostólica. Si eran elegidos, defenderían la libertad de la Santa Sede, mantendrían el secreto y dejarían de lado cualquier interés seglar a la hora de votar.

Cuando acabó, los cardenales, uno por uno, fueron poniendo la mano sobre los Evangelios y repitiendo la frase: «Lo prometo, me comprometo y lo juro».

Díaz ocupó su pupitre y el cardenal Franconi se dirigió lentamente a la puerta que daba a la sala Regia. La abrió y anunció en voz alta:

—*Extra omnes!*

A partir de ese momento todo el mundo, excepto los electores y los conclavistas, debía salir. Varios asistentes de rango menor abandonaron disciplinadamente la sala. Y entonces Franconi cerró la puerta detrás de ellos y deslizó el pesado cerrojo que la sellaba.

Hackel llamó a la puerta de la habitación 202 de la Domus Sanctae Marthae. El largo pasillo estaba desierto.

Desde el otro lado de la puerta, Giaccone preguntó quién era.

—El *Oberstleutnant* Hackel de la Guardia Suiza.

Al cabo de un momento abrió. Giaccone vestía un albornoz y zapatillas. Estaba pálido y su rostro parecía más flácido que de costumbre.

—*Oberstleutnant*, ¿en qué puedo ayudarle? ¿Hay algún problema?

—Excelencia, necesito hablar con usted en privado sobre un asunto urgente. ¿Puedo pasar?

Giaccone asintió, hizo pasar a Hackel y cerró la puerta.

—Bueno, ya no podremos ver nada más —dijo Krek, sentándose frente a Elisabetta. La cobertura televisiva había saltado de nuevo a la plaza de San Pedro—. El cónclave ha dado comienzo. Debemos esperar. Pero creo que no mucho rato.

Sobre la mesa había una licorera de cristal con whisky. Krek quitó el tapón de vidrio y se sirvió generosamente.

Elisabetta contempló cómo paladeaba un trago. No supo, aparte de la curiosidad, qué la impulsó a preguntarle:

—¿Los tienes? ¿Los tatuajes?

—¿Te gustaría verlos?

—¡No!

—Lástima. Es una tradición entre los varones de nuestra raza desde finales del siglo XVIII. ¿Sabes lo que significan?

—«Malachy, rey. Viva los lémures» —dijo ella mecánicamente.

—¡Madre mía! ¿Cómo lo has averiguado?

—A confrontado con B. Tú dedicatoria a Ottinger en el libro.

—¡Estoy realmente impresionado! —Krek dio otro trago al líquido ámbar—. Sería fantástico que pudieses trabajar para mí. —Consultó su reloj y echó un vistazo a la pantalla del televisor. Cada vez bebía más rápido y se ponía más locuaz—. Marlowe fue una persona importante, conectado con los otros grandes lémures ingleses de su época, Francis Walsingham, Robert Cecil y John Dee. Su mensaje cifrado se convirtió en una referencia para nosotros: «¡Malachy, rey! ¡Viva los lémures!». Era una llamada al orgullo. Los números pasaron a ser algo cargado de significado. Llevarlos a resguardo de las miradas indiscretas, donde solo nosotros podíamos verlos..., bueno, eso era algo muy especial.

Krek se sirvió otro whisky.

—Y hoy estás intentando convertir la profecía de Malachy en una realidad.

—Desde la Segunda Guerra Mundial, seis papas atrás, empezamos a tomarnos muy en serio la profecía, y durante el papado de Juan Pablo II se produjeron los ataques de 11-S. De modo que algunos de mis colegas y yo pensamos: movilicémonos alrededor de este acontecimiento y asegurémonos de que la profecía de Malachy se cumple. Los radicales musulmanes nos lo pusieron muy fácil con el 11-S y todo lo demás. De repente ¡habían vuelto las cruzadas! Y lo único que nosotros teníamos que hacer era avivar un poco las llamas. Así que estábamos perfectamente preparados para entrar en acción cuando murió este Papa, y él tuvo además la amabilidad de ponernos sobre aviso con su precioso cáncer de desarrollo lento.

Mientras Krek hablaba, Elisabetta notó que la invadía un sudor frío. Sintió náuseas y un reflujo bilioso ascendió hasta su garganta. Krek ya no la miraba. Su atención se concentraba en el televisor.

—De modo que el Papa número 268 será el último. Un grupo islamista se atribuirá lo que va a suceder hoy. Será el preámbulo perfecto para la mayor guerra religiosa de la historia. Habrá llamas…, no, habrá algo más que llamas. Será un gran incendio. Lo veremos juntos y después organizaremos una pequeña celebración.

Zazo le dio las gracias al oficial de policía de Liubliana y colgó.

—¿Te lo han dado? —le preguntó su padre.

—Ningún problema. Les he dicho que era una emergencia del Vaticano. Es un número que no figura en el listín telefónico y que está a nombre de un tal Damjan Krek.

Carlo se encogió de hombros al oír el nombre.

Zazo hizo una búsqueda en internet.

—Es un multimillonario esloveno. Es el propietario de una empresa dedicada a la construcción, la fabricación de maquinaria pesada, la minería, ese tipo de cosas. —Zazo se levantó y se metió las manos en los bolsillos—. ¿Y qué hace un hombre de negocios esloveno con un profesor alemán con cola y un oficial de la Guardia Suiza?

—¡K! —exclamó Carlo—. Krek podría ser el K que le envió el libro a Ottinger. En cuanto a Hackel, no lo sé.

Zazo volvió a coger el teléfono.

—Tú hablas alemán, ¿verdad?

Su padre asintió.

—Voy a marcar el número de Krek. Cuando descuelguen, di que eres Matthias Hackel y que quieres hablar con Krek.

—¿Y si descuelga él?

—Entonces ya hablaré yo, en inglés o en italiano. Le diré

que la Gendarmería está llevando a cabo una investigación rutinaria. Ya improvisaré algo.

—¿Qué tiene que ver todo esto con Micaela y Elisabetta?

Zazo negó con la cabeza y respondió:

—Tal vez nada, tal vez todo. —Puso el teléfono en modo altavoz y marcó el número de Krek.

Cuando respondió una voz de hombre, Carlo se identificó como el *Oberstleutnant* Hackel y preguntó por Krek.

Se produjo un silencio y después el hombre respondió en alemán.

—Lo siento, herr Hackel. Está usted llamando desde un teléfono no autorizado. Le diré al señor Krek que le llame inmediatamente a su número de móvil autorizado.

Y se cortó la comunicación.

—¡Maldita sea! —dijo Zazo frotándose la nuca.

—¿Y ahora qué? —preguntó su padre.

—Aquí hay algo muy turbio. Y Krek es el centro de todo. Voy a telefonear a la policía eslovena otra vez y veré si puedo conseguir que envíen una patrulla a su casa.

—¿Para buscar qué?

—A Micaela y a Elisabetta.

Cuando Hackel salió de la Domus Sanctae Marthae evitó a las multitudes pasando por detrás de la basílica, la capilla Sixtina y los palacios de Gregorio XIII y Sixto V para llegar a su apartamento. La ruta le obligó a rodear el cuartel de la Guardia Suiza. Cuando pasaba por allí, retumbó una voz: «¡Hackel!». Reconoció quién le llamaba, cerró los ojos irritado y se dio la vuelta.

Era su superior, el *Oberst* Sonnenberg, que salía a toda prisa del cuartel con una brigada de hombres vestidos de civil.

—Hackel, ¿qué haces aquí? Deberías estar en la capilla —le dijo Sonnenberg.

Hackel se volvió y caminó hacia él.

—He recibido un aviso sobre actividad sospechosa junto a la iglesia de San Pellegrino. He dejado allí a Glauser solo un momento para ir a investigarlo.

—No, no, tiene que tratarse de un error —insistió Sonnenberg—. A mí no me ha llegado ninguna información de este tipo. El problema está en la entrada este a San Pedro, en los detectores de metales. Un individuo ha intentado colarse con una pistola. La Gendarmería lo ha detenido, pero puede haber un segundo hombre. Ven conmigo.

Hackel balbució, tratando en vano de dar con alguna excusa para desobedecer. Finalmente suspiró y siguió a su superior.

Solo había dado unos pocos pasos cuando notó que su teléfono vibraba en el bolsillo del pantalón y lo sacó. Era el número de Krek. Tenía que contestar, así que se quedó un poco rezagado del grupo.

—¿Sí?

Uno de los hombres de Krek estaba al teléfono. Por encima del barullo de la multitud que llegaba desde la plaza de San Pedro escuchó:

—Herr Krek le devuelve la llamada, herr Hackel.

Hackel aminoró el paso para distanciarse todavía más y asegurarse de que Sonnenberg no podía oírlo.

—¡Yo no le he llamado! —dijo.

—¿Perdón? Justo ahora..., yo mismo he respondido a la llamada.

—Bueno, evidentemente no era yo. ¿Desde qué número han telefoneado?

—Se lo enviaré con un mensaje de texto, herr Hackel, e informaré a herr Krek de la irregularidad.

—Hazlo ahora mismo. Y dile que voy un poco retrasado, pero que todo sigue adelante según lo previsto.

Krek estaba al teléfono y no se molestó en ocultar a Elisabetta la conversación que mantenía.

—Averigua quién ha hecho la llamada haciéndose pasar por Hackel e infórmame de inmediato. —Colgó con un gesto de rabia y añadió otro tronco a la chimenea. El calor hacía que la frente le brillase por el sudor—. Parece que disponemos de un poco más de tiempo —le dijo a Elisabetta. Su voz sonaba ronca—. Bebe un trago conmigo.

—No bebo —respondió ella.

—Tengo unos vinos tintos magníficos —dijo Krek—. Puedes hacer ver que es el vino de la comunión.

—No.

—Bueno, yo voy a servirme otro.

Elisabetta nunca había sido tan consciente de cómo le palpitaba el corazón.

No podía seguir más tiempo sentada con ese monstruo esperando a que sucediese una catástrofe.

Tenía que hacer algo.

Mientras él se servía otro whisky, ella echó a correr hacia una de las puertas. Krek reaccionó muy rápido. La agarró por la ropa y la hizo caer en la alfombra. Cuando ella intentó levantarse, él le dio un puñetazo en la mandíbula.

La cabeza de Elisabetta sufrió una sacudida. El dolor duró solo un segundo, lo que tardó en perder la conciencia.

Zazo colgó con brusquedad.

—¿No? —le preguntó su padre.

—No lo van a hacer —dijo Zazo—. Me han pasado con el subdirector de la Policía Estatal Eslovena. Y este me ha dicho que Krek es un personaje importante y que no piensa mandar una patrulla a su casa por un capricho. No he podido convencerlo.

—Y entonces ¿qué podemos hacer?

—Voy a ir yo mismo.

—¿A Eslovenia? Te llevará todo el día.

—Entonces será mejor que salga ya. Voy a mi casa para coger el coche. Quédate pegado al teléfono y llámame si te enteras de algo.

Micaela oyó que se abría la puerta del sótano. Entró Mulej. Se había quitado la americana y llevaba la corbata aflojada.

—He pensado que te sentirías sola —dijo con voz de haber estado bebiendo.

Micaela saltó de la cama plegable. Ya había echado un vistazo en busca de algo que pudiese servir como arma, pero no había encontrado nada. Ni lámparas de mesa, ni patas de cama o de mesa que arrancar, ningún trozo de madera suelto, ni siquiera un toallero que se pudiese desclavar de la pared.

Estaba indefensa.

Mulej la señaló con su grueso índice.

—Quédate donde estás —le ordenó mientras cerraba la puerta.

—¿Qué quieres? —preguntó Micaela.

—¿Qué crees que quiero?

Se acercó a ella.

—Ni hablar —dijo Micaela desafiante.

A Mulej no pareció alterarle su actitud.

—Entonces te pegaré un tiro. A Krek ya no le eres de ninguna utilidad. Si quieres seguir con vida, tendrás que cooperar. Si no, a mí me da igual lo que te suceda. —Puso la mano sobre la cartuchera—. ¿Qué he hecho con la pistola? —farfulló.

Al oír eso, Micaela salió corriendo hacia las cajas y empezó a trepar por ellas, como había hecho Elisabetta.

Mulej la contempló divertido.

—¿Qué estás haciendo ahí arriba?

—¿No lo ves, cerdo asqueroso? —gritó ella.

—Eso es ofensivo —dijo él—. Baja. Sé más servicial.

—Vete a la mierda.

—Si no bajas, tendré que ir a por mi pistola y pegarte un tiro.

Micaela siguió subiendo. Una caja tambaleante se movió al pisarla. Saltó a la más alta, la caja que Elisabetta había abierto. Se sentó en ella y miró con furia a Mulej.

—Muy bien —dijo él, a punto de largarse—. Volveré y te pegaré un tiro.

—¡No! —gritó Micaela—. ¡No te vayas!

—¿Por qué?

—Convénceme de que baje. Sé amable conmigo.

Él pareció confuso.

—¿Amable?

—Sí. ¡Pórtate como un caballero, no como un maldito violador!

Micaela apoyó el talón sobre la caja que se tambaleaba y la empujó con todas sus fuerzas. Rechinó y se deslizó hasta detenerse en el punto exacto antes de precipitarse al vacío.

Mulej miraba la escena borracho y con la mirada dispersa, con una media sonrisa y las manos en las caderas, por lo que o bien no entendía lo que estaba sucediendo o bien creía que se podría apartar en el último segundo.

La fuerza de la gravedad tomó el control de la caja. Y quizá cayó más rápido de lo que Mulej había calculado.

Abrió la boca para decir algo cuando la caja se le vino encima, le machacó la cara y sepultó su voluminoso cuerpo bajo un montón de maderas astilladas, tierra rojiza y restos óseos de lémures.

Micaela bajó e intentó dar con un brazo o una pierna de Mulej debajo de los escombros. Removió un poco la tierra y localizó una muñeca.

—Bien —dijo cuando comprobó que no tenía pulso.

Elisabetta recuperó la conciencia rápidamente, pero le llevó un buen rato orientarse.

Estaba estirada de costado en el centro de una habitación enorme. El fuego crepitaba con fuerza y saltaban ascuas. La gran pantalla de televisión seguía mostrando a las multitudes congregadas en la plaza de San Pedro. La mandíbula le dolía terriblemente.

¿Dónde estaba Krek?

Sintió un peso que la oprimía.

Notó que la giraban y la ponían boca abajo.

Una mano se deslizó por debajo del hábito y de pronto olió el whisky en el aliento de su agresor.

—Siempre he sentido curiosidad —dijo Krek, con la respiración acelerada y su mejilla pegada a la de ella—. Siempre he querido saber qué llevan las monjas debajo del hábito.

Elisabetta no quería darle el gusto de verla llorando o suplicando. En lugar de eso se retorció y corcoveó como un caballo en el intento de sacárselo de encima.

—¡Bueno, bueno! —gritó él—. Esto me gusta. ¡Revuélvete con más fuerza!

Elisabetta tenía el hábito levantado y arrugado alrededor de la cintura y mientras peleaban notó algo punzante aplastado contra su estómago.

Entonces lo recordó.

Siguió intentando quitarse de encima a Krek con la mano izquierda mientras metía la derecha en el bolsillo del hábito. Palpó buscando el objeto y, cuando lo pudo agarrar, lo abrió.

El punzón para limpiar la pipa de su padre. Ese simple y reconfortante utensilio.

Krek aminoró la presión durante un par de segundos para arquear la espalda y desabrocharse el cinturón, y ese fue todo el tiempo que necesitó Elisabetta.

Sacó el limpiador de pipa del bolsillo y se lo clavó a Krek en el pecho con toda la fuerza que pudo concentrar en su brazo.

Él no dijo nada. Ella no supo si había logrado su objetivo hasta que apartó la mano y vio el utensilio clavado a través del suéter de su agresor; el punzón para airear estaba completamente hundido. No había rastro de sangre.

Krek rodó hacia un lado, dejando libre a Elisabetta, y se puso en pie. Parecía divertirse.

—¿Qué es esto? ¿Qué has hecho? —Se extrajo el punzón y se rió—. ¡No, gracias! ¡Yo solo fumo puros!

Para horror de Elisabetta, Krek parecía estar perfectamente bien. Mientras ella seguía estirada sobre la alfombra, él se bajó los pantalones con indiferencia, lo suficiente como para mostrar la parte más baja de la espalda.

—¿Has visto alguna vez una de estas?

Se volvió para mostrarle la espalda. Su cola era gruesa y se retorcía como una serpiente rabiosa. Los tatuajes eran negros y nítidos, amenazantes, pero para Elisabetta ya no resultaban misteriosos.

Ella empezó a alejarse de él arrastrándose por el suelo.

Pero cuando Krek se dio la vuelta y la miró de nuevo, algo estaba sucediendo en el interior de su pecho.

La sangre había ido goteando desde una pequeña herida en el corazón hasta el pericardio, y cuando la membrana estuvo llena estrujó el corazón como un exprimidor una naranja.

Krek inspiró aire a bocanadas y empezó a jadear.

Se agarró el pecho y se levantó el suéter como si eso pudiese ayudarle a llenar los pulmones con más aire.

Empezó a balancearse y después se inclinó lentamente hacia delante como un árbol talado. Intentó hablar, pero no logró articular palabra. Y justo antes de desplomarse su rostro se congestionó de pura rabia.

Elisabetta nunca había visto una mirada tan llena de odio.

31

Había sido una falsa alarma.

El hombre detenido por la Gendarmería del Vaticano en la zona del detector de metales era un policía de Roma fuera de servicio que llevaba su arma reglamentaria descargada en la mochila. Había acudido a la plaza de San Pedro para sumarse a la vigilia del cónclave y había olvidado que llevaba consigo la pistola. Se mostró desolado y no dejó de disculparse. Se comprobó su identidad. El hombre que lo acompañaba era su primo.

Hackel esperaba junto al furgón policial al que fueron conducidos los dos detenidos. Apoyaba el peso del cuerpo alternativamente en uno y otro pie, hasta que al fin le dijo al *Oberst* Sonnenberg:

—Debería volver a mi puesto en la capilla.

—Sí, puedes irte —le dijo Sonnenberg—. Pasaré a comprobar cómo va todo dentro de un rato. No creo que tengamos la suerte de que haya fumata blanca esta misma noche, pero nunca se sabe.

Hackel hizo el saludo militar y se marchó. Cuando estuvo fuera de la vista de Sonnenberg, cambió de dirección y se dirigió a su apartamento.

Micaela pensó por un momento en excavar los escombros para comprobar si el cadáver del gordo llevaba un móvil encima, pero la tarea le pareció demasiado dificultosa. Pegó la oreja a la puerta y escuchó. Al caer, la caja había provocado un estruendo. Si había alguien cerca sin duda lo habría oído.

Al no oír nada sospechoso detrás de la puerta, la abrió primero un poco y después lo suficiente para asomar la cabeza. El pasillo que llevaba al sótano estaba prácticamente a oscuras; solo había una bombilla desnuda a unos diez metros. Allí no se veía a nadie. Se dirigió hacia la luz.

Elisabetta echó un vistazo al cuerpo sin vida de Krek, que yacía en el suelo boca abajo. La cola, que hacía un momento le había parecido tan terroríficamente amenazante, ahora no era más que un anómalo pedazo de carne.

Notó cómo su corazón latía acelerado e intentó pensar. Tenía que dar la alarma. El teléfono de Krek parpadeaba. Lo cogió y se quedó paralizada. ¿Y si la línea estaba monitorizada? Si llamaba ¿podía alertar a la gente de Krek de que se había liberado y poner en peligro la vida de Micaela? Primero tenía que salvar a su hermana.

La gran sala tenía cuatro puertas y comprobó que todas estaban cerradas desde dentro. Krek parecía estar obsesionado con la privacidad.

Dos de las puertas situadas en la misma pared daban a lados diferentes del vestíbulo. Era por allí por donde había entrado. Elisabetta visualizó el recorrido desde el sótano: subieron por la escalera, llegaron a un pasillo que llevaba a un pequeño despacho, atravesaron una biblioteca con estanterías de madera, llegaron al vestíbulo y desde allí entraron en el gran salón. Estaba a punto de dirigirse al vestíbulo cuando oyó unos sonoros pasos que se acercaban. Reculó, cerró la puerta y comprobó las otras dos.

La tercera puerta conducía directamente a una escalera ascendente. La cuarta daba a un sombrío y austero pasillo, tal vez una zona de paso para el servicio. No parecía haber moros en la costa, así que enfiló ese pasillo.

Micaela se quitó los zapatos para caminar con más sigilo y los dejó junto a la pared. El pasillo del sótano se prolongaba a lo largo de un trecho considerable sin signos de que hubiese ninguna escalera, y se preguntó si no habría ido en la dirección incorrecta. Probó a abrir muchas puertas durante su recorrido. Algunas estaban cerradas, otras daban a oscuros trasteros.

Finalmente vio una escalera de piedra apenas iluminada. Micaela subió por ella con cautela, rezando para no toparse con alguien en su camino.

Elisabetta se coló en un comedor con una mesa para banquetes lo bastante larga como para que se sentaran a ella cómodamente treinta personas. A través de las ventanas emplomadas vio a un chico con un rifle colgado al hombro patrullando por el terreno que rodeaba el edificio. Se agachó y pasó en cuclillas por debajo de la hilera de ventanas. Se detuvo en la otra punta del comedor y pegó la oreja a una doble puerta. A través de la madera oyó un repiqueteo de cazuelas.

La escalera de Micaela conducía a un laberinto de despensas llenas de productos enlatados y no perecederos. Se sorprendió a sí misma examinando hambrienta las etiquetas e intentando en vano dar con un abrelatas para poder abrir un bote de melocotones.

Oyó un grito ahogado a su espalda y al volverse se topó con una voluminosa mujer con delantal que pareció asustarse tanto como ella misma. La mujer dejó escapar un breve chillido y salió corriendo, pero Micaela la persiguió con el bote de melocotones y la tumbó con un único golpe seco en la parte posterior de la cabeza. La mujer cayó sobre un estante y con ella acabaron en el suelo provisiones suficientes para un mes.

Elisabetta oyó un grito agudo y un estruendo procedentes de la zona de la cocina. Se agazapó detrás de un enorme jarrón oriental por si entraba alguien en tromba en el comedor, pero después de varios minutos todo seguía en calma. Con cautela, entró en la cocina. Como no percibió ningún movimiento, avanzó hasta llegar a una despensa donde descubrió inconsciente en el suelo a la oronda cocinera, cuyo pecho subía y bajaba acompañado por gruñidos y ronquidos. A un lado había una escalera que conducía al sótano. Elisabetta murmuró una breve oración y corrió hacia ella preguntándose qué había derribado a esa mujer.

Micaela salió de la cocina y se encontró en el vestíbulo, una vasta sala de mármol con muebles ornamentales desmesuradamente grandes. Recorrió el vestíbulo de un lado a otro, intentando primero abrir una puerta, que estaba bloqueada, y después otra. La segunda puerta no tenía puesto el cerrojo. La abrió centímetro a centímetro, para evitar cualquier chirrido.

A través de la ranura vio una gran sala con una enorme chimenea y después descubrió un cuerpo semidesnudo en el suelo.

Micaela entró y sin hacer ningún ruido cerró la puerta. El cuerpo estaba inmóvil, con un suéter de cachemira subido hasta el pecho y los pantalones bajados hasta los tobillos. Se aproximó lentamente y soltó un taco ante lo que vio.

Una larga cola sin vida.

Elisabetta bajó a toda prisa al sótano, su hábito iba barriendo el suelo de cemento. De pronto algo la hizo detenerse. ¡Los zapatos de Micaela! Se sintió aterrorizada, pero siguió hasta la habitación de las cajas y se precipitó dentro llamando a su hermana.

La habitación era un caos, con tablones de una caja rota, tierra y restos óseos desparramados por todas partes.

Al ver que debajo del montón de tierra asomaba una mano que todavía conservaba la carne sobre los huesos casi soltó un grito, pero respiró aliviada cuando se fijó en el anillo masculino en uno de los dedos.

«Micaela —pensó—, ¿dónde estás y qué has hecho?»

Micaela se armó con un atizador de la chimenea y comprobó dos veces que todas las puertas estaban cerradas.

Clavó la mirada en el teléfono pensando que ojalá supiese el número de emergencias de la policía eslovena. Justo en ese momento empezó a sonar y ella se apartó como si el aparato fuera una víbora enrollada sobre sí misma.

El pomo de una de las puertas chirrió.

Micaela respiró profundamente, descorrió el pestillo, agarró el atizador como si fuese un hacha y lo sostuvo en alto.

El pomo giró y se abrió la puerta.

En ese instante Micaela empezó a balancear el atizador para asestar el golpe, pero se detuvo en el último segundo al vislumbrar la manga negra de un hábito de monja.

Zazo echó a correr. El tráfico estaba imposible a esa hora del día y pensó que iría más rápido a pie que si tomaba un autobús. Empezó a dar forma a un plan. Cogería el coche, enfilaría hacia el norte y conduciría a toda pastilla hasta Eslovenia. Con suerte, llegaría a Bled antes de la medianoche. Pediría hablar con Krek. Probablemente él llamaría a las autoridades y arrestarían a Zazo por intruso, pero ¿qué otra cosa podía hacer? Era policía y ese era el único modo de actuar que conocía.

Su móvil vibró.

Lo sacó del bolsillo mientras seguía corriendo, pero se detuvo en seco al ver el número: 929295.

«¡El teléfono de Krek!»

—¿Sí? —respondió con cautela, jadeando después de la carrera.

La voz susurrante que escuchó sonaba afligida y agitada.

—¡Zazo, soy yo!

Su mente desconectó de su cuerpo al oír la voz de Elisabetta. Pareció llevarle una eternidad ser capaz de responder.

—¡Dios mío! ¡Estás en Eslovenia! ¡Estás con Krek!

—¿Cómo lo has sabido?

—Olvídalo. ¿Estás bien?

—¡Sí! ¡No! Él está muerto. ¡Lo he matado yo, Zazo!

—¡Jesús! ¿Y Micaela está bien?

—Sí, estamos juntas. Siento tener que hablar en susurros, pero estamos escondidas. Hay hombres de Krek por todas partes, pero todavía no saben que él está muerto.

—De acuerdo, escucha. Si estáis a salvo donde estáis, no os mováis. Voy a llamar a la policía eslovena.

—No, Zazo. Yo les llamaré. Tú tienes que ir al Vaticano lo más rápido que puedas.

—¿Por qué?

—Hay una bomba en la capilla Sixtina. Estoy segura. ¡Tienes que ir allí! ¡Tienes que detener el cónclave!

Zazo estaba en la via Garibaldi. Pasaban coches y motos zumbando. Permaneció unos instantes con la mirada clavada en el teléfono mientras recuperaba la calma y después pulsó el número de Lorenzo. Le respondió el contestador.

Lo intentó con el inspector Loreti.

Otro contestador.

Estaba a tres o cuatro kilómetros del Vaticano, demasiado lejos para ir corriendo.

Dejándose llevar por un impulso, Zazo se plantó en medio de la calzada, extendió los brazos y le cerró el paso a una Honda 1000 que se aproximaba. El motorista casi perdió el control, pero se detuvo a escaso medio metro y no lo arrolló. El joven se quitó el casco y empezó a soltar tacos.

Zazo sacó una identificación del bolsillo trasero.

—¡Policía! ¡Esto es una emergencia! ¡Voy a requisarte la moto!

—¡Y una mierda que eres poli! —gritó el joven.

Instintivamente, Zazo hizo el gesto de coger el arma, pero se la había dejado en casa. En lugar de esto, señaló con el dedo al motorista de la Honda y lo amenazó.

—¿Quieres ir a la cárcel por obstruir una operación policial?

Como el tipo no respondió, Zazo tiró de él con fuerza con ambas manos. La moto se volcó y el joven cayó al suelo. Zazo levantó la Honda, se montó en ella y salió de allí a toda velocidad. Todo lo que pudo hacer el motorista fue gritarle y lanzar inútilmente el casco contra él.

Hackel cerró la puerta de su apartamento y abrió una de las ventanas que daban al oeste para dejar entrar un poco de aire fresco. El edificio era demasiado bajo para poder ver desde allí la capilla Sixtina, pero la aguja que coronaba la cúpula de San

Pedro sí se vislumbraba recortada contra el brumoso cielo del atardecer.

Encendió el televisor. La multitud en la plaza estaba tranquila, expectante.

Fue al dormitorio y abrió el cajón superior de la cómoda. Detrás de los montones de calcetines doblados había una caja negra y verde, del tamaño de tres barajas de cartas.

Hackel se sentó en la cama y probó el interruptor del detonador Combifire. Sabía que las pilas eran nuevas, pero por si acaso tenía otras de recambio.

Se encendió un piloto verde.

Dejó el detonador y suspiró.

Le inquietaba que alguien haciéndose pasar por él hubiera llamado al domicilio de Krek. El número que le habían enviado era de Roma. Alguien estaba tras su pista. ¿Quién? ¿Cómo? La idea de esquivar la investigación posterior era absurda. Tenía que desaparecer de inmediato.

Fue hasta el armario y sacó una maleta vacía.

Zazo aceleró la Honda como un loco, esquivaba el tráfico, se metía por los huecos que quedaban entre los coches, apuraba tanto que rayó algunas puertas con el manillar. La combinación del denso tráfico en hora punta y la extraordinaria congestión alrededor del Vaticano lo tenía todo para generar el atasco perfecto.

En la via Domenico Silveri el tráfico se detuvo por completo. Miró la cúpula de la basílica, giró el manillar, llevó la moto hasta el bordillo y la subió a la acera.

Los peatones le gritaron y él les devolvió los gritos dejando claro que no iba a detenerse. Esquivando y zigzagueando, logró llegar a la via della Stazione Vaticana, donde ya era imposible incluso avanzar por la acera.

Zazo abandonó la Honda y siguió a pie.

Se abrió paso entre la multitud y llegó, con el pecho palpitándole, a la entrada de Petriano, en la parte sur de la plaza de San Pedro, donde tres de sus hombres hacían guardia en un puesto de control.

Fue disparado hacia ellos. Por cómo lo miraron, dedujo que sabían que estaba suspendido del servicio.

—Comandante Celestino, pensaba que… —dijo un cabo.

Zazo le interrumpió:

—No pasa nada. Me han readmitido. El inspector Loreti me ha vuelto a llamar.

Hicieron el saludo militar y le dejaron pasar.

No tenía sentido intentar acortar atravesando la plaza. Nunca la había visto tan llena. En lugar de eso, atravesó corriendo las zonas no abiertas al público junto a la Domus Sanctae Marthae y por detrás de la basílica hasta la puerta trasera del palacio frente a la piazza del Forno.

Tenía frente a él la chimenea del cónclave, de la que no salía humo.

Entró en la sala Regia sin que nadie se lo impidiese. Curiosamente, incluso los guardias suizos se cuadraron a su paso.

La sala estaba iluminada y decorada para la ocasión, llena de arzobispos, obispos, monseñores y personal laico esperando a que terminara la primera jornada.

Lorenzo estaba al fondo de la sala, la que daba al palacio, con el comandante Capozzoli. Vio a Zazo, pronunció su nombre sorprendido y se dirigió hacia él.

—¿Qué diantre estás haciendo aquí? —le preguntó.

Zazo le lanzó una mirada desesperada.

—Necesito tu pistola.

—¿Estás loco? ¿Qué te pasa?

—¡Hay una bomba!

Un arzobispo lo oyó y se puso a susurrarle algo al oído a uno de sus colegas.

Lorenzo lo miró alarmado.

—¡Baja la voz! ¿Cómo lo sabes?

—¡Elisabetta lo ha descubierto! Creo que ha sido Hackel quien la ha colocado.

—¿Por qué ni Loreti ni nadie me lo han comunicado?

—Nadie lo sabe todavía. ¡Por el amor de Dios, Lorenzo! Dame tu pistola. Cappy, desaloja la sala. Lorenzo, ¡busca a Hackel y detenlo antes de que sea demasiado tarde!

Hackel cerró la cremallera de la maleta y la dejó junto a la puerta.

En un cajón de la mesa de su estudio había una carpeta clasificadora con documentos privados y pasaportes falsos. La sacó y la guardó en el bolsillo exterior de la maleta.

Iba a estar viajando durante algún tiempo. Quería pasar todo lo inadvertido que a un hombre de su complexión le fuese posible. El traje negro no era lo más adecuado. Se lo quitó, lo dobló con cuidado, echó un vistazo a la pantalla del televisor y buscó algo más cómodo en el armario. Se dirigiría en su coche hasta una parada de taxis, tomaría uno hasta una empresa de alquiler de coches y después telefonearía a Krek. No tardarían en organizarle un plan de fuga. No estaba especialmente preocupado.

Glauser vio a Zazo y se puso rígido.

—Celestino, estás suspendido de servicio. ¿Quién te ha dejado pasar?

Los guardias suizos ataviados con el uniforme tradicional que montaban guardia ante la puerta de la capilla Sixtina agarraron con fuerza sus lanzas ceremoniales y miraron a Glauser a la espera de instrucciones.

Zazo trató de controlar el tono para no parecer trastornado.

—Glauser, escúchame atentamente. Debemos evacuar la capilla Sixtina. Hay una bomba.

—¡Estás loco!

El hombrecillo empezó a levantar el brazo para dar instrucciones por el micrófono que llevaba en la muñeca, pero Zazo lo detuvo sacando la SIG de Lorenzo del cinturón, que amartilló antes de apuntar a la cabeza de Glauser. Se produjo una conmoción en la sala Regia, se oyó un murmullo general y todos los presentes recularon.

—Glauser, mantén las manos a la vista —le ordenó Zazo—. Si no tengo otro remedio, te dispararé. —Y añadió, dirigiéndose a los guardias suizos—: Escuchad, hay un traidor en vuestras filas. Vuestro deber es proteger al Papa. Uno de los cardenales que ahora están en la capilla Sixtina pronto se convertirá en papa. Ayudadme a despejar la zona.

Glauser lo miró furioso.

—El único traidor eres tú, Celestino. Siempre sospeché de ti. Vas a pudrirte en la cárcel por esto.

Glauser metió la mano debajo de la americana buscando su arma y Zazo reaccionó. Le disparó en la rodilla derecha, y cuando el hombre cayó aullando de dolor Zazo se abalanzó sobre él, rebuscó bajo la chaqueta y cogió la Heckler & Koch MP5A3. Le quitó el seguro y apuntó con ella a los perplejos guardias.

—Tú, hazle un torniquete o morirá —gritó a uno de ellos—. Y los demás... ¡por el amor de Dios, despejad la sala Regia!

En la otra punta de la sala, Capozzoli, delante de la Puerta Paulina, gritaba a todo el mundo que saliese. Religiosos y laicos corrieron hacia él.

Zazo mantuvo a los guardias encañonados con la metralleta corta mientras golpeaba la puerta de la capilla Sixtina con el talón.

—¡Es una emergencia! —gritó—. ¡Soy el comandante Celestino de la Gendarmería! ¡Déjenme entrar!

Pareció pasar una eternidad, pero finalmente oyó que alguien desde el interior descorría el cerrojo.

El cardenal Franconi apareció tras la puerta con una expresión que combinaba a partes iguales el temor y el desconcierto. Al ver a un hombre vestido de civil empuñando una metralleta se quedó paralizado por el pánico.

Zazo lo apartó y se precipitó al interior. Un centenar de ancianos con bonetes rojos lo miraron en estupefacto silencio y dejaron los bolígrafos con los que estaban escribiendo en sus papeletas de votación.

Zazo había estado dentro de la capilla Sixtina centenares de veces, tal vez miles, y apenas reparaba ya en su majestuosidad. Pero nunca la había visto así, impregnada de solemnidad con todos los cardenales electores cumpliendo con su deber más sagrado. El mágico techo estaba apenas iluminado por la luz del atardecer que se filtraba por los altos ventanales. Zazo se detuvo en el centro de la capilla. Justo encima de su cabeza la mano de Dios tocaba la mano extendida de Adán, confiriéndole vida.

El cardenal Díaz se levantó de su pupitre y se irguió. Reconoció a Zazo.

—Comandante, ¿por qué ha entrado usted en este recinto sagrado con un arma y ha interrumpido los ritos sacros?

La voz de Zazo reverberó en la sala y a él mismo le resultó como de otro mundo:

—Lo siento, excelencia. Pero todo el mundo debe salir inmediatamente.

—Estamos en plena votación. No podemos salir.

—No hay tiempo para explicaciones, pero tengo fundadas sospechas de que hay una bomba en la capilla.

Díaz miró a sus colegas.

El cardenal Aspromonte se puso en pie.

—¿Por qué cree eso? ¿Quién se lo ha dicho?

—Una monja. Una monja que se llama Elisabetta.

Varios cardenales lanzaron risitas nerviosas.

—¿Ha cometido usted este gran sacrilegio por lo que le ha

contado una monja? —rugió Díaz—. ¡Salga de aquí! ¡Salga ahora mismo!

Zazo miró a Díaz y se colocó la punta de la metralleta bajo la barbilla. Puso el pulgar sobre el gatillo.

—Lo siento. No voy a marcharme. Esa monja es mi hermana y creo lo que me ha dicho de todo corazón. Si no puedo salvarles a ustedes, moriré intentándolo.

Hackel se sentó en su silla favorita. Desde ella podía contemplar al mismo tiempo la pantalla del televisor y, a través de la ventana, la cúpula de San Pedro. De este modo vería la deflagración por duplicado. Oiría el estallido por duplicado. Y percibiría la onda expansiva a través de su cuerpo una vez.

La noche que falleció el Papa, Hackel había dejado en el sótano de la capilla Sixtina su bolsa sobre uno de los sencillos pupitres de madera, había abierto la cremallera y había sacado un rollo recubierto de caucho que parecía material de construcción. Primasheet 2000. Un explosivo plástico con RDX de dos milímetros de grosor y con un lado adhesivo que permitía engancharlo. De uso militar y letal, especialmente en un espacio abovedado.

El ancho del Primasheet era perfecto, pero había que cortar la longitud adecuada y pegarlo bajo el pupitre. Hackel había sacado una pequeña pieza de una bolsa de plástico y había presionado con fuerza un microchip RF del tamaño de una uña sobre el explosivo, asegurándose de que quedaba perfectamente incrustado. Había puesto el pupitre boca abajo y había inspeccionado el trabajo.

Todos los microchips estaban programados para dispararse en la misma frecuencia. Un interruptor en un detonador de control remoto haría el trabajo. Durante la hora siguiente repitió el proceso ciento ocho veces, en cada uno de los pupitres de los cardenales electores del cónclave papal.

Tenían un infiltrado en la compañía de seguridad. El pastor alemán que utilizaron para detectar explosivos no habría olfateado el Primasheet ni aunque se lo hubieran embutido por el culo.

Hackel extendió completamente la antena del detonador Combifire.

«Así es como actuamos —pensó—. Esto es lo que somos.»

Levantó el interruptor y apretó el botón rojo de detonación.

Las cristaleras de los altos ventanales de la capilla Sixtina fueron las primeras en desaparecer.

Reventaron con un resplandor anaranjado y el viejo cristal se fragmentó en millones de esquirlas.

A continuación la onda expansiva golpeó contra el techo.

Los resplandecientes frescos que a Miguel Ángel le había llevado cuatro años pintar se evaporaron en un instante, convertidos en una colorida bruma.

La bóveda de la capilla se desplomó en grandes bloques que enterraron todo lo que había debajo entre toneladas de horribles escombros grises. Por encima de la plaza de San Pedro se levantó una enorme nube de humo que tapó el tenue sol de la tarde y transformó el día en noche.

32

El estallido atrapó a Zazo como un tren pasando a toda velocidad por la sala Regia y lo impulsó a través de la Puerta Paulina un buen trecho hasta el interior del palacio. Como fue el último en salir, él se llevó la peor parte, pero algunos de los cardenales a los que la explosión pilló más cerca cayeron al suelo como bolos.

Víctima de una conmoción cerebral e inconsciente, Zazo se perdió la inmediata llegada de ambulancias y equipos de emergencia. Loreti y Sonnenberg activaron rápidamente el protocolo de catástrofes llamado Código Ciudadela, que contaba con todos los recursos del Estado italiano. El Nucleo Operativo Centrale di Sicurezza, el cuerpo especial de intervención de la Polizia di Stato y los Carabinieri acudieron a la Ciudad del Vaticano y con la ayuda de la Gendarmería Vaticana evacuaron a las traumatizadas multitudes de la plaza de San Pedro.

Aunque había heridos por los cristales rotos y los cascotes que habían salido despedidos, la mayoría de los atendidos por los servicios de emergencias lo fueron por la estampida posterior, aunque milagrosamente al final del día no hubo que lamentar ni una sola víctima mortal. Zazo estaba entre los que presentaban heridas más graves. Una costilla rota le había lacerado el hígado y en menos de una hora lo metieron en un quirófano para someterlo a cirugía abdominal. Mientras, a Glauser le reconstruían la rodilla en un quirófano adyacente.

La Guardia Suiza asumió la protección de los cardenales y los que no requerían cuidados médicos y hospitalización fueron introducidos en los autocares y conducidos de regreso a la Domus Sanctae Marthae, que ya estaba acordonada por una brigada de hombres armados. Un helicóptero de la Polizia di Stato sobrevolaba la zona.

Lorenzo, cubierto de polvo y aturdido, se encontró con Loreti y Sonnenberg en el exterior de la residencia.

—Tú estabas allí. ¿Qué diantre ha pasado? —le preguntó Loreti.

Lorenzo respondió elevando mucho la voz porque la explosión lo había dejado medio sordo:

—Cinco minutos antes de la explosión el comandante Celestino entró en la sala Regia.

—¿Él ha hecho esto? —rugió Sonnenberg—. ¿Uno de tus hombres ha hecho esto, Loreti?

—No, *Oberst* Sonnenberg —le corrigió Lorenzo—. El comandante Celestino los salvó. Descubrió que había una bomba y obligó a los cardenales a salir de la capilla. De no ser por él, habrían muerto todos.

El comandante Capozzoli llegó corriendo y se unió a ellos.

—¿De dónde sacó esa información? —preguntó Loreti—. ¿Por qué no informó a nadie más?

—Se lo contó su hermana.

—En nombre de Dios, ¿quién es su hermana? —inquirió Sonnenberg.

—Es una monja.

Ambos se quedaron mirándolo sin decir palabra.

—Escuchen, no conozco los detalles —continuó Lorenzo—, pero ella estaba en lo cierto. Zazo me dijo que Matthias Hackel estaba involucrado en esto.

—¡Hackel! —vociferó Sonnenberg—. Estás loco.

—¿Dónde está Hackel? —preguntó Loreti.

Sonnenberg trató de localizar a Hackel por radio, pero no obtuvo respuesta.

—La última vez que lo vi estaba aquí, junto a la Domus Sanctae Marthae —dijo Capozzoli—. Fue unos cuarenta minutos antes de la explosión.

—¿Y qué hacía aquí? —preguntó Loreti.

—Dijo que quería comprobar cómo se encontraba el cardenal Giaccone.

—¡Dios mío! —exclamó Loreti—. Subamos. Cappy, ven conmigo. Lorenzo, coge a varios hombres y busca a Hackel. Registradlo todo. Registrad su apartamento.

Loreti, Capozzoli y Sonnenberg estaban ante la puerta de la habitación 202.

Loreti golpeó con los nudillos.

No hubo respuesta.

—¿Cardenal Giaccone? —gritó—. Abre —le ordenó a Capozzoli.

Capozzoli tenía una llave maestra. La pequeña habitación estaba vacía, la cama hecha. La sotana de Giaccone estaba pulcramente extendida sobre la colcha.

La puerta del baño estaba cerrada y oyeron el agua de la ducha.

—¿Hola? —llamó Sonnenberg.

Nada, excepto el sonido del agua.

Sonnenberg insistió elevando el tono:

—¿Hola?

El agua dejó de correr y un momento después el pomo de la puerta giró.

—¿Hackel? ¿Eres tú?

Giaccone abrió la puerta, gordo, desnudo y empapado.

Al ver a tres hombres en su habitación intentó volver a cerrarla, pero Capozzoli metió el pie en el quicio y abrió la puerta de par en par.

—¿Esperaba usted al *Oberstleutnant* Hackel? —le preguntó Loreti—. ¿Por qué? Salga para hablar con nosotros. ¿Sabe lo que ha sucedido?

Giaccone no abrió la boca.

Salió del baño en tromba como un pequeño toro rosado y tropezó con Sonnenberg, que cayó indecorosamente de culo.

Giaccone fue directo a buscar algo en el escritorio, debajo de su bonete. Al verlo de espaldas todos repararon en algo.

De la espalda le colgaba una cola rosácea.

Atónitos, apenas se fijaron en la pequeña pistola plateada que empuñaba.

Se la llevó a la sien y gritó:

—¡Soy Petrus Romanus! —Y apretó el gatillo.

Lorenzo forzó la cerradura del apartamento de Hackel y se coló en él.

Sus hombres entraron detrás. Allí no había nadie.

—Registrad el piso —les ordenó—. Poneos los guantes. Esto es un escenario del crimen.

Era un apartamento pequeño y meticulosamente ordenado, lo cual facilitó la tarea de localizar las posesiones y los papeles de Hackel.

Entre las facturas domésticas, encontraron una que les llamó la atención: una factura enviada a una compañía minera con base en Ginebra que resultó ser una tapadera con una falsa licencia de importación. Era de una empresa estadounidense, EBA&D, por un rollo explosivo RDX flexible Primasheet 2000.

Tenían al culpable.

Ahora necesitaban dar con el motivo.

Los cardenales Díaz, Aspromonte y Franconi se reunieron en una esquina de la capilla de la Domus Sanctae Marthae. Tenían la sotana manchada y la cara sucia, pero no estaban heridos.

—¿Habéis visto su cadáver? —preguntó Franconi.

Aspromonte asintió y dijo:

—Yo sí. Os aseguro que Giaccone tenía cola.

Franconi se frotó las manos con nerviosismo.

—¿Un lémur? —preguntó inquieto—. ¿Uno de nosotros... era un lémur?

—Antes de pegarse un tiro les dijo a los policías: «Soy Petrus Romanus» —explicó Aspromonte.

—¡Dios mío! —saltó Díaz—. ¡Malachy! ¿La profecía se va a cumplir?

—Tenemos muchas más preguntas que respuestas —dijo Aspromonte—. Pero ahora no hay duda de que la Iglesia se enfrenta a un período de confusión y dificultades sin precedentes, cuyo desenlace es impredecible.

—No debemos decir nada a la prensa sobre la «peculiaridad» de Giaccone ni sobre las circunstancias de su muerte —recalcó Díaz—. Sufrió un ataque al corazón al oír la explosión. Un ataque al corazón. Debemos cerrar filas.

—¡Qué tragedia! —se lamentó Franconi—. ¡Nuestro gran tesoro, la capilla de Miguel Ángel, ha desaparecido!

—¡No! ¡Te equivocas! —le regañó Aspromonte—. En alguna parte del mundo, quizá aquí mismo, en Italia, hay otro Miguel Ángel. Los edificios se pueden reconstruir. Se pueden encargar nuevas pinturas. Pero nuestro gran tesoro, la Iglesia, gracias a Dios, se ha salvado, y sus dirigentes también, gracias a la acción de un simple policía y una simple monja.

Díaz asintió y añadió:

—Tenemos mucho trabajo por delante. Me han informado de que la basílica solo está dañada en la fachada que da al norte.

La sala Regia ha sufrido muchos daños, pero el palacio está intacto. Tenemos que encontrar un sitio en el que mañana se puedan reunir los electores. El cónclave debe continuar. Necesitamos un nuevo Santo Padre, ahora más que nunca.

Elisabetta y Micaela se abrazaron y lloraron al contemplar las terribles imágenes por la televisión.

Un reportero de la RTV estaba entrevistando a los miembros de una familia de peregrinos eslovenos en la plaza de San Pedro cuando estalló la bomba.

La cámara sufrió una sacudida y miles de personas cayeron al suelo como si fueran una sola, gritando al ver la bola de fuego que se elevó en el aire.

—¡Oh, Dios mío! ¡Zazo! —gritó Elisabetta.

Antes de pasar por encima del cuerpo de Krek, Micaela le dio una patada en el pecho para asegurarse de que estaba muerto. Cogió el teléfono de la mesa de centro y marcó el número de Zazo. Saltó el buzón de voz.

—Estoy segura de que está bien —murmuró—. Tiene que estar bien.

Elisabetta se arrodilló y se puso a rezar.

Rezó por Zazo.

Rezó por los cardenales.

Rezó por la Iglesia.

Rezó por Micaela.

Rezó por ella misma.

A lo lejos se oyeron sirenas. El insistente ulular se fue haciendo más y más estruendoso hasta que de pronto cesó.

Se oyeron gritos en esloveno, un breve pero aterrador intercambio de disparos procedente de la entrada y finalmente, después de unos horribles minutos que se hicieron eternos, alguien golpeó insistentemente la pesada puerta de roble.

—¡Policía! ¡Vamos a entrar!

33

El estado de ánimo en el interior de la basílica era tan sombrío como el de cualquier misa funeral celebrada bajo su santificada cúpula. Media docena escasa de miembros del Vaticano se apiñaban en los bancos cubiertos de polvo rezando en silencio, tan trastornados como las víctimas de la onda expansiva del día anterior.

El traje negro, la camisa blanca y los resplandecientes zapatos negros de Matthias Hackel se habían encontrado en la orilla del Tíber, cerca del puente Sant'Angelo. Tal vez se había quitado la vida ahogándose, tal vez no, pero la investigación interna estaba en pañales y todavía no había datos concluyentes sobre posibles cómplices. Debido a lo cual, el *Oberst* Sonnenberg había cedido de mala gana la seguridad básica a la Polizia di Stato, y la Guardia Suiza estaba recluida en su cuartel. La Gendarmería había sido desplegada para blindar el Vaticano y no dejar pasar a nadie que no fuesen los empleados imprescindibles y un reducido grupo de periodistas internacionales.

Elisabetta, Micaela y su padre estaban sentados en un banco de la parte trasera de la basílica, esperando en silencio.

A mediodía monseñor Achille, el secretario privado del

cardenal Aspromonte, se acercó a ellos, se inclinó y le susurró algo al oído a Elisabetta.

Ella les dijo a Micaela y a su padre:

—Esperad aquí. Quieren hablar conmigo a solas.

Elisabetta siguió a Achille por el pasillo bajo el monumento de Pío VIII hasta el pasadizo de la sacristía y el tesoro de San Pedro. Caminaron sobre los suelos de mármol hacia una sala que parecía formar parte de un museo en la que había tres sillas afelpadas encaradas entre sí. Elisabetta alzó la mirada para contemplar la Crux Vaticans, la cruz vaticana, cubierta de cuero, plata y piedras preciosas. Era el mayor tesoro del Vaticano y se decía que contenía fragmentos de la auténtica Cruz.

Achille le pidió que esperase. Al poco rato aparecieron los cardenales Aspromonte y Díaz. Cuando Elisabetta se levantó para saludarlos, Aspromonte sonrió y le rogó que se sentase. Se unieron a ella, las sillas tan juntas que sus rodillas casi se rozaban.

Díaz tenía un aire inflexible e imponente, pero el rostro de Aspromonte transmitía bondad y paternalismo; Elisabetta enseguida se sintió cómoda con él.

—Elisabetta Celestino —le dijo Aspromonte, tomándole la delgada y fría mano con las suyas, cálidas y enormes—. Hermana Elisabetta. La Iglesia tiene con usted una inconmensurable deuda de gratitud.

—Me he limitado a servir a Dios, excelencia. Él ha sido nuestro guía en esta terrible experiencia.

—Bueno, le ha servido muy bien. Imagínese cómo sería el mundo hoy si usted no hubiera tenido éxito. Dígame, ¿cómo está su hermano?

—Lo hemos visitado esta mañana. Esperamos que salga de cuidados intensivos a lo largo del día de hoy. Está mejorando.

—Bien, bien. Actuó de un modo tan decidido, tan valiente... —elogió Aspromonte—. Salvó muchas vidas.

—Sí, es increíble —dijo Elisabetta—. Pero es triste que hombres buenos como el profesor De Stefano, el padre Tremblay y el cardenal Giaccone hayan muerto. Es triste que la maravillosa capilla Sixtina haya desaparecido.

—La capilla será reconstruida —dijo Aspromonte, soltándole la mano—. Sentimos mucho la pérdida de De Stefano y de Tremblay. El caso del cardenal Giaccone es distinto.

—Era uno de ellos —dijo Díaz secamente—. ¡El director de la Comisión Pontificia de Arqueología Sacra era uno de ellos!

—Dios mío —exclamó Elisabetta—. Por eso estaban al corriente de todo. Incluso hace años, cuando yo era todavía una simple estudiante. ¿Era un lémur?

Los cardenales se quedaron pasmados por su respuesta.

—¿Conoce su existencia? —susurró Díaz.

Elisabetta asintió.

—Descubrí varias cosas que compartí con el padre Tremblay y en justa correspondencia él me contó ciertas cosas de modo rigurosamente confidencial.

—Entonces entiende usted contra qué nos hemos enfrentado. Sabe Dios cuánto daño podría haber hecho Giaccone a la Iglesia si hubiese sido el único cardenal elector superviviente —dijo Díaz indignado.

—Se habría convertido en Papa —aseguró Aspromonte.

—Un desastre —comentó Díaz, apretando los dientes y cerrando el puño, como si el viejo boxeador que todavía habitaba en su interior anhelase dejar su rincón en el cuadrilátero y luchar otro asalto.

Aspromonte mostró las palmas de las manos.

—Hermana, debe usted decirnos lo que piensa, porque ha estado usted muy cerca de ellos. Habló con uno de sus líderes.

—Y Dios me perdone y perdone a mi hermana —se lamentó Elisabetta—, porque segamos vidas.

—Después podrá usted confesarse y obtendrá el perdón —dijo Díaz impaciente—. ¿Qué impresión le causaron?

Elisabetta tomó aire.

—Quieren destruir a la Iglesia. La odian por todo lo que

representa. Quieren pisotear todo lo que es bueno y si en el proceso se desmorona todo, ellos sentirán la satisfacción de ver el mundo ardiendo en llamas. Son el mal en estado puro.

Aspromonte la escuchó cabizbajo y negando con la cabeza, como si llevase el ritmo de un metrónomo invisible.

—Siempre hablamos del Diablo —dijo—, pero incluso para mí, que soy bastante literal en mis creencias y en la interpretación que hago de la Biblia, el Diablo ha sido siempre algo metafórico. El mal existe, sobre eso no hay duda, ¡pero que se encarne físicamente de este modo! Es una idea terrorífica.

Elisabetta supuso que debía limitarse a escuchar y no volver a hablar, pero no pudo contenerse.

—Convierte la palabra de Cristo en algo mucho más importante, ¿no?

—¡Sí! —se mostró de acuerdo Aspromonte—. Tiene usted toda la razón, hermana. Siempre tenemos trabajo pendiente. Hoy tenemos trabajo pendiente. Mañana tendremos trabajo pendiente. No lo terminaremos hasta el día en que Jesucristo regrese. Debemos permanecer siempre vigilantes.

Elisabetta sintió que la invadía una tristeza arrolladora.

—¿Puedo hacerle una pregunta?

—Por supuesto, hermana —dijo Aspromonte.

—Mi madre falleció cuando yo era niña. Era historiadora. Descubrió un documento en los Archivos Secretos del Vaticano, una carta del siglo XVI escrita por John Dee, un hombre que pudo haber sido un lémur. A mi madre se le canceló el permiso especial de investigadora y a los pocos días enfermó y murió. Tengo fundadas sospechas de que fue envenenada.

—¿Cómo se llamaba? —preguntó Aspromonte.

—Flavia Celestino. Falleció en 1985.

Los cardenales hablaron entre ellos en susurros.

—No sabemos nada de ella —dijo Díaz.

—Antes de que nos secuestraran, el padre Tremblay me

dijo que sabía el nombre de la persona que había hecho retirar la carta de John Dee del archivo. Era Riccardo Agnelli. El secretario personal de alguien que ahora es cardenal.

—¡Sé quién es Agnelli! —dijo Díaz—. Murió hace algunos años. ¡Yo le diré para quién trabajaba! ¡Trabajaba para Giaccone!

—Entonces la asesinaron —dijo Elisabetta al borde del llanto.

—Lo siento, querida —la consoló Aspromonte—. Esos demonios le han destrozado la vida una y otra vez. —Quiso tomarle las manos y ella le dejó hacerlo—. ¿Por qué, debemos preguntarnos, el Señor la ha puesto a prueba tantas veces?

Díaz interrumpió con impaciencia.

—Una pregunta sustancial, sin duda, pero primero tenemos algunos asuntos prácticos que resolver. Nos preocupa que este asunto pueda filtrarse. Imaginen cuál sería la reacción de los fieles si supiesen de la existencia de los lémures. Y ni siquiera estamos seguros de a qué nos enfrentamos. ¿Dónde están ahora acechando? ¿Y quién sabe cuántos de ellos quedan vivos? ¿Alguien tiene la respuesta a estas preguntas?

Elisabetta negó con la cabeza y Aspromonte le soltó las manos.

Díaz se inclinó para acercarse.

—Tal vez ese esloveno y Giaccone eran los líderes. Tal vez no queden tantos de ellos. Si Hackel no se ha ahogado, hay que atraparlo. Pase lo que pase, será identificado como el perpetrador del atentando. Estaba trastornado, amargado, decepcionado después de constatar que nunca llegaría a ser el jefe de la Guardia Suiza. Hemos orquestado esta explicación.

Elisabetta escuchaba incrédula.

—Lo siento, excelencia, tal vez no me corresponda a mí decirlo, pero ¿cree que ocultar la verdad es lo correcto?

Aspromonte intervino antes de que Díaz pudiese contestar.

—Después de escuchar el informe preliminar de su terrible experiencia y de revisar los hechos tal como los conocemos, los cardenales nos reunimos por la noche para discutir el asunto. No debería contar nada de las deliberaciones, pero puede que algunos de los presentes, yo incluido, nos sintiésemos más inclinados que otros hacia un planteamiento como el que creo que es el suyo. Sin embargo, debatimos el tema con gran solemnidad y, guiados por la devoción y tras las deliberaciones, hablamos como un solo hombre. Creemos que es mejor ahorrarle al mundo tanta preocupación. Creemos que eso haría más mal que bien. —Y añadió—: Por la tarde volveremos a iniciar el cónclave en esta misma sala, bajo este gran símbolo, la Crux Vaticans. Tendremos un nuevo Papa. Quizá el nuevo Santo Padre piense de un modo diferente. Ya veremos.

—Mientras tanto debe usted garantizarnos su silencio —dijo Díaz—. Sabemos que el comandante Celestino hará lo propio. Necesitamos que su hermana y su padre también guarden silencio. ¿Nos puede garantizar su discreción?

A Micaela nunca la habían acusado de ser precisamente discreta, pensó Elisabetta, pero asintió.

—Hablaré con ellos, estoy segura de que aceptarán. Pero ¿qué pasa con Krek? ¿Y con el otro hombre al que Micaela tuvo que matar? Krek era un hombre muy rico. La policía entró en su casa. ¡Sin duda todo eso se sabrá!

—Creo que no —la corrigió Díaz—. El embajador esloveno en el Vaticano ha estado muy ocupado esta noche. El gobierno esloveno no tiene ningún interés en que se sepa lo sucedido con Damjan Krek. Era un hombre de extrema derecha, desde luego no mantenía buenas relaciones con los líderes políticos del país. Han empezado a hacer circular la versión de que Krek y Mulej murieron como consecuencia de un asesinato y posterior suicidio. Al parecer mantenían una relación homosexual. Sus cadáveres serán incinerados.

Elisabetta se mordió la lengua respecto a ese asunto y preguntó:

—¿Y los esqueletos de San Calixto? ¿Qué va a pasar con ellos?

—Ya están de camino de vuelta a Italia. Se llevarán a un almacén. El nuevo Papa elegirá al próximo presidente de la Comisión Pontificia de Arqueología Sacra. Las decisiones no tardarán mucho en tomarse.

Elisabetta solo tenía una pregunta más:

—¿Y qué pasa conmigo?

Díaz se frotó la cara y comentó:

—Debo decirle, hermana, que nos sería de gran utilidad aquí en el Vaticano. Por lo que a mí respecta, me gustaría que asumiese el puesto que ha dejado vacante el padre Tremblay y continuase su importante tarea. No hay nadie más preparado que usted para combatir a los lémures.

A Elisabetta el labio inferior empezó a temblarle de un modo incontrolable.

—Excelencia, haré lo que la Iglesia me ordene que haga, pero le pido por favor que me deje volver a mi colegio.

Aspromonte sonrió.

—Por supuesto que puede hacerlo, querida, por supuesto que sí. Vaya con Dios.

Después de marcharse Elisabetta, los dos cardenales se miraron a la cara, con una expresión de tristeza en su rostro.

—Es una lástima —dijo Díaz—. Es joven y posee una mente ágil, pero parece que somos los ancianos los que debemos seguir adelante con esta lucha.

Eran las cinco de la tarde.

Llevaban solo tres horas reunidos, pero los cardenales electores parecían agotados y desquiciados.

Estaban sentados en la sacristía de San Pedro, en una sala que no había sido diseñada con este propósito. Se habían trasladado allí desde la adyacente sala de audiencias de Pablo VI mesas y un altar que no se usaba desde el último sínodo.

Se había impreso deprisa y corriendo una nueva tanda de

papeletas, cada una de ellas encabezada con las palabras: «*Eligo in Summum Pontificem* – Yo elijo como Sumo Pontífice».

Una vez dejaron los bolígrafos, el cardenal Franconi fue llamando a los electores uno por uno, por orden de precedencia, para que se acercaran al altar, donde cada uno de ellos entregaba su papeleta a uno de los cardenales encargados del escrutinio y juraba en latín: «Pongo por testigo a Jesucristo nuestro Señor, el cual me juzgará, que entrego mi voto a aquel que ante Dios considero que debe ser elegido».

Una vez recogidas todas las papeletas, uno de los escrutadores agitaba la urna y otro sacaba una papeleta y leía en voz alta el nombre escrito en ella.

A medida que el escrutinio avanzaba, se generaba un creciente coro de susurros, pero cuando el escrutador de más edad leyó los resultados se hizo el silencio.

El cardenal Díaz se levantó de la silla y se irguió cuan largo era.

Avanzó hasta la hilera de mesas que tenía a su derecha, se plantó ante uno de los cardenales y bajó la mirada.

—*Acceptasne electionem de te canonice factam in Summum Pontificem?* —¿Aceptas la elección canónica como Sumo Pontífice?, preguntó Díaz.

El cardenal Aspromonte mantuvo todo el rato la mirada fija en sus manos.

Finalmente alzó la vista, se topó con los ojos de su amigo y dudó un buen rato antes de asentir.

—*Accepto, in nomine Domini.*

—*Quo nomine vis vocari?* —¿Con qué nombre serás conocido?, preguntó Díaz.

Aspromonte alzó la voz para que todos lo oyesen:

—Celestino VI.

La vieja estufa y la chimenea de la capilla Sixtina habían desaparecido, de modo que en su lugar se utilizó la chimenea de la residencia papal. Era una visión escalofriante. La plaza de

San Pedro todavía estaba acordonada y vacía, excepto por la presencia de unos pocos empleados del Vaticano. Pero había una multitud detrás de las vallas estirando el cuello, y al ver la columna de humo blanco recortada contra el tenue cielo del atardecer emergió un clamor que reverberó por toda Roma.

Elisabetta se quitó los zapatos y se echó completamente vestida en su antigua cama, en su antigua habitación, en su antiguo colegio.

Se sentía inimaginablemente feliz por estar de vuelta con las monjas del convento. Después de la cena comunitaria, la hermana Marilena había improvisado un breve discurso sobre los dos felices acontecimientos en los que debían pensar —la elección del nuevo Papa y el regreso de su querida Elisabetta—, en lugar de darles vueltas a los horribles hechos del día anterior.

Elisabetta temía cerrar los ojos por miedo a que se le apareciese el rostro de Krek y su cola en movimiento, de modo que rezó con los ojos abiertos. Y cuando por fin reunió el coraje para tantear la oscuridad tras sus párpados cerrados, se sintió aliviada al ver, no la cara de Krek, sino el dulce y joven rostro de Marco, tal como lo recordaba.

Oyó un suave golpeteo en la puerta.

Era la hermana Marilena.

—Siento interrumpirte, Elisabetta, pero hay alguien que desea verte. Está en la capilla.

Monseñor Achille, el secretario de Aspromonte, la esperaba pacientemente. Sostenía un sobre de un blanco puro en las manos.

—El Santo Padre me ha pedido que le entregue esto en persona —le dijo.

Con manos temblorosas, Elisabetta abrió el sobre y sacó una carta manuscrita.

Hermana Elisabetta:

Ha habido dos motivos por los que he elegido el nombre de Celestino VI.

El primero es que, como Celestino V, que fue un Papa célebre por sus reticencias a aceptar su elección, también yo era reticente a asumir el papado.

El segundo motivo, querida Elisabetta, ha sido usted,

Celestino VI

Elisabetta metió la mano en el bolsillo del hábito y sacó el colgante con el crismón de plata.

—Por favor, entréguele esto al Santo Padre —le pidió al emisario—. Dígale que procede del *columbarium* de San Calixto. Dígale que fue un pequeño rayo de bondad en un lugar invadido por la oscuridad y el mal.

34

Pasaron dos semanas y el ritmo del Vaticano empezó a volver a algo parecido a la normalidad, con la discordante excepción de las grúas, los vehículos de construcción y los trabajadores observando atentamente la ordenada demolición y limpieza de los restos todavía humeantes de la capilla Sixtina.

Pocos tesoros artísticos pudieron salvarse, pero un pequeño ejército de restauradores de arte procedentes de los más importantes museos italianos analizaban los daños de la explosión en la sala Regia y planificaban la restauración.

El papa Celestino VI sacó partido a la importancia simbólica de reconstruir la capilla Sixtina. Creó una comisión pontificia especial para supervisar el proyecto y organizar el concurso internacional para seleccionar al artista encargado de pintar los frescos del techo, que deberían reproducir, de un modo moderno, la grandiosidad de los de Miguel Ángel y pervivirían durante los siglos venideros.

Y una soleada tarde de sábado se llevó a cabo una pequeña ceremonia en el auditorio de la Scuola Teresa Spinelli en la piazza Mastai.

Entre el público había monjas, profesores, estudiantes y padres.

Sobre el escenario, la hermana Marilena y la hermana Elisabetta estaban sentadas al lado de Evan Harris, Stephanie Meyer y la madre superiora de las Hermanas Agustinianas, Siervas de Jesús y María, que había llegado en avión desde Malta.

La hermana Marilena se acercó al atril y anunció:

—Hoy es un día feliz para nuestro colegio y nuestra querida orden. Nada es más importante para nosotras que nuestra misión de educar a nuestros niños para llevar una vida bondadosa, productiva e inspirada por la fe. Nuestra falta crónica de fondos nos ha obligado a tomar decisiones difíciles en el pasado, pero gracias a la hermana Elisabetta y a nuestros nuevos amigos, que están aquí con nosotros hoy, encaramos el futuro con optimismo. Por favor, demos la bienvenida al profesor Evan Harris y a la señorita Stephanie Meyer.

Ambos se pusieron en pie y se acercaron al atril. Harris cogió el micrófono.

—Les pido disculpas por no hablar italiano pero, como este es un colegio excelente, me han dicho que no habrá ningún problema si utilizo el inglés. No hay nada más gratificante que una situación en la que todos ganan. La Universidad de Cambridge ha formado a muchos hombres y mujeres prominentes a lo largo de su extensa y rica historia, pero tal vez ninguno tan ilustre como el dramaturgo Christopher Marlowe.

Elisabetta se estremeció al escuchar el nombre.

—La obra más famosa de Marlowe —prosiguió Harris— es el *Doctor Fausto* y, como especialista en Marlowe, siempre me dolió que Cambridge no poseyese un ejemplar de las primeras ediciones de este drama. Ahora por fin esta carencia se ha subsanado. —Alzó el libro para que todos pudieran verlo—. Este magnífico ejemplar ocupará un lugar de honor en nuestra biblioteca y será fuente de inspiración para futuras generaciones de investigadores y estudiantes. Y ahora permítanme que les presente a Stephanie Meyer, figura destacada del patronato de la universidad y generosa mecenas que ha hecho posible la adquisición de este volumen.

Meyer sonrió, se acercó al micrófono y habló en su tono engolado.

—Tengo la gran satisfacción y el gran placer de entregar este cheque por un millón de euros a las Hermanas Agustinianas, Siervas de Jesús y María.

Elisabetta se despertó a la mañana siguiente sintiéndose alegre y satisfecha al poder retomar su feliz rutina de los domingos. Zazo ya había salido del hospital y le habían comunicado que había sido readmitido en la Gendarmería y podría reasumir sus funciones en cuanto su salud se lo permitiera. La familia al completo iría junta a misa y después comerían en casa del padre.

Se duchó, se puso un hábito limpio que sacó de una bolsa de la tintorería y se dirigió caminando a la basílica de Santa María en Trastevere bajo un resplandeciente sol.

Se sentía como si hubiese nacido de nuevo.

El giro que había tomado su vida, ese lamentable interludio, le había llevado a reexaminarlo todo de un modo parecido a como lo había hecho doce años antes mientras estaba convaleciente. Entonces había tomado la decisión de dejar atrás su antigua vida y convertirse en una persona regida por la fe. Ahora decidió renovar su compromiso con ese camino.

Su padre había maniobrado insistentemente para que tomase una decisión diferente. Vive la vida, le había dicho. Todavía eres joven y estás sana. Todavía puedes ser esposa y madre. Acude a la iglesia cuantas veces quieras, reza hasta que se te congestione la cara, pero, por favor, deja el clero y vuelve al mundo seglar.

—¿Tú vas a dejar de pensar en Goldbach? —le preguntó Elisabetta.

—No, por supuesto que no —replicó Carlo—. Es mi pasión. Es con lo que disfruto. —Y entonces meneó el índice ante su hija y aclaró—: No es lo mismo.

—¿Crees que no? —dijo ella—. A mí no me parece tan diferente.

Zazo todavía caminaba con pasos cortos y cautelosos, pero tenía buen color. Frente a la iglesia, Elisabetta le dio un beso y le dijo que había perdido peso, pero que no se preocupase, que ella lo arreglaría con la comida que había preparado. A Zazo lo acompañaba Lorenzo, vestido de uniforme. Elisabetta dedujo que le hubiera gustado pasar la tarde con la familia pero tenía que volver al trabajo después de la misa. Micaela llegó con Arturo. Su padre fue el último en llegar. Olía a tabaco de pipa y Elisabetta vio una mancha de tinta reciente entre sus dedos. Sin duda había estado trabajando en la conjetura de Goldbach.

Entraron todos juntos en la iglesia y ocuparon un banco en la parte central de la nave.

Mientras los demás feligreses entraban y se sentaban, Micaela se inclinó hacia Elisabetta y le susurró al oído:

—¿Verdad que Lorenzo tiene un aspecto estupendo?

—¿Por qué me lo preguntas? —dijo Elisabetta sin levantar la voz.

—Le ha confesado a Zazo que le gustas. Creo que eso le avergüenza porque eres monja.

—Debería avergonzarse —susurró Elisabetta, y dejó escapar una carcajada.

—¿Y bien? —preguntó con malicia Micaela.

—Tú y papá tenéis que dejarme en paz —la regañó Elisabetta mientras el padre Santoro entraba y ocupaba su puesto en el altar.

No recordaba haber disfrutado tanto de la misa, sobre todo en el momento en que el padre Santoro extendió las manos, las alzó y entonó el *Gloria* con su voz cristalina.

Gloria in excelsis Deo
et in terra pax hominibus bonae voluntatis.
Laudamus te,
benedicimus te,
adoramus te,
glorificamus te,
gratias agimus tibi propter magnam gloriam tuam.

Gloria a Dios en el cielo
y en la tierra paz a los hombres de buena voluntad.
Te alabamos,
te bendecimos,
te adoramos,
te glorificamos
te damos gracias por tu inmensa gloria.

Cuando el padre Santoro acabó, Elisabetta dijo de todo corazón: «Amén».

Zazo caminaba lentamente, negándose a apoyarse en nadie, de modo que su grupo fue de los últimos en salir de la iglesia. Al pasar bajo la bóveda de la entrada, Elisabetta entrecerró los ojos por la intensidad del sol.

La plaza y su fuente tenían un aspecto particularmente prístino y encantador. Había varios niños jugando cerca del café y novios que se cogían las manos. El padre Santoro se les acercó para desear a la familia un feliz domingo y le dio una palmada en el hombro a Zazo.

De pronto Elisabetta vio que la cara de Zazo se contraía en una mueca de horror y de su boca surgió un grito:

—¡Una pistola!

Elisabetta se volvió y vio a un hombre que se abría paso entre la multitud de fieles con una pistola que la apuntaba directamente a ella.

Matthias Hackel tenía el rostro inexpresivo de alguien que solo desea finalizar un trabajo inacabado.

Se oyó un disparo.

Elisabetta se dispuso a sentir cómo la bala le atravesaba el corazón.

Estaba preparada. No es que lo desease, ni mucho menos, pero estaba preparada.

La cabeza de Hackel estalló salpicándolo todo de rojo. Cayó hacia delante, su voluminoso cuerpo golpeó contra los adoquines.

Micaela se tiró al suelo instintivamente y agarró a Elisabetta, que cayó con ella.

Lorenzo estaba de pie junto al cadáver de Hackel, con la pistola en la mano, preparado para disparar una segunda vez. No fue necesario.

Vio a Elisabetta y corrió hacia ella.

—¿Estás bien?

Ella alzó la vista para mirarlo. Su cabeza se recortaba contra el sol, cuya luz se desparramaba a su alrededor creando un aura muy real.

Elisabetta vio claramente su rostro, pero también vio el rostro de Marco y el rostro de Jesucristo.

Todos ellos la habían salvado.

—Sí. Estoy bien.

El conductor de la limusina tomó el camino curvo de acceso a la aislada mansión georgiana de Stephanie Meyer.

Evan Harris iba a su lado en el asiento trasero.

—Es estupendo volver a estar en casa —dijo ella.

—Sin duda.

—¿Quieres entrar a tomar una copa? Puedo llevarte a tu casa dentro de un rato.

Harris aceptó.

—No olvides el libro —dijo Meyer.

Harris lo llevaba en el maletín que tenía a sus pies.

—No te preocupes.

Entraron en la casa, dejaron el equipaje en el vestíbulo y fueron a la sala.

—Es terrible que al final todo haya quedado en nada —suspiró Meyer.

—¿No sabes el nombre completo del papa Celestino VI? —le preguntó de pronto Harris.

—Creo que se llama Giorgio Aspromonte —dijo Meyer.

—Giorgio *Pietro* Aspromonte —matizó rápidamente Harris.

—¡Petrus Romanus! —exclamó Meyer.

—¿Lo ves? —dijo Harris—. No seas tan pesimista. ¿No me vas a ofrecer esa copa?

Sirvió un generoso vaso de ginebra para cada uno.

—¿Por qué no nos quedamos el libro? —preguntó ella.

Él lo sacó del envoltorio de burbujas de aire que lo protegía y lo dejó sobre la repisa de la chimenea, abierto en la página del frontispicio. El viejo Fausto parecía mirarlos desde el centro del círculo mágico.

—Mañana empezaremos a hacer llamadas —dijo Harris—. K ya no está. Pero quedan otros.

—¿Por qué no tú?

—Desde luego. ¿Por qué no yo?

Brindaron.

—Así es como actuamos —dijo Harris.

—Y esto es lo que somos —replicó Meyer.